HEYNE BÜCHER

DAN SIMMONS

GÖTTIN DES TODES

Roman

Deutsche Erstausgabe

WILHELM HEYNE VERLAG
MÜNCHEN

HEYNE ALLGEMEINE REIHE
Nr. 01/8190

Titel der Originalausgabe
SONG OF KALI
Aus dem Amerikanischen übersetzt
von Joachim Körber

Redaktion: Wolfgang Jeschke

Printed in Germany 1991
Umschlagfoto: Photodesign Mall, Stuttgart
Umschlaggestaltung: Atelier Ingrid Schütz, München
Satz: IBV Satz- und Datentechnik GmbH, Berlin
Druck und Bindung: Elsnerdruck, Berlin

ISBN 3-453-04593-9

Für HARLAN ELLISON,
der das Lied gehört hat,
und für KAREN und JANE,
meine anderen Stimmen.

»...ist eine Dunkelheit. Sie ist für jeden... Nur ein paar Griechen und deren Bewunderer glaubten in ihren unbeschwerten Mittagsstunden, in denen der Schönheit Freundschaft für menschliche Dinge vollkommen war, sie wären eindeutig von dieser Dunkelheit ausgespart. Doch auch sie waren in ihr. Und trotzdem werden sie noch vom Rest der im Schlamm geborenen, von Hunger gepeinigten, die Straßen stampfenden, von Kriegen gebeutelten, schwierigen, gewissenhaften, in den Magen getretenen, leidvollen, verknöcherten Menschheit, der Mehrheit, bewundert, die ganz genau weiß, wo sie sich befindet, manche unter dem kohleschluckenden Vesuv des Chaosrauchs, manche in der wimmelnden Mitternacht Kalkuttas.«

– Saul Bellow

»Nun, dies hier ist die Hölle; und ich bin noch in ihr.«

– Christopher Marlowe

Manche Orte sind so böse, daß man ihre Existenz nicht dulden sollte. Manche *Städte* sind so wüst, daß man sie nicht ertragen kann. Kalkutta ist so eine Stadt. Vor Kalkutta hätte ich über diese Vorstellung gelacht. Vor Kalkutta glaubte ich nicht an das Böse – gewiß nicht als eine von den Taten der Menschen unabhängige Kraft. Vor Kalkutta war ich ein Narr.

Als die Römer die Stadt Karthago erobert hatten, töteten sie die Männer, verkauften Frauen und Kinder in die Sklaverei, zerstörten die großen Gebäude, zertrümmerten die Steine, verbrannten die Trümmer und bedeckten die Erde mit Salz, damit niemals mehr etwas dort gedeihen sollte. Für Kalkutta ist das nicht genug. Kalkutta müßte *geläutert* werden.

Vor Kalkutta nahm ich an Protestmärschen gegen Kernwaffen teil. Heute träume ich von Atompilzen, die über einer Stadt emporsteigen. Ich sehe Bauwerke, die zu gläsernen Seen schmelzen. Ich sehe asphaltierte Straßen, die wie Lavaströme fließen, und echte Flüsse, die als gewaltige Wolken verdampfen. Ich sehe menschliche Gestalten, die wie brennende Insekten tanzen, die wie obszöne Gottesanbeterinnen lodern und vor einem feurigen roten Hintergrund völliger Vernichtung bersten.

Die Stadt ist Kalkutta. Die Träume sind nicht unangenehm.

Manche Orte sind so böse, daß man ihre Existenz nicht dulden sollte.

Kapitel Eins

*»Heute passiert alles in Kalkutta...
Wem soll ich die Schuld geben?«*

– Sankha Ghosh

»Geh nicht, Bobby«, sagte mein Freund. »Es lohnt sich nicht.«

Es war Juni 1977, und ich war von New Hampshire nach New York gekommen, um die Einzelheiten meiner Reise nach Kalkutta mit meinen Redakteuren von *Harper's* abzusprechen. Danach beschloß ich, bei meinem Freund Abe Bronstein vorbeizuschauen. Das bescheidene innerstädtische Bürogebäude, in dem unsere kleine Literaturzeitschrift *Other Voices* ihren Sitz hatte, sah alles andere als eindrucksvoll aus, nachdem ich mehrere Stunden lang von den erlesenen Höhen der Suiten von *Harper's* aus auf die Madison Avenue herabgesehen hatte.

Abe befand sich in seinem engen Büro, allein, und arbeitete an der Herbstausgabe von *Voices*. Die Fenster waren offen, aber die Luft in dem Zimmer war so schal und feucht wie die erloschene Zigarre, die Abe kaute. »Geh nicht nach Kalkutta, Bobby«, sagte Abe noch einmal. »Laß es jemand anderen machen.«

»Abe, es ist alles vereinbart«, sagte ich. »Wir fliegen nächste Woche.« Ich zögerte für einen Augenblick. »Sie bezahlen sehr gut und übernehmen alle Spesen«, fügte ich hinzu.

»Hmmm«, sagte Abe. Er schob die Zigarre in den anderen Mundwinkel und betrachtete stirnrunzelnd den Stapel Manuskripte vor sich. Wenn man diesen verschwitzten, zerzausten kleinen Mann ansah – der mehr als alles andere das Bild eines überarbeiteten Buchmachers bot –, wäre man nie auf die Idee gekommen, daß er eines der angeseheneren ›kleinen Magazine‹ des Landes herausgab. 1977 hatte *Other Voices* das alte *Kenyon Review* nicht überschattet oder *The Hudson Review* übertriebene Sorgen wegen Konkurrenz gemacht, aber wir brachten die vierteljährlichen Ausgaben an die Abonnenten; fünf Geschichten, die erstmals in *Voices* erschienen waren, hatte man in die O'Henry Award-Anthologien aufgenommen; und Joyce Carol Oates hatte eine Geschichte für unsere zehnjährige Jubiläumsausgabe gespendet. Ich war verschiedentlich stellvertretender Chefredakteur, Redakteur für Dichtung und unbezahlter Fahnenkorrektor für *Other Voices* gewesen. Jetzt, nach einem einjährigen Aufenthalt in den Bergen von New Hampshire, um zu denken und zu schreiben, und mit einem gerade veröffentlichten Gedichtband, war ich lediglich ein geschätzter Mitarbeiter. Aber ich betrachtete *Voices* immer noch als *unsere* Zeitschrift. Und ich betrachtete Abe Bronstein immer noch als engen Freund.

»Verdammt, warum schicken sie *dich* Bobby?« fragte Abe. »Warum schicken die von *Harper's* nicht einen von ihren Obermackern, wenn es ihnen so wichtig ist, daß sie alle Spesen übernehmen?«

Da hatte Abe nicht unrecht. Im Jahr 1977 hatten noch nicht viele Leute von Robert C. Luczak gehört, obwohl *Winter Spirits* in der *Times* eine halbe Spalte lang besprochen worden war. Dennoch hoffte ich, daß die Leute – besonders die paar hundert Leute, die zählten – etwas Vielversprechendes gehört hatten. »*Harper's* haben wegen des Artikels an mich gedacht, den ich letztes Jahr in *Voices* veröffentlicht habe«, sagte ich. »Du weißt, den über bengalische Dichtung. Du hast gesagt, ich hätte Rabindranath Tagore zuviel Raum gewidmet.«

»Ja, ich erinnere mich«, sagte Abe. »Überrascht mich, daß diese Clowns von *Harper's* überhaupt wissen, wer Tagore war.«

»Chet Morrow hat mich angerufen«, sagte ich. »Er sagte, der Artikel hätte ihn beeindruckt.« Ich sagte Abe nicht, daß Morrow Tagores Namen vergessen gehabt hatte.

»Chet Morrow?« grunzte Abe. »Ist der nicht damit ausgelastet, Romane nach Fernsehserien zu schreiben?«

»Er ist vorübergehend als stellvertretender Chefredakteur bei *Harper's* eingesprungen«, sagte ich. »Er will den Artikel über Kalkutta in der Oktober-Ausgabe.«

Abe schüttelte den Kopf. »Was ist mit Amrita und der kleinen Elizabeth Regina...«

»Victoria«, sagte ich. Abe kannte den Namen des Babys genau. Als ich ihm den Namen, den wir für unsere Tochter ausgesucht hatten, zum ersten Mal sagte, hatte Abe durchblicken lassen, daß es ein verflucht spießbürgerlicher Name für die Nachfahrin einer indischen Prinzessin und eines Pollacken aus Chicago war. Der Mann war der Inbegriff von Feinfühligkeit. Abe war schon über fünfzig, wohnte aber trotzdem noch bei seiner Mutter in Bronxville. Er war vollauf damit beschäftigt, *Voices* zu gestalten und schien allem gegenüber gleichgültig, was nichts mit diesem Unterfangen zu tun hatte. Eines Winters war die Heizung im Büro ausgefallen, und er hatte fast den ganzen Januar über im Wollmantel hier gearbeitet, ehe er sich die Mühe gemacht hatte, sie reparieren zu lassen. Abes Kontakte zu Mitmenschen spielten sich heutzutage fast ausschließlich per Telefon oder Briefe ab, aber das machte den Tonfall seiner Kommentare nicht weniger ätzend. Ich sah allmählich ein, warum niemand meine Nachfolge als stellvertretender Chefredakteur oder Redakteur für Dichtung angetreten hatte. »Ihr Name ist Victoria«, sagte ich noch einmal.

»Wie auch immer. Was meint Amrita dazu, daß du verreist und sie und das Kind im Stich läßt? Wie alt ist das Baby überhaupt? Zwei Monate?«

»Sieben Monate alt«, sagte ich.

»Beschissene Zeit nach Indien zu reisen und sie zurückzulassen«, sagte er.

»Amrita kommt mit«, sagte ich. »Und Victoria. Ich konnte Morrow davon überzeugen, daß Amrita das Bengalische für mich übersetzen könnte.« Das stimmte nicht ganz. Morrow hatte vorgeschlagen, daß Amrita mich begleiten sollte. Tatsächlich hatte mir wahrscheinlich sogar Amritas Name den Auftrag gesichert. *Harper's* hatte sich mit drei Kapazitäten bengalischer Literatur in Verbindung gesetzt, zwei davon indische Schriftsteller, die in den Staaten lebten, bevor sie zu mir gekommen waren. Alle drei hatten das Angebot abgelehnt, aber der letzte, den sie fragten, hatte Amritas Namen genannt – obwohl ihr Fachgebiet Mathematik war, nicht Literatur –, und Morrow war dem nachgegangen. »Sie spricht doch *tatsächlich* Bengali, oder nicht?« hatte Morrow am Telefon gefragt. »Klar«, hatte ich gesagt. Eigentlich sprach Amrita Hindi, Marathi, Tamil und ein wenig Punjabi, ebenso Deutsch, Russisch und Englisch, aber nicht Bengali. *Aber nahe dran*, hatte ich gedacht.

»Amrita möchte mitkommen?« fragte Abe.

»Sie freut sich schon darauf«, sagte ich. »Sie war nicht mehr in Indien, seit ihr Vater mit der ganzen Familie nach England gezogen ist, als sie sieben war. Außerdem freut sie sich darauf, auf dem Weg nach Indien ein paar Tage in London zu verbringen, damit ihre Eltern Victoria sehen können.« Letzteres stimmte. Amrita hatte mit dem Baby nicht nach Kalkutta reisen wollen, bis ich sie davon überzeugt hatte, daß es wichtig für meine Karriere war. Für sie war der Zwischenhalt in London der ausschlaggebende Faktor gewesen.

»Okay«, grunzte Abe. »Geh nach Kalkutta.« Sein Tonfall verriet mir genau, was er von der Vorstellung hielt.

»Sag mir, warum ich deiner Meinung nach nicht gehen soll«, sagte ich.

»Später«, sagte Abe. »Erzähl mir vorher von dieser Sache mit Das, von der Morrow spricht. Und ich möchte wissen, warum ich die halbe nächste Frühjahrsausgabe von *Voices* für Material von Das freihalten soll. Ich hasse Nachdrucke, und es kann keine zehn Zeilen seiner Dichtung geben, die nicht *ad nauseam* gedruckt und nachgedruckt worden sind.«

»Das, ja«, sagte ich. »Aber keine Nachdrucke. Neues Material.«

»Erzähl!« sagte Abe.

Ich erzählte.

»Ich geh' nach Kalkutta, um den Dichter M. Das zu finden«, sagte ich. »Ihn zu finden, mit ihm zu reden und Beispiele seiner neuen Arbeiten zur Veröffentlichung mitzubringen.«

Abe starrte mich an. »Hm-hmm«, sagte er. »Unmöglich. M. Das ist tot. Er ist vor sechs oder sieben Jahren gestorben. 1970, glaube ich.«

»Juli 1969«, sagte ich. Es gelang mir nicht, einen Anflug von Gönnerhaftigkeit aus meiner Stimme fernzuhalten. »Er ist im Juli 1969 verschwunden, auf dem Rückweg vom Begräbnis seines Vaters, einer Verbrennung, in einem Dorf im Osten von Pakistan – dem heutigen Bangladesh –, und alle gingen davon aus, daß er ermordet wurde.«

»Ja, ich erinnere mich«, sagte Abe. »Ich war ein paar Tage bei dir und Amrita in eurer Wohnung in Boston, als die Dichtervereinigung von New England eine Gedächtnislesung für ihn abgehalten hat. Du hast ein paar Sachen von Tagore gelesen, dann Auszüge aus Das' epischen Gedichten über, wie heißt sie doch gleich, diese Nonne – Mutter Theresa.«

»Und zwei meiner Gedichte aus dem Chicago-Zyklus waren ihm gewidmet«, sagte ich. »Aber ich schätze, wir waren alle ein wenig voreilig. Das scheint in Kalkutta wieder aufgetaucht zu sein, zumindest aber neue Gedichte und Teile seiner Korrespondenz. Bei *Harper's* haben sie über die Agentur, mit der sie dort zusammenarbeiten, ein paar Muster bekommen, und Leute, die Das gekannt haben, sind überzeugt, daß er die Sachen definitiv geschrieben hat. Aber niemand hat ihn selbst gesehen. *Harper's* möchte, daß ich versuche, neues Material von ihm zu bekommen, aber der Aufmacher des Artikels ist ›Die Suche nach M. Das‹ und so ein Mist. Und jetzt die gute Nachricht. *Harper's* bekommt das Vorkaufsrecht für sämtliche Gedichte, deren Rechte ich bekomme, aber den Rest können wir in *Other Voices* drucken.«

»Zweitklassiger Ausschuß«, knurrte Abe und kaute auf seiner Zigarre. An diese Art überschwengliche Dankbarkeit hatte ich mich in den Jahren meiner Zusammenarbeit mit Bronstein gewöhnt. Ich sagte nichts, und schließlich ergriff er wieder das Wort. »Und wo, zum Teufel, soll Das acht Jahre lang gewesen sein, Bobby?«

Ich zuckte die Achseln und warf ihm eine fotokopierte Seite zu, die mir Morrow gegeben hatte. Abe begutachtete sie, hielt sie auf Armeslänge von sich, drehte sie seitwärts wie die Mittelseite in einem Herrenmagazin und warf sie mir wieder zurück. »Ich gebe auf«, sagte er. »Was ist das für ein Mist?«

»Das ist das Fragment eines neuen Gedichts, das Das angeblich in den vergangenen zwei Jahren geschrieben hat.«

»Was ist das? – Hindi?«

»Nein, hauptsächlich Sanskrit und Bengali. Hier ist die englische Übersetzung.« Ich gab ihm die andere Fotokopie.

Abe runzelte die schweißnasse Stirn beim Lesen. »Gütiger Himmel, Bobby, dafür soll ich die Frühjahrsausgabe freihalten? Das handelt von einer Dame, die sich von hinten vögeln läßt, während sie das Blut eines geköpften Mannes trinkt. Oder habe ich etwas übersehen?«

»Nee. Das ist es in etwa. Es sind selbstverständlich nur ein paar Verse in diesem Fragment«, sagte ich. »Und es ist eine Rohübersetzung.«

»Ich dachte, das Werk von Das wäre lyrisch und sentimental. Ungefähr so, wie du die Sachen von Tagore in deinem Artikel beschrieben hast.«

»War er. Ist er. Nicht sentimental, sondern *optimistisch*.« Denselben Ausdruck hatte ich oft gebraucht, um Tagore zu verteidigen. Verdammt, mit demselben Satz hatte ich meine eigenen Werke verteidigt.

»Hm-hmm«, sagte Abe. »Optimistisch. Dieser optimistische Teil hier gefällt mir besonders gut – ›*Kama Rati kamé / viparita karé rati*‹. Laut der Übersetzung hier heißt das: ›Wahnsinnig vor Lust ficken Kama und Rati wie Hunde.‹ Hübsch. Hat einen eindeutig melodischen Klang, Bobby. Irgendwie wie der frühe Robert Frost.«

»Das stammt aus einem bengalischen Volkslied«, sagte ich. »Du solltest beachten, wie Das diesen Rhythmus in den ganzen Abschnitt eingefügt hat. Er geht von der klassischen vedischen Form zu bengalischer Folklore und dann wieder zum Vedischen über. Das ist ein kompliziertes Stilmittel, selbst in der Übersetzung.« Ich verstummte. Ich wiederholte nur, was Morrow mir gesagt hatte, und er wiederholte die Meinung eines seiner ›Experten‹. Es war sehr heiß in dem kleinen Zimmer. Durch die offenen Fenster drangen der einlullende Lärm des Verkehrs und der irgendwie tröstliche Ton einer fernen Sirene. »Du hast recht«, sagte ich. »Es klingt ganz und gar nicht nach Das. Man kann kaum glauben, daß es von demselben Mann ist, der das Epos über Mutter Theresa geschrieben hat. Ich vermute, daß Das wirklich nicht mehr lebt und dies eine Art Betrugsmanöver ist. Ich weiß nicht, Abe.«

Abe rutschte auf dem Drehstuhl zurück, und ich dachte einen Augenblick lang, er würde die Zigarre wahrhaftig aus dem Mund nehmen. Statt dessen sah er mich finster an, ließ den Zigarrenstummel nach rechts und dann nach links rollen, lehnte sich auf dem Stuhl zurück und verschränkte die Wurstfinger hinter dem Kopf. »Bobby, habe ich dir jemals von meinem Aufenthalt in Kalkutta erzählt?«

»Nein.« Ich blinzelte überrascht. Abe war als Nachrichtenreporter weit gereist, bevor er seinen ersten Roman geschrieben hatte, aber er sprach selten über diese Zeit. Nachdem er meinen Artikel über Tagore akzeptiert hatte, erwähnte er nebenbei, daß er einmal neun Monate mit Lord Mountbatten in Burma verbracht hatte. Seine Schilderungen von der Zeit als Reporter waren selten, aber stets unterhaltsam. »War das während des Krieges?« fragte ich.

»Nein. Kurz danach. Während der Hindu-Moslem-Separationsunruhen 1947. England hat sich zurückgezogen, Indien in zwei Länder geteilt und es den beiden Religionsgruppen überlassen, sich gegenseitig abzuschlachten. Das war alles vor deiner Zeit, Roberto, oder nicht?«

»Ich habe darüber gelesen, Abe. Du warst also in Kalkutta, um über die Unruhen zu berichten?«

»Nee. Damals wollten die Leute nichts mehr über Krieg lesen. Ich war in Kalkutta, weil Gandhi ... Mohandas, nicht Indira ... weil Gandhi dorthin ging und wir über *ihn* berichten wollten. Mann des Friedens, Heiliger im Lendenschurz, der ganze Mist. Wie auch immer, ich war drei Monate in Kalkutta.« Abe verstummte und strich sich mit einer Hand durch das schüttere Haar. Ihm schienen die Worte zu fehlen. Ich habe nie gesehen, wie Abe einmal auch nur eine Sekunde gezögert hätte, Sprache zu gebrauchen – geschrieben, gesprochen oder gebrüllt. »Bobby«, sagte er schließlich, »weißt du, was das Wort *Miasma* bedeutet?«

»Eine vergiftete Atmosphäre«, sagte ich. Es nervte mich, befragt zu werden. »Wie etwa in einem Sumpf. Oder ein verderblicher Einfluß. Stammt wahrscheinlich vom griechischen *miainein* ab, was ›vergiften‹ bedeutet.«

»Ja«, sagte Abe und ließ wieder die Zigarre rollen. Er beachtete meine kleine Darbietung gar nicht. Abe Bronstein *erwartete*, daß sein ehemaliger Redakteur für Dichtung Griechisch beherrschte. »Nun, das einzige Wort, mit dem ich Kalkutta damals – und heute – beschreiben konnte, war ›Miasma‹. Ich kann das eine Wort nicht hören, ohne gleichzeitig an das andere zu denken.«

»Es wurde auf einem Sumpf erbaut«, sagte ich immer noch verärgert. Ich war es nicht gewöhnt, so einen Müll von Abe zu hören. Es war, als würde der zuverlässige alte Klempner einem plötzlich einen Vortrag über Astrologie halten. »Und wir gehen während der Monsunzeit hin, was wahrscheinlich nicht die angenehmste Jahreszeit ist. Aber ich glaube nicht...«

»Ich habe nicht vom Wetter geredet«, sagte Abe. »Obwohl es das heißeste, feuchteste, elendeste gottverdammte Höllenloch ist, in dem ich je gewesen bin. Schlimmer als Burma 1943. Schlimmer als Singapur bei Taifun. Herrgott, sogar schlimmer als Washington im August. Nein, Bobby, ich spreche von dem *Ort*, von der Stadt. Ich war noch nie an einem Ort, der so böse und beschissen wirkte, und ich habe einige Zeit in den größten Städtekloaken der Welt verbracht. Kalkutta hat mir *angst* gemacht, Bobby.«

Ich nickte. Durch die Hitze pochten Kopfschmerzen hinter meinen Augen. »Abe, du hast deine Zeit einfach in den falschen Städten verbracht«, sagte ich unbekümmert. »Verbring mal einen Sommer in North Philadelphia oder in der Southside von Chicago, wo ich aufgewachsen bin. Dann wird dir Kalkutta wie Fun City vorkommen.«

»Klar«, sagte Abe. Er sah mich nicht mehr an. »Nun, es ist nicht nur die Stadt. Ich wollte raus aus Kalkutta, daher gab mir mein Chefredakteur – ein armer *Schlenz*, der ein paar Jahre später an Leberzirrhose gestorben ist... der gab mir den Auftrag, über die Einweihung einer Brücke irgendwo im Hinterland von Bengalen zu berichten. Ich meine, es führte nicht einmal eine Eisenbahnlinie hin, nur diese verdammte Brücke war da, die einen Flecken Dschungel mit einem anderen verband – über einen Fluß hinweg, der zweihundert Meter breit und zehn Zentimeter tief war. Aber die Brücke war mit den ersten Hilfsgeldern nach dem Krieg aus den Staaten gebaut worden, daher mußte ich über die Einweihung berichten.« Abe machte eine Pause und sah zum Fenster hinaus. Von irgendwo unten auf der Straße ertönten wütende Schreie in Spanisch. Abe schien sie nicht zu hören. »Wie auch immer, es war ziemlich langweilig. Ingenieure und Bauarbeiter waren bereits abgereist, die Einweihung selbst war die übliche Verquickung von Politik und Religion, die man in Indien immer findet. An dem Abend war es zu spät, mit dem Jeep zurückzufahren – ich hatte es sowieso nicht eilig, nach Kalkutta zurückzukehren –, daher blieb ich in einer kleinen Pension am Rand des Dorfs. Die war wahrscheinlich noch von britischen Inspektionsreisen während des Raj übrig. Aber in jener Nacht war es so verdammt heiß – der Schweiß tropfte nicht einmal, er bildete nur Perlen und blieb auf der Haut kleben – und die Moskitos machten mich wahnsinnig; daher stand ich kurz nach Mitternacht auf und schlenderte zur Brücke hinunter. Ich rauchte eine Zigarette und ging zurück. Wäre der Mond nicht gewesen, hätte ich es überhaupt nicht gesehen.«

Abe nahm die Zigarre aus dem Mund. Er verzog das Gesicht, als würde sie so ekelhaft schmecken, wie sie aussah. »Der Junge kann nicht älter als zehn gewesen sein, wahrscheinlich sogar jünger«, sagte er. »Er war auf einer Stützstrebe aus Stahl gepfählt worden, die aus einem Betonfundament an der Westseite der Brücke ragte. Man sah, daß er nicht sofort tot gewesen war; er hatte sich noch eine Zeitlang gequält, nachdem die Strebe ihn durchbohrt hatte...«

»War er auf die neue Brücke geklettert?« sagte ich.

»Ja, das dachte ich auch«, sagte Abe. »Und das behaupteten die dortigen Behörden während der Untersuchung. Aber ich konnte mir beim besten Willen nicht vorstellen, wie er hätte auf diese Strebe gefallen sein können... er müßte weit von den höchsten Verstrebungen runtergesprungen sein. Ein paar Wochen später dann, kurz bevor Gandhi sein Fasten abbrach und die Unruhen in Kalkutta aufhörten, begab ich mich zum dortigen britischen Konsulat und grub eine Ausgabe von Kiplings Geschichte ›Die Brückenbauer‹ aus. Du hast sie gelesen, nehme ich an.«

»Nein«, sagte ich. Ich konnte Kiplings Gedichte und Erzählungen nicht ausstehen.

»Solltest du aber«, sagte Abe. »Kiplings Kurzgeschichten sind ziemlich gut.«

»Wovon handelt die Geschichte?« fragte ich.

»Nun, die Geschichte kreist um die Tatsache, daß die Bengalis am Ende eines jeden Brückenbaus eine umfangreiche religiöse Zeremonie durchführten.«

»Das ist nicht ungewöhnlich, oder?« Ich erriet die Pointe schon halb.

»Überhaupt nicht«, sagte Abe. »Jedes Ereignis in Indien verlangt nach einer Art religiöser Zeremonie. Nur die Art und Weise, wie die Bengalis das gemacht haben, hat Kipling veranlaßt, seine Geschichte zu schreiben.« Abe steckte die Zigarre wieder in den Mund und sprach zwischen knirschenden Zähnen hervor. »Am Ende jedes Brückenbaus brachten sie ein Menschenopfer dar.«

»Richtig«, sagte ich. »Großartig.« Ich nahm meine Fotokopien, steckte sie in die Aktentasche und stand auf, um zu gehen. »Wenn dir weitere Geschichten von Kipling einfallen, Abe, vergiß nicht, uns anzurufen. Amrita wird darüber bestimmt völlig aus dem Häuschen geraten.«

Abe stand auf und beugte sich über den Schreibtisch. Seine Wurstfinger drückten auf Manuskriptstapel. »Verdammt, Bobby, es wäre mir einfach lieber, du würdest nicht in dieses ...«

»... Miasma reisen«, sagte ich.

Abe nickte.

»Ich halte mich von neuen Brücken fern«, sagte ich, während ich zur Tür ging.

»Überleg es dir wenigstens noch einmal, was Amrita und das Baby anbelangt.«

»Wir fliegen«, sagte ich. »Die Buchungen sind gemacht. Wir haben unsere Impfungen. Die Frage ist nur noch, ob du das Material von Das sehen willst, wenn es von Das *ist*, und ich die Abdruckrechte sichern kann. Was meinst du, Abe?«

Abe nickte wieder.

Er warf die Zigarre in einen überquellenden Aschenbecher.

»Ich schicke dir eine Ansichtskarte vom Pool des Oberoi Grand Hotel in Kalkutta«, sagte ich und machte die Tür auf.

Als letztes sah ich, wie Abe mit ausgestrecktem Arm und Hand dastand, entweder winkend oder in einer stummen Geste erschöpfter Resignation.

Kapitel Zwei

»Möchten Sie Kalkutta kennenlernen?
Dann seien Sie bereit, es zu vergessen.«

– Sushil Roy

Am Abend vor unserer Abreise saß ich mit Amrita, die Victoria stillte, auf der Vorderveranda. Glühwürmchen zeichneten ihre rätselhaften Botschaften vor die dunkle Baumreihe. Grillen, Laubfrösche und ein paar Nachtvögel webten einen Gobelin nächtlicher Hintergrundgeräusche. Unser Haus lag nur wenige Meilen von Exeter, New Hampshire, entfernt, aber manchmal war es so still, als wären wir in einer anderen Welt. Den Winter über, während ich schrieb, hatte mir diese Einsamkeit gefallen, doch jetzt stellte ich fest, daß ich rastlos war; teilweise waren diese Monate der Isolation dafür verantwortlich, daß ich jetzt darauf brannte zu reisen, fremde Orte und Gesichter zu sehen. »Bist du sicher, daß du mitkommen möchtest?« fragte ich. Meine Stimme klang in der Nacht zu laut.

Amrita sah auf, als das Baby abgestillt war. Das schwache Licht vom Fenster beleuchtete Amritas kräftige Wangenknochen und ihre samtene braune Haut. Die dunklen Augen schienen zu leuchten. Manchmal war sie so schön, daß mir der Gedanke, wir hätten uns nicht kennengelernt, geheiratet und unser Kind gezeugt, körperliche Schmerzen bereitete. Sie hob Victoria ein wenig hoch, und ich sah flüchtig die sanfte Rundung einer Brust mit aufgestellter Brustwarze, bevor sie die Bluse wieder an Ort und Stelle zog. »Es macht mir nichts aus zu gehen«, sagte Amrita. »Es ist schön, Mutter und Vater wieder einmal zu sehen.«

»Aber Indien«, sagte ich. »Kalkutta. Möchtest du dorthin gehen?«

»Es macht mir nichts aus, wenn ich behilflich sein kann«, sagte sie. Sie legte mir eine zusammengelegte saubere Windel auf die Schulter und gab mir Victoria. Ich streichelte den Rücken des Babys, spürte ihre Wärme, roch die Milch und ihren Babygeruch.

»Sicher, daß es keine Probleme mit deiner Arbeit gibt?« fragte ich. Victoria wand sich in meinem Griff und faßte mir mit einem pummeligen Händchen an die Nase. Ich blies auf ihre Handfläche, sie kicherte und rülpste.

»Kein Problem«, sagte Amrita, obwohl ich wußte, daß das nicht stimmte. Sie sollte nach dem Labor Day eine neue Mathematikvorlesung für Fortgeschrittene an der Universität von Boston anfangen, und ich wußte, wieviel Vorbereitungen noch vor ihr lagen.

»Freust du dich darauf, Indien wiederzusehen?« fragte ich. Victoria war mit dem Kopf näher an meine Wange gerückt und sabberte mir fröhlich auf den Kragen.

»Ich bin neugierig, wie es im Vergleich zu meinen Erinnerungen ist«, sagte Amrita. Ihre Stimme war sanft, von drei Jahren Cambridge moduliert, aber niemals auf die typisch tonlose britische Weise abgehackt. Amrita zuzuhören war, als würde man von einer festen, aber gut eingeölten Handfläche gestreichelt werden.

Amrita war sieben Jahre alt gewesen, als ihr Vater sein Ingenieurbüro von Neu Delhi nach London verlegt hatte. Die Erinnerungen an Indien, die sie mir mitgeteilt hatte, stützten die Klischeevorstellungen einer Zivilisation voll Lärm, Chaos und Rassendiskriminierung. Nichts hätte Amritas Charakter fremder sein können; sie war die Fleisch gewordene Essenz stiller Würde, sie verabscheute Lärm und Chaos jeglicher Art, Ungerechtigkeit stieß sie ab, ihr Verstand war durch die wohlgeordneten Rhythmen von Linguistik und Mathematik geschult.

Amrita hatte einmal ihr Zuhause in Delhi und die Wohnung in Bombay beschrieben, wo sie und ihre Schwestern den Sommer bei ihrem Onkel verbracht hatten: kahle Wände, rußverkrustet und voll alter Handabdrücke, offene Fenster, rauhe Leintücher, Geckos, die nachts an den Wänden krabbelten, alles überfüllt und billig. Unser Haus in der Nähe von Exeter war so sauber und offen wie der

Traum eines skandinavischen Designers, poliertes, helles Holz, gemütliche Sessel, makellos weiße Wände und von indirekter Beleuchtung angestrahlte Kunstgegenstände.

Amritas Geld hatte das Haus und unsere kleine Kunstsammlung ermöglicht: ihre ›Mitgift‹, wie sie scherzhaft sagte. Anfangs hatte ich Einwände erhoben. 1969, im ersten Jahr unserer Ehe, wies ich ein Jahreseinkommen von 5732 Dollar aus. Ich hatte meinen Job am Wellesley College aufgegeben und arbeitete freiberuflich als Schriftsteller und Redakteur. Wir hausten in einer Wohnung in Boston, wo selbst die Ratten mit eingezogenen Schultern gehen mußten. Das war mir egal. Ich war bereit, unendlich für meine Kunst zu leiden. Amrita nicht. Sie stritt nie; sie stimmte den Prinzipien hinter meinen Einwänden gegen das Angreifen ihres Trust-Fonds zu; aber 1972 leistete sie eine Anzahlung auf ein Haus und sechzehn Ar Land und kaufte das erste unserer neun Gemälde, eine kleine Ölskizze von Jamie Wyeth.

»Sie ist eingeschlafen«, sagte Amrita. »Du kannst aufhören zu wiegen.«

Ich sah nach unten und stellte fest, daß sie recht hatte. Victoria war fest eingeschlafen, hatte den Mund offen und die Fäuste halb geballt. Ihr Atem ging rasch und sanft an meinem Hals. Ich wiegte sie trotzdem weiter.

»Sollen wir sie reinbringen?« fragte Amrita. »Es wird kühl.«

»Einen Moment noch«, sagte ich. Meine Handspanne war breiter als der Rücken des Babys.

Ich war fünfunddreißig, als Victoria zur Welt kam; Amrita einunddreißig. Ich hatte jahrelang allen, die zuhören wollten – und ein paar, die es nicht wollten – meine Ansicht erläutert, wie närrisch es war, Kinder in die Welt zu setzen. Ich redete von Überbevölkerung, von der Ungerechtigkeit, Kinder den Schrecken des zwanzigsten Jahrhunderts auszusetzen und der Torheit der Menschen, ungewollte Kinder zu haben. Wieder stritt Amrita nie mit mir – obwohl ich vermute, mit ihrer Ausbildung in formaler

Logik hätte sie sämtliche meiner Argumente binnen zwei Minuten in Schutt und Asche legen können –, aber irgendwann Anfang 1976, um die Zeit der Vorwahlen unseres Staates, setzte Amrita auf eigenen Beschluß hin die Pille ab. Am 22. Januar 1977, zwei Tage nachdem Jimmy Carter von seiner Vereidigung ins Weiße Haus zurückkehrte, wurde unsere Tochter Victoria geboren.

Ich selbst hätte den Namen ›Victoria‹ nie gewählt, war aber insgeheim entzückt darüber. Amrita schlug ihn erstmals an einem heißen Julitag vor, und anfangs behandelten wir ihn als Scherz. Es schien, als wäre eine ihrer frühesten Erinnerungen, wie sie mit dem Zug in der Victoria Station in Bombay ankam. Dieses gewaltige Bauwerk – ein Überbleibsel des britischen Raj, der Indien offenbar immer noch bestimmt – hatte Amrita stets mit einem Gefühl der Ehrfurcht erfüllt. Seit dieser Zeit beschwor der Name Victoria ein Echo von Schönheit, Eleganz und Geheimnis in ihr. Anfangs scherzten wir also darüber, das Baby Victoria zu nennen, aber Weihnachten 1976 wußten wir, kein anderer Name würde zu unserem Kind passen, sollte es ein Mädchen werden.

Vor Victorias Geburt sprach ich stets verdrossen über Paare, die durch die Geburt ihrer Kinder engstirnig geworden waren. Durchaus intelligente Menschen, mit denen wir zahllose Diskussionen über Politik, Schriftstellerei, den Tod des Theaters und den Niedergang der Dichtkunst gehabt hatten, plapperten jetzt nur noch über den ersten Zahn ihres Sprößlings oder konnten stundenlang in allen Einzelheiten von Heathers erstem Tag im Kindergarten berichten. Ich schwor mir, daß ich dem niemals erliegen würde.

Aber bei unserem Kind war alles *anders*. Victorias Entwicklung verdiente das aufmerksame Studium aller. Ich war völlig fasziniert von ihren frühesten Lauten und linkischsten Bewegungen. Selbst der abstoßende Vorgang des Windelnwechselns konnte entzückend sein, wenn mein Kind – *mein Kind* – mit den pummeligen Ärmchen winkte, den krummen Beinchen strampelte und mit einem Blick zu mir aufsah, den ich als liebevolle Zuneigung bei dem Gedanken wertete, daß ihr Vater, *ein veröffentlichter Autor*, derlei weltliche Aufgaben für sie erledigte. Als sie uns mit sieben Wochen eines Morgens mit ihrem ersten wahren Lächeln segnete, rief ich auf der Stelle Abe Bronstein an, um ihm die gute Nachricht mitzuteilen. Abe, dessen Angewohnheit, morgens nie vor halb elf aufzustehen, ebenso bekannt war wie sein Gespür für gute Literatur, gratulierte mir und wies behutsam darauf hin, daß ich morgens Viertel vor sechs angerufen hatte.

Jetzt war Victoria sieben Monate alt und es wurde immer offensichtlicher, daß sie ein begabtes Kind war. Sie hatte schon vor über einem Monat gelernt, ›So groß!‹ zu spielen, und ›Ich seh' dich!‹ beherrschte sie schon Wochen vorher. Mit sechseinhalb Monaten krabbelte sie schon – gewiß ein Zeichen hoher Intelligenz, obwohl Amrita immer das Gegenteil behauptete –, und es störte mich nicht im geringsten, daß Victorias Versuche, sich aufzurichten, unweigerlich auf ihrer Kehrseite endeten. Ihre Sprachfähigkeit wurde jetzt mit jedem Tag ausgeprägter, und wenngleich es mir nicht gelang, *Mama* oder *Papa* aus dem Wirrwarr von Silben herauszuhören (nicht einmal wenn ich meine Tonbandaufnahme mit halber Geschwindigkeit abspielte), versicherte Amrita mir mit nur der Andeutung eines Lächelns, daß sie mehrere vollständige russische und deutsche Worte und einen vollständigen Satz in Hindi gehört hatte. Derweil las ich Victoria jeden Abend vor und wechselte dabei die Mutter Gans-Reime mit Wordsworh, Keats und sorgfältig ausgewählten Auszügen aus Ponds ›Cantos‹. Sie schien eine Vorliebe für Ezra Pound zu haben.

»Sollen wir ins Bett gehen?« fragte Amrita. »Wir müssen morgen früh raus.«

Etwas in Amritas Stimme erregte meine Aufmerksamkeit. Manchmal fragte sie »Sollen wir ins Bett gehen?«

und manchmal sagte sie *Sollen wir ins Bett gehen?* Dies eben war Letzteres gewesen.

Ich trug Victoria zu ihrem Bettchen und deckte sie zu. Ich stand noch eine Minute da und beobachtete sie, wie sie unter der leichten Decke auf dem Bauch lag, von ihren Plüschtieren umgeben, den Kopf auf das Kissen gebettet. Das Mondlicht fiel wie ein Segen auf sie.

Nach einer Weile ging ich nach unten, sperrte das Haus ab, schaltete die Lichter aus und ging wieder nach oben, wo Amrita im Bett auf mich wartete.

Später, in den letzten Sekunden unseres Liebesakts, sah ich ihr ins Gesicht, als suchte ich dort Antworten auf unausgesprochene Fragen, aber eine Wolke schob sich vor den Mond, und alles versank in plötzlicher Dunkelheit.

Kapitel Drei

»Um Mitternacht verwandelt sich diese Stadt in Disneyland.«

– Subrata Chakravarty

Wir flogen um Mitternacht in Kalkutta ein, und wir kamen von Süden, über die Bucht von Bengalen.

»Mein Gott«, flüsterte ich. Amrita beugte sich über mich, um aus dem Fenster zu sehen.

Auf Anraten ihrer Eltern waren wir mit der BOAC nach Bombay geflogen, um die Zollformalitäten dort hinter uns zu bringen. Das hatte prima geklappt, aber der Anschlußflug der Indian Airlines hatte aufgrund technischer Probleme drei Stunden Verspätung. Schließlich durften wir an Bord gehen, mußten aber noch eine weitere Stunde ohne Licht und Klimaanlage in Warteposition verbringen, weil die Außengeneratoren abgeschaltet worden waren. Ein Geschäftsmann in der Reihe vor uns sagte, daß der Flug Bombay–Kalkutta wegen eines Streits zwischen Pilot und Flugingenieuer seit drei Wochen jeden Tag Verspätung hatte.

Als wir endlich in der Luft waren, mußten wir wegen schwerer Gewitter weit von unserem Kurs nach Süden ausweichen. Victoria war den größten Teil des Abends quengelig gewesen, aber jetzt schlief sie in den Armen ihrer Mutter.

»Mein Gott«, sagte ich noch einmal. Kalkutta erstreckte sich unter uns, mehr als zweihundertfünfzig Quadratmeilen Stadt, eine Galaxie der Lichter nach der absoluten Schwärze der Wolken über der Bucht von Bengalen. Ich war schon in viele Städte bei Nacht eingeflogen, aber keine wie diese. Statt der üblichen geometrischen Muster elektrischer Lichter wurde das mitternächtliche Kalkutta von zahllosen Laternen, offenen Feuern und einem seltsamen, weichen Leuchten – einer fast pilzartigen Phosphoreszenz – erhellt, die aus tausend unsichtbaren Quellen zu strömen schien. Statt der vorhersehbaren städtischen Anlage gerader Linien – Straßen, Schnellstraßen, Parkplätze – schienen die Myriaden Feuer Kalkuttas verstreut und chaotisch zu sein, eine wirre Konstellation, welche lediglich durch das dunkle Band des Flusses unterbrochen wurde. Ich stellte mir vor, daß so London oder Berlin – in Flammen – für die erschütterten Bomberpiloten während des Krieges ausgesehen haben mußten.

Dann setzten die Reifen auf, die schreckliche Feuchtigkeit stahl sich in die kühle Kabine, und wir waren als Teil der schlurfenden Menge draußen, die sich zur Gepäckausgabe drängte. Der Flughafen war klein und schmutzig. Trotz der späten Stunde gebärdete sich ein brüllender Mob rings um uns herum.

»Sollte uns nicht jemand abholen?« fragte Amrita.

»Ja.« Ich hatte unsere vier Taschen von dem kaputten Förderband gerettet, wir standen neben ihnen, während die Menge um uns herum heranbrandete und verebbte. Die Menschenmenge in weißen Hemden und Saris in dem kleinen Gbäude hatte eine Aura des Hysterischen. »Morrow hat sich mit dem Schriftstellerverband von Bengalen in Verbindung gesetzt. Ein Bursche namens Michael Leonard Chatterjee sollte uns ins Hotel fahren, aber wir haben Stunden Verspätung. Wahrscheinlich ist er nach Hause gefahren. Ich versuche, ob ich ein Taxi bekomme.«

Aber als ich einen Blick zur Tür warf, die von stoßenden, brüllenden Menschen verstopft war, blieb ich neben dem Gepäck stehen.

»Mr. und Mrs. Luczak? Robert Luczak?«

»Loo-zack«, sagte ich und verbesserte automatisch die Aussprache. »Ja, ich bin Robert Luczak.« Ich betrachtete den Mann, der sich zu uns durchgedrängt hatte. Er war groß und mager, trug schmutzige braune Hosen und ein weißes Hemd, das im grünlichen Neonlicht grau und rußig wirkte. Sein Gesicht war vergleichsweise jung – vielleicht Ende Zwanzig – und glattrasiert, aber sein schwar-

zes Haar stand in elektrisierten Locken ab, und die dunklen, stechenden Augen vermittelten einen Eindruck solcher Intensität, daß es an unterdrückte Brutalität erinnerte. Die Brauen waren dunkle, struppige Büschel, die sich fast über einer falkengleichen Raubvogelnase trafen. Ich wich einen halben Schritt zurück und ließ einen Koffer fallen, damit ich die rechte Hand freibekam. »Mr. Chatterjee?«

»Nein, ich habe Mr. Chatterjee nicht gesehen«, antwortete er schrill. »Ich bin M. T. Krishna. Durch den Lärm und seinen ausgeprägten Singsangdialekt hörte ich es zuerst als ›empty Krishna‹.

Ich streckte die Hand aus, aber Krishna hatte sich bereits umgedreht und ging voran nach draußen. Mit dem rechten Arm stieß er Leute beiseite. »Hier entlang, bitte! Rasch! Rasch!«

Ich nickte Amrita zu und hob drei der Taschen. Es war unglaublich, aber Victoria schlief trotz Hitze und Aufruhr. »Gehören Sie zum Schriftstellerverband?« fragte ich.

»Nein, nein, nein.« Krishna drehte beim Sprechen nicht den Kopf. »Sehen Sie, ich bin Teilzeitlehrer. Ich habe Kontakte zur Education Foundation der Vereinigten Staaten in Indien. Mein Vorgesetzter, Mr. Shah, wurde von seinem guten und langjährigen Freund Mr. Abraham Bronstein aus New York City informiert und gebeten, seine besten Grüße zu übermitteln. Rasch!«

Draußen schien die Luft noch dicker und feuchter als in der dampfenden Flughafenhalle zu sein. Suchscheinwerfer beleuchteten ein silbernes Schild über der Flughafentür. »Dum Dum Airport«, las ich laut.

»Ja, ja. Hier haben sie die Kugeln hergestellt, bis sie nach dem Ersten Weltkrieg verboten worden sind«, sagte Krishna. »Bitte hier entlang.«

Plötzlich waren wir von einem Dutzend Gepäckträgern umringt, die sich darum rissen, unsere wenigen Reisetaschen zu tragen. Die Männer waren knochendürr, barfuß und in braune Lumpen gehüllt. Einem fehlte ein Arm. Ein anderer sah aus, als wäre er von einem schrecklichen Feuer entstellt worden: Sein Kinn wurde von gewaltigen Wülsten Narbengewebe an die Brust geschweißt. Offenbar konnte er nicht sprechen, aber drängende Laute gurgelten aus seinem verunstalteten Hals herauf.

»Geben Sie ihnen das Gepäck«, befahl Krishna. Er deutete ungeduldig auf die Träger, die sich förmlich überschlugen, um an die Taschen heranzukommen.

Wir mußten nur etwa sechs Schritte die gekrümmte Zufahrt entlang gehen. Die Luft war schwer von Feuchtigkeit und so dunkel und schwer wie eine nasse Armeedecke. Eine schwindelerregende Sekunde lang dachte ich, es würde schneien, da weiße Pünktchen in der Luft zu tanzen schienen; dann wurde mir klar, daß Millionen Insekten in den Lichtstrahlen der Flughafenscheinwerfer tanzten. Krishna deutete auf die Träger, deutete auf ein Fahrzeug, und ich blieb überrascht stehen. »Ein Bus?« sagte ich, obwohl der blauweiße Wagen mehr ein Kleintransporter als ein ausgewachsener Bus war. Auf der Seite stand die Inschrift USEFI.

»Ja, ja, ja. Er war das einzig verfügbare Transportmittel. Rasch jetzt!«

Einer der Träger kletterte behende wie ein Affe am Heck des Busses hinauf zum Dach. Unsere vier Taschen wurden hinaufgereicht und am Gepäckträger festgezurrt. Während sie einen Streifen schwarze Plastikfolie über das Gepäck spannten, fragte ich mich müßig, warum wir es nicht in den Bus mitnehmen konnten. Ich holte achselzuckend zwei Fünfrupienscheine aus der Tasche, die ich den Trägern als Trinkgeld geben wollte. Krishna nahm sie mir aus der Hand und gab eine zurück.

»Nein. Das ist zuviel«, sagte er. Ich zuckte erneut die Achseln und half Amrita beim Einsteigen. Durch die Schreie der aufgeregten Träger war Victoria schließlich doch aufgewacht und steuerte ihr schrilles Schreien zum allgemeinen Durcheinander bei. Wir nickten dem verschlafenen Fahrer zu und nahmen den zweiten Sitz rechts. An der Tür haderte Krishna mit drei Trägern, die unser Gepäck gebracht hatten. Amrita verstand den ganzen Schwall Bengali nicht, aber immerhin soviel, daß sie mir sagen konnte, die Träger wären aufgebracht, weil sie fünf Rupien nicht durch drei teilen konnten. Sie verlangten noch eine Rupie. Krishna brüllte etwas und wollte die Bustür zumachen. Der älteste Träger, dessen Gesicht ein Labyrinth von tiefen, mit weißen Stoppeln bewaldeten Schluchten war, machte einen Schritt nach vorne und blockierte die Tür mit seinem Körper. Andere Träger kamen von ihren Plätzen bei der Flughafentür herüber. Rufe wurden zu Schreien.

»Um Himmels willen«, sagte ich zu Krishna, »hier, geben Sie ihnen noch ein paar Rupien. Verschwinden wir von hier.«

»Nein!« Krishnas Blick wandte sich in meine Richtung, und jetzt war die Brutalität darin nicht mehr unterdrückt. Es war der fröhliche Ausdruck von Männern, die sie bei einem blutigen Sport zur Schau stellen. »Es ist zuviel«, sagte er fest.

Jetzt war ein ganzer Mob Träger vor der Tür. Plötzlich hämmerten Hände gegen die Seiten des Busses. Der Fahrer richtete sich auf und rückte nervös die Mütze zurecht. Der alte Mann unter der Tür war auf die unterste Stufe getreten, als wollte er eintreten, aber Krishna drückte ihm drei Finger auf die nackte Brust und stieß fest zu. Der alte Mann fiel zurück auf das Meer braungekleideter Gestalten.

Plötzlich packten krallenhafte Finger das halb offene Fenster neben Amrita, und der Träger mit dem verbrannten Gesicht zog sich hoch wie an einer Reckstange. Zentimeter von uns entfernt bewegte er hektisch den Mund, und ich sah, daß er keine Zunge hatte. Speichel spritzte gegen die staubige Scheibe.

»Verdammt noch mal, Krishna!« Ich stand auf, um den Trägern das Geld zu geben. In diesem Augenblick kamen drei Polizisten aus den Schatten. Sie trugen weiße Helme,

Sam-Browne-Gürtel und Khakihosen. Zwei waren mit *Lathi*-Stöcken bewaffnet – die indische Version eines Gummiknüppels –, sechzig Zentimeter Hartholz mit einem Eisenkern am Gebrauchsende.

Der Mob der Träger brüllte weiter, wich aber zurück, als die Polizisten näherkamen. Das vernarbte Gesicht verschwand von Amritas Fenster. Der erste Polizist schlug mit dem Stock gegen den Bug des Busses, worauf sich der alte Träger umdrehte und seine Beschwerde brüllte. Der Polizist hob den tödlichen Knüppel und brüllte zurück. Krishna nutzte die Gelegenheit und zerrte an dem Griff, mit dem man die Bustür zumachen konnte. Er fauchte dem Fahrer zwei Silben zu, worauf wir uns in Bewegung setzten und rasch auf der dunklen Zufahrt beschleunigten. Ein lautes Poltern war zu hören, als ein Stein das Heck des Busses traf.

Dann hatten wir das Flughafengelände hinter uns gelassen und bogen auf eine verlassene vierspurige Straße ein. »VIP Highway«, rief Krishna von seinem Platz an der Tür, wo er noch stand. »Wird nur von Very Important Persons benützt.« Rechts tauchte ein weißes Schild auf. Die schlichte Botschaft lautete – in Hindi, Bengali und Englisch – WILLKOMMEN IN KALKUTTA.

Wir fuhren ohne Scheinwerfer, aber die Innenbeleuchtung des Busses blieb eingeschaltet. Dunkle Ringe der Müdigkeit lagen unter Amritas hübschen Augen. Victoria – die zu erschöpft zum Schlafen und des Weinens müde war – gab in den Armen ihrer Mutter maunzende Laute von sich. Krishna setzte sich seitlich auf den Sitz vor uns und bot uns die Habichtsnase im Profil; seine erboste Miene wurde von den Lichtern oben und gelegentlich von einer Straßenlaterne erhellt.

»Ich besuchte fast drei Jahre lang die Universität in den Staaten«, sagte er.

»Wirklich?« sagte ich. »Das ist sehr interessant.« Ich hätte dem Arschloch eins in die Fresse hauen können, weil er unnötigerweise so einen Schlamassel verursacht hatte.

»Ja, ja. Ich habe mit Schwarzen, Chicanos, roten Indianern gearbeitet. Den unterdrückten Menschen Ihres Landes.«

Die marschigen Felder der Dunkelheit am Rande der Schnellstraße wichen plötzlich einem Wirrwarr von Hütten, die bis unmittelbar an den Straßenrand reichten. Helle Petroleumlaternen leuchteten hinter Wänden aus Sackleinwand. In der Ferne zeigte ein Lagerfeuer scharf umrissene Silhouetten, die sich ruckartig vor gelben Flammen bewegten. Scheinbar ohne Übergang hatten wir das Land hinter uns gelassen und fuhren durch enge feuchte Straßen, die zwischen Blocks halb verfallener Hochhäuser hindurchführten, durch meilenlange Slums mit Blechdächern und endlose Panoramen verfallender, schwarz gewordener Fassaden.

»Meine Professoren waren Narren. Konservative Narren. Sie glaubten, daß Literatur aus toten Wörtern in Büchern besteht.«

»Ja«, sagte ich. Ich hatte keine Ahnung, wovon Krishna redete.

Die Straßen waren stellenweise überschwemmt. Da und dort stand das Wasser fünfzig bis sechzig Zentimeter hoch. Unter zerschlissenem Segeltuch saßen und schliefen und kauerten Gestalten in wallenden Gewändern und starrten uns mit Augen an, in denen nur Weiß inmitten von Kugeln aus Schatten zu sehen war. In jeder Gasse konnte man Blicke in offene Zimmer erhaschen, in grell erleuchtete Innenhöfe und auf Schatten, die sich in Schatten bewegten. Ein gebrechlicher Mann, der einen schweren Karren zog, mußte beiseite springen, als unser Bus vorüberbrauste und einen Schwall schmutziges Wasser über ihn und seine Ladung schleuderte. Er schüttelte die Faust, sein Mund formulierte Obszönitäten, die wir nicht hörten.

Die Häuser schienen unendlich alt zu sein, verfallene Überbleibsel eines vergessenen Jahrtausends – eines vormenschlichen Zeitalters –, denn die Schatten, Winkel,

Öffnungen und leeren Stellen schienen nicht zur Architektur von Menschen zu passen. Und doch konnte man auf jedem zweiten oder dritten Stockwerk durch offene Fenster Blicke auf Spuren von Menschen werfen, die diese druidischen Ruinen bewohnten: kahle, baumelnde Glühbirnen, nickende Köpfe, abblätternde Wände, wo Verputz von den weißen, knochigen Rippen der Häuser faulte, grelle Illustrationen von Göttern mit viel Armen, die aus Zeitschriften ausgeschnitten und schief an Wände oder Fensterscheiben geklebt waren, Schreie spielender Kinder, die flohen und durch die wie mit Messern geschwärzten Gassen rannten, halb vernommenes Wimmern von Säuglingen – und überall wahllose Bewegungen, die man aus den Augenwinkeln wahrnahm, das einsilbige Dröhnen der Busreifen auf nassem Lehm und Asphalt und der Anblick von Gestalten unter Tüchern, die wie Leichen in den Schatten auf Gehwegen lagen. Ein schreckliches Gefühl des *déjà vu* kam über mich.

»Ich habe das Studium angewidert abgebrochen, als ein Narr von Professor meine Arbeit über den Einfluß des Zen-Buddhismus auf Walt Whitman nicht akzeptierte. Ein arroganter, engstirniger Dummkopf.«

»Ja«, sagte ich. »Glauben Sie, wir könnten die Innenbeleuchtung ausschalten?«

Wir näherten uns dem Stadtzentrum. Verfallende Elendsviertel wichen größeren Bauwerken, die noch verfallener aussahen. Nur wenige Straßenlaternen brannten. Vages Flackern von Wetterleuchten spiegelte sich in tiefen Pfützen schwarzen Wassers, das auf Kreuzungen stand. Vor jeder dunklen Ladenfassade schienen stumme Gestalten wie weggeworfene Wäsche unter Tüchern zu liegen oder uns halb aufgerichtet zu beobachten. Im gelben Licht des Businneren sahen wir alle drei wie wächserne Leichen aus. Jetzt wußte ich, wie Kriegsgefangenen zumute sein mußte, wenn sie in einer Parade durch die Straßen der gegnerischen Hauptstadt gefahren wurden.

Vor uns stand ein Junge auf einer Kiste in einer schwarzen Wasserfläche und schwang etwas, das ich für eine tote Katze hielt, am Schwanz. Er warf sie, als der Bus näher kam, und erst als der Kadaver mit einem hohlen Laut von der Windschutzscheibe abprallte, wurde mir klar, daß es eine Ratte war. Der Fahrer fluchte und steuerte auf das Kind zu. Der Junge sprang mit wuselnden braunen Beinen davon, die Kiste, auf der er gestanden hatte, splitterte unter unserem rechten Vorderreifen.

»Sie verstehen das natürlich, da Sie Dichter sind«, sagte Krishna und entblößte kleine, spitze Zähne.

»Was ist mit der Beleuchtung?« fragte ich. Ich spürte, wie Wut in mir emporstieg. Amrita berührte mit der linken Hand meinen Arm.

Krishna rief etwas in Bengali. Der Fahrer zuckte die Achseln und grunzte eine Antwort.

»Der Schalter ist kaputt«, sagte Krishna.

Wir fuhren auf einen offenen Platz. Ein Park – möglicherweise – schnitt eine solide schwarze Linie durch den Irrgarten windschiefer Gebäude. Zwei Autos standen verlassen mitten auf einer überfüllten Plaza, in der Nähe kauerten ein Dutzend Familien unter durchhängenden Segeltuchplanen. Es fing wieder an zu regnen. Der plötzliche Wolkenbruch hämmerte wie Fäuste aus einem dunklen Himmel auf das Blech des Busses. Nur die Fahrerseite der Windschutzscheibe hatte einen Wischer, und dieser kämpfte träge gegen den Vorhang aus Wasser, der bald einen Schleier zwischen der Stadt und uns gebildet hatte.

»Wir müssen über Mr. M. Das reden«, sagte Krishna.

Ich blinzelte. »Ich hätte gerne das Licht *aus*«, sagte ich langsam und nachdrücklich. Die irrationale Wut hatte sich seit Verlassen des Flughafens in mir aufgebaut. Ich wußte, noch einen Augenblick und ich würde diesen selbstgefälligen, dickfelligen Kretin würgen, ihn würgen bis ihm die Froschaugen aus dem dummen Kopf quollen. Ich spürte die Wut in mich hinabfließen wie die Hitze nach einem starken Drink. Amrita muß meinen Sekunden währenden Wahnsinn gespürt haben, denn ihre Hand, die mich zurückhielt, schloß sich wie ein Schraubstock um meinen Arm.

»Es ist sehr wichtig, daß ich mit Ihnen über Mr. M. Das rede«, sagte Krishna. Die Hitze im Bus war überwältigend. Schweiß stand wie Brandblasen auf unseren Gesichtern. Unser Atem schien wie Dampf in der Luft zu hängen, während die Welt weiterhin von dem prasselnden Wolkenbruch draußen eingehüllt wurde.

»Ich mach' die Scheißlichter selbst aus«, sagte ich und wollte aufstehen. Amrita hätte mich mit beiden Händen zurückgehalten, wäre Victoria nicht gewesen.

Krishnas buschige Brauen fuhren überrascht in die Höhe, als ich über ihm aufragte. Ich machte gerade meinen rechten Arm frei, als Amrita sagte: »Spielt keine Rolle mehr, Bobby. Wir sind da. Schau, dort ist das Hotel.«

Ich hielt inne, bückte mich und sah zum Fenster hinaus. Der Wolkenbruch hatte so plötzlich aufgehört wie er angefangen hatte, jetzt fiel nur noch leichter Nieselregen. Meine Wut verflog mit dem abschwellenden Geräusch des Regens auf dem Dach.

»Wir werden vielleicht später reden, Mr. Luczak«, sagte Krishna. »Es ist äußerst wichtig. Morgen vielleicht.«

»Ja.« Ich nahm Victoria in die Arme und kletterte aus dem Bus.

Die Fassade des Oberoi Grand Hotel war so dunkel wie ein Granitfelsen, aber durch die Doppeltür drang ein wenig Licht. Ein zerfleddertes Sonnensegel verlief bis zum Bordstein. Auf beiden Seiten standen etwa ein Dutzend schattige Gestalten unter regennassen Schirmen. Manche hielten durchweichte Spruchbänder. Auf einem konnte ich Hammer und Sichel und das englische Wort UNFAIR erkennen. »Streikende«, sagte Krishna und schnippte mit den Fingern zu einem verschlafenen Portier in roter Livree. Ich zuckte die Achseln. Eine Streikfront vor einem pechschwarzen Hotel um halb zwei Uhr nachts im vom Monsun aufgeweichten Kalkutta überraschte mich nicht mehr. Irgendwann im Verlauf der vergangenen halben

Stunde war mein Sinn für die Wirklichkeit abhanden gekommen. Ein Dröhnen, wie das Summen Tausender Insektenbeine, hallte mir in den Ohren. *Zeitverschiebung*, dachte ich.

»Danke, daß Sie uns abgeholt haben«, sagte Amrita, während Krishna wieder in den Bus stieg.

Er zeigte ihr seine Babyhaifratze. »Ja, ja. Wir reden morgen miteinander. Gute Nacht. Gute Nacht.«

Zum Hoteleingang schienen mehrere dunkle Flure zu gehören, die die Halle wie ein schützendes Labyrinth von der Straße trennten. Die Halle selbst war hell erleuchtet. Der Portier war hellwach, sauber gekleidet und erfreut, uns zu sehen. Ja, er hatte die Reservierung für Mr. und Mrs. Luczak. Ja, sie hatten unser Telex wegen der Verspätung erhalten. Der Gepäckträger war ein alter Mann, aber er gurrte mit Victoria, während wir mit dem Fahrstuhl in den sechsten Stock fuhren, und ich gab ihm zehn Rupien, als er ging.

Unser Zimmer war so höhlenartig und schattig wie alles in der Stadt, schien aber vergleichsweise sauber zu sein, und die Tür hatte einen schweren Riegel.

»O nein!« Es war Amritas Stimme aus dem Bad. Ich war klopfenden Herzens mit drei Schritten bei ihr.

»Es sind keine Handtücher da«, sagte Amrita. »Nur Waschlappen.« Da fingen wir beide an zu lachen. Wenn einer von uns aufhörte, fing der andere wieder an.

Wir brauchten zehn Minuten, um auf dem Bett ein Nest für Victoria zu machen, unsere verschwitzten Kleidungsstücke auszuziehen, uns so gut es ging zu waschen und gemeinsam unter die dünne Decke zu schlüpfen. Die Klimaanlage klickte und pfiff hohl. Irgendwo in der Nähe ertönte explosionsartig eine Toilettenspülung. Das Pochen in meinen Ohren war das Echo der Flugzeugmotoren.

»Träum süß, Victoria«, sagte Amrita. Das Baby krähte leise im Schlaf.

Wir waren nach zwei Minuten eingeschlafen.

Kapitel Vier

»Nach dem Erstürmen der Barrikaden, beginnt auf dem großen Hof die Verständigung der Menschen und umgängliches Treiben.«

– Purnendu Patri

»Im Licht des Morgens sieht alles immer viel besser aus«, sagte Amrita.

Wir frühstückten im Garden Café des Hotels. Victoria gluckste fröhlich in dem Hochstuhl, den die fürsorglichen Kellner gebracht hatten. Von dem Café aus hatte man Aussicht auf die Gartenanlagen des Innenhofs. Arbeiter auf Gerüsten scherzten fröhlich miteinander.

Ich trank meinen Tee, knabberte an meinem getoasteten Brötchen und las die englischsprachige Zeitung von Kalkutta. Im Editorial wurde nach einem modernen Transitsystem verlangt. Saris und Motorräder wurden in Anzeigen angeboten. Eine lächelnde indische Familie hielt Coca-Cola-Flaschen hoch. Auf derselben Seite war die Nahaufnahme eines Leichnams zu sehen – in Verwesung übergegangen, das Gesicht offen wie ein geplatzter Gummireifen, hervorquellende, glasige Augen. Der Leichnam war erst gestern in einem nicht abgeholten Stahlcontainer im Bahnhof Howrah entdeckt worden – Donnerstag, dem 14. Juli –, und wer sachdienliche Hinweise zur Identität des Verstorbenen machen konnte, sollte den Polizeiinspektor Howrah, Govt Rly anrufen und Fall Nr. 23 dt. 14.7.77 u/s 302/301 I. P. C. (S. R. 39/77) erwähnen.

Ich faltete die Zeitung zusammen und legte sie auf den Tisch.

»Mr. Luczak? Guten Morgen!« Ich stand auf und schüttelte dem indischen Herrn in mittleren Jahren, der sich uns genähert hatte, die Hand. Er war klein, hellhäutig, fast kahl und trug eine dicke Hornbrille. Sein Tropenanzug aus Kammgarn war maßgeschneidert, sein Händedruck sanft. »Mr. Luczak«, sagte er, »ich bin Michael Leonard Chatterjee. Mrs. Luczak, es ist mir eine große Freude, Sie kennenzulernen.« Er verbeugte sich knapp und nahm Amritas Hand in seine. »Meine aufrichtigste Entschuldigung, daß ich Sie gestern abend nicht am Flughafen abholen konnte. Mein Fahrer hat mich irrtümlicherweise informiert, der Flug von Bombay wäre auf heute morgen verschoben worden.«

»Kein Problem«, sagte ich.

»Aber es ist unglücklich und unfreundlich, wenn man eine Stadt betreten muß, ohne angemessen begrüßt worden zu sein. Ich entschuldige mich. Wir sind sehr erfreut, daß Sie hier sind.«

»Wer ist ›Wir‹?« fragte ich.

»Bitte setzen Sie sich zu uns«, sagte Amrita.

»Danke. Was für ein hübsches Kind! Sie hat Ihre Augen, Mrs. Luczak. ›Wir‹, das ist der Schriftstellerverband von Bengalen, Mr. Luczak. Wir hatten wiederholten Kontakt mit Mr. Morrow und seiner wunderbaren Publikation, und wir freuen uns schon sehr darauf, das jüngste Werk des besten Dichters von Bengalen ... nein, von *Indien*, mit Ihnen zu teilen.«

»Demnach lebt M. Das noch?«

Chatterjee lächelte sanft. »Oh, ganz gewiß, Mr. Luczak. Wir haben in den vergangenen sechs Monaten zahlreiche Briefe von ihm erhalten.«

»Aber haben Sie ihn gesehen?« beharrte ich. »Sind Sie sicher, daß es sich um M. Das handelt? Weshalb war er acht Jahre lang verschwunden? Wann kann ich ihn treffen?«

»Alles zu seiner Zeit, Mr. Luczak«, sagte Michael Leonard Chatterjee. »Alles zu seiner Zeit. Wir haben ein erstes Treffen mit den Vorsitzenden unseres Schriftstellerverbandes für Sie arrangiert. Wäre Ihnen vierzehn Uhr recht? Oder möchten Sie und Mrs. Luczak gerne einen Tag ausruhen und die Sehenswürdigkeiten der Stadt besuchen?«

Ich sah Amrita an. Wir hatten schon vereinbart, falls ich keinen Dolmetscher brauchte, würden sie und Victoria im Hotel bleiben und sich ausruhen. »Heute ist prima«, sagte ich.

»Großartig, großartig. Ich schicke Ihnen um halb zwei einen Wagen.«

Wir sahen Michael Leonard Chatterjee nach, wie er das Café verließ. Hinter uns riefen Arbeiter auf Bambusgerüsten den Hotelangestellten, die durch den Garten gingen, fröhliche Worte zu. Victoria schlug laut auf das Tablett ihres Hochstuhls und stimmte in die allgemeine Fröhlichkeit ein.

Das Schild auf der überfüllten Plaza auf der anderen Straßenseite, gegenüber vom Hotel, gehörte zur United Bank of India. Es wies keine Illustration auf, lediglich schwarze Buchstaben auf weißem Grund: *Kalkutta – Kulturelle Hauptstadt der Nation? Eine Definition von Obszönität?* Das schien eine seltsame Werbung für eine Bank zu sein.

Das Auto war ein kleiner schwarzer Premiere mit einem Fahrer mit Mütze und Khakishorts. Wir fuhren die Chowringhee Road entlang, und während wir uns durch den dichten Verkehr quälten, hatte ich Gelegenheit, mir Kalkutta bei Tageslicht anzusehen.

Die Szenerie war in ihrer irren Intensität beinahe komisch. Fußgänger, Fahrradschwärme, Rickschas mit orientalischem Aussehen, Automobile, mit Hakenkreuzen verzierte Pritschenwagen, zahllose Motorräder und quietschende Ochsenfuhrwerke, alle strömten in unsere Spur der löchrigen Straße. Vieh lief frei herum, blockierte den Verkehr, steckte den Kopf in Geschäfte und watete durch Abfallhaufen, die sich am Bordstein oder mitten auf der Straße türmten. An einer Stelle lag der Müll drei Blocks lang knietief und säumte die Straße wie ein Deich. Auch Menschen stapften hindurch und stritten sich mit Vieh und Krähen um Eßbares.

Ein Stück weiter überquerten Schulmädchen in gestärkten weißen Blusen und blauen Röcken in einer ordentlichen Reihe die Straße, während ein Polizist mit braunem Helm den Verkehr für sie aufhielt. Die nächste Kreuzung wurde von einem kleinen roten Tempel beherrscht, der mitten auf der Straße stand. Der süße Geruch von Weihrauch und der scharfe von Pisse drangen durch das offene Fenster des Autos. Rote Wimpel hingen an Stromleitungen und verwitterten Fassaden. Und allerorten das unablässige Wuseln brauner Menschen – beinahe ein Gezeitenstrom wogender, weiß- und braungekleideter Gestalten, die die Luft selbst mit ihren feuchten Ausdünstungen zu schwängern schienen.

Kalkutta bei Licht war eindrucksvoll, vielleicht ein wenig einschüchternd, aber es verursachte nicht mehr die seltsame Furcht und Wut der Nacht zuvor. Ich machte die Augen zu und versuchte, die Wut zu analysieren, die mich im Bus überkommen hatte, aber Hitze und Lärm waren meiner Konzentrationsfähigkeit hinderlich. Jede Fahrradklingel des Universums schien im Verein mit Autohupen, Schreien und dem anschwellenden Lärm der Stadt selbst zu verschmelzen und eine Mauer aus Lärm zu schaffen, deren Nachhall fast körperlich spürbar war.

Der Schriftstellerverband hatte seinen Hauptsitz in einem grauen, massigen Gebäude gleich nach dem Dalhousie Square. Mr. Chatterjee nahm mich am Fuß der Treppe in Empfang und ging voraus zum dritten Stock. Das Zimmer war groß und ohne Fenster. Die verblichenen Überreste eines Freskos blickten von der schmutzigen Decke herab, sieben Menschen sahen von einem grüngebeizten Tisch hoch.

Ich wurde vorgestellt. Ich habe schon unter günstigen Bedingungen Schwierigkeiten, mir die Namen von Leuten zu merken, daher verspürte ich eine Art Schwindelgefühl, als ich versuchte, die Liste Bengalisilben, die ich zu hören bekam, mit den braunen und kultivierten Gesichtern in Verbindung zu bringen. Die einzige anwesende Frau – müdes Gesicht, graues Haar und ein schwerer grüner Sari, den sie unablässig auf der Schulter zurechtrückte – schien Leela Meena Basu Belliappa zu heißen.

Es folgten mehrere Minuten Plauderei, die durch unsere Dialekte erschwert wurde. Ich stellte fest, wenn ich mich entspannte und den Singsangstrom des indischen Englisch über mich hinwegströmen ließ, stellte sich der Sinn alsbald ein. Die abgehackte Melodik ihrer Sprechweise war seltsam einlullend, fast hypnotisierend. Plötzlich tauchte ein Kellner im weißen Frack aus dem Schatten auf und verteilte gesprungene Tassen voll Zucker, klumpiger Büffelkuhmilch und Tee. Ich saß zwischen der Frau und dem Direktor des Verbands, einem Mr. Gupta. Er war ein großer Mann mittleren Alters mit schmalem Gesicht und einem deutlich vorstehenden Oberkiefer. Ich wünschte mir, Amrita wäre mitgekommen. Ihre Gelassenheit wäre ein Puffer zwischen mir und diesen hektischen Fremden gewesen.

»Ich glaube, Mr. Luczak sollte unser Angebot hören«, sagte Gupta plötzlich. Die anderen nickten. Wie auf ein Stichwort hin ging das Licht aus.

Es war stockdunkel in dem Zimmer ohne Fenster. Rufe aus verschiedenen Teilen des Gebäudes wurden laut, Kerzen wurden hereingebracht. Mr. Chatterjee beugte sich über den Tisch und versicherte mir, daß dies ein üblicher Vorfall wäre. Es schien tagtäglich zu Stromausfällen zu kommen, wenn die unzureichende Elektrizität von einem Stadtteil zum nächsten verlagert wurde.

Irgendwie schienen Dunkelheit und Kerzenlicht die Hitze zu betonen. Ich fühlte mich etwas schwindlig und hielt mich krampfhaft an der Tischkante fest.

»Mr. Luczak, Sie sind sich darüber im klaren, daß es ein einmaliges Privileg ist, das Meisterwerk eines großen Bengalidichters wie M. Das zu bekommen.« Mr. Guptas Stimme war einschmeichelnd wie eine Oboe. Die vollen Töne schwebten in der Luft. »Nicht einmal wir haben die vollständige Version dieses Werkes zu sehen bekommen. Ich hoffe, die Leser Ihres Magazins wissen diese Ehre zu schätzen.«

»Ja«, sagte ich. Ein Schweißtropfen hing an Mr. Guptas Nasenspitze. Das flackernde Kerzenlicht warf unsere Schatten vier Meter hoch. »Haben Sie noch mehr von dem Manuskript von Mr. Das erhalten?«

»Bisher noch nicht«, sagte Mr. Gupta. Seine dunklen Augen waren feucht, mit schweren Lidern. Kerzenwachs tropfte auf das grüne Fries. »Dieses Komitee soll die endgültige Entscheidung über das Erscheinen der englischsprachigen Version des epischen Werks treffen.«

»Ich würde Mr. Das gerne treffen«, sagte ich. Die Leute am Tisch wechselten Blicke.

»Das wird nicht möglich sein.« Die Frau hatte gesprochen. Ihre Stimme war so hoch und schrill wie eine Säge auf Metall. Der aufreizende, näselnde Tonfall vertrug sich nicht mit ihrem würdevollen Äußeren.

»Warum nicht?«

»M. Das stand für mehrere Jahre nicht zur Verfügung«, sagte Gupta aalglatt. »Eine Zeitlang glaubten wir alle, er wäre gestorben. Wir trauerten um den Verlst eines der Wertvollsten der Nation.«

»Und woher wissen Sie jetzt, daß er am Leben ist? Hat ihn jemand hier gesehen?«

Es folgte neuerliches Schweigen. Die Kerzen waren schon halb heruntergebrannt und flackerten heftig, obwohl kein Wind sich regte. Mir war schrecklich heiß und ein wenig übel. Einen wahnsinnigen Augenblick lang schien mir, als würden die Kerzen niederbrennen und wir weiter in der feuchten Dunkelheit reden, Geister ohne Körper, die in einem verfallenden Gebäude im Bauch einer toten Stadt spukten.

»Wir haben die Korrespondenz«, sagte Michael Leonard Chatterjee. Er nahm ein halbes Dutzend knisternde Briefumschläge aus der Aktentasche. »Sie beweist ohne jeden Zweifel, daß unser Freund noch am Leben und in unserer Mitte ist.« Chatterjee leckte befeuchtend die Finger und blätterte die eng gefalteten Seiten dünnen Schreibmaschinenpapiers durch. Im trüben Licht sahen die Zeilen der indischen Schrift wie magische Runen, geheimnisvolle Beschwörungen aus.

Mr. Chatterjee las laut mehrere Abschnitte vor, um das zu beweisen. Es wurde nach Verwandten gefragt, gemeinsame Freunde wurden erwähnt. Eine zwanzig Jahre zurückliegende Diskussion wurde in allen Einzelheiten geschildert. Eine Anfrage an Mr. Gupta nach einem kurzen Gedicht wurde gestellt, welches vor Jahren bezahlt, aber nie veröffentlicht worden war.

»Nun gut«, sagte ich. »Aber es ist wichtig für meinen Artikel, daß ich Mr. Das persönlich kennenlerne, damit ich...«

»Bitte«, sagte Mr. Chatterjee und hielt die Hände hoch. In seiner Brille spiegelte sich eine doppelte Flamme, wo die Augen sein sollten. »Dies könnte erklären, warum es unmöglich ist.« Er faltete ein Blatt auseinander, räusperte sich und fing an zu lesen.

»... Ihr seht also, meine Freunde, die Umstände ändern sich, aber Menschen nicht. Ich erinnere mich an den Tag im Juli 1969. Es war während des Festes von Schiwa. In der *Times* stand, daß Menschen Fußabdrücke auf dem Mond hinterlassen hätten. Ich kehrte vom Dorf meines Vaters zurück: einem Ort, wo die Menschen Fußabdrücke im Boden hinter ihren schuftenden Bullen hinterlassen, wie seit fünftausend Jahren. In den Dörfern, an denen der Zug vorbeifuhr, plagten sich die Bauern, um ihre schweren Pflüge durch den Schlamm zu ziehen.

Während der ganzen lauten und gedrängten Reise zurück zu unserer geliebten Stadt mußte ich darüber nachdenken, wie leer und vergeblich mein Leben gewesen war. Mein Vater hatte ein langes und nützliches Leben geführt. Jeder Bewohner seines Dorfes, vom Brahmanen bis zum Harijan, wollte an seiner Einäscherung teilnehmen. Ich war durch Felder geschritten, die mein Vater lange vor meiner Geburt geflutet und bestellt und den Launen der

Natur entrissen hatte. Nach seinem Begräbnis verließ ich meine Brüder und begab mich in den Schatten eines großen Feigenbaums, den mein Vater als junger Mann gepflanzt hatte. Überall um mich herum waren die Spuren des Wirkens meines Vaters. Das Land selbst schien sein Dahinscheiden zu beklagen.

Und was, fragte ich mich, hatte ich getan? In wenigen Wochen würde ich vierundfünfzig Jahre alt werden, und welchem Zweck hatte ich mein Leben gewidmet? Ich hatte ein paar Verse geschrieben, meine Kollegen amüsiert und ein paar Kritiker erbost. Ich hatte ein Netz der Illusion geknüpft, daß ich die Tradition unseres großen Tagore weiterführen würde. Und dann hatte ich mich in mein eigenes Netz der Täuschung verstrickt.

Als wir den Bahnhof Howrah erreichten, hatte ich eingesehen, wie seicht mein Leben und meine Kunst waren. Mehr als dreißig Jahre lang hatte ich in unserer geliebten Stadt gelebt und gearbeitet – Herz und Blutstein von Bengalen –, und nicht einmal war die Essenz dieser Stadt in meinen nichtswürdigen Kunstwerken nachgebildet oder auch nur angedeutet worden. Ich hatte versucht, die Seele von Bengalen zu definieren, indem ich ihr bedeutungslosestes Äußeres, ihre fremden Eindringlinge und ihr ehrlosestes Gesicht beschrieben hatte. Es war, als hätte ich versucht, die Seele einer wunderschönen und komplexen Frau zu beschreiben, indem ich alle Einzelheiten ihrer geborgten Gewänder auflistete.

Gandhiji hat einmal gesagt: ›Ein Mann kann nicht wirklich leben, wenn er nicht mindestens einmal gestorben ist.‹ Als ich mein Erster-Klasse-Abteil im Bahnhof Howrah verlassen hatte, sah ich ein, wie zutreffend diese große Wahrheit war. Um zu leben – in meiner Seele, in meiner Kunst –, mußte ich das Zubehör meines alten Lebens abwerfen.

Ich gab meine beiden Koffer dem erstbesten Bettler, der sich mir näherte. Sein überraschter Ausdruck ist mir immer noch Anlaß zu gewissem Vergnügen. Ich habe keine

Ahnung, was er später mit meinen feinen Leinenhemden, meinen Pariser Krawatten und den zahlreichen Büchern gemacht hat, die ich eingepackt hatte.

Ich betrat die Stadt über die Howrah Bridge und wußte nur eines – ich war tot für mein altes Leben, tot für mein altes Zuhause und meine Gewohnheiten, und damit auch notwendigerweise tot für die Menschen, die ich liebte. Nur indem ich Kalkutta frisch betrat, wie dreiunddreißig Jahre zuvor als hoffnungsvoller, stammelnder Student aus einem kleinen Dorf –, nur dann konnte ich mit den klaren Augen sehen, die ich für mein letztes Werk brauchte.

Und diesem Werk... meinem ersten Versuch, die Geschichte der Stadt zu erzählen, welche uns ernährt... habe ich mein Leben gewidmet. Seit diesem Tag vor vielen Jahren, hat mich mein neues Leben an Orte in unserer geliebten Stadt geführt, von denen ich noch nie gehört hatte – einer Stadt, von der ich närrisch glaubte, ich würde sie aufs Innigste kennen.

Es hat mich veranlaßt, mein Leben unter den Verlorenen zu fristen, nur das zu besitzen, was von den Besitzlosen weggeworfen wurde, mit den Untersten Kasten zu arbeiten, Weisheit bei den Narren im Curzon Park zu suchen und Tugend bei den Huren der Sudder Street. Dabei war ich gezwungen, die Präsenz jener dunklen Götter anzuerkennen, welche diesen Ort in ihren Händen hielten, noch ehe die Götter selbst geboren wurden. Indem ich *sie* gefunden habe, habe ich mich selbst gefunden.

Bitte sucht mich nicht. Ihr würdet mich nicht finden, wenn Ihr suchen würdet. Und wenn Ihr mich finden würdet, würdet Ihr mich nicht erkennen.

Meine Freunde, ich überlasse es Euch, meine Anweisungen betreffs dieses neuen Werks auszuführen. Das Gedicht ist unvollständig. Es bleibt noch viel Arbeit zu tun. Aber die Zeit wird knapp. Ich wünsche, daß die existierenden Fragmente größtmögliche Verbreitung finden. Die Reaktion der Kritiker ist *bedeutungslos*. Urheberschaft und Copyright sind unwichtig. Es *muß* veröffentlicht werden.

Antwort über die üblichen Kanäle.

– Das«

Chatterjee hörte auf zu lesen, und in der Stille wurde der ferne Karneval des Straßenlärms leise hörbar. Mr. Gupta räusperte sich und stellte eine Frage nach dem amerikanischen Copyright. Ich erklärte es ihm, so gut ich konnte – sowohl das Angebot von *Harper's* wie auch den etwas bescheideneren Vorschlag von *Other Voices*. Weitere Diskussionen und Fragen folgten. Die Kerzen brannten nieder.

Schließlich wandte sich Gupta an die anderen und sagte etwas in maschinengewehrfeuerschnellem Bengali. Ich wünschte wieder, Amrita wäre mit mir gekommen. Schließlich sagte Michael Leonard Chatterjee: »Wenn Sie bitte einen Augenblick auf dem Flur warten würden, Mr. Luczak, das Gremium wird über das Schicksal des Manuskripts von M. Das abstimmen.«

Ich stellte mich auf prickelnde Füße und folgte einem Diener mit Kerze auf den Flur hinaus. Auf dem Treppenabsatz stand ein Sessel und ein kleiner runder Tisch, auf den die Kerze gestellt wurde. Spärliches fahles Licht drang von Ornamentglasfenstern zum Dalhousie Square die Treppe herauf, aber der düstere Schein machte die Dunkelheit in den Ecken des Absatzes und den abzweigenden Fluren nur um so undurchdringlicher.

Ich saß etwa zehn Minuten lang dort und war kurz vor dem Eindösen, als ich Bewegungen in den Schatten wahrnahm. Etwas bewegte sich verstohlen gerade außerhalb des Lichtkreises. Ich hob die Kerze und sah, wie eine Ratte von der Größe eines kleinen Terriers zur Reglosigkeit erstarrte. Sie verharrte am Rand des Absatzes, und ihr langer Schwanz wedelte feucht über die Dielen. Nagetieraugen sahen mich vom Rand des Lichts an. Sie kam einen halben Schritt näher, worauf mich ein Schauer des Ekels überlief. Die Bewegungen des Tiers erinnerten mich an nichts anderes als eine Katze, die ihre Beute verfolgt. Ich stand halb auf, packte den klapprigen Stuhl und machte mich bereit, ihn zu werfen.

Plötzlich zuckte ich angesichts eines lauteren Geräuschs hinter mir zusammen. Der Schatten der Ratte verschmolz mit dem Schatten im Flur, das Kratzen zahlreicher Krallen auf Holz war zu hören. Mr. Chatterjee und Mr. Gupta kamen aus dem dunklen Sitzungszimmer heraus. Flammen spiegelten sich in Mr. Chatterjees Brille. Mr. Gupta trat einen Schritt in meinen pulsierenden Lichtkreis. Sein Lächeln war eifrig, seine Zähne lang und gelb.

»Es ist entschieden«, sagte er. »Sie werden das Manuskript morgen bekommen. Man wird sich wegen der Vorbereitungen mit Ihnen in Verbindung setzen.«

Kapitel Fünf

»Kein Frieden in Kalkutta;
Das Blut ruft um Mitternacht...«

– Sukanta Bhattacharjee

Es war zu einfach. Dieser Gedanke ging mir durch den Kopf, während ich zum Hotel zurückgefahren wurde. Ich hatte mir vorgestellt, ich würde der ermittelnde Detektiv im Trenchcoat sein – Himmel, bei dieser Hitze! – und sorgfältig Hinweisen nachgehen und das geheimnisvolle Verschwinden und Wiederauftauchen des Phantom-Bengalidichters enträtseln. Und nun war das Puzzle an meinem ersten Nachmittag in der Stadt für mich zusammengesetzt worden. Morgen, Samstag würde ich das Manuskript haben, und dann stand es mir frei, Amrita und das Baby zu nehmen und wieder nach Hause zu fliegen. Wie sollte ich daraus einen Artikel machen? Es war zu einfach.

Mein Körper bestand darauf, daß es früher Morgen war, aber meine Armbanduhr behauptete fünf Uhr nachmittags. Arbeiter kamen aus altersfleckigen Bürogebäuden wie weiße Ameisen aus grauen Steinkadavern. Familien kochten auf den rissigen Gehwegen heißes Wasser für Tee, während Männer mit Aktentaschen über schlafende Kinder stiegen. Ein Mann in Lumpen kauerte sich nieder und urinierte in den Rinnstein, ein anderer wusch sich keine sechs Schritte entfernt in einer Pfütze. Ich drängte mich durch die kommunistischen Streikenden und betrat die klimatisierte Freistatt des Hotels.

Krishna wartete in der Halle. Der stellvertretende Geschäftsführer des Hotels beobachtete ihn als wäre Krishna ein bekannter Terrorist. Kein Wunder. Er sah noch wilder als zuvor aus. Sein schwarzes Haar stand wie elektrisiert in Fragezeichen ab, die Krötenaugen waren unter den buschigen Brauen größer und weißer denn je. Er grinste breit, als er mich sah, und kam mir mit ausgestreckten

Händen entgegen. Ich schüttelte sie noch ehe mir klar wurde, daß Krishna mit der herzlichen Begrüßung lediglich seine Anwesenheit vor dem stellvertretenden Geschäftsführer rechtfertigte.

»Ah, Mr. Luczak! Wie schön, Sie wiederzusehen! Ich bin gekommen um Ihnen bei der Suche nach dem Dichter M. Das behilflich zu sein.« Er schüttelte weiter meine Hand. Er trug dasselbe schmutzige Hemd wie in der Nacht zuvor und roch nach Moschusparfum und Schweiß. Ich selbst spürte, wie mir der Schweiß am Körper trocknete, während die Klimaanlage, die auf Hochtouren lief, Gänsehaut auf meine Arme zauberte.

»Danke, Mr. Krishna, aber dazu besteht keine Veranlassung.« Ich befreite die Hand. »Ich habe alle erforderlichen Vereinbarungen getroffen. Ich werde meine Geschäfte hier morgen abschließen.«

Krishna erstarrte. Das Lächeln verschwand, die Brauen rückten zusammen. »Ahh, ich verstehe. Sie sind beim Schriftstellerverband gewesen. Richtig?«

»Ja.«

»Ah, ja, ja. Dort konnte man Ihnen sicher eine äußerst zufriedenstellende Geschichte über unseren illustren M. Das erzählen. Die Geschichte *hat* Sie doch zufriedengestellt, Mr. Luczak?« Den letzten Satz flüsterte Krishna fast, und sein Aussehen war so unverhohlen verschwörerisch, daß der stellvertretende Geschäftsführer über die ganze Halle hinweg mißbilligend herübersah. Er mußte, weiß Gott, denken, was mir hier angeboten wurde.

Ich zögerte. Ich hatte keinen blassen Schimmer, was Krishna mit der ganzen Sache zu tun hatte, und ich wollte mir wirklich nicht die Zeit nehmen und es herausfinden. Im Geiste verfluchte ich Abe Bronstein dafür, daß er in meinen Vereinbarungen herumgestochert und mich dadurch unwissentlich mit diesem Giftzwerg in Kontakt gebracht hatte. Gleichzeitig wurde mir bewußt, daß Amrita und Victoria auf mich warteten, und ich spürte meinen Zorn über die Richtung, die dieser Auftrag einschlug.

Krishna interpretierte mein Zögern als Unsicherheit, beugte sich nach vorn und packte meinen Unterarm. »Ich habe jemand an der Hand, den Sie kennenlernen müssen, Mr. Luczak. Jemand, der Ihnen die Wahrheit über M. Das sagen kann.«

»Was meinen Sie damit, ›die Wahrheit‹? Um wen handelt es sich?«

»Es wäre ihm lieber, wenn ich das nicht sagen würde«, flüsterte Krishna. Seine Hände waren feucht. Im Weiß seiner Augen waren winzige gelbe Linien. »Wenn sie seine Geschichte gehört haben, werden Sie verstehen.«

»Wann?« schnappte ich. Nur das Gefühl des Unvollständigen, das ich im Auto gehabt hatte, hinderte mich daran, Krishna zu sagen, er solle sich zum Teufel scheren.

»Auf der Stelle!« sagte Krishna mit triumphierendem Grinsen. »Wir können ihn auf der Stelle treffen!«

»Unmöglich.« Ich befreite meinen Arm unvermittelt aus Krishnas Griff. »Ich gehe nach oben. Dusche. Ich habe meiner Frau versprochen, wir würden essen gehen.«

»Ah, ja, ja.« Krishna nickte und saugte an den unteren Zähnen. »Gewiß. Dann werde ich eine Verabredung für neun Uhr dreißig treffen. Wäre das angenehm?«

Ich zögerte. »Möchte Ihr Freund für seine Informationen bezahlt werden?«

»O nein, nein!« Krishna hob beide Handflächen. »Das würde er nicht dulden. Ich konnte ihn nur mit allergrößten Mühen überreden, mit jemandem darüber zu reden.«

»Neun Uhr dreißig?« fragte ich. Der Gedanke, durch das nächtliche Kalkutta zu streifen, erfüllte mich mit einer vagen Übelkeit.

»Ja. Der Coffee Shop schließt um elf. Dort werden wir ihn treffen.«

Coffee Shop. Die Worte hatten einen harmlos vertrauten Klang. Wenn es einen Aufmacher gab, den ich für den Artikel benützen konnte . . .

»Also gut«, sagte ich.

»Ich erwarte Sie hier, Mr. Luczak.«

Die Frau, die mein Kind hielt, war nicht Amrita. Ich verharrte mit der Hand auf dem Türknauf. Ich wäre so stehengeblieben oder vielleicht sogar verwirrt wieder auf den Flur zurückgewichen, wäre Amrita in diesem Augenblick nicht aus dem Bad gekommen.

»Oh, Bobby, das ist Kamakhya Bharati. Kamakhya, das ist mein Mann, Robert Luczak.«

»Es ist mir ein Vergnügen, Sie kennenzulernen, Mr. Luczak.« Ihre Stimme war wie Wind in Frühlingsblumen.

»Schön, Sie kennenzulernen, Miß... äh... Bharati.« Ich blinzelte albern und sah Amrita an. Ich hatte stets gedacht, daß Amritas Gesicht mit den unschuldigen Augen und den aufrichtigen Flächen ihres Teints wahrer Schönheit nahekam, aber neben dieser jungen Frau konnte ich nur die Fältchen ihrer bevorstehenden mittleren Jahre in Amritas Haut sehen, das leichte Doppelkinn und die Wölbung auf dem Nasenrücken. Das Ebenbild der jungen Frau brannte auf meinen Netzhäuten wie das optische Echo eines Blitzlichts.

Ihr Haar war pechschwarz und fiel über die Schultern. Ihr Gesicht war ein scharfgeschnittenes Oval, makellos, von weichen, leicht bebenden Lippen beherrscht, die für Lachen und große Sinnlichkeit geschaffen zu sein schienen. Ihre Augen waren erstaunlich – über die Maßen groß, von Lidschatten und schweren Wimpern betont, die Pupillen so dunkel und durchdringend, daß ihr Blick einen wie dunkle Fanale zu durchbohren schien. Diese Augen hatten etwas subtil Orientalisches, während sie gleichzeitig den westlichen, fast unterschwelligen Eindruck vermittelten, als würden Unschuld und Weltgewandheit darin im Wettstreit liegen.

Kamakhya Bharati war jung – höchstens Mitte Zwanzig – und trug einen so leichten Seidensari, daß er einen Zentimeter über ihrer Haut zu schweben schien, von einem wohlriechenden Puls des Weiblichen gebauscht, der wie eine angenehme Brise von ihr auszugehen schien.

Das Wort *üppig* hatte ich bisher stets mit einer Rubensschen Schwergewichtigkeit assoziiert, Massen lockenden Fleisches, aber der schlanke Körper dieser jungen Frau, den ich durch wabernde Schichten Seide halb erkennen konnte, erfüllte mich mit einem so intensiven Gefühl des Üppigen, daß mir der Speichel im Mund trocknete und mein Verstand leer wurde.

»Kamakhya ist die Nichte von M. Das, Bobby. Sie ist gekommen, um nach deinem Artikel zu fragen, und wir haben uns die vergangene Stunde sehr angeregt unterhalten.«

»So?« Ich sah zu Amrita und wieder zu dem Mädchen. Etwas anderes fiel mir nicht ein.

»Ja, Mr. Luczak. Ich habe Gerüchte gehört, wonach mein Onkel mit einigen seiner alten Kollegen in Kontakt getreten sein soll. Ich wollte wissen, ob Sie meinen Onkel gesehen haben... ob es ihm gutgeht...« Sie senkte den Blick, ihre Stimme erstarb.

Ich setzte mich auf den Rand eines Sessels. »Nein«, sagte ich. »Ich meine, ich habe ihn nicht gesehen, aber es geht ihm gut. Ich würde ihn aber gerne sehen. Ich schreibe einen Artikel...«

»Ja.« Kamakhya Bharati lächelte und legte Victoria wieder in die Mitte des Betts, wo ihre Decke und der Pooh-Bär lagen.

Elegante braune Finger strichen mit einer liebevollen Geste über die Wange des Babys. »Ich werde Ihnen nicht weiter zur Last fallen. Ich wollte mich nur nach dem Befinden meines Onkels erkundigen.«

»Selbstverständlich!« sagte ich. »Nun, ich bin sicher, wir würden uns gerne mit Ihnen unterhalten, Miß Bharati. Ich meine, wenn Sie Ihren Onkel gut gekannt haben... das könnte mir bei meinem Artikel behilflich sein. Wenn Sie noch ein paar Minuten bleiben könnten...«

»Ich muß gehen. Mein Vater erwartet, daß ich zu Hause bin, wenn er heimkommt.« Sie drehte sich um und lächelte Amrita zu. »Vielleicht könnte ich reden, wenn wir uns wie vereinbart morgen treffen?«

»Großartig!« sagte Amrita. Ich sah sie zum ersten Mal seit London so entspannt. Sie wandte sich mir zu. »Kamakhya kennt einen guten Sarihändler nicht weit von hier, beim Elite Kino. Ich würde wirklich gern etwas Material kaufen, wenn wir schon hier sind. Das heißt, wenn du mich morgen nicht brauchst, Bobby.«

»Mmm, ich bin nicht sicher«, sagte ich. »Aber nimm dir den Ausflug getrost vor. Ich weiß nicht, wann sie ihr Treffen für mich vereinbaren.«

»Dann rufe ich morgen früh an«, sagte das Mädchen. Sie lächelte Amrita zu, und ich war eifersüchtig und wünschte mir, dieser Segen hätte mir gegolten. Sie stand auf und schüttelte Amrita die Hand, während sie gleichzeitig den Sari mit der anmutigen Armbewegung glattstrich, die indischen Frauen so eigen ist.

»Sehr schön«, sagte Amrita.

Kamakhya Bharati verbeugte sich leicht in meine Richtung, während sie zur Tür ging. Ich erwiderte das Nicken, dann war sie fort. Ein schwacher, erregender Geruch blieb zurück.

»Heiliger Himmel«, sagte ich.

»Ruhig, Robert«, sagte Amrita. Der angemessene britische Tonfall enthielt einen Hauch Belustigung. »Sie ist erst zweiundzwanzig, aber schon seit elf Jahren verlobt. Sie soll diesen Oktober heiraten.«

»Verdammte Verschwendung«, sagte ich und ließ mich neben dem Baby aufs Bett fallen. Victoria drehte den Kopf und ruderte mit den Ärmchen – sie war zum Spielen bereit. Ich wirbelte sie in die Luft. Sie stieß entzückte Laute aus und strampelte mit den Füßen. »Ist sie wirklich Das' Nichte?«

»Sie hat ihm bei seinen Manuskripten geholfen. Hat ihm Bleistifte gespitzt. Ist für ihn zur Bibliothek gegangen. Behauptet sie jedenfalls.«

»Ja?« Da muß sie zehn Jahre alt gewesen sein.« Victoria

quietschte, als ich sie im Bogen schwang, herumwirbelte und wieder zurück schwang.

»Dreizehn, als er verschwunden ist. Offenbar hat ihr Vater sich mit Das überworfen bevor ihr Vater starb.«

»Ihr Vater? Oh, Das' ...«

»Ja. Wie dem auch sei, sein Name wurde jahrelang nicht mehr in dem Haushalt ausgesprochen. Ich hatte den Eindruck, als wäre sie zu schüchtern gewesen, mit Chatterjee oder dem Schriftstellerverband Verbindung aufzunehmen.«

»Mit uns hat sie es.«

»Das ist etwas anderes«, sagte Amrita. »Wir sind Ausländer. Wir zählen nicht. Wollen wir immer noch essen gehen?«

Ich legte Victoria auf den Bauch. Ihr Gesicht war rot vor Vergnügen, und sie überlegte, ob sie weinen sollte. Sie grub die Knie in meinen Schoß und krabbelte zu meiner Brust hinauf. Eine Patschhand umklammerte meinen Hemdkragen mit Todesgriff.

»Wo sollen wir essen?« fragte ich. Ich erzählte ihr vom Treffen mit Krishnas geheimnisvollem Fremden um halb zehn. »Es ist etwas spät, um in die Stadt zu gehen. Sollen wir den Zimmerservice anrufen oder nach unten in den Prince's Room gehen? Ich habe gehört, sie haben Fatima, die exotische Tänzerin, als Darbietung.«

»Victoria wird zweifellos für Aufregung sorgen«, sagte Amrita. »Aber ich könnte mir denken, sie zieht Fatima dem Zimmerservice vor.«

»Stimmt«, sagte ich.

»Ich bin gleich soweit.«

Fatima, die exotische Tänzerin, war eine übergewichtige Inderin in mittleren Jahren, deren Tanz ohne Angst vor einem Skandal vor einem Fähnlein der Exeter Club Pfadfinder hätte vorgeführt werden können. Dennoch schien die Menge der übergewichtigen, meist männlichen Paare mittleren Alters im Prince's Room von ihrer Darbietung angemessen angetan zu sein. Victoria nicht. Sie fing an zu weinen, und wir drei gingen nach der Hälfte von Fatimas zweiter Runde Verrenkungen.

Aber statt ins Zimmer zu gehen, schlenderten Amrita und ich durch den dunklen Innenhof des Hotels. Es hatte den größten Teil des Abends über geregnet, aber jetzt konnten wir ein paar Sterne zwischen den tiefhängenden, schwefligen Wolken erkennen. Schwere Vorhänge waren vor die meisten Fenster zum Hof gezogen, nur wenige Lichtstreifen waren zu sehen. Wir trugen das schluchzende Baby abwechselnd, bis das Weinen leiser wurde und schließlich ganz aufhörte. Beim Pool verweilten wir und setzten uns auf eine niedere Bank beim dunklen Café. Lichtmuster der Unterwasserscheinwerfer tanzten über das dichte Laub und heruntergezogene Bambusrollos. Ich bemerkte etwas Dunkles, das im flachen Ende des Pools schwamm und stellte fest, daß es eine ertrunkene Ratte war.

»Victoria schläft«, sagte Amrita. Ich blickte hin und sah die geballten Fäuste des Babys und diese hingebungsvolle Form des Schlafs, die irgendwie zufrieden wirkt und häufig nach heftigen Weinkrämpfen zu sehen ist.

Ich streckte die Beine aus und legte den Kopf zurück. Mir wurde klar, daß ich sehr müde war und wahrscheinlich immer noch unter der Zeitverschiebung litt. Ich richtete mich auf und sah Amrita an. Sie wiegte das Baby sanft, ihr Blick war abwesend und nachdenklich wie oft, wenn sie an einem komplizierten mathematischen Problem arbeitete.

»Wie ist es, wieder daheim zu sein?« fragte ich.

Amrita sah mich an und blinzelte. »Was, Bobby?«

»In Indien«, sagte ich. »Wie ist es, wieder hier zu sein?«

Sie streichelte den Haarschopf des Babys und gab es mir. Ich kuschelte Victoria an meine Schulter und sah zu, wie Amrita zum Rand des Pools ging und dabei den braunen Rock glattstrich. Das Licht vom Pool beleuchtete ihre feingeschnittenen Wangenknochen von unten. *Meine*

Frau ist wunderschön, dachte ich zum tausendsten Mal seit unserer Hochzeit.

»Es ist ein wenig wie *déjà vu*«, sagte sie ganz leise. »Nein, das ist nicht ganz das richtige Wort. Es ist mehr, als wäre man wieder in einem immer wiederkehrenden Traum. Die Hitze, der Lärm, die Sprachen, der Geruch – alles ist vertraut und fremd zugleich.«

»Tut mir leid, wenn es dich beunruhigt«, sagte ich.

Amrita schüttelte den Kopf. »Es beunruhigt mich nicht, Bobby. Es macht mir *Angst*, aber es beunruhigt mich nicht. Ich finde es sehr verführerisch.«

»Verführerisch?« Ich starrte sie an. »Was, um Himmels willen, haben wir gesehen, was verführerisch wäre?« Amrita verwendete so ein Wort nicht leichtfertig. Ihre Präzision der Sprache übertraf manchmal meine eigene.

Sie lächelte. »Meinst du außer Kamakhya Bharati?« Sie schlüpfte aus einer Sandale und wühlte das blaue Wasser mit dem Fuß auf. »Im Ernst, Bobby, ich finde alles auf eine seltsame Weise verführerisch. Es ist, als hätte ich all die Jahre nur einen Teil meines Verstands benützt und jetzt wird ein anderer Teil von mir angesprochen.«

»Möchtest du länger bleiben?« fragte ich. »Ich meine, wenn der Auftrag erledigt ist.« Ich war verwirrt.

»Nein«, sagte Amrita, und der endgültige Tonfall in ihrer Stimme war nicht zu überhören.

Ich schüttelte den Kopf. »Tut mir leid, daß ich dich den ganzen Nachmittag allein gelassen und dann auch noch dieser Sache heute abend zugestimmt habe«, sagte ich. »Ich glaube, es war ein Fehler, daß wir alle drei hergekommen sind. Ich habe nicht bedacht, wie schwer es für dich mit Victoria sein muß.« Von irgendwo oben ertönten eine Reihe strenger Befehle, die sich wie Arabisch anhörten, gefolgt von einem Schwall näselndem Bengali. Eine Tür wurde zugeschlagen.

Amrita kam herüber und setzte sich wieder neben mich. Sie nahm Victoria und legte sie über ihre Beine. »Schon gut, Bobby«, sagte sie. »Ich wußte, worauf ich mich einlasse. Ich habe mir gedacht, daß du mich wahrscheinlich nicht als Übersetzerin brauchst, bevor du das Manuskript bekommen hast.«

»Tut mir leid«, sagte ich noch einmal.

Amrita sah wieder zum Pool. »Als ich sieben Jahre alt war«, sagte sie, »im Sommer bevor wir nach London gezogen sind, habe ich ein Gespenst gesehen.«

Ich starrte sie an. Ich hätte nicht überraschter oder fassungsloser sein können, wenn sie mir gesagt hätte, daß sie sich in den alten Hotelpagen verliebt hatte und mich verlassen wollte. Amrita war – jedenfalls bis zu diesem Augenblick – für mich stets der unerbittlich vernünftigste Mensch gewesen, den ich je kennengelernt hatte. Ihr Interesse für das und Glaube an das Übernatürliche schienen bis zu diesem Augenblick nicht vorhanden gewesen zu sein. Ich hatte sie nie für die Schundromane von Stephen King begeistern können, die ich jeden Sommer mit an den Strand nahm.

»Ein Gespenst?« sagte ich schließlich.

»Wir waren mit dem Zug von unserem Haus in Neu Delhi zu dem unseres Onkels in Bombay unterwegs«, sagte sie. »Es war immer aufregend, wenn meine Schwestern und ich im Juni mit unserer Mutter nach Bombay reisten. Aber in diesem Jahr wurde meine Schwester Samantha krank. Wir stiegen westlich von Bhopal aus dem Zug aus und blieben für zwei Tage in der Eisenbahnpension, während der dortige Arzt sie behandelte.«

»Hat sie sich erholt?« fragte ich.

»Ja, es waren nur die Masern«, sagte Amrita. »Aber jetzt war ich das einzige Kind, das sie nicht gehabt hatte, daher schlief ich nicht im Hotelzimmer, sondern auf einem kleinen Balkon mit Blick auf den Wald. Man konnte nur durch das Zimmer, wo meine Mutter und meine Schwestern schliefen, auf diesen Balkon gelangen. Der Regen hatte in diesem Sommer noch nicht eingesetzt, es war sehr heiß.«

»Und du hast ein Gespenst gesehen?«

Amrita lächelte verhalten. »Ich wachte mitten in der

Nacht durch ein weinendes Geräusch auf. Zuerst dachte ich, es wäre meine Schwester oder meine Mutter, aber dann merkte ich, daß eine alte Frau im Sari auf meiner Bettkante saß und schluchzte. Ich erinnere mich, ich hatte keine Angst, sondern habe mich nur gewundert, daß meine Mutter dieser Person gestattet hatte, durch ihr Zimmer zu gehen und mir auf dem Balkon Gesellschaft zu leisten.

Ihr Weinen war sehr leise, aber irgendwie schrecklich. Ich streckte die Hand aus, um sie zu trösten, aber ehe ich sie berühren konnte, hörte sie auf zu weinen und sah mich an. Da merkte ich, daß sie eigentlich gar nicht alt war, sondern durch einen schrecklichen Kummer vorzeitig gealtert.«

»Und was dann?« drängte ich. »Woher hast du gewußt, daß sie ein Gespenst war? Ist sie verblaßt oder durch die Luft davonspaziert oder zu einer Lache Schleim und Kleidungsstücke geschmolzen, oder was?«

Amrita schüttelte den Kopf. »Der Mond verschwand ein paar Sekunden lang hinter Wolken, und als es wieder hell wurde, war die alte Frau fort. Ich rief, und als meine Mutter und meine Schwestern auf den Balkon kamen, versicherten sie mir, daß niemand durch ihr Zimmer gekommen war.«

»Hmmm«, sagte ich. »Klingt mir nicht besonders aufregend. Du warst sieben Jahre alt und hast wahrscheinlich geträumt. Und selbst wenn du wach warst, woher willst du wissen, daß es kein Zimmermädchen war, das die Feuerleiter hochgeklettert ist, oder so etwas?«

Amrita hob Victoria an die Schulter. »Zugegeben, es ist keine besonders furchterregende Gespenstergeschichte«, sagte sie. »Aber mir hat sie jahrelang Angst gemacht. Weißt du, in dem Augenblick, bevor der Mond verdeckt wurde, sah ich der Frau direkt ins Gesicht und wußte genau, wer sie war.« Amrita tätschelte dem Baby den Rükken und sah mich an. »Das war ich.«

»*Du*?« sagte ich.

»Da beschloß ich, daß ich in einem Land leben wollte, wo ich keine Gespenster sehen würde.«

»Ich sage es dir nur ungern, Kleines«, sagte ich, »aber Großbritannien und Neu England sind berühmt für ihre Scharen von Gespenstern.«

»Vielleicht«, sagte Amrita und stand mit Victoria fest in den Armen auf. »Aber ich kann sie nicht sehen.«

Um halb zehn saß ich in der Halle, kämpfte gegen zunehmende Kopfschmerzen von Hitze und Müdigkeit, fühlte mich schwindlig von zuviel Wein zum Essen und überlegte mir verschiedene Ausreden für Krishna, wenn er kam. Zehn vor zehn hatte ich mich entschieden, ihm zu sagen, daß Amrita und das Baby krank waren. Um zehn wurde mir klar, daß ich ihm überhaupt nichts sagen mußte, und ich war schon aufgestanden, um nach oben zu gehen, als er plötzlich zerzaust und außer sich auftauchte. Seine Augen sahen rot und aufgequollen aus, als hätte er geweint. Er kam zu mir und schüttelte mir feierlich die Hand, als wäre die Halle ein Bestattungsinstitut und ich der trauernde Hinterbliebene.

»Was ist?« fragte ich.

»Sehr, sehr traurig«, sagte er, und seine hohe Stimme brach. »Sehr schlimme Nachrichten.«

»Ihr Freund?« fragte ich. Ich verspürte Erleichterung in der plötzlichen Ahnung, daß sich seine geheimnisvolle Quelle ein Bein gebrochen hatte oder von einem Karren überfahren oder mit einem Herzschlag zusammengebrochen war.

»Nein, nein, nein. Sie müssen es doch gehört haben. Mr. Nabokov ist gestorben. Eine große Tragödie.«

»Wer?« Durch den Dialekt hatte ich nur einen weiteren rasselnden Bengalinamen verstanden.

»Nabokov! Nabokov! Wladimir Nabokov! *Pale Fire, Ada.* Der größte Prosaschriftsteller Ihrer Heimatsprache. Ein sehr großer Verlust für uns alle. Alle Menschen des Wortes.«

»Oh«, sagte ich. Ich war nicht einmal je dazu gekommen, Lolita zu lesen. Als mir mein Entschluß wieder einfiel, nicht mit Krishna zu gehen, waren wir bereits draußen in der feuchten Dunkelheit, und er führte mich zu einer Rikscha, wo ein hagerer, verhutzelter Rikschakuli auf einem roten Sitz döste. Ich schrak zurück. Etwas in mir rebellierte bei dem Gedanken, von dieser menschlichen Vogelscheuche durch schmutzige Straßen gezogen zu werden. »Nehmen wir ein Taxi«, sagte ich.

»Nein, nein. Dies ist für uns reserviert. Es ist eine kurze Fahrt. Unser Freund wartet.«

Der Sitz war vom abendlichen Regen naß, aber nicht unbequem. Der kleine Mann sprang mit platschenden bloßen Füßen herunter, packte die beiden Haltestangen, sprang mit geübter Behendigkeit in die Luft, kam mit durchgedrückten Armen wieder herunter und balancierte unser Gewicht gekonnt aus.

Die Rikscha besaß keine Fahrtlichter, lediglich eine Petroleumlampe, die von einem Haken herunterhing. Es beruhigte mich nicht, daß die Lastwagen und Autos, die hupend um uns herumschwenkten, auch ohne Licht fuhren. Die Straßenbahnen waren noch unterwegs, und das ekelhaft fahlgelbe Licht ihrer Innenbeleuchtung zeigte verschwitzte Gesichter, die sich hinter Maschendraht drängten. Trotz der späten Stunde waren die öffentlichen Transportmittel überfüllt, Busse schwankten unter der Last von Menschen, die an zugezogenen Fenstern und Außengriffen hingen, vorüberfahrende Züge stellten zahllose Köpfe und Oberkörper zur Schau, die aus fahrenden Wagen ragten.

Nur wenige Straßenlampen funktionierten, aber in Gassen und finsteren Innenhöfen glomm diese blasse, verwesende Phosphoreszenz, die ich aus der Luft gesehen hatte. Die Dunkelheit hatte keine Linderung der Hitze gebracht. Wenn überhaupt, war es jetzt noch wärmer als tagsüber. Schwere Wolken waren dicht über den überhängenden Häusern zu sehen, und deren nasses Gewicht schien die Hitze der Straßen der Stadt zu uns zurückzuwerfen.

Wieder stieg Angst in mir empor. Es fällt mir selbst heute schwer, die Art dieser Nervosität zu beschreiben. Sie hatte kaum etwas mit dem Gefühl zu tun, in körperlicher Gefahr zu sein, obwohl ich mir auf absurde Weise bloßgestellt vorkam, während wir über lockere Pflastersteine, Müllhaufen und Straßenbahnschienen holperten. Mir wurde klar, daß ich immer noch Travellerschecks für zweihundert Dollar in der Brieftasche hatte. Aber das war nicht der wahre Grund für die Nervosität, die wie Erbrechendes in meinem Hals emporstieg.

Etwas in der Nacht von Kalkutta wirkte direkt auf die dunkelsten Bereiche meines Verstands ein. Kurze Anfälle einer fast kindlichen Furcht zerrten an meinem Bewußtsein und wurden von meinem erwachsenen Denken wieder verdrängt. Die Geräusche der Nacht bargen keine Schrecken in und an sich – ferne Schreie, zischelndes Flüstern, ab und zu Bruchstücke von Unterhaltungen, wenn wir an Gestalten unter Tüchern vorbeifuhren –, aber sie hatten eine aufmerksamkeitsheischende Wirkung, die mir den Magen umdrehte, etwa so, als würde man nachts jemanden unter seiner Bettdecke atmen hören.

»Kaliksetra«, sagte Krishna. Seine Stimme war leise, über das Keuchen des Rikschakulis und das Platschen nackter Füße auf dem Pflaster kaum zu hören.

»Pardon?«

»Kaliksetra. Das bedeutet ›der Ort von Kali‹. Sie wissen doch sicher, daß der Name unserer Stadt da seinen Ursprung hat?«

»Ahh, nein. Das heißt, könnte sein. Ich muß es vergessen haben.«

Krishna drehte sich zu mir. Ich konnte sein Gesicht in der Dunkelheit nicht deutlich sehen, spürte aber das Gewicht seines Blicks. »Das müssen Sie wissen«, sagte er sachlich. »Kaliksetra wurde zum Dorf Kalikata. Kalikata war der Standort des großen Kalighat, des heiligsten Tempels der

Kali. Der steht immer noch. Keine zwei Meilen von Ihrem Hotel entfernt. Das müssen Sie doch sicher wissen.«

»Hmmm«, sagte ich. Eine Straßenbahn war mit hoher Geschwindigkeit in eine Kurve gegangen. Unser Rikschakuli schwenkte plötzlich über die Schienen und entging der Bahn nur um einen Meter. Wütende Rufe folgten uns in eine breitere, weniger belebte Straße. »Kali war eine Göttin, nicht?« sagte ich. »Eine von Schiwas Konsorten?« Trotz meines Interesses für Tagore war es viele Jahre her, seit ich eine seiner Wedas gelesen hatte.

Krishna gab einen unglaublichen Laut von sich. Zuerst dachte ich, es wäre ein explosiver Ausbruch der Entrüstung, doch dann drehte ich mich zu ihm um. Er hielt sich ein Nasenloch mit dem Finger zu und blies lautstark Rotz in seine linke Hand. »Ja, ja«, sagte er. Kali ist die heilige *Sakti* von Schiwa.« Er begutachtete, was er in der Hand hatte, schien zufrieden und schüttelte die Finger über den Rand der Rikscha.

»Gewiß kennen Sie doch ihren Aspekt?« fragte er. Aus einem der schattigen, verwahrlosten Häuser, an denen wir vorbeigefahren waren, drangen die Schreie mehrerer Frauen, die miteinander zankten.

»Ihren Aspekt? Nein, das glaube ich nicht. Sie ... die Statuen ... sie haben vier Arme, nicht?« Ich sah mich um und fragte mich, ob wir unser Ziel bald erreicht haben würden. Hier waren weniger Geschäfte. Ich konnte mir nur schwerlich einen Coffee Shop inmitten dieser bewohnten Ruinen vorstellen.

»Selbstverständlich! Selbstverständlich! Sie ist eine *Göttin;* natürlich hat sie vier Arme! Sie müssen das große Ebenbild im Kalighat sehen. Es ist die *jagrata,* die ›wache‹ Kali. Sehr schrecklich. Wunderschön schrecklich, Mr. Luczak. Ihre Hände zeigen *abhaya* und *vara mudras* – das Angst nehmende und Segen spendende *mudras.* Aber sehr schrecklich. Sehr groß. Sehr hager. Ihr Mund ist offen. Ihre Zunge ist lang. Sie hat zwei ... wie heißt das Wort ... die Zähne eines Vampirs?«

»Fangzähne?« Ich hielt den nassen Sitzbezug gepackt und fragte mich, wovon Krishna redete. Wir bogen in eine dunklere, schmalere Straße.

»Ah, ja, ja. Von allen Göttern hat sie allein die Zeit bezwungen. Sie verschlingt selbstverständlich alle Wesen. *Purusam, asvam, gam, avim, ajam*. Sie ist unbekleidet. Ihre wunderbaren Füße trampeln auf einem Leichnam. In den Händen hält sie eine pasá ... eine Schlinge, *khatvanga* ... wie heißt das Wort? ... einen Stecken, nein, einen *Stab* mit einem Schädel, *khadga* ... ein Schwert und einen abgeschlagenen Kopf.«

»Einen abgeschlagenen Kopf?«

»Gewiß. Das müssen Sie doch wissen.«

»Verdammt, hören Sie, Krishna, was soll das alles?«

»Ah, wir sind da, Mr. Luczak. Steigen Sie ab! Bitte rasch! Wir sind spät dran. Der Coffee Shop schließt um elf.«

Die Straße war kaum mehr als eine Gasse voll Abfall und Regenwasser. Von Geschäftsfassaden oder Läden war keine Spur zu sehen, geschweige denn von einem Café. Die Wände waren unbeleuchtet, abgesehen von den trüben Spiegelungen von Laternen aus einem der oberen Fenster. Der Rikschakuli hatte die Haltestangen fallen lassen und zündete sich eine kleine Pfeife an. Ich blieb sitzen.

»Bitte rasch!« sagte Krishna und schnippte mit den Fingern nach mir, wie ich es ihn bei den Gepäckträgern hatte machen sehen. Er blieb über einem schlafenden Mann auf dem Gehweg stehen und machte eine Tür auf, die ich bis jetzt nicht gesehen hatte. Eine einzige Glühbirne beleuchtete eine steile, schmale Treppe. Leise Untertöne von Unterhaltungen drangen zu uns herunter.

Ich sprang aus der Rikscha und folgte ihm ins Licht. Eine weitere Tür auf dem Treppenabsatz des zweiten Stocks führte in eine geräumige Diele. »Haben Sie die Universität am Ende der Straße gesehen?« fragte Krishna über die Schulter. Ich nickte, obwohl mir kein Gebäude aufgefallen war, das eindrucksvoller als ein Warenhaus gewesen wäre. »Dies ist selbstverständlich der Coffee Shop der Universität, die Mensa. Nein, das stimmt eigentlich nicht. *Coffee House*. Genau wie in Greenwich Village. Ja.«

Krishna wandte sich nach links und führte mich in einen wahrhaft höhlenartigen Raum. Hohe Decke, massige Säulen und Wände ohne Fenster erinnerten mich an eine Tiefgarage in der Nähe der Chicago Loop, die ich kannte. Mindestens fünfzig bis sechzig Tische waren im trüben Licht zu sehen, aber nur wenige waren besetzt. Da und dort saß eine Gruppe ernst dreinblickender junger Männer in weiten weißen Hemden an derben, dunkelgrün gestrichenen Tischen. An einer sechs Meter hohen Decke hingen langsam kreisende Ventilatoren; und obwohl sich die schwüle Luft nicht nennenswert regte, wurde das Licht der spärlich verteilten Glühbirnen zum Flackern gebracht, was der gesamten Szene einen dumpfen, stroboskopartigen Stummfilmschein verlieh.

»Ein Coffee House«, wiederholte ich albern.

»Kommen Sie hier entlang!« Krishna führte mich zwischen den dichtgedrängten Tischen hindurch zur entlegensten Ecke. Ein junger Mann, etwa zwanzig, saß allein auf einer in die Wand eingebauten Bank. Er stand auf, als wir uns ihm näherten.

»Mr. Luczak, das ist Jayaprakesh Muktanandaji«, sagte Krishna und fügte für den jungen Mann etwas in Bengali hinzu. Die dunklen Schatten machten es mir schwer, die Züge des jungen Mannes deutlich zu sehen; doch neben einem feuchten, zögernden Handschlag fielen mir ein schmales Gesicht, eine dicke Brille und ein Fall von Akne auf, der so schlimm war, daß die Pickel fast leuchteten.

Wir blieben für einen stummen Augenblick stehen. Der junge Mann rieb die Handflächen aneinander und betrachtete die Studenten an den anderen Tischen verstohlen. Ein paar hatten sich umgedreht, als wir hereingekommen waren, aber jetzt sah keiner mehr in unsere Richtung.

Wir setzten uns, und schon kam ein alter Mann, dessen

weiße Stoppeln den Umriß eines Barts bildeten, und brachte Kaffee an unseren Tisch. Die Tassen waren gesprungen und von Bruchlinien durchzogen, die blasse Zweige auf der Keramikglasur bildeten. Der Kaffee war stark und überraschend gut, davon abgesehen, daß schon jemand haufenweise Zucker und saure Milch hinzugefügt hatte. Krishna und Muktanandaji sahen mich an, während der alte Mann stumm am Tisch stehenblieb, daher kramte ich in meiner Brieftasche und holte einen Fünfrupienschein heraus. Der Mann drehte sich um und ging, ohne mir Wechselgeld zu geben.

»Mr. Muktanandaji«, begann ich und war stolz, daß ich mir den Namen gemerkt hatte, »Sie haben Informationen über den Dichter M. Das aus Kalkutta?«

Der Junge beugte den Kopf und sagte etwas zu Krishna. Krishna antwortete brüsk und wandte sich mit seinem zähnefletschenden Lächeln an mich. »Mr. Muktanandaji spricht, so leid es mir tut, das zu sagen, nicht so flüssig Englisch. Tatsächlich, Mr. Luczak, spricht er gar kein Englisch. Er hat mich gebeten, für ihn zu dolmetschen. Wenn Sie bereit sind, Mr. Luczak, wird er Ihnen jetzt seine Geschichte erzählen.«

»Ich dachte, dies sollte ein Gespräch werden«, sagte ich.

Krishna hielt die rechte Hand hoch, Handfläche nach außen. »Ja, ja. Sie müssen wissen, Mr. Luczak, Mr. Jayaprakesh Muktanandaji redet nur mit Ihnen, um mir persönlich einen Gefallen zu tun, seinem einstigen Lehrer. Er ist sehr zurückhaltend. Wenn Sie ihn bitte seine Geschichte erzählen lassen, ich werde sie übersetzen, so gut ich es vermag; und wenn Sie dann Fragen haben, werde ich sie Mr. Muktanandaji weiterleiten.«

Verdammt, dachte ich. Zum zweiten Mal an einem Tag hatte ich den Fehler gemacht, Amrita nicht mitzubringen. Ich überlegte, ob ich unser Treffen absagen oder verschieben sollte, verwarf den Einfall aber wieder. Es war besser, wenn ich es hinter mich brachte. Morgen würde ich das

Manuskript von Das bekommen, mit etwas Glück flogen wir am Abend schon wieder nach Hause.

»Nun gut«, sagte ich.

Der junge Mann räusperte sich und rückte die dicke Brille zurecht. Seine Stimme war noch schriller als die von Krishna. Alle paar Sätze hielt er inne und rieb sich müßig Gesicht oder Hals, während Krishna übersetzte. Anfangs fand ich die Verzögerung ärgerlich, aber der musikalische Schwall Bengali, gefolgt von Krishnas Dialekt hatte eine *mantra*-ähnliche, hypnotisierende Wirkung auf mich. Es war mit dem Zustand erhöhter Konzentration und Anteilnahme vergleichbar, den man einem ausländischen Film schon allein wegen der Anstrengung, die Untertitel zu lesen, entgegenbringt.

Ein paarmal unterbrach ich sie, um eine Frage zu stellen, doch das schien Muktanandaji zu erbosen, daher begnügte ich mich nach wenigen Minuten damit, den abkühlenden Kaffee zu trinken und zuzuhören. Mehrmals sagte Krishna etwas in Bengali, der Junge antwortete, und ich verfluchte mich dafür, daß ich ein einsprachiger Halbidiot war. Ich fragte mich, ob selbst Amrita dem Wortschwall schnellsten Bengalis hätte folgen können.

Als die Geschichte anfing, verbesserte ich im Geiste Krishnas häufig gefolterte Syntax oder setzte das richtige Wort für seine manchmal komischen Ersatzworte ein. Ab und zu kritzelte ich Einzelheiten in mein Notizbuch, aber nach einer Weile wurde selbst das zu einer Ablenkung, daher legte ich den Füller weg. Die Ventilatoren oben kreisten langsam, die Lichter flackerten wie fernes Wetterleuchten in einer Sommernacht, und ich schenkte Jayaprakesh Muktanandajis Geschichte, die sich mir durch Krishnas Stimme darbot, meine ungeteilte Aufmerksamkeit.

Kapitel Sechs

EINE BITTE
Wenn ich sterbe
Werft Fleisch, Gebeine, nicht einfach weg
Sondern schichtet sie auf
Und
Laßt sie
Durch ihren Geruch
Schildern, was das Leben wert war
Auf dieser Erde
Was die Liebe wert war
Im Ende

– Kamela Das

»Ich bin ein armer Angehöriger der Kaste der Sudra. Ich bin einer von elf Söhnen von Jagdisvaran Bibhuti Muktanandaji, der Gandhiji auf seinem Marsch zum Meer begleitete.

Meine Heimat ist das Dorf Anguda, welches in der Nähe von Durgalapur an der Eisenbahnstrecke von Kalkutta nach Jamshedpur liegt. Es ist ein armes Dorf, und von der Außenwelt hat sich nie jemand dafür interessiert, nur einmal, als ein Tiger zwei der Söhne von Subhoranjan Venkateswarani gefressen hat und ein Mann von der Zeitung in Bhubaneswar gekommen ist und Subhoranjan Venkateswarani gefragt hat, was er dazu meinte. Ich kann mich daran nicht gut erinnern, da es sich zur Zeit des Krieges zutrug – und das war etwa fünfzehn Jahre vor meiner Geburt.

Unsere Familie war nicht immer arm. Mein Großvater, S. Mokeshi Muktanandaji, hat beim Geldverleiher des Dorfes einmal Geld geliehen. Als ich als achter von elf Söhnen geboren wurde, hatten wir das Geld meines Großvaters längst zurückbezahlt, und noch mehr. Um die Zinsen seiner Schulden zahlen zu können, war mein Vater gezwungen, die besten vierundzwanzig Hektar seines Landes zu verkaufen – die am nächsten beim Dorf gelegenen. Damit blieben sechzig Hektar, die unter uns elf aufgeteilt wurden. Aber auf einem so kleinen Flecken Land kann man nicht einmal Zuckerrohr für zwei Ochsen anbauen.

Das Problem wurde etwas kleiner, als mein ältester Bruder Marmedashwar auszog, um seine patriotische Pflicht zu erfüllen und 1971 prompt von den Pakistanis getötet wurde. Dennoch waren die Aussichten für uns Verbliebene nicht gut.

Dann hatte mein Vater einen Einfall. Ich hatte acht Jahre lang halbtags die Christliche Landwirtschaftliche Akademie in Durgalpur besucht. Die Schule wurde von dem unermeßlich reichen Mr. Debee vom Bengalischen Viehzuchtzentrum gesponsort. Es war eine kleine Schule. Wir hatten wenig Bücher und nur zwei Lehrer, von denen einer langsam an der Syphilis wahnsinnig wurde.

Doch ich war das einzige Mitglied der Familie meines Vaters, das jemals eine Schule besucht hatte, daher beschloß er, daß ich zur Universität gehen sollte. Er wollte, daß ich Arzt würde oder – noch besser – Händler und Geld für die Familie verdiente. Das löste auch das Problem meines Anteils am Land. Meinem Vater leuchtete ein, daß ein Arzt oder reicher Kaufmann keine Verwendung für ein kleines Stück armseliges Farmland haben würde.

Ich selbst stand diesem Einfall mit gemischten Gefühlen gegenüber. Ich war nie weiter als acht Meilen von Anguda entfernt gewesen. Ich war noch nie mit einem Zug oder Automobil gefahren. Ich konnte sehr einfache Bücher lesen und schlichte Sätze in Bengali schreiben, aber ich verstand kein Englisch oder Hindi und nur soviel Sanskrit, daß ich ein paar Zeilen aus dem *Ramayana* oder *Mahabharata* rezitieren konnte.

Kurz gesagt, ich war nicht sicher, ob ich bereit war, Arzt zu werden.

Mein Vater lieh mehr Geld – diesesmal in meinem Namen – vom Geldverleiher des Dorfes. Mein Lehrer schrieb in seinem Wahnsinn eine Empfehlung, mich an der Universität von Kalkutta aufzunehmen, die er an seinen alten Lehrmeister dort richtete. Selbst Mr. Debee, der in der Zeit vor seiner Bekehrung zum Christentum Gandhiji geschworen hatte, er würde demütig für unser Dorf arbeiten und seine Asche dereinst auf der Hauptstraße von Anguda verstreuen lassen, schrieb einen Brief an die Universität und bat um deren Güte, einen armen, unwissenden Bauernjungen der niedersten Kaste in ihre ehrbaren Hallen des Wissens aufzunehmen.

Letztes Jahr ergab sich die Gelegenheit. Ich zahlte den größten Teil meines geliehenen Geldes als *Bakschisch* an meinen Lehrer und Mr. Debees Sekretärin, dann verließ ich mein Zuhause und brach in die Großstadt auf. Welch entsetzliche Angst ich hatte!

Ich will meine Reaktionen auf alle Wunder Kalkuttas nicht beschreiben. Es soll genügen, hier zu sagen, daß jede Stunde neue Offenbarungen brachte. Doch bald erging es mir schlecht. Meine spärlichen Mittel reichten kaum für die Lehrgänge des ersten Semesters aus, und es blieb nicht genügend für die teuren Schlafsäle oder Studentenunterkünfte in der Nähe der Universität. Die ersten zwei Wochen in der Stadt schlief ich unter den Büschen im Maidan, aber die Monsunregen und zweimal Prügel durch die Polizei überzeugten mich, mir ein Zimmer zu suchen.

Meine vier Vorlesungen waren eine Enttäuschung. Die Vorlesung über Grundzüge der Landesgeschichte wurde von über vierhundert Studenten besucht. Ich konnte mir das Lehrbuch nicht leisten und war so weit entfernt, daß ich den Professor nicht verstand, der nuschelte und darüber hinaus nur Englisch sprach, das ich nicht beherrschte. Daher verbrachte ich meine Tage mit Wohnungssuche und wünschte mir, ich wäre wieder in Anguda. Obwohl ich nur eine Mahlzeit Reis und *Chapatis* pro Tag zu mir nahm, wußte ich, daß mir in wenigen Wochen das Geld ausgehen würde. Wenn ich das Glück haben sollte, ein Zimmer zu finden, würde ich um so früher Hunger leiden müssen.

Dann antwortete ich auf eine Suchanzeige nach einem Zimmergenossen im *Studentenforum*, und alles änderte sich. Das Zimmer war sechs Meilen von der Universität entfernt im siebten Stock eines Gebäudes, in dem hauptsächlich Flüchtlinge aus Bangladesch und Burma untergebracht waren. Der Student, der das halbe Zimmer mieten wollte, war ein Erstsemester – ein brillanter Mann, mehrere Jahre älter als ich, der Pharmazie studierte, aber eines Tages ein großer Schriftsteller sein wollte, und wenn ihm das nicht gelang, ein Kernphysiker. Sein Name war Sanjay, und schon als ich ihn das erste Mal zwischen seinen Manuskriptstapeln und seiner ungewaschenen Wäsche stehen sah, wußte ich genau, daß mein Leben nie wieder wie früher sein würde.

Er wollte zweihundert Rupien pro Monat für meine Hälfte des Zimmers. Meine Verzweiflung muß mir im Gesicht gestanden haben. Zu dem Zeitpunkt nannte ich noch weniger als hundert Rupien mein Eigen. Mir wurde klar, daß ich den zweistündigen Fußmarsch vergeblich auf mich genommen hatte. Ich fragte, ob ich mich setzen konnte. Meine Fußsohlen schmerzten, weil ich ein paar Nächte zuvor mit *Lathi*stöcken geschlagen worden war. Später fand ich heraus, daß mir die Polizisten den Rist der Füße gebrochen hatten.

Als er das hörte, hatte Sanjay auf der Stelle Mitleid mit mir. Er wurde wütend, als ich ihm von den Prügeln und den hohen Schmiergeldern berichtete, welche die Wärter der Universitätsschlafsäle verlangten. Sanjays Stimmungen waren, wie ich schon bald herausfinden sollte, wie Monsunstürme. Eben noch konnte er ruhig, nachdenklich und still wie eine Statue sein, und im nächsten Augenblick geriet er in tobsüchtige Wut über eine soziale Ungerechtigkeit und schlug mit den Fäusten durch die verfaulten Wandbretter oder kickte ein burmesisches Kind die Hintertreppe hinunter.

Sanjay war Mitglied der Maoistischen Studentenkoalition und der Kommunistischen Partei Indiens. Die Tatsache, daß beide Vereinigungen einander verabscheuten und hin und wieder gegeneinander handgreiflich wurden, schien ihn nicht weiter zu stören. Er beschrieb seine Eltern als ›dekadente kapitalistische Parasiten‹, die eine kleine Arzneimittelfirma in Bombay besaßen und ihm jeden Monat Geld schickten. Seine Eltern hatten ihn zuerst zum Studium außer Landes geschickt, aber als er zurückkehrte, um ›neue Kontakte mit dem revolutionären Kampf in meinem eigenen Land zu knüpfen‹, stieß er sie weiter vor den Kopf, indem er sich für die überfüllte, plebejische Universität von Kalkutta entschied, um seinen Abschluß zu machen, und nicht für die angeseheneren Hochschulen von Bombay oder Delhi.

Nachdem er mir das alles über sich selbst gesagt und sich meine Geschichte angehört hatte, änderte Sanjay seine Mietforderung prompt in fünf Rupien pro Monat ab und bot mir an, mir das Geld für die ersten beiden Monate zu stunden. Ich muß gestehen, daß ich vor Freude weinte.

In den folgenden Wochen zeigte mir Sanjay, wie man in Kalkutta überlebte. Morgens vor Sonnenaufgang fuhren wir mit den Lastwagenfahrern der Unteren Kaste, die tote Tiere zu den Abdeckereien transportierten, in die Innenstadt. Sanjay brachte mir bei, daß Kastenunterschiede in einer Großstadt wie Kalkutta bedeutungslos waren und vollends verschwinden würden, wenn die Revolution kam. Ich stimmte Sanjays Ansichten zu, aber meine Erziehung machte es mir dennoch unmöglich, mich im Bus neben einen Fremden zu setzen oder ein Stück frittierten Teig von einem Verkäufer entgegenzunehmen ohne mich unwillkürlich zu fragen, welcher Kaste der Mann angehörte. Nichtsdestoweniger zeigte mir Sanjay, wie man umsonst mit dem Zug fahren, sich bei einem Barbier an der Straßenecke, der meinem Freund einen Gefallen schuldete, rasieren lassen und wie man sich während der Pause der nächtlichen dreistündigen Filmvorführung kostenlos ins Kino schleichen konnte.

Während dieser Zeit stellte ich den Besuch der Vorlesungen an der Universität ein und meine Zensuren wandelten sich von viermal ›ausreichend‹ zu dreimal ›gut‹ und einmal ›sehr gut‹. Sanjay hatte mich unterwiesen, wie man alte Unterlagen und Klausuren von Studenten der Oberschicht kaufte. Um das zu bewerkstelligen war ich gezwungen, weitere dreihundert Rupien von meinem Zimmergenossen zu leihen, aber ihm machte das nichts aus.

Anfangs nahm mich Sanjay zu Versammlungen der MSK und der KPI mit, aber die endlosen politischen Vorträge und ziellosen internen Zwistigkeiten wirkten nur einschläfernd auf mich, daher bestand er nach einer Weile nicht mehr darauf, daß ich ihn begleitete. Viel mehr nach meinem Geschmack waren die seltenen Besuche im Nachtclub des Hotels Lakshmi, wo wir zusahen, wie Frauen in Unterwäsche tanzten. Für einen gläubigen Hindu wie mich war so etwas fast unmöglich, aber ich muß gestehen, daß ich es ungemein erregend fand. Sanjay nannte es ›bourgeoise Dekadenz‹ und erklärte mir, daß es unsere Pflicht war, Zeugen der ekelerregenden Verderbnis zu werden, welcher die Revolution ein Ende bereiten würde. Alles in allem waren wir fünfmal Zeugen der Dekadenz, und Sanjay lieh mir jedesmal die fürstliche Summe von fünfzig Rupien.

Wir waren drei Monate Zimmergenossen, als Sanjay mir von seinen Verbindungen zu den *goondas* und Kapalikas erzählte. Ich hatte schon vermutet, daß Sanjay irgend etwas mit den *goondas* zu tun hatte, aber von den Kapalikas wußte ich nichts.

Selbst ich wußte, daß Banden asiatischer *thugees* und Kalkuttas eigene *goondas* seit einigen Jahren ganze Stadtviertel beherrschten. Sie verlangten den verschiedenen Flüchtlingen Gebühren für den Einlaß ab; und sie ermordeten jeden, der sich in ihre traditionelle Wirtschaft von Schutz, Schmuggel und Verbrechen in der Stadt einmischte. Sanjay erzählte mir, daß selbst die erbarmenswerten Slumbewohner, die jeden Abend aus den *chawls* gekrochen kamen, um aus ihren unerfindlichen Gründen die blauen und roten Navigationslichter vom Fluß zu stehlen, den *goondas* einen Tribut bezahlten. Dieser Tribut wurde verdreifacht, nachdem ein von den *goondas* gecharterter Frachter – der mit einer Ladung Opium und geschmuggeltem Gold Richtung Singapur aufgebrochen war – aufgrund fehlender Kanallichter im Hooghly auf Grund lief. Sanjay sagte, es hätte fast den gesamten Profit des Schiffes gekostet, Polizei und Hafenbehörden zu bestechen, damit es aus dem Schlamm gezogen wurde und weiterfahren durfte.

Um diese Zeit letztes Jahr befand sich das Land selbstverständlich in den letzten Stadien des Notstands. Zeitungen wurden zensiert, die Gefängnisse platzten aus den Nähten vor politischen Gefangenen, die Mrs. Gandhi erbost hatten, und man hörte Gerüchte, wonach junge Männer im Süden kastriert wurden, wenn sie ohne gültigen Fahrschein im Zug erwischt wurden. Kalkutta jedoch befand sich mitten in seinem eigenen Notstand. Im Lauf des vergangenen Jahrzehnts hatten Flüchtlinge die Bevölkerungszahl ins Unermeßliche anschwellen lassen. Manche schätzten zehn Millionen. Manche sagten fünfzehn. Als ich bei Sanjay eingezogen war, hatte die Stadt sechs verschiedene Stadträte in vier Monaten gehabt. Letztlich übernahm die KPI selbstverständlich durch bloße Nichterfüllung die Macht, aber auch sie konnte wenig ändern. Die wahren Herren der Stadt blieben unsichtbar.

Auch heute noch meidet die Polizei größere Stadtgebiete. Letztes Jahr haben sie es mit zwei- und dreiköpfigen Streifen am Tage versucht, aber nachdem die *goondas* ein paar dieser Streifen in sieben oder acht Teilen zurückschickten, ließ der Polizeichef seine Leute nicht mehr ohne den Schutz von Soldaten in diese Viertel gehen. Und unsere indische Armee gab bekannt, daß sie Besseres zu tun hätte.

Sanjay gestand ein, daß er über seine pharmazeutischen Beziehungen Kontakt zu den *goondas* von Kalkutta bekommen hatte. Aber, sagte er weiter, am Ende seines ersten Jahres an der Universität hätte er seine Rolle soweit ausgedehnt, daß er auch Schutzgelder von vielen seiner Semesterkollegen kassierte und als Springer gelegentlich Mittelsmann zwischen den *goondas* und der Bettlermeisterinnung im Norden der Stadt spielte. Diese Aufgaben brachten Sanjay wenig ein, verliehen ihm aber einen beachtlichen Status. Sanjay überbrachte der Innung den Befehl, die Kindesentführungen vorübergehend zu reduzieren, als die *Times of India* einen ihrer jahreszeitlich bedingten und kurzlebigen Feldzüge gegen diese Praxis anfing. Später, als die *Times* ihren moralisierenden Blick auf Mitgiftmorde richtete, überbrachte Sanjay den Bettlermeistern die Erlaubnis, ihre reduzierte Zahl durch Steigerung der Entführungen und Verstümmelungen wieder aufzufrischen.

Durch die Bettlermeister bekam Sanjay die Möglichkeit, den Kapalikas beizutreten. Die Gesellschaft der Kapalikas war älter als die Brüderschaft der Goonda, sogar älter als die Stadt.

Sie beten selbstverständlich Kali an. Viele Jahre haben sie sie unverhohlen im Kalighat Tempel angebetet, aber ihr Brauch, jeden ersten Freitag im Monat einen Knaben zu opfern, veranlaßte die Briten, die Gesellschaft im Jahre 1831 zu verbieten. Darauf ging sie in den Untergrund und wuchs und gedieh. Der Unabhängigkeitskampf im letzten Jahrhundert hat dazu geführt, daß viele ihnen beitreten wollten. Aber der Preis für die Aufnahme war hoch – wie Sanjay und ich bald erfahren sollten.

Sanjay hatte monatelang versucht, mit ihnen Verbindung aufzunehmen. Und er war monatelang abgewiesen worden. Im Herbst letzten Jahres boten sie ihm dann seine Chance. Da waren Sanjay und ich schon dicke Freunde. Wir hatten gemeinsam den Schwur der Bruderschaft abgelegt, und ich hatte meinen kleinen Beitrag geleistet, indem ich verschiedenen Leuten ein paar Nachrichten überbracht und einmal Gelder eingetrieben hatte, als Sanjay krank war.

Es überraschte mich, als Sanjay mir anbot, mit ihm gemeinsam den Kapalikas beizutreten. Es überraschte mich und machte mir Angst. Mein Dorf besaß einen Tempel der Göttermutter Durga, daher war mir selbst ein so grausiger Aspekt und eine Inkarnation wie Kali vertraut. Und doch zögerte ich. Durga war mütterlich, Kali war angeblich bösartig. Durga war züchtig in ihrer Erscheinung, Kali dagegen war nackt – nicht hüllenlos, sondern splitternackt – und trug lediglich Dunkelheit als Mantel. Dunkelheit und ein Diadem aus Menschenschädeln. Kali über ihre Zeit hinaus anzubeten hieß, dem *Vamachara* zu folgen, dem perversen linkshändigen Tantra. Ich erinnere mich, als ich ein Knabe war zeigte ein Vetter von mir einmal eine gedruckte Karte herum, auf der eine Frau, eine Göttin, beim obszönen Koitus mit zwei Männern abgebildet war. Mein Onkel erwischte uns, wie wir sie betrachteten, nahm die Karte und schlug meinem Vetter ins Gesicht. Am nächsten Tag wurde ein alter Brahmane gebracht, der uns vor den Gefahren solchen tantrischen Unfugs unterwies. Er bezeichnete es als ›Irrtum der fünf M's‹ – *madya, mamsa, matsya, mudra, maithun*. Das waren selbstverständlich die *Pancha Makaras,* welche die Kapalikas durchaus verlangen mochten – Alkohol, Fleisch, Fisch, Handgesten und Koitus. Um ehrlich zu sein, dachte ich damals sehr oft an Koitus, aber ihn erstmals als Teil eines Anbetungsrituals zu erleben, das war ein wahrhaft furchteinflößender Gedanke.

Doch ich schuldete Sanjay viel. Tatsächlich wurde mir klar, daß es mir vielleicht nie möglich sein würde, ihm zurückzuzahlen, was ich ihm schuldete. Daher begleitete ich ihn zu seiner ersten Begegnung mit den Kapalikas.

Sie erwarteten uns am Abend auf dem verlassenen Marktplatz in der Nähe des Kalighat. Ich weiß nicht, was ich erwartet hatte – mein Bild, das ich mir von Kapalikas machte, stammte aus Geschichten, die erzählt wurden, um unartige Kinder zu erschrecken –, aber die beiden Männer, die dort auf uns warteten, paßten nicht in meine Vorstellungen und Befürchtungen. Sie waren wie Geschäftsleute angezogen – einer hatte sogar einen Aktenkoffer dabei –, und beide sprachen sanft, waren manierlich gekleidet und führten sich anständig auf und waren trotz Kasten- und Klassenunterschieden höflich zu uns.

Die Feierlichkeiten, die stattfanden, waren überaus würdevoll. Es war der Tag des Neumonds zur Feier der Durga, der Kopf eines Ochsen war vor der Statue der Kali auf einen Eisenpfahl gespießt. Blut troff noch in das Marmorbecken darunter.

Als jemand, der Durga seit der Kindheit getreulich verehrt hatte, fiel es mir nicht schwer, in die Kali/Durga-Litanei einzustimmen. Die wenigen Veränderungen konnte ich mühelos lernen, obwohl ich mehrmals irrtümlich Parwati/Durga statt Kali/Durga beschwor. Die beiden Herren lächelten. Nur ein Abschnitt war so drastisch verändert, daß ich ihn neu lernen mußte:

Die Welt ist Schmerz,
O gräßliches Weib des Schiwa
Du kaust das Fleisch;
O gräßliches Weib des Schiwa,
Deine Zunge trinkt das Blut,
O dunkle Mutter! O unbekleidete Mutter.
O Geliebte des Schiwa
Die Welt ist Schmerz.

Dann wurden große Tonpuppen in einer Prozession durch den Kalighat getragen. Jede wurde mit dem Blut des Opfers bespritzt. Manche waren Statuen der Kali in ihrem Aspekt von Chandi, der Schrecklichen; oder als Chinnamasta, der ›Enthaupteten‹ der zehn *Mahavidyas*, als Kali sich selbst enthauptete, um ihr eigenes Blut zu trinken.

Wir folgten der Prozession nach draußen und zum Ufer

des Flusses Hooghly hinunter, durch den selbstverständlich das Wasser des heiligen Ganges fließt. Dort wurden die Götzenbilder in der Gewißheit ins Wasser geworfen, daß sie wieder auferstehen würden. Wir sangen mit der Menge:

Kali, Kali balo bhai
*Kali bai aré gaté nai**

Ich war zu Tränen gerührt. Die Zeremonie war soviel grandioser und schöner als die schlichten Dorfrituale in Anguda. Die beiden Herren sahen es mit Wohlgefallen. Offenbar auch der Kalighat *jagrata*, denn wir wurden zu einem richtigen Treffen der Kapalikas am ersten Tag des Vollmonds im nächsten Monat eingeladen.«

Krishna hielt in seiner Übersetzung inne. Seine Stimme wurde etwas heiser. »Haben Sie bisher Fragen, Mr. Luczak?«

»Nein«, sagte ich. »Weiter.«

»Sanjay war den ganzen Monat über äußerst aufgeregt. Mir wurde klar, daß er nicht die religiöse Erziehung genossen hatte, welche mir glücklicherweise zuteil geworden war. Wie alle Mitglieder der Kommunistischen Partei Indiens, mußte sich auch Sanjay mit politischen Überzeugungen befassen, die sich nicht mit seinem tiefergehenden Erbe als Hindu vertrugen. Sie müssen wissen, für uns ist Religion ebenso wenig eine abstrakte ›Überzeugung‹, die einen ›Akt des Glaubens‹ erfordert wie der Vorgang des Atmens. Es wäre wahrscheinlich leichter, das eigene Herz zum Stillstand zu bringen als seine Überzeugungen als Hindu über Bord zu werfen. Hindu zu sein, besonders in Bengalen, bedeutet, alles als Aspekte des Göttlichen zu

* O Brüder nehmt den Namen Kalis an
Es gibt keinen Ausweg, außer in ihr.

sehen und niemals künstlich das Heilige vom Profanen zu trennen. Sanjay teilte dieses Wissen, aber die dünne Schicht westlichen Denkens, die über seine indische Seele getüncht worden war, weigerte sich, das zu akzeptieren.

Einmal im Verlauf dieses Monats fragte ich ihn, warum er sich die Mühe machte und Mitgliedschaft bei den Kapalikas suchte, wo er doch die Göttin niemals aufrichtig anbeten konnte. Da wurde er böse auf mich und belegte mich mit zahlreichen Schimpfworten. Er drohte sogar damit, mir die Miete zu erhöhen oder seine Schulden einzutreiben. Dann gedachte er wahrscheinlich unseres Bruderschaftsschwurs oder sah die Traurigkeit in meinem Gesicht und entschuldigte sich.

›Macht‹, sagte er, ›Macht ist der Grund, weshalb ich sie gesucht habe, Jayaprakesh. Ich weiß seit einiger Zeit, daß die Kapalikas Macht besitzen, die in keinem Verhältnis zu ihrer Zahl steht. Die *goondas* fürchten nichts ... außer den Kapalikas. Die *thugees*, so dumm und brutal sie sind, widersprechen niemand, der bekanntermaßen ein Kapalika ist. Die gewöhnlichen Menschen hassen die Kapalikas oder tun so, als würde der Bund nicht mehr existieren, aber es ist ein aus Neid geborener Haß. Sie fürchten schon allein den Namen *Kapalika*.‹

›Vielleicht ist *respektieren* das bessere Wort‹, sagte ich.

›Nein‹, sagte Sanjay, ›das richtige Wort ist *fürchten*.‹

In der ersten Nacht des Neumonds nach dem Fest der Durga, in der ersten Nacht der Feier der Kali, traf sich ein Mann in Schwarz auf dem verlassenen Marktplatz mit uns, um uns zum Treffen der Gesellschaft der Kapalikas zu geleiten. Unterwegs schritten wir durch die Straße der Tonstandbilder und Hunderte Aspekte von Kali – denen Strohgebeine durch die unvollendeten Tonhäute stachen – beobachteten uns im Vorübergehen.

Der Tempel befindet sich in einem großen Lagerhaus. Der Fluß floß unter einem Teil davon hindurch, genau wie im Kalighat. Wir konnten sein konstantes Flüstern die ganze anschließende Zeremonie über hören.

Draußen herrschte sanfte Dämmerung, aber als wir in dem Lagerhaus waren, war es sehr dunkel. Der Tempel war ein Gebäude in einem Gebäude. Kerzen zeigten den Weg. Ein paar Schlangen krochen frei über den kühlen Boden, aber es war so dunkel, daß ich nicht sagen konnte, ob es sich um Kobras, Vipern oder weniger beängstigende Reptilien handelte. Ich hielt es für eine melodramatische Dreingabe.

Das Standbild der Kali war kleiner als das im Kalighat – aber auch hagerer, dunkler, stechenderen Blicks und alles in allem schrecklicher. In dem trüben, flackernden Licht schien sich der Mund manchmal weiter zu öffnen und manchmal ein wenig zu einem grausamen Lächeln zu schließen. Die Statue war frisch bemalt worden. Die Brüste hatten rote Brustwarzen, die Scham war dunkel, die Zunge leuchtend scharlachrot. Die langen Zähne waren sehr, sehr weiß im Dunkel, und die zusammengekniffenen Augen beobachteten, wie wir näher kamen.

Es gab noch zwei andere sichtbare Unterschiede. Zunächst einmal war der Leichnam echt, auf dem das Götzenbild tanzte. Das konnten wir riechen, sobald wir das Tempelgelände betreten hatten. Der Gestank mischte sich mit dem durchdringenden Geruch von Weihrauch. Der Leichnam war der eines Mannes – weißes Fleisch, Knochen unter der pergamentartigen Haut sichtbar, die Gestalt mit der Kunstfertigkeit eines Bildhauers in die Haltung des Todes modelliert. Ein Auge war leicht geöffnet.

Die Anwesenheit eines Leichnams überraschte mich nicht völlig. Den Überlieferungen zufolge trugen die Kapalikas Diademe aus Totenschädeln und vergewaltigten und opferten vor jeder Zeremonie eine Jungfrau. Vor ein paar Tagen erst hatte Sanjay gescherzt, ich könnte durchaus die auserwählte Jungfrau sein. Doch da, in der Dunkelheit des Tempels im Lagerhaus, mit dem Geruch von Verwesung in der Nase, war ich froh, daß keine Spur einer solchen Tradition ersichtlich war.

Der zweite Unterschied der Statue war weniger augenscheinlich und irgendwie furchterregender. Kali hob immer noch wütend ihre vier Arme; von einer Hand baumelte die Schlinge, von einer anderen der Schädelstab und von hoch oben das Schwert. Aber ihre vierte Hand war leer. Wo die Nachbildung eines abgeschlagenen Kopfes sein sollte, war nur Luft. Die Finger der Göttin umklammerten nichts. Ich spürte, wie mein Herz zu klopfen anfing, und ein Blick zu Sanjay zeigte mir, daß auch er sein Entsetzen mühsam unter Kontrolle hielt. Der Geruch unseres Schweißes vermengte sich mit dem heiligen Duft des Weihrauchs und dem Gestank von verwesendem Fleisch.

Die Kapalikas traten ein. Sie trugen keine Roben oder spezielle Gewänder. Die meisten hatten schlicht weiße *dhoti* an, die in ländlichen Gegenden so weit verbreitet sind. Alle waren Männer. Es war zu dunkel, um irgendwelche brahmanischen Kastenzeichen zu erkennen, aber ich vermutete, daß mehrere Priester anwesend waren. Alles in allem waren es etwa fünfzig. Der schwarzgekleidete Mann, der uns zu dem Lagerhaus geführt hatte, wich in die Schatten zurück, die fast den gesamten Tempel erfüllten, und ich zweifelte nicht, daß sich dort noch mehr unsichtbare Gestalten aufhielten.

Außer Sanjay und mir waren sechs weitere Anwärter zugegen. Ich kannte keinen davon. Wir bildeten einen zitternden Halbkreis vor dem Standbild. Die Kapalikas traten hinter uns und fingen an zu singen. Meine nutzlose Zunge konnte kaum Antworten formen, und wenn, erfolgten sie immer eine Sekunde zu spät. Sanjay gab den Versuch auf, in die Litanei mit einzustimmen und wahrte während der gesamten Anbetungszeremonie ein dünnes Lächeln. Nur seine weißen Lippen verrieten seine Nervosität. Wir sahen beide immer wieder verstohlen zu der freien Hand von Kali.

Ich kannte das Lied aus meiner Kindheit. Ich verband seinen sentimentalen Text mit Sonnenschein auf Tempelsteinen, dem Versprechen von Feiertagen und dem Geruch verstreuter Blütenblätter. Jetzt, während ich in der

Nacht sang und der Geruch von Aas die schwüle Luft erfüllte, bekamen die Worte eine andere Bedeutung:

O Mutter mein,
Tochter des Berges!

Die Welt ist Schmerz,
Ihre Last unerträglich;
Doch ich spüre kein Sehnen,
Denn ihr Reich ist vergeblich.

Rosig ist ihr Gebein,
Eine Zuflucht sorgenfrei,
Und steht der Tod auch flüsternd dabei,
Lächelnd werde ich bei ihr sein.

Der Gottesdienst hörte unvermittelt auf. Es gab keine Prozession. Einer der Kapalikas trat auf die flache Empore unter dem Standbild. Da sich meine Augen inzwischen an die Dunkelheit gewöhnt hatten, glaubte ich den Mann zu kennen. Er war eine bedeutende Persönlichkeit in Kalkutta. Er mußte bedeutend sein, wenn man sein Gesicht nach wenigen Monaten in der Stadt kannte.

Der Priester sprach leise. Seine Stimme war über das Rauschen des Flusses kaum zu hören. Er sprach vom heiligen Bund der Kapalikas. *Viele werden gerufen*, stimmte er an, *doch wenige auserwählt*. Unsere Probezeit, verkündete er, würde einen Zeitraum von drei Jahren umfassen. Ich sperrte den Mund auf, als er das sagte, aber Sanjay nickte nur. Mir wurde klar, daß Sanjay mehr über die Aufnahme wußte, als er mir mitgeteilt hatte.

›Viele Taten werden euch abverlangt werden, damit ihr euren Wert und euer Vertrauen in Kali beweisen könnt‹, sagte der Priester sanft. ›Ihr könnt jetzt gehen, doch sobald ihr den Weg beschritten habt, gibt es kein Zurück.‹

Darauf folgte Schweigen. Ich betrachtete die anderen Kandidaten. Keiner bewegte sich. Ich wäre gegangen – ich *wäre* gegangen –, wenn Sanjay nicht stehengeblieben wäre, wo er war, die Lippen zu einem blutarmen Lächeln zusammengekniffen. Meine Beine schienen zu schwer zu sein, sie zu bewegen. Meine Rippen taten weh, so sehr pochte mein Herz. Ich konnte kaum atmen. Aber ich entfernte mich nicht.

›Nun gut‹, sagte der Priester der Kali. ›Bevor wir uns morgen abend wieder treffen, werden euch zwei Pflichten abverlangt werden. Die erste könnt ihr jetzt gleich vollenden.‹ Nach diesen Worten holte der Priester einen kleinen Dolch aus den Falten seines *dhoti* hervor. Ich hörte, wie Sanjay im selben Augenblick wie ich Luft holte. Wir standen alle acht aufrechter, aufmerksamer, wachsamer. Aber der Kapalika lächelte nur und strich mit der Schneide behutsam über das weiche Fleisch seiner Handfläche. Die schmale Blutspur quoll langsam hoch und sah im Kerzenlicht fast schwarz aus. Der Priester steckte das Messer wieder weg und nahm – wie es aussah – mehrere Grashalme aus der geballten Faust des Leichnams unter dem Fuß der Göttin. Einen dieser Grashalme hielt er hoch ins Licht. Dann hielt er die verletzte Hand mit der Handfläche nach unten darunter. Das Geräusch des Blutes, das langsam auf den Steinboden tropfte, war deutlich zu hören. Auf ein Ende des sieben Zentimeter langen Grashalms fielen einige dieser scharlachroten Tränen. Unverzüglich kam ein anderer Kapalika aus der Dunkelheit, nahm alle Grashalme, drehte uns den Rücken zu und näherte sich dem Standbild.

Als er sich wieder entfernte, waren die schlanken Stengel eben noch zu erkennen – sie ragten aus der geballten Faust der Göttin Kali heraus. Man konnte unmöglich sagen, welcher der identischen Halme mit dem Blut des Priesters getränkt worden war.

›Kommt jetzt näher‹, sagte der Priester. Er deutete auf Sanjay. ›Geh zur Göttin! Empfange dein Geschenk vom *jagrata!*‹

Man muß Sanjay zugute halten, daß er nur einen Sekundenbruchteil zögerte. Er ging nach vorne. Die Göttin schien größer zu werden, während Sanjay unter dem ausgestreckten Arm wartete. Als Sanjay gerade nach oben greifen wollte, wurde ein übler Geruch deutlich, als wäre eine Blase Faulgas gerade in diesem Augenblick aus dem festgeklemmten Leichnam entwichen.

Sanjay griff nach oben, zog einen Strohhalm und bedeckte ihn unverzüglich mit der Handfläche. Erst als er in unseren Kreis zurückgekehrt war, öffnete er die Hand und betrachtete das Gras. Es war unbefleckt.

Als nächstes wurde auf einen übergewichtigen Mann am Ende der Schlange gedeutet. Seine Beine zitterten sichtlich, als er sich der Göttin näherte. Er verbarg den Halm, den er gezogen hatte, instinktiv, wie Sanjay es getan hatte; wie wir es alle tun sollten. Dann hielt er seinen jungfräulichen Grashalm empor. Erleichterung stand in jedem Wulst seines feisten Gesichts geschrieben.

So ging es mit dem dritten Mann, der einen leisen Seufzer der Erleichterung nicht unterdrücken konnte, als er in die hohlen Hände sah und den sauberen Halm dort erblickte. So ging es mit dem vierten Mann, der unwillkürlich ein Schluchzen von sich gab, als er nach dem vierten Halm griff. Die Augen der Göttin starrten herab. Die rote Zunge schien nun Zentimeter länger als bei unserer Ankunft zu sein. Der vierte Halm war sauber.

Ich war der fünfte Auserwählte. Mir schien, als würde ich mich selbst aus großer Entfernung beobachten, als ich mich der Göttin näherte. Es war unmöglich, ihr nicht ins Gesicht zu sehen, bevor man nach oben griff. Die Schlinge baumelte. Die leeren Augenhöhlen starrten aus dem *khatvanga*. Das Schwert war aus Stahl und sah scharf wie eine Rasierklinge aus. Während ich da stand, schien dem gekrümmten Leichnam ein Gurgeln zu entweichen. Es mußte der Fluß gewesen sein, der direkt unter unseren Füßen floß.

Die kalten Finger der Göttin wollten den Grashalm nicht loslassen, den ich erkoren hatte. Ich bildete mir ein, beim Ziehen zu spüren, wie ihr Griff fester wurde. Dann bekam ich den Halm frei und bedeckte ihn ohne nachzudenken mit der Hand. Nicht einmal ich hatte in dem düsteren Licht die Oberfläche gesehen. Ich kann mich erinnern, daß mich ein großes Hochgefühl erfüllte, während ich in den Kreis zurückkehrte. Als ich die Hand öffnete, den schlanken Halm in den Fingern drehte und kein Mal fand, empfand ich eine seltsame Enttäuschung. Ich warf den Kopf zurück und sah der Göttin direkt in die Augen. Jetzt schien ihr Lächeln breiter, die langen Zähne noch weißer.

Der sechste Mann war jünger als ich, kaum mehr als ein Knabe. Doch er schritt mannhaft zu der *jagrata* und wählte seinen Grashalm ohne Spur des Zögerns. Als er in den Kreis zurückgekehrt war, hielt er ihn hoch, und wir alle konnten erkennen, daß es der besudelte Halm war. Ein letzter Tropfen fiel auf den dunklen Boden.

Da hielten wir den Atem an und erwarteten – was? Nichts geschah. Der Priester machte eine deutende Geste, worauf der siebte Mann seinen Halm holte. Der letzte Mann nahm den letzten Halm aus dem Griff der Göttin. Wir standen stumm, erwartungsvoll im Kreis, warteten scheinbar viele Augenblicke lang und fragten uns, was der Junge denken und was als nächstes kommen mochte. *Warum läuft er nicht weg?* Dann ging mir der Gedanke durch den Kopf, daß ich zwar sicher war, der Junge war irgendwie zum Auserwählten der Kali geworden, aber was war, wenn das bedeutete, er sei der einzige, der von einem bestimmten Schicksal *ausgenommen*, und nicht dafür *auserkoren* worden war? *Viele werden gerufen, doch wenige auserwählt*, hatte der Priester gesagt, was ich als bewußte Parodie auf das langweilige Geplapper der christlichen Missionare angesehen hatte, die auf den Plazas beim Maidan einherschritten. Was aber, wenn es bedeutete, daß der Junge der einzige war, auf den diese *jagrata* herablächelte und der zur Aufnahme in den Kreis der Kapalikas auserwählt worden war? Enttäuschung mischte sich im verwirrten Wirbel meiner Gedanken und Ängste mit Erleichterung.

Der Priester kehrte auf das Podest zurück. ›Eure erste Pflicht ist erfüllt‹, sagte er leise. ›Eure zweite muß erfüllt sein, bis ihr morgen um Mitternacht hierher zurückkehrt. Hört jetzt den Befehl von Kali, Braut des Schiwa.‹

Zwei Männer in Schwarz traten vor und winkten. Wir folgten ihnen zur gegenüberliegenden Seite des Lagerhaustempels zu einer Wand, an der sich hinter schwarzen Vorhängen kleine Alkoven befanden. Die Kapalikas gestikulierten wie Platzanweiser bei einer Beerdigung, wiesen jedem von uns einen Alkoven zu und gingen dann ein paar Schritte weiter, um dem nächsten Mann seine Nische zu zeigen. Sanjay betrat seinen schwarzen Alkoven, und ich hielt unbewußt einen Augenblick lang inne, als der schwarzgekleidete Mann vor mir winkte.

Die Nische war winzig und, soweit ich das in der fast undurchdringlichen Finsternis erkennen konnte, ohne Möbel oder Verzierungen an den drei kahlen Steinwänden. Der schwarzgekleidete Mann flüsterte ›Knie nieder!‹, und zog den schweren Vorhang vor. Der letzte Rest Licht erlosch. Ich kniete mich hin.

Es war totenstill. Nicht einmal das leise Gurgeln des Flusses drang in die stickige Stille. Ich beschloß, meine Herzschläge zu zählen, um die Zeit zu messen, und hatte siebenundzwanzig Schläge gezählt, als mir eine Stimme direkt ins Ohr flüsterte.

Es war eine Frauenstimme. Besser gesagt, es war eine sanfte, geschlechtslose Stimme. Da sprang ich auf und schlug mit den Händen um mich, aber es war niemand da.

›Du sollst mir ein Opfer bringen‹, hatte die Stimme geflüstert.

Ich sank zitternd wieder auf die Knie und wartete auf einen neuerlichen Laut oder die Berührung von jemand. Einen Moment später wurde der Vorhang zurückgezogen, und ich stand auf und trat aus dem Alkoven.

Wir hatten schon unseren Halbkreis der Anwärter vor

der Statue gebildet, als mir auffiel, daß wir nur noch sieben waren. *Gut*, dachte ich. *Er ist weggelaufen* Dann berührte Sanjay meinen Arm und nickte zur Göttin. Der nackte Leichnam, auf dem sie tanzte, war jünger, frischer – und enthauptet.

Ihre vierte Hand war nicht mehr leer. Die Last, die sie an den Haaren trug, schwankte leicht. Der Ausdruck des jungen Gesichts verriet gelinde Überraschung. Die Tropfen erzeugten leise Geräusche wie beginnender Regen auf dem Boden.

Ich hörte keinen Aufschrei.

›Kali, Kali, balo bhai‹, sangen wir. ›Kali bai aré gaté nai.‹

Die Kapalikas strömten hinaus. Ein Mann in Schwarz führte uns in der Dunkelheit zu einer Tür. Im Nebenzimmer zogen wir unsere Sandalen an und verließen das Gebäude. Sanjay und ich suchten den Weg durch den Irrgarten der Gassen zur Strand Road. Dort riefen wir eine Rikscha und kehrten in unser Zimmer zurück. Es war sehr spät.

›Was hat sie gemeint?‹ fragte ich, als beide Laternen angezündet waren und wir unter den Decken in unseren *charpoys* lagen. ›Was für ein Opfer?‹

›Idiot‹, sagte Sanjay. Er schlotterte so heftig wie ich. Sein Strohmattenbett zitterte. ›Wir müssen ihr morgen bis Mitternacht einen Leichnam bringen. Einen menschlichen Leichnam. Einen Toten.‹«

Kapitel Sieben

»Kalkutta, Kalkutta, du mitternächtliches Feld der Besessenheit, unendliche Grausamkeit, Serpentinenförmige Strömung, auf der ich treibe – wer weiß, wohin.«

– Sunilkumar Nandi

Krishna hörte auf zu übersetzen. Seine Stimme war zunehmend heiser geworden, bis ihr Krächzen völlig zu den Krötenaugen paßte. Ich konnte den Blick nur mit größter Anstrengung von Muktanandaji abwenden. Ich stellte fest, ich war so gebannt, daß ich Krishnas Anwesenheit fast vergessen hatte. Jetzt empfand ich ihm gegenüber genau dieselbe Wut, die man gegenüber einem fehlerhaften Tonbandgerät oder einem Fernseher empfinden würde, der im unpassendsten Augenblick eine Störung hat.

»Was ist los?« fragte ich ihn

Krishna neigte den Kopf, ich drehte mich um und sah hin. Der Inhaber mit den weißen Bartstoppeln kam auf uns zu. Es war unglaublich, aber der riesige Raum hatte sich geleert, ohne daß ich es bemerkt hatte. Klobige Stühle waren auf alle anderen Tische aufgestellt worden. Die Ventilatoren hatten ihr langsames Kreisen eingestellt. Ich sah auf die Uhr. Es war 23 Uhr 35.

Der Besitzer – wenn er es war – brummte griesgrämig mit Krishna und Muktanandaji. Krishna machte eine ergebene Handbewegung, worauf der Mann etwas mit lauterer, nörgelnderer Stimme wiederholte.

»Was ist los?« wiederholte ich.

»Er muß schließen«, krächzte Krishna. »Er muß für den Strom bezahlen.«

Ich sah zu den wenigen trüben Glühbirnen, die noch brannten, und hätte fast lauthals gelacht.

»Wir können es morgen zu Ende bringen«, sagte Krishna. Muktanandaji hatte die Brille abgenommen und rieb sich müde die Augen.

»Von wegen«, sagte ich. Ich blätterte meine wenigen Scheine indischer Währung durch, die ich mitgebracht hatte, und gab dem Mann einen Zwanzigrupienschein. Er blieb stehen und murmelte etwas vor sich hin. Ich gab ihm noch einmal zehn Rupien. Er kratzte sich die stoppligen Wangen und schlurfte zu seinem Tresen zurück. Es hatte mich nicht einmal drei Dollar gekostet.

»Weiter«, sagte ich.

»Sanjay war überzeugt, daß wir bis Mitternacht zwei Leichen finden konnten. Schließlich waren wir in Kalkutta.

Am Morgen, während der Fahrt zur Innenstadt, fragten wir die Harijan-Tierkadaverfahrer, ob sie schon einmal Menschen mit ihren Lastwagen transportiert hätten. Nein, antworteten sie, die Stadtverwaltung stellte andere Männer – arme Männer, aber mit Kastenzugehörigkeit – ein, die am Morgen loszogen und die Leichen einsammelten, die unweigerlich auf den Gehwegen lagen. Und das auch nur in den Geschäftsbezirken und der Innenstadt. Weiter draußen, wo die großen *chawls* anfingen, galt diese Regelung nicht. Dort wurden die Leichen ihren Familien – oder den Hunden überlassen.

›Wohin werden die Leichen gebracht, die in der Innenstadt eingesammelt werden?‹ fragte Sanjay. Zur Leichenhalle Sassoon, lautete die Antwort. An diesem Morgen waren Sanjay und ich um halb elf, nach einem Frühstück aus gebratenem Teig im Maidan, in der Leichenhalle Sassoon.

Die Leichenhalle beanspruchte das Erdgeschoß und zwei Kellergeschosse in einem Gebäude im alten englischen Stadtteil. Steinlöwen bewachten immer noch die Eingangsstufen, aber die Tür dort war verschlossen und verriegelt und offenbar seit vielen Jahren nicht mehr benützt worden. Sämtliche Geschäfte wurden durch die Hintertür abgewickelt, wo die Lastwagen kamen und gingen.

Die Leichenhalle war überfüllt. Auf Wagen in Fluren lagen Leichen unter Tüchern, und sogar vor den Büros. Ein starker Geruch war vorherrschend. Das überraschte mich.

Ein Mann mit Klemmbrett und einem fleckigen weißen Kittel kam aus seinem Büro und lächelte. ›Kann ich Ihnen helfen?‹

Ich hatte keine Ahnung, was ich sagen sollte, aber Sanjay fing unverzüglich und überzeugend an zu sprechen. ›Wir kommen aus Varanasi. Wir sind nach Kalkutta gekommen, weil zwei Vettern von uns, denen unglücklicherweise ihr Land in Westbengalen enteignet wurde, jüngst in die Stadt gekommen sind, um sich eine andere Arbeit zu suchen. Doch scheint es, als wäre ihnen das Glück nicht hold gewesen und sie auf der Straße gestorben, ehe sie rechtschaffene Arbeit finden konnten. Die Ehefrau unseres armen, geliebten zweiten Vetters informierte uns in einem Brief darüber, bevor sie zu ihrer Familie in Tamil Nadu zurückkehrte. Das Flittchen hat sich nicht die Mühe gemacht, die Leichen ihres Mannes und unseres anderen Vetters zurückzubekommen, darum sind wir nun unter großen Kosten hergekommen, um sie zur angemessenen Einäscherung nach Benares zu bringen.‹

›Ahh.‹ Der Angestellte verzog das Gesicht. ›Die verfluchten Weiber aus dem Süden. Sie haben keinen Sinn für schickliches Verhalten. Tiere.‹

Ich nickte zustimmend. Es war so einfach!

›Mann oder Frau? Alt, jung oder Säugling?‹ fragte der Angestellte der Leichenhalle mit gelangweilter Stimme.

›Bitte?‹

›Der andere Vetter. Ich gehe davon aus, die hinterbliebene Frau war mit einem Mann verheiratet, aber welchen Geschlechts war das andere Familienmitglied? Und das Alter der beiden? Und an welchem Tag sind sie gebracht worden? Aber zuerst das Geschlecht.‹

›Ein Mann‹, sagte Sanjay.

›Frau‹, antwortete ich im selben Augenblick.

Der Angestellte, der uns in ein anderes Zimmer führen

wollte, blieb stehen. Sanjay warf mir einen Blick zu, der mir die Haut hätte abziehen können.

›Bitte um Vergebung‹, sagte Sanjay aalglatt. ›Kamila, die arme Kusine von Jayaprakesh, ist eindeutig weiblich. Ich kann nur an Samar, meinen eigenen Vetter denken. Jayaprakesh und ich sind selbstverständlich nur verschwägert.‹

›Aha‹, sagte der Angestellte, aber er sah mit zusammengekniffenen Augen von einem zum anderen. ›Ihr beiden seid nicht zufällig Studenten der Universität?‹

›Nein‹, sagte Sanjay lächelnd. ›Ich arbeite im Teppichgeschäft meines Vaters in Benares. Jayaprakesh hilft auf der Farm seines Onkels. Ich habe eine gewisse Bildung. Jayaprakesh hat keine. Warum fragen Sie?‹

›Nur so. Nur so‹, sagte der Angestellte. Er sah mich an, und ich machte mir Sorgen, er könnte das laute Pochen meines Herzschlags hören. ›Nur ab und zu kommen Medizinstudenten von unserer Universität hierher, weil sie ... äh ... liebe Anverwandte auf der Straße verloren haben. Bitte hier entlang.‹ Die Kellerräume waren groß, feucht und von rasselnden Klimaanlagen gekühlt. Auf Bahren und Tischen lagen nackte Leichen. Ihre Anordnung folgte keiner Ordnung, abgesehen von einer ungefähren Scheidung nach Alter und Geschlecht. Der Raum für Kinder, an dem wir vorbeigingen, war überfüllt.

Sanjay nannte ein Datum letzte Woche als Termin des Dahinscheidens unserer Anverwandten. Es schien, als wäre unser Vetter Samar Mitte vierzig gewesen.

Im ersten Zimmer, das wir betraten, lagen etwa zwanzig Männer. Alle waren in unterschiedlichen Stadien der Verwesung. Es war nicht sehr kühl in dem Raum. Wasser tröpfelte frei auf die Leichen – in vergeblicher Versuch, sie zu kühlen. Sanjay und ich hoben beide die Hemden vor Mund und Nase. Unsere Augen tränten.

›Verfluchte Stromausfälle‹, knurrte der Angestellte. ›Alle paar Stunden heutzutage. – Und?‹ Er ging hinüber und zog die Tücher von den wenigen verdeckten Gestalten. Er streckte die Hände aus, als würde er einen Ochsen feilbieten.

›Nein‹, sagte Sanjay und sah grimmig in das erste Gesicht. Er ging zum nächsten. ›Nein. Nein. Moment. Nein ... es ist schwer zu sagen.‹

›Mmmm.‹

Sanjay ging von Tisch zu Tisch, von Rollbahre zu Rollbahre. Die gräßlichen Gesichter starrten zu ihm auf, von grauem Film überzogene Augen, starre, offene Kiefer, aus denen manchmal geschwollene Zungen herausragten. Ein paar grinsten obszön, als wollten sie sich bei uns einschmeicheln, damit wir sie nahmen. ›Nein‹, sagte Sanjay. ›Nein.‹

›Das sind alle, die während der letzten Woche reingekommen sind. Sind Sie sicher, daß Sie das richtige Datum haben?‹ Der Angestellte der Leichenhalle gab sich keine Mühe, Langeweile und Skepsis in seiner Stimme zu verbergen.

Sanjay nickte, und ich fragte mich, was für ein Spiel er spielte. *Identifiziere zwei und laß uns gehen!* ›Augenblick‹, sagte er. ›Was ist mit dem in der Ecke?‹

Der Leichnam lag allein auf einem Stahltisch, als wäre er geistesabwesend dorthin geworfen worden. Knie und Unterarme waren halb erhoben, die Fäuste geballt. Der Leichnam war fast kahl, er hatte das Gesicht zur Wand gedreht, als schämte er sich seiner schlaffen Nacktheit.

›Zu alt‹, murmelte der Angestellte, aber mein Freund war schon fünf rasche Schritte in die Ecke gegangen. Er beugte sich vor und sah in das Gesicht. Die erhobene weiße Faust strich über Sanjays hochgerutschtes Hemd und den bloßen Bauch.

›Vetter Samar!‹ rief Sanjay halb schluchzend. Er packte die steife Hand.

›Nein, nein, nein‹, sagte der Angestellte der Leichenhalle. Er schneuzte sich die Nase in den Zipfel seines flekkigen Kittels. ›Er ist erst gestern reingekommen. Zu neu.‹

›Dennoch ist es der arme Vetter Samar‹, sagte Sanjay

mit erstickter Stimme. Ich sah echte Tränen in seinen Augen.

Der Angestellte zuckte die Achseln und sah auf sein Klemmbrett. Er mußte mehrere Schichten Formulare durchsehen. ›Keine Identifizierung. Dienstagvormittag geliefert. Wurde nackt auf der Sudder Street gefunden... zutreffend, ja? Vermutliche Todesursache: Genick gebrochen, entweder durch einen Sturz oder Strangulierung. Wurde wahrscheinlich seiner Kleidung beraubt. Geschätztes Alter fünfundsechzig.‹

›Vetter Samar war neunundvierzig‹, sagte Sanjay. Er tupfte sich die Augen und hielt das Hemd wieder vor die Nase. Der Angestellte zuckte erneut die Achseln.

›Jayaprakesh, warum suchst du nicht nach Kusine Kamila?‹ sagte Sanjay. ›Ich treffe die Vorkehrungen für den Abtransport von Vetter Samar.‹

›Nein, nein‹, sagte der Angestellte der Leichenhalle.

›Nein?‹ sagten Sanjay und ich gleichzeitig.

›Nein.‹ Der Mann sah stirnrunzelnd auf sein Klemmbrett. ›Sie können diese Leiche erst transportieren, wenn sie identifiziert worden ist.‹

›Aber ich habe sie gerade identifiziert. Es ist Vetter Samar‹, sagte Sanjay, der immer noch die knorrige Faust des Leichnams umklammerte.

›Nein, nein, ich meine *offiziell* identifiziert. Das muß im Postamt geschehen.‹

›Im Postamt?‹ sagte ich.

›Ja, ja, ja. Dort hat der Stadtrat sein Büro für vermißte Personen und unidentifizierte Verstorbene. Dritter Stock. Nachdem ein Beweis für die Identifizierung erbracht worden ist, ist eine Gebühr von zweihundert Rupien an die Stadt zu entrichten. Das heißt, zweihundert Rupien für jeden identifizierten Verschiedenen.‹

›Herrje!‹ rief Sanjay aus. ›Zweihundert Rupien wofür?‹

›Selbstverständlich für die offizielle Identifikation und Beglaubigung. Dann müssen Sie zu den Büros der

Stadtverwaltung in der Waterloo Street gehen. Die sind nur samstags für die Öffentlichkeit geöffnet.‹

›Das sind noch drei Tage!‹ rief ich.

›Warum müssen wir dorthin?‹ fragte Sanjay.

›Selbstverständlich um die Sammelgebühr von fünfhundert Rupien zu bezahlen. Für den geleisteten Transportdienst.‹ Der Angestellte seufzte. ›Bevor wir die Leiche freigeben, brauche ich das Identifikationszertifikat, die Identifikationszahlungsquittung, die Quittung für die Sammelgebühr und natürlich eine Kopie Ihrer Genehmigung, Verstorbene zu transportieren.‹

›Ahhh‹, sagte Sanjay. Er ließ die Hand von Vetter Samar los. ›Und wo bekommen wir diese Lizenz?‹

›Vom Büro für Lizenzen in den staatlichen Verwaltungsbüros nahe dem Raj Bhavan.‹

›Logisch‹, sagte Sanjay. ›Und es kostet...‹

›Achthundert Rupien pro Verstorbenen, den Sie transportieren wollen. Bei mehr als fünfzig gibt es einen Gruppentarif.‹

›Das ist alles, was wir brauchen?‹ fragte Sanjay mit dem Ton in der Stimme, den ich oft gehört hatte, bevor er gegen eine Wand trat oder die kleinen burmesischen Kinder kickte, die sich in unserem Hof und auf der Treppe drängten.

›Ja, ja‹, sagte der Angestellte. ›Abgesehen von den Totenscheinen. Aber die kann ich ausstellen.‹

›Aghhh‹, knurrte Sanjay. ›Die Kosten?‹

›Lediglich fünfzig Rupien‹, erwiderte der Angestellte lächelnd. ›Bliebe die Frage der Miete.‹

›Miete?‹ fragte ich und sprach dabei durch das Hemd.

›Ja, ja, ja. Wie Sie sehen, sind wir sehr überfüllt. Die Miete für benötigten Platz beträgt fünfzehn Rupien pro Tag.‹ Er sah auf seine Notizen. ›Die Miete für Ihren Vetter Samar beläuft sich auf einhundertundfünf Rupien.‹

›Aber er ist erst einen Tag hier!‹ rief ich.

›Richtig, richtig. Aber ich fürchte, wir müssen die ganze Woche berechnen, weil er spezielle Unterbringung erhielt wegen seines ... äh ... fortgeschrittenen Stadiums. Sollen wir jetzt nach Ihrer Cousine Kamila sehen?‹

›Das alles wird uns zweitausend Rupien kosten!‹ explodierte Sanjay. ›Für jede Leiche!‹

›O ja, ja‹, sagte der Mann von der Leichenhalle mit verhaltenem Lächeln. ›Ich darf darauf hoffen, daß der Teppichhandel in Varasi heutzutage blüht?‹

›Komm mit, Jayaprakesh‹, sagte Sanjay und wandte sich zum Gehen.

›Aber was ist mit Cousine Kamila?‹ rief ich.

›Komm *mit!*‹ sagte Sanjay und zerrte mich aus dem Raum.

Vor der Leichenhalle parkte ein weißer Lastwagen. Sanjay ging zu dem Fahrer. ›Die Leichen‹, sagte er. ›Wohin werden sie gebracht?‹

›Was?‹

›Wohin werden die nicht abgeholten Leichen von hier aus gebracht?‹

Der Fahrer richtete sich stirnrunzelnd auf. ›Ins Krankenhaus für Infektionskrankheiten von Naidu. Die meisten. Die beseitigen sie.‹

›Wo ist das?‹

›Weit draußen in der Upper Chitpur Road.‹

Wir brauchten drei Stunden mit der Straßenbahn im dichten Verkehr, bis wir dort waren. Das alte Krankenhaus war voller Menschen, die auf Genesung hofften oder aufs Sterben warteten. Die langen Flure, in denen die Betten dicht an dicht standen, erinnerten mich an die Leichenhalle. Vögel flogen zwischen den Gittern vor den Fenstern hindurch, hüpften zwischen den zerwühlten Laken und hofften auf heruntergefallene Krumen. Geckos wuselten über die rissigen Wände, und einmal sah ich ein Nagetier unter einem Bett verschwinden, als wir näher kamen.

Plötzlich versperrte uns ein Angestellter den Weg. ›Wer seid ihr?‹

In seiner Überraschung nannte Sanjay unsere Namen.

Ich bemerkte, daß sein Verstand wie rasend arbeitete, um sich eine glaubwürdige Geschichte auszudenken.

›Ihr seid hier wegen der Leichen, richtig?‹ verlangte der Angestellte zu wissen.

Wir blinzelten beide.

›Ihr seid Reporter oder nicht?‹ fragte der Mann.

›Ja‹, stimmte Sanjay zu.

›Verdammt. Wir haben gewußt, daß es rauskommen würde‹, knurrte der Angestellte. ›Nun ja, es ist nicht unsere Schuld.‹

›Warum nicht?‹ fragte Sanjay. Er holte ein zerfleddertes altes Notizbuch aus der Hemdentasche, in dem er über die Zahlungen der Bettlermeister Buch führte, die Wäscheliste schrieb, oder unseren Einkaufszettel vermerkte. ›Möchten Sie gerne eine Erklärung abgeben?‹ Er leckte das Ende eines gesprungen Kugelschreibers.

›Kommen Sie hier entlang!‹ sagte der Angestellte brüsk. Er führte uns durch eine Station mit Typhuspatienten in eine angrenzende Küche und dann an Müllhalden vorbei hinaus. Hinter dem Krankenhaus befand sich ein mehrere Ar großes Stück Brachland. In der Ferne waren die Rattanschuppen und Blechdächer eines wachsenden *chawl* sichtbar. Ein rostender Bulldozer stand mitten im Unkraut, daran lehnte ein alter Mann mit ausgebeulten Hosen und einem uralten Bolzengewehr.

›Heeejah!‹ schrie der Angestellte. Der alte Mann sprang auf und schulterte das Gewehr. ›Dort! Dort! sagte der Angestellte und deutete in das Unkraut. Der alte Mann feuerte; das Krachen des Schusses hallte von dem hohen Gebäude hinter uns wieder.

›Scheiße, Scheiße, Scheiße!‹ schrie der Angestellte, bückte sich hastig und kam mit einem großen Stein in der Hand wieder hoch. Draußen im Unkraut hatte ein grauer Hund mit vorstehenden Rippen beim Knall des Schusses den Kopf gehoben und starrte uns jetzt an. Das dürre Tier rannte mit zwischen die Beine geklemmtem Schwanz und etwas Rosigem im Maul davon. Der Angestellte warf seinen Stein, der auf halbem Weg zwischen ihm und dem Hund ins Unkraut fiel. Der alte Mann am Bulldozer mühte sich mit dem Bolzen des Gewehrs ab.

›Verdammt‹, sagte der Angestellte und führte uns auf das Feld hinaus. Überall waren Narben und Erdhügel, als hätte der Bulldozer jahrelang die Erde aufgekratzt wie eine riesige Hauskatze. Wir blieben am Rand der flachen Mulde stehen, wo wir den Hund zum ersten Mal gesehen hatten.

›Ay!‹ sagte ich und wich zurück. Die verwesende Menschenhand, die aus dem feuchten Boden ragte, war über meine Sandale gestrichen und hatte meinen bloßen Fuß berührt. Andere Teile waren zu sehen. Dann bemerkte ich andere Gruben, andere Hunde in der Ferne.

›Vor zehn Jahren war es in Ordnung‹, sagte der Angestellte, ›aber jetzt, wo die industriellen *basti* so nahe herankommen...‹ Er verstummte und warf einen weiteren Stein nach einer Hundemeute. Die Tiere trotteten gemächlich in die Büsche. Hinter uns war es dem alten Mann gelungen, die verbrauchte Hülse herauszuholen, er legte gerade eine neue ein.

›Waren sie Moslems oder Christen?‹ fragte Sanjay. Sein Kugelschreiber verharrte.

›Höchstwahrscheinlich Hindus. Wer weiß?‹ Der Angestellte spie aus. ›Die Krematorien haben nicht gerne Kunden, die nicht bezahlen. Aber die verfluchten Hunde graben sie jetzt schon seit Monaten aus. Wir waren bereit zu zahlen, bis... Moment mal. Sie *haben* doch gehört, was heute passiert ist? *Darum* sind Sie hier, oder nicht?‹

›Selbstverständlich‹, sagte Sanjay unverfroren. ›Aber vielleicht möchten Sie uns Ihren Standpunkt erläutern.‹

Ich hörte kaum zu. Ich war zu sehr damit beschäftigt, mich umzusehen und die anderen Teile zu suchen, die aus dem aufgewühlten Boden emporstiegen wie tote Fische zur Oberfläche eines Sees kommen. Wie ich sehen konnte, schien kaum Hoffnung zu bestehen, daß Sanjay und ich hier ein unversehrtes Opfer finden würden. Über uns kreisten Raben. Der alte Mann hatte sich auf die Kette des Bulldozers gesetzt und schien zu dösen.

›Über das heutige Geschäft sind schon viele Beschwerden eingegangen‹, sagte der Angestellte. ›Wir mußten etwas unternehmen. Verschweigen Sie in Ihrem Artikel nicht, daß das Krankenhaus bereit war, für die Einäscherungen zu bezahlen.‹

›Ja‹, sagte Sanjay und schrieb etwas auf.

Wir gingen zum Krankenhausgebäude zurück. Familien von Patienten hausten in behelfsmäßigen Zelten und Hütten am Rande der Müllhalde. ›Wir mußten etwas unternehmen‹, sagte der Angestellte. ›Die Stromausfälle, Sie wissen ja. Und mit den Hunden konnten wir einfach nicht weiter so verfahren wie die ganzen Jahre über. Daher haben wir die Stadtverwaltung bezahlt, damit die sie transportieren, und heute morgen haben wir siebenunddreißig frisch aus der Kühlhalle aufgeladen, damit sie zum Ashutosh Krematorium gebracht werden. Woher sollten wir wissen, daß sie einen offenen Wagen nehmen würden, der stundenlang im Verkehr steckenbleibt?‹

›Wahrhaftig, wie nur?‹ sagte Sanjay und schrieb etwas auf.

›Und als hätte das nicht genügt, waren da noch die Besucher der Feierlichkeiten, als die Ladung auf dem Gelände des Krematoriums abgeladen wurde.‹

›Ja!‹ sagte ich. ›Das *Kali Puja* fängt heute an.‹

›Aber woher sollten *wir* wissen, daß die Feierlichkeiten ausgerechnet in *diesen* Krematoriumspark Zehntausende locken würden?‹ fragte der Angestellte schneidend. Ich erinnerte ihn nicht daran, daß Kali die Göttin aller Krematorien und Orte des Todes war, einschließlich Schlachtfeldern und nichthinduistischen Begräbnisstätten.

›Wissen Sie, wie *lange* eine vollständige und angemessene Verbrennung selbst mit den neuen elektrischen Öfen der Stadt dauert?‹ fragte der Angestellte. ›Zwei Stunden‹, beantwortete er seine Frage selbst. ›Zwei Stunden für *jeden*.‹

›Was geschah mit den Toten?‹ fragte Sanjay als interessierte ihn das Thema kaum. Es war bereits früher Nachmittag. Zehn Stunden bis Mitternacht.

›Ahh, die Beschwerden!‹ heulte der Angestellte. ›Mehrere Gläubige wurden ohnmächtig. Es war heute vormittag sehr heiß. Aber wir *mußten* die meisten zurücklassen. Die Fahrer weigerten sich, mit einer vollen Ladung wieder durch den Nachmittagsverkehr zur Sassoon Leichenhalle zurückzukehren.‹

›Danke‹, sagte Sanjay und schüttelte dem Mann die Hand. ›Unsere Leser werden sich freuen, den Standpunkt des Krankenhauses zu hören. Ach, übrigens, ist Ihr Wachtposten auch nach Einbruch der Dunkelheit hier?‹ Sanjay nickte zu dem schlafenden Mann.

›Ja, ja‹, knurrte der schwitzende Angestellte. ›Als ob er etwas nützen würde. Heejah!‹ brüllte er, bückte sich und suchte nach einem Stein, um diesen nach dem sabbernden Hund zu werfen, der etwas Großes in die Büsche zerrte.

Wir fuhren um zehn Uhr an diesem Abend zum Gelände des Ashutosh Krematoriums. Sanjay hatte einen der kleinen Premiere Lieferwagen geliehen, mit denen die Bettlermeister ihre verkrüppelten Mitarbeiter von und zur Arbeit fuhren. Die kleine Kabine hinten hatte keine Fenster und roch entsetzlich.

Ich hatte nicht gewußt, daß Sanjay fahren konnte. Nach unserer tollkühnen, hupenden, blinkenden Fahrt durch sämtliche Spuren des abendlichen Verkehrs war ich immer noch nicht sicher.

Das Tor des Krematoriumsgeländes war verschlossen, aber wir erreichten es durch das Gelände der angrenzenden Wäscherei. Das Wasser floß nicht mehr durch die offenen Rohre, in den betonierten Becken war keine Wäsche mehr, und die Arbeiter der Wäscherkaste waren bei Einbruch der Dunkelheit nach Hause gegangen. Eine Steinmauer trennte die Wäscherei vom Krematoriumsgelände, aber anders als bei vielen Mauern in der Stadt, waren bei ihr keine Glasscherben und Metallstacheln oben, daher konnte man leicht darüber klettern.

Als wir die Mauer hinter uns gelassen hatten, zögerten wir einen Moment lang. Die Sterne waren zu sehen, aber der Neumond war noch nicht aufgegangen. Es war sehr dunkel. Die Krematoriumspavillons mit ihren Blechdächern waren graue Silhouetten vor dem Nachthimmel. Ein weiterer Schatten befand sich nahe am Eingangstor: riesig, mit einer Kuppel, eine gewaltige Holzplattform, die auf großen Holzrädern ruhte.

›Der Götterwagen der *Kali Puja*«, flüsterte Sanjay. Ich nickte. Sie hatten an manchen Stellen Blechblenden am Außenrahmen befestigt, aber wir wußten beide um die wütende, vierarmige Gestalt, die im Innern wartete. Ein solches Standbild für Feierlichkeiten wird in den seltensten Fällen als *jagrata* betrachtet, aber wer mochte wissen, welche Macht es nachts, allein, an einem Ort des Todes erlangte?

›Hier entlang‹, flüsterte Sanjay und ging auf den Pavillon zu, der der Ringstraße am nächsten lag. Wir kamen an Holzstapeln, Benzinkanistern für die wohlhabenden Familien und aufgestapelten getrockneten Kuhdungfladen für die gewöhnlichen Verbrennungen vorbei. Der Pavillon für die Begräbniskapelle war ohne Dach, ein grauer Umriß im Sternenlicht. Mir schien er wie der Umriß eines Sarges zu sein, der kalt auf den Leichnam eines riesigen Gottes wartete. Ich sah nervös zu dem verhüllten Götterwagen.

›Hier‹, sagte Sanjay. Sie lagen ungefähr in Reihen. Hätte der Mond geschienen, der Schatten des Götterwagens wäre über sie gefallen. Ich ging einen Schritt auf sie zu und wandte mich ab. ›Uahh‹, sagte ich. ›Ich werde morgen meine Kleidung verbrennen müssen.‹ Ich konnte mir die Wirkung auf die Menge in der Hitze des Tages gut ausmalen.

›Bete, daß es ein Morgen gibt‹, zischte Sanjay und stieg über die liegenden Gestalten. Ein paar waren mit Säcken oder Segeltuchplanen zugedeckt; die meisten lagen unter freiem Himmel. Meine Augen hatten sich an das schwache Sternenlicht gewöhnt, und ich konnte weißen Widerschein und blasses Leuchten von Knochen sehen, die sich aus dem Klammergriff des Fleisches befreit hatten. Da und dort ragten verkrümmte Gliedmaßen über den undeutlichen Bündeln auf. Ich erinnerte mich an die Hand, die hinter dem Krankenhaus meinen Fuß zu packen schien, und erschauerte.

›Rasch!‹ Sanjay entschied sich für einen Leichnam in der zweiten Reihe und zerrte ihn Richtung Mauer.

›Warte auf mich!‹ flüsterte ich verzweifelt, aber er war bereits von den Schatten verschluckt worden, und ich war allein mit den dunklen Hindernissen zu meinen Füßen. Ich ging zur Mitte der dritten Reihe und bedauerte es auf der Stelle. Es war schwer, einen Fuß aufzusetzen, ohne auf etwas zu treten, das ekelerregend unter der Berührung nachgab. Leichter Wind kam auf, ein Kleiderfetzen flatterte wenige Schritte von mir entfernt vorbei.

Plötzlich nahm ich Geräusche und Bewegungen in der Reihe direkt bei dem aufragenden Götterwagen wahr. Ich stand starr da und ballte die Hände zu kraftlosen Fäusten. Es war ein Vogel – riesig, zu schwer zum Fliegen, mit flatternden schwarzen Flügelstummeln. Er hüpfte über die Leichen und verschwand im Schatten unter dem Gefährt der Göttin. Klappernde Laute kamen unter den losen Blechverkleidungen hervor. Ich konnte mir ausmalen, wie sich die große Statue bewegte, ihre vier Arme nach dem einengenden Holzrahmen griffen und ihre Augen sich weiß öffneten, um ihr Reich zu betrachten.

Etwas packte meinen Knöchel mit festem Griff.

Da stieß ich einen Schrei aus, sprang beiseite und stürzte ins Gewirr kalter Gliedmaßen. Ich kam mit dem Unterarm auf dem Bein eines Toten zu liegen, der mit dem Gesicht im Gras lag. Der Griff um meinen Knöchel lokkerte sich nicht. Wenn überhaupt, zerrte er mich fester zu sich.

Ich rappelte mich auf die Knie und zupfte panisch an meinem rechten Bein. Ich hatte so laut geschrien, daß ich damit rechnete, Wachen würden vom Eingangstor gelaufen kommen. Ich *hoffte*, jemand würde gelaufen kommen. Aber es kamen keine Wachen. Ich rief nach Sanjay, bekam aber keine Antwort. Mein Knöchel brannte, so heftig wurde er umklammert.

Ich zwang mich, mit dem Zappeln aufzuhören und aufzustehen. Der Griff wurde schwächer. Ich sank auf ein Knie und betrachtete, was mich festhielt.

Der Leichnam war von einer Seidendecke mit zahlreichen Nylonfäden bedeckt gewesen. Ich war in eine dieser losen Seilschleifen getreten und hatte sie beim nächsten Schritt mitgerissen. Es kostete mich nur wenige Sekunden, die Kordel zu lösen.

Ich lächelte. Nur eine Hand, die im Sternenlicht blaß wie eine Made war, ragte unter dem seidenen Leichentuch hervor. Ich stieß die Hand mit einem Zehen meiner Sandale wieder unter das Tuch. *Perfekt*. Sollte Sanjay sich wie ein Lohnarbeiter der Untersten Kaste mit totem Fleisch abquälen. Ohne die Gestalt unter dem Seidentuch tatsächlich zu berühren, rollte ich sie tiefer in die Falten, band sie mit der baumelnden Kordel fest, hob die Masse auf meine Schulter und hastete an den dunklen Pavillons vorbei zurück. Der Lärm in dem Götterwagen ließ nach, als ich mich entfernte.

Sanjay wartete im Schatten der Mauer auf mich. ›Spute dich!‹ zischte er. Es war nach elf. Wir waren Meilen vom Tempel der Kapalikas entfernt. Gemeinsam hievten wir die beiden Toten über die Mauer.

Die Fahrt vom Krematoriumsgelände zum Tempel der Kapalikas war ein Alptraum – ein grotesker Alptraum. Unsere Last rollte in der Kabine herum, während Sanjay sich durch den Verkehr schlängelte, Ochsenkarren von der Straße drängte, Fußgänger zwang, in die Müllberge zu springen, wenn sie nicht überfahren werden wollten, und hektisch blinkte, um entgegenkommenden Wagen zu zeigen, daß er ihre Vorfahrt nicht gewähren würde. Zweimal mußten wir holpernd auf Gehwege fahren, wenn er links überholte. Kielwasser brüllender Flüche und Obszönitäten markierte in jener Nacht unseren Weg durch Kalkutta.

Schließlich geschah das Unvermeidliche. In der Nähe des Maidan versuchte Sanjay, drei Spuren entgegenkommenden Verkehr an einer Kreuzung zu überqueren. Ein städtischer Polizist sprang von dem gigantischen Traktorreifen herunter, auf dem er den Verkehr regelte, und hob die Hand, um uns anzuhalten. Einen irren Augenblick lang war ich überzeugt, Sanjay würde ihn überfahren. Dann rammte er beide Füße auf die Bremse und stemmte sich gegen das Lenkrad als wollte er versuchen, einen durchgehenden Ochsen zum Halten zu bringen. Unser Lieferwagen schlitterte auf die Seite, kippte fast um und kam dreißig Zentimeter vom ausgestreckten Arm des Polizisten entfernt zum Stillstand. Der Motor wurde abgewürgt. Eine der Leichen hinten rutschte nach vorne, so daß ihr bloßer Fuß zwischen dem Fahrersitz und mir herausragte. Glücklicherweise war das Leichentuch noch um beide Toten geschlungen. Ich zog das Tuch hastig über den vorstehenden Fuß, als der wütende Verkehrspolizist zu Sanjays Seite des Lieferwagens gestapft kam. Er stützte sich auf den Fensterrahmen, und sein Gesicht platzte fast vor Wut.

›Verfluchte Scheiße, was machen Sie da, was bilden Sie sich eigentlich ein?‹ Der Helm des Beamten hüpfte beim Brüllen. Ich dankte allen Göttern, daß er kein Sikh war. Er schrie uns im Dialekt von Westbengalen an. Sein Brüllen kontrapunktierte er mit Schlägen seines schweren *Lathi*stocks gegen Sanjays Tür. Ein Sikh – und die meisten städtischen Polizisten sind Sikh – hätte mit dem Stock auf unsere Köpfe eingeschlagen. Es sind merkwürdige Menschen, diese Sikhs.

Ehe Sanjay sich eine Antwort zurechtlegen oder den Motor wieder anlassen konnte, wich der Polizist einen

Schritt zurück und hielt eine Hand vors Gesicht. ›Pah!‹ schrie er. ›Verdammt, was habt ihr da drinnen?‹

Ich versank in meinem Sitz. Alles war verloren. Die Polizei würde uns festnehmen. Wir würden lebenslänglich im schrecklichen Hooghly Gefängnis eingesperrt werden, aber nur ein paar Tage, weil die Kapalikas uns umbringen würden.

Sanjay dagegen grinste breit und beugte sich zum Fenster hinaus. ›Ah, hochgeschätztester Sir, Sie kennen diesen Lieferwagen doch gewiß, Sir?‹ Er schlug mit der Handfläche auf die zerbeulte Tür.

Der Polizist runzelte giftig die Stirn, wich aber noch einen Schritt zurück. ›Hmmrr‹, sagte er hinter vorgehaltener Hand.

›Ja, ja, ja‹, rief Sanjay, der immer noch albern grinste. ›Er ist Eigentum von Gopalakrishna Nirendrenath G. S. Mahapatra, Oberster Bettlermeister der Bettlerkaste von Chitpur und Upper Chittaranjan! Und hinten sitzen sechs seiner profitabelsten und erbarmenswertesten Leprakranken. Sehr profitable Bettler, ehrbarer Sir!‹ Sanjay ließ den Motor mit der linken Hand an und deutete mit einer Bewegung der rechten ins dunkle Heck des Lieferwagens. ›Ich bringe das Eigentum von Meister Mahapatra mit einer Stunde Verspätung zum Essens- und Schlafsaal zurück, geachteter Sir. Er wird meinen Kopf fordern. Doch solltet Ihr uns verhaften, verehrtester Ordnungshüter, so werde ich wenigstens eine Entschuldigung für meine unverzeihliche Säumigkeit haben. Bitte, solltet Ihr uns verhaften wollen, so bin ich gerne bereit, das Heck für Euch zu öffnen. Die Leprakranken, Sir, so profitabel sie sein mögen, können nicht mehr gehen, daher werdet Ihr mir helfen müssen, sie herauszutragen.‹ Sanjay tastete nach dem äußeren Türgriff, als wollte er aussteigen.

›Nein!‹ rief der Polizist. Er schlug mit dem *Lathi*stock nach Sanjays tastender Hand. ›Hau ab! Fort! Auf der Stelle!‹ Und damit wandte er uns den Rücken zu und schritt rasch zur Mitte der Kreuzung. Dort ruderte er mit den Armen und trillerte mit der Pfeife in den Knoten des chaotischen Verkehrs, der in der kurzen Zeit seiner Abwesenheit drei Straßen verstopft hatte.

Sanjay rammte den Gang des Lieferwagens hinein, fuhr um die festsitzenden Autos herum, indem er ihn über das Gras des Plaza Park steuerte, und bog, den Gegenverkehr schneidend, in die Strand Road South ein.

Wir parkten so nahe wir konnten beim Warenhaus. Die Straße war sehr dunkel, aber hinten auf dem Lieferwagen lag eine Laterne. Sanjay mußte sie anzünden, damit wir unsere Opfergaben aus der Kordel des Leichentuchs meines Toten wickeln konnten. Nach meiner Uhr, einem Geschenk von Sanjay, war es zehn vor zwölf. Meine Uhr ging häufig nach.

In einem plötzlichen Aufflackern der Laterne konnte ich erkennen, daß Sanjay den Leichnam eines sehr alten Mannes vom Krematoriumsgelände mitgenommen hatte. Der Leichnam hatte keine Zähne, nur Haarbüschel und in beiden Augen grauen Star. Er war in ein Spinnennetz von Kordeln vom Tuch meines Leichnams gewickelt.

›Verdammt!‹ murmelte Sanjay. ›Es ist, als würde man einen stinkenden Fallschirm tragen. Nein, es ist ein verdammtes Netz in der Plane eingewickelt.‹ Schließlich mußte Sanjay die Kordel mit den Zähnen durchbeißen.

›Schnell‹, sagte er zu mir. ›Nimm das Tuch von deinem! Es wird ihnen nicht gefallen, wenn sie verhüllt sind.‹

›Aber ich glaube nicht...‹

›*Gehorche*, verdammt!‹ fauchte Sanjay voller Wut. Seine Augen schienen aus dem roten Gesicht zu springen. Die Laterne zischte und knatterte. ›Scheiße, Scheiße, Scheiße!‹ explodierte er. ›Ich hätte *dich* nehmen sollen, wie ich es ursprünglich vorgehabt habe. Es wäre so verdammt einfach gewesen. Scheiße!‹ Sanjay faßte wütend seine Leiche unter den Armen und versuchte, sie aus der durchgebissenen Schnur zu zerren.

Ich stand starr und benommen da. Selbst als ich langsam anfing, die letzten Knoten aufzuknöpfen und die

Schnüre wegzuziehen, merkte ich kaum, was meine Hände taten. *Ich will dir etwas sagen, Jayaprakesh. Du bist ein Opfer sozialer Ungerechtigkeit. Dein Los dauert mich. Ich senke dir die Miete von zweihundert Rupien monatlich auf fünf Rupien. Wenn du die ersten zwei oder drei Monate als Darlehen brauchst, stunde ich sie dir mit Freuden.*

Tränen liefen mir an den Wangen hinab und fielen auf das Leichentuch. Aus weiter Ferne hörte ich Sanjays Ruf, ich solle mich beeilen, aber meine Hände lösten langsam und zielstrebig die letzten verschlungenen Kordeln. Ich erinnerte mich an meine Tränen des Dankes, als Sanjay mich als Zimmergenossen aufnahm, meine Überraschung und Dankbarkeit, als er mich zur Aufnahme in den Bund des Kapalikas mitnahm.

Ich hätte dich *nehmen sollen, wie ich es ursprünglich vorgehabt habe!*

Ich strich mir hastig über die Augen, riß das Leichentuch wütend weg und warf es in die hinterste Ecke des Lieferwagens.

›Ayeeeaa!‹ Der Schrei wurde förmlich aus mir herausgerissen. Ich machte einen Sprung und prallte gegen die Wand des Lieferwagens, wobei ich beinahe auf das *Ding* vor mir fiel. Die Laterne kippte um und rollte über den Metallboden. Ich schrie noch einmal.

›Was?‹ Sanjay war zum Lieferwagen zurückgelaufen gekommen. Jetzt blieb er stehen und klammerte sich an der Tür fest. ›Arhhh...‹

Das Ding, das ich wie eine Braut vom Gelände des Krematoriums getragen hatte, mochte einmal menschlich gewesen sein. Jetzt nicht mehr. Keine Spur war mehr verblieben. Der Körper war zur doppelten Größe eines Menschen angeschwollen – es glich mehr einer gigantischen verwesenden Qualle als einem Menschen. Das Gesicht hatte keine Form mehr, es war nur eine weiße Masse mit runzligen Löchern und geschwollenen schleimigen Schlitzen, wo einmal Augen, Mund und Nase gewesen sein mußten. Das Ding war eine ekelerregende Verspottung einer menschlichen Gestalt, grob aus Fäulnispilzen und totem, verfallenem Fleisch modelliert.

Es war weiß – ganz weiß – das Weiß der Bäuche toter Karpfen, die vom Hooghly angespült wurden. Die Haut hatte die Beschaffenheit von gebleichtem, verfaultem Gummi, sie glich etwas, das von der Unterseite eines giftigen Pilzes abgeschält worden war. Der Leichnam war straff aufgedunsen; der teuflische Druck von inneren Gasen und bis zum Platzen und darüber hinaus gespannten Organen hatten ihn aufgebläht. Gebrochene Rippensplitter und Knochen ragten da und dort aus der aufgedunsenen Masse wie Stäbchen, die in aufgehenden Teig gesteckt worden waren.

›Ahh‹, stöhnte Sanjay. ›Eine Wasserleiche.‹

Wie um Sanjays Worte zu bestätigen, war plötzlich ein Schwall fauligen Flußschlamms zu riechen und aus einem Augenloch kam ein schneckenartiges Ding gekrochen. Glänzende Fühler tasteten in die Nachtluft und wichen dann vor dem Licht zurück. Ich spürte die Bewegung vieler weiterer Wesen in der aufgequollenen Masse.

Ich drückte mich an die Seite des Lieferwagens und schob mich Richtung Hecktür. Ich hätte mich an Sanjay vorbeigedrängt und wäre in die Nacht hinaus gelaufen, die mich willkommen hieß, aber er verstellte mir den Weg, und stieß mich in die schmale Kabine mit dem Ding zurück.

›Heb sie auf!‹ sagte er.

Ich starrte ihn an. Die umgestürzte Laterne warf wild flackernde Schatten zwischen uns.

›Heb sie auf, Jayaprakesh! Wir haben keine zwei Minuten mehr, bis die Zeremonie anfängt. Heb sie auf!‹

Ich hätte Sanjay angesprungen. Ich hätte ihn mit größtem Vergnügen erwürgt, bis die letzten rasselnden Atemzüge aus seinem verlogenen Hals entwichen wären. Dann sah ich die Pistole. Sie war in seiner Hand aufgetaucht wie die Lotosblume, die unvermittelt in der Handfläche eines geschickten Gauklers erscheint. Es war eine kleine Pistole.

Sie sah kaum groß genug aus, daß sie echt sein konnte. Aber sie war es. Daran zweifelte ich nicht. Und der schwarze Kreis des Laufs zielte genau zwischen meine Augen.

›Heb sie auf!‹

Nichts auf der Welt hätte mich dazu bringen können, das Ding hinter mir auf dem Boden aufzuheben. Nichts außer der absoluten Gewißheit, daß ich binnen drei Sekunden tot sein würde, wenn ich nicht gehorchte. Tot. Wie das Ding auf dem Wagen. *Ich würde neben ihm liegen.* Darauf. *Darin.*

Ich kniete mich hin, richtete die Laterne auf, ehe sie erlosch oder das Leichentuch in Brand setzte, und schob die Arme unter die Masse. Dieser schien mein Griff angenehm zu sein. Ein Arm bewegte sich an meiner Seite wie die verstohlene Geste eines schüchternen Liebhabers. Meine Finger sanken tief in das Weiß ein. Das Fleisch fühlte sich kalt und wie weicher Gummi an, und ich war sicher, daß meine Finger jeden Augenblick durchbrechen würden. Weiche Wesen regten und bewegten sich im Innern, während ich mich rückwärts aus dem Lieferwagen bewegte und einen Schritt machte. Das Ding sackte gegen mich, und einen Augenblick lang empfand ich die schreckliche Gewißheit, daß sich der Leichnam auflösen und wie feuchter Flußschlamm über mich ergießen würde.

Ich hob das Gesicht zum Nachthimmel und stolperte vorwärts. Hinter mir schulterte Sanjay seine kalte Last und folgte mir in den Tempel der Kapalikas.«

Kapitel Acht

»Sa etan panca pasún apasýat – purusam,
aśvam, gām, avim, ajam...
Purusam prathaman ablabhate,
puruso hi prathamah paśunamm...«

»Wir sangen die heiligen Worte aus dem *Satapatha Brahmana*.

›Und die Reihenfolge des Opfers soll folgende sein... erst Mensch, dann Pferd, Ochse, Widder und Ziege... der Mensch ist das höchste aller Tiere und gefällt den Göttern am meisten...‹«

Wir knieten in der Dunkelheit vor der *jagrata* Kali. Sie hatten uns mit schlichten weißen *dhotis* bekleidet. Unsere Füße waren bloß. Unsere Stirnen waren gezeichnet. Wir sieben Anwärter knieten in einem Halbkreis dicht vor der Göttin. Danach folgte ein Kreis Kerzen und der äußere Kreis der Kapalikas. Vor uns lagen die Leichen, die wir als Opfergaben gebracht hatten. Auf den Bauch eines jeden Toten hatte der Kapalikapriester einen kleinen weißen Schädel gelegt. Auch die Schädel waren von Menschen, aber zu klein für Erwachsene. Die leeren Augenhöhlen beobachteten uns mit demselben gierigen Eifer wie die hungrigen Augen der Göttin.

›Die Welt ist Schmerz,
O gräßliches Weib des Schiwa
Du kaust das Fleisch.‹

Der Kopf unseres achten Anwärters hing immer noch an der Hand von Kali, aber jetzt war das jugendliche Gesicht kalkweiß, die Lippen zur Grimasse der Leichenstarre verzerrt. Der Leichnam jedoch war von seiner Stelle auf dem Sockel des Götzenbilds verschwunden, der Fuß der Göttin verharrte über freiem Raum.

›O gräßliches Weib des Schiwa
Deine Zunge trinkt das Blut,
O dunkle Mutter! O unbekleidete Mutter.‹

Ich empfand fast nichts, während ich dort kniete. Mein Verstand wiederholte immer wieder Sanjays Worte. *Ich hätte* dich *nehmen sollen!* Ich war ein Narr aus der Provinz. Schlimmer, ich war ein Narr aus der Provinz, der nie wieder in die Provinz zurückkehren konnte. Was immer diese Nacht noch bringen würde, ich wußte, daß die simplen Werte des Lebens in Anguda für immer hinter mir lagen.

›O Geliebte des Schiwa
Die Welt ist Schmerz.‹

Schweigen trat in dem Tempel ein. Wir schlossen unsere Augen zur *dhyana*, der tiefsten Meditation, welche nur in der Anwesenheit einer *jagrata* möglich ist. Geräusche stellten sich ein. Der Fluß flüsterte halb vernommene Silben. Etwas schlitterte dicht an meinen bloßen Füßen über den Boden. Ich spürte nichts. Ich dachte nichts. Als ich die Augen aufschlug, sah ich, daß die scharlachrote Zunge des Götzenbilds noch weiter aus dem klaffenden Mund hing. Nichts überraschte mich.

Andere Kapalikas kamen nach vorne, bis vor jedem von uns ein Priester kniete, welcher uns über den obszönen Altar hinweg ansah, den wir geliefert hatten. Mein Brahmane war ein Mann von gütigem Äußeren. Möglicherweise ein Bankier. Jemand, der daran gewöhnt war, Menschen für seinen Lebensunterhalt zuzulächeln.

›O Kali, o Schreckliche,
O Chinnamasta, die Enthauptete,
O Chandi, gräßlichster Aspekt,
O Kamaski, Verschlingerin der Seelen,
Erhöre unser Gebet, o gräßliches Weib des Schiwa.‹

Mein Priester hob meine rechte Hand und drehte die Handfläche nach oben, als wollte er mir die Zukunft weissagen. Seine andere Hand griff in die weiten Falten seines *dhoti.* Als sie wieder zum Vorschein kam, sah ich das kurze Aufblitzen von scharfem Stahl.

Der Hohepriester legte die Stirn auf den erhobenen Fuß der Göttin. Seine Stimme war sehr leise. ›Die Göttin wird erfreut sein, Euer Fleisch, mit Blut vermischt, zu empfangen.‹

Die anderen Priester bewegten sich alle wie ein Mann. Die Klingen fuhren über unsere Handflächen, als würden die Kapalikas Bambus schneiden. Eine dicke Scheibe vom fleischigen Ballen meiner Hand war fein säuberlich abgeschnitten und glitt an der Klinge hinab. Wir stöhnten alle, aber nur der dicke Mann schrie vor Schmerz auf.

›Du bist entzückt vom Opferfleisch, o Große Göttin. Akzeptiere das Blut dieses Mannes mit seinem Fleisch.‹

Die Worte waren mir nicht neu. Ich hatte sie jeden Oktober während des bescheidenen *Kali Puja* in unserem Dorf gehört. Jedes Bengalikind kennt die Litanei. Aber ich hatte nie mehr als ein symbolisches Opfer gesehen. Ich hatte noch nie gesehen, wie ein Brahmane ein rosa Stück meines eigenen Fleisches in die Höhe hielt und sich dann bückte, um es ins klaffende Maul eines Leichnams zu stekken.

Dann nahm der lächelnde, leutselige kleine Mann mir gegenüber meine verletzte Hand und drehte die Handfläche nach unten. Die Kapalikas in der Dunkelheit hinter uns rezitierten in völligem Einklang die heiligste der *Gayatri mantri,* während die dunklen Tropfen langsam und schwer auf die weiße Oberfläche des ertrunkenen Dings vor meinen Knien fielen.

Das *mantra* ging zu Ende, und mein Bankier-Priester holte behende ein Stück weißes Tuch aus seinem Gewand und verband mir die Hand. Ich betete zur Göttin, es möge bald vorbei sein. Plötzliche Leere und Übelkeit waren in mir emporgestiegen. Meine Arme fingen an zu zittern, ich fürchtete, ich könnte umkippen. Der dicke Mann drei Schritte von mir entfernt sank tatsächlich in die Knie und kippte vornüber auf die Brust seiner zahnlosen alten Frauenleiche, die er mitgebracht hatte. Sein Priester achtete nicht auf ihn und kehrte mit den anderen zusammen in die Dunkelheit zurück.

Bitte, Göttin, laß es zu Ende sein, betete ich.

Aber es war nicht zu Ende. Noch nicht.

Der erste Brahmane hob die Stirn vom Fuß des *jagrata* und wandte sich uns zu. Er schritt langsam unseren Halbkreis entlang, als würde er die Leichen inspizieren, die wir als Opfer gebracht hatten. Er verharrte einen längeren Augenblick vor mir. Ich konnte ihm nicht in die Augen sehen. Ich war überzeugt, der ertrunkene Tote würde als unwürdig angesehen werden. Selbst jetzt gab er noch einen Gestank von Flußschlamm und Verwesung von sich, der wie übler Atem aus seinem klaffenden Mund drang. Aber eine Sekunde später schritt der Priester schweigend weiter. Er begutachtete Sanjays Opfer und schritt weiter die Reihe entlang.

Ich wagte einen Blick zur Seite und sah gerade noch, wie der bloße Fuß des Priesters die Leibesfülle des dicken Mannes grob von seinem kalten Kissen herunterstieß. Ein anderer Kapalika eilte nach vorne und setzte den Kinderschädel rasch wieder auf dem eingesunkenen Bauch des Leichnams an Ort und Stelle. Der dicke Anwärter lag bewußtlos neben seiner kalten Vettel, zwei ungleiche, aus ihrer Umarmung gerissene Liebende. Die wenigsten von uns zweifelten, wessen Antlitz die Göttin als nächstes am Haar hochheben würde.

Kaum hatte ich mein Zittern unter Kontrolle, als der Priester wieder vor mir stand. Diesesmal schnippte er mit den Fingern, worauf drei Kapalikas vortraten und sich zu ihm gesellten. Ich spürte Sanjays fast verzweifeltes Verlangen, sich weiter von mir zu entfernen. Ich selbst empfand wenig. Eine große Kälte war über mich gekommen, kühlte meine pulsierende Hand, löschte meine Angst aus und machte meinen Verstand leer. Ich hätte laut lachen können, als sich der Kapalika über mich beugte. Ich entschied mich, es nicht zu tun.

Zärtlich, fast liebevoll hoben sie die aufgedunsene Masse des Leichnams und trugen sie zum Podest am Fuß der Statue. Dann bedeuteten sie mir durch Gebärden, mich zu ihnen zu gesellen.

Die folgenden paar Minuten verschmelzen in meiner Erinnerung wie halb vergessene Träume. Ich erinnere mich, wie ich mit den Kapalikas vor dem formlosen toten Ding kniete. Ich glaube, wir rezitierten die *Purusha Sukta* des zehnten Mandala aus dem *Rig-Weda*. Andere kamen aus den Schatten nach vorne, sie trugen Wassereimer, um das verwesende Fleisch meiner Opfergabe zu waschen. Ich erinnere mich, ich fand es ausgesprochen komisch, jemanden zu baden, der schon soviel Zeit im heiligen Fluß verbracht hatte. Ich lachte nicht.

Der Hohepriester holte den blutbefleckten Grashalm hervor, der am Vortag über das Schicksal unseres jugendlichen Anwärters entschieden hatte. Der Priester tauchte den Halm in einen Kelch mit schwarzer Lampenpaste und malte Halbkreise über die Löcher in dem Leichnam, wo einmal Augen in die Welt geblickt hatten. Ich hatte schon gesehen, wie heilige Bildnisse dergestalt bemalt wurden, und wieder kämpfte ich den Drang zu kichern nieder, als mir klar wurde, es hätten die Lider sein sollen, die solchermaßen bemalt wurden. In der Zeremonie unseres Dorfes gewährte dieses Ritual dem Tonmodell das Augenlicht.

Andere Männer kamen herbei, um das Gras und Blumen auf die Stirn zu legen. Das große und schreckliche Bildnis der Kali sah herab, während wir das grundlegende *mula-mantri* einhundertundachtmal rezitierten. Wieder kam der Priester nach vorne, diesmal berührte er jedes Glied und drückte den Daumen auf das weiße, aufgequollene Fleisch, wo einmal das Herz geschlagen hatte. Dann sagten wir gemeinsam eine Variante des wedischen *mantra* auf, das mit den Zeilen zu Ende ging: ›Om, möge

Wischnu dich mit Genitalien versehen, Twasta die Form schnitzen, Prajapati den Samen beisteuern und Kali deine Saat empfangen.‹

Der Chor der Stimmen hallte wider in der Dunkelheit und schwoll zum Gesang des heiligsten Weda an, des *Gayatri mantra*. Eben in diesem Augenblick stiegen ein mächtiges Geräusch und ein heftiger Wind an und erfüllten den Tempel. Eine panische Sekunde lang war ich überzeugt, der Fluß schwelle an und verschlinge uns alle.

Der Wind war wahrhaftig kalt, der brüllend durch den Tempel fegte, uns das Haar zerzauste, am weißen Stoff unserer *dhotis* zerrte und die meisten Kerzen in der Reihe hinter uns ausblies. Soweit ich mich erinnern kann, herrschte aber niemals *völlige* Dunkelheit in dem Tempel. Einige Kerzen brannten weiter, ihre Flammen tanzten in der unheimlichen Brise. Doch obwohl noch Licht herrschte – wie auch immer –, ich kann nicht erklären, was als nächstes geschah.

Ich bewegte mich nicht. Ich kniete weiter vier Schritte von dem Standbild und dem ihm geweihten und gesalbten Opfer entfernt. Und ich nahm auch keine andere Bewegung wahr, abgesehen von ein paar Kapalikas hinter uns, die Streichhölzer entflammten, um einen Teil der Kerzen wieder anzuzünden. Es dauerte nur ein paar Sekunden, das zu tun. Dann hatte sich der Wind gelegt, der Lärm war abgeklungen, und die *jagrata* Kali wurde erneut von unten beleuchtet.

Der Leichnam hatte sich verändert.

Die Haut war immer noch weiß wie Maden, aber jetzt stand der Fuß der Göttin auf einem Leichnam, der deutlich der eines Mannes war. Er war so nackt wie zuvor, und immer noch waren Blumen auf seine Stirn gestreut, Lampenschwarz über die Augen gemalt, aber nun lag ein schlaffes Geschlechtsorgan an der Stelle, wo Sekunden zuvor nur eine verweste Pustel gewesen war. Das Gesicht war nicht vollständig – das Ding hatte immer noch keine Lippen, Lider oder eine Nase –, aber das verwüstete Antlitz war eindeutig als etwas Menschliches zu erkennen. Jetzt befanden sich Augen in den Höhlen des Gesichts. Das weiße Fleisch war noch in offene Schwären aufgebrochen, aber die gesplitterten Knochen waren nicht mehr zu sehen.

Ich machte die Augen zu und entbot ein wortloses Gebet – auf das die Göttin nicht antwortete. Als ich Sanjay stöhnen hörte, sah ich wieder hin.

Der Leichnam atmete. Luft blubberte durch den offenen Mund, die verweste Brust hob sich einmal, zweimal und verfiel dann in einen rasselnden, angestrengten Rhythmus. Plötzlich richtete sich der Leichnam mit einer einzigen geschmeidigen Bewegung in eine sitzende Haltung auf. Langsam und unterwürfig küßte er die Fußsohle der Kali mit seinem lippenlosen Mund. Dann schwang er die Beine vom Sockel des Standbilds und stand zitternd auf. Das Gesicht wandte sich mir zu, und ich sah die Schlitze feuchten Fleisches, wo die Nase gewesen war.

Er machte einen Schritt auf mich zu.

Ich konnte nicht wegsehen, während die hochgewachsene Gestalt ungelenk die drei Schritte überwand, die uns trennten. Er ragte über mir auf und verdeckte die Göttin. Nur ihr hageres Gesicht starrte über seine Schulter. Der Leichnam atmete mühsam, als wären seine Lungen immer noch mit Wasser gefüllt. Tatsächlich quoll Wasser aus dem offenen Mund des Dings und floß über die Brust, als es beim Gehen ein wenig den Kiefer sinken ließ.

Erst als es nur noch einen Schritt von mir entfernt stand, konnte ich den Blick senken. Sein Flußgestank wallte über mich hinweg wie Nebel. Das wiederauferstandene Ding streckte langsam die weißen Hände aus, bis die Handflächen meine Stirn berührten. Das Fleisch war kühl, weich, etwas feucht. Auch nachdem es seine Hand weggenommen und zum nächsten Anwärter weitergegangen war, konnte ich den Druck der Handfläche auf meinen Augen spüren und wie eine kalte Flamme in meine fiebrige Haut brennen fühlen.

Die Kapalikas begannen ihren letzten Gesang. Meine Lippen bewegten sich ohne meinen Willen und stimmten in das Gebet ein.

›*Kali, Kali, balo bhai.*
Kali bai aré gaté nai.‹*

Der Gesang ging zu Ende. Zwei Priester gesellten sich zum ersten Brahmanen und halfen dem Wiederauferstandenen in die Schatten im hinteren Teil des Tempels. Die anderen Kapalikas strömten in unsere Richtung. Ich sah mich in unserem inneren Kreis um und stellte fest, daß der dicke Mann nicht mehr unter uns war. Wir sechs standen im Halbdunkel und sahen einander an. So verstrich etwa eine Minute, bis der Hohepriester zurückkam. Er war noch gleich gekleidet, er sah gleich aus, aber er war *anders*. Sein Gang hatte etwas Entspanntes, seine Haltung war zwanglos. Er erinnerte mich an einen Schauspieler nach einer erfolgreichen Vorstellung, der sich unter das Publikum mischt und eine Rolle gegen die nächste eintauscht.

Er lächelte, kam uns glücklich entgegen, schüttelte uns nacheinander die Hand und sagte zu jedem: ›Namaste. Du bist jetzt Kapalika. Warte auf den nächsten Ruf deiner geliebten Göttin.‹

Als er das zu mir sagte, schien die Berührung seiner Hand an meiner nicht so wirklich zu sein wie der Abdruck auf meiner Stirn, der immer noch kribbelte.

Ein schwarzgekleideter Mann führte uns ins Nebenzimmer, wo wir uns schweigend ankleideten. Die vier anderen verabschiedeten sich und gingen schwatzend

* ›O Brüder nehmt den Namen Kalis an.
Es gibt keinen Ausweg, außer in ihr.‹

zusammen fort wie Schulkinder, die vom Nachsitzen entlassen werden. Sanjay und ich standen allein an der Tür.

›Wir sind Kapalikas, flüsterte Sanjay. Er brach in ein strahlendes Grinsen aus und streckte mir die Hand hin. Ich sah ihn an, sah seine dargebotene Hand an und spie auf den Boden. Dann drehte ich ihm den Rücken zu und verließ wortlos den Tempel.

Seither habe ich ihn nicht mehr gesehen. Ich ziehe seit Monaten durch die Stadt, schlafe an geheimen Orten, vertraue niemandem. Ich habe immer auf den ›Ruf meiner geliebten Göttin‹ gewartet und ihn gefürchtet. Er kam nicht. Anfangs war ich erleichtert. Dann hatte ich mehr Angst als zuvor. Jetzt ist es mir einerlei. Jüngst bin ich offen zur Universität zurückgekehrt, auf vertraute Straßen und an vertraute Orte, wo ich früher ein und aus gegangen bin. Orte wie diesen hier.

Die Menschen scheinen zu wissen, daß ich mich verändert habe. Wenn Bekannte mich jetzt sehen, entfernen sie sich. Leute auf der Straße sehen mich an und machen mir Platz. Vielleicht bin ich jetzt ein Unberührbarer. Vielleicht bin ich trotz meiner panischen Flucht Kapalika. Ich weiß es nicht. Ich bin nie zum Tempel der Kalighat zurückgekehrt. Vielleicht bin ich jetzt nicht als Kapalika gezeichnet, sondern als Beute der Kapalikas. Ich warte, bis ich das herausfinden werde.

Ich würde Kalkutta gerne für immer verlassen, habe aber kein Geld. Ich bin nur ein armer Angehöriger der Sudra-Kaste aus dem Dorf Anguda, aber auch jemand, der nie wieder sein kann, was er einmal war.

Nur Mr. Krishna ist noch mein Freund. Er hat mich gebeten, Ihnen meine Geschichte zu erzählen. Diese Geschichte ist damit zu Ende.«

Krishnas Stimme krächzte die Übersetzung des letzten Satzes. Ich blinzelte und sah mich um. Die Füße des Besitzers ragten aus seiner Schlafstelle hinter dem Tresen auf dem Boden hervor. Es war still in dem Raum. Von außerhalb des Gebäudes war kein Laut zu hören. Meine Uhr zeigte 2:20.

Ich stand unvermittelt auf und stieß versehentlich den Stuhl um. Mein Rücken tat weh, mein Denken litt unter Müdigkeit und Zeitverschiebung. Ich streckte mich und knetete die verspannten Muskeln im Nacken.

Muktanandaji sah erschöpft aus. Er hatte die dicke Brille abgenommen und rieb sich müde Augen und Nasenrücken. Krishna griff nach dem letzten Rest von Muktanandajis kaltem Kaffee, schüttete ihn hinunter und versuchte sich zu räuspern.

»Haben Sie... hrrghhh... haben Sie Fragen, Mr. Luczak?«

Ich starrte die beiden an. Ich war nicht sicher, ob meine Stimme ihren Dienst tun würde. Krishna putzte sich lautstark die Nase mit den Fingern, spie auf den Boden und sprach weiter. »Haben Sie irgendwelche Fragen, Sir?«

Ich sah noch ein paar Augenblicke gleichgültig vor mich hin, ehe ich antwortete. »Nur eine Frage«, sagte ich. Krishna zog höflich die Brauen hoch.

»Was, zum Teufel«, begann ich, »... was zum gottverdammten *Teufel* hat... dieses *Ammenmärchen*... mit dem Dichter M. Das zu tun?« Meine Faust schien aus eigenem Antrieb auf die Tischplatte zu schlagen. Die Tassen hüpften.

Jetzt war es an Krishna, mich anzustarren. Ich konnte mich an so einen Blick von meiner Kindergartenlehrerin erinnern, als ich fünf oder sechs war und eines Nachmittags während des Schläfchens in die Hose gemacht hatte.

Krishna wandte sich an Muktanandaji und sprach fünf Worte. Der junge Mann setzte ergeben die Brille wieder auf und antwortete mit noch weniger Silben.

Krishna sah zu mir auf. »Es muß Ihnen doch klar sein, daß wir von M. Das gesprochen haben.«

»Wie?« sagte ich dümmlich. »Wer? Was meinen Sie?

Wollen Sie damit sagen, der Priester war der große Dichter M. Das? Ist das Ihr Ernst?«

»Nein«, sagte Krishna gelassen. »Nicht der Priester.«

»Nun, wer ...«

»Das Opfer«, sagte Krishna langsam, als würde er mit einem begriffsstutzigen Kind sprechen. »Das Opfer. Mr. M. Das war der Leichnam, den Mr. Muktanandaji als Opfer dargebracht hat.«

Kapitel Neun

»Kalkutta, auf deinen Märkten
Verkauft man Schnüre zum Erdrosseln.«

– Tushar Roy

In dieser Nacht träumte ich von Fluren und Höhlen. Dann verlagerte sich der Ort des Traumes in das große Möbelwarenhaus in der Nähe der Southside von Chicago, wo ich im Sommer meines ersten Jahres am College gearbeitet hatte. Das Warenhaus war geschlossen, aber ich ging durch eine endlose Serie von Ausstellungsräumen, die alle randvoll mit Möbelstücken waren. Die Luft roch nach Herculonstoff und billiger Holzpolitur. Ich fing an zu laufen und taumelte durch die dichtgestellte Ausstellungsware. Mir war eben eingefallen, daß sich Amrita und Victoria immer noch irgendwo in dem Warenhaus aufhielten, und wenn ich sie nicht bald fand, würden wir alle über Nacht eingeschlossen werden. Ich wollte nicht, daß sie allein dort blieben und in der Dunkelheit auf mich warten mußten. Ich lief, rief ihre Namen, rannte von Zimmer zu Zimmer, rief.

Das Telefon läutete. Ich griff nach unserem Reisewecker auf dem Nachttisch, aber das Geräusch hörte nicht auf. Es war fünf nach acht. Als mir gerade klar wurde, daß das Geräusch vom Telefon kam, kam Amrita aus dem Bad und nahm ab. Ich döste während ihres Gesprächs. Das Geräusch der Dusche riß mich wieder aus dem Schlaf.

»Wer war es?«

»Mr. Chatterjee«, rief Amrita über das Prasseln des Wassers hinweg. »Du kannst das Manuskript von Das erst morgen abholen. Er entschuldigt sich für die Verzögerung. Davon abgesehen ist alles geregelt.«

»Mmmm. Verflucht. Noch ein Tag.«

»Wir sind um vier zum Tee eingeladen.«

»Hmmm? Wo?«

»Bei Mr. Michael Leonard Chatterjee. Er schickt seinen Wagen. Möchtest du mit deiner Tochter und mir frühstükken gehen?«

»Mmm.« Ich zog das andere Kissen an mein Gesicht und schlief wieder ein.

Scheinbar fünf Minuten später kam Amrita mit Victoria zur Tür herein. Ein Kellner mit Tablett folgte ihr. Der Reisewecker zeigte 10:28.

»Danke«, sagte Amrita. Sie setzte das Baby auf dem Teppich ab und gab dem Kellner ein paar Rupien Trinkgeld. Victoria klatschte in die Hände, legte den Kopf nach hinten und sah dem Mann nach, wie er ging. Amrita nahm das Tablett, balancierte es auf einer Hand und legte einen Finger unter das Kinn, während sie einen Hofknicks in meine Richtung machte. »Namastey und guten Morgen, Sahib. Die Direktion wünscht Ihnen einen angenehmen und erfreulichen Tag, obschon der größte Teil davon leider bereits verstrichen ist. Ja, ja, ja.«

Ich richtete mich im Bett auf, staubte mir den Schoß mit einer Serviette ab und stellte das Tablett vorsichtig hin. Dann machte sie wieder einen Knicks und hielt die Hand ausgestreckt, Handfläche nach oben. Ich ließ einen Zweig Petersilie hineinfallen.

»Behalten Sie den Rest«, sagte ich.

»O danke, danke, großzügigster aller Sahibs«, sang sie, während sie mit einer Reihe übertriebener Verbeugungen zurückwich. Victoria steckte drei Finger in den Mund und beobachtete uns zweifelnd.

»Ich dachte, du wolltest heute auf Sarijagd gehen«, sagte ich. Amrita stieß die schweren Vorhänge zurück, ich blinzelte im grauen Gleißen. »Herrgott«, sagte ich, »ist das wirklich Sonnenschein? In Kalkutta?«

»Kamakhya und ich sind schon einkaufen gewesen. Sehr hübsches Geschäft. Und eigentlich ziemlich preisgünstig.«

»Nichts gefunden?«

»O doch. Sie liefern die Ware. Wir haben beide Meter

über Meter gekauft. Wahrscheinlich habe ich deinen gesamten Vorschuß ausgegeben.«

»Verdammt.« Ich sah nach unten und verzog das Gesicht.

»Was ist los, Bobby? Ist dein Kaffee kalt?«

»Nein, der ist prima. Sogar vorzüglich. Mir ist nur klar geworden, daß ich die Gelegenheit verpaßt habe, Kamakhya wiederzusehen. Verdammt.«

»Du wirst es überleben«, sagte Amrita und legte Victoria aufs Bett, um ihr die Windeln zu wechseln.

Der Kaffee war *wirklich* gut, und in einer kleinen Metallkanne war noch mehr. Ich hob die Glocke und sah zwei Eier, mit Butter bestrichenen Toast und – Wunder über Wunder – drei Streifen echten Speck. »Fantastisch«, sagte ich. »Danke, Kindchen.«

»Ach, nichts weiter«, sagte Amrita. »Die Küche hatte selbstverständlich schon seit Stunden geschlossen, aber ich sagte ihnen, es wäre für den berühmten Dichter in Zimmer 612. Den Dichter, der die ganze Nacht wegbleibt und Kriegsgeschichten mit den Jungs schwatzt und der dann nach Hause kommt und so laut vor sich hin kichert, daß Frau und Kind davon wach werden.«

»Tut mir leid.«

»Worum ging es denn heute nacht bei dieser Konferenz überhaupt? Du hast im Schlaf gemurmelt, bis ich dich angestoßen habe.«

»Tut mir leid, tut mir leid, tut mir leid.«

Sie klebte Victorias frische Windel zu, warf die alte weg, kam zurück und setzte sich auf den Bettrand. »Ehrlich, Bobby, mit welchen Offenbarungen ist der geheimnisvolle Fremde von Krishna dahergekommen? Gab es ihn wirklich?«

Ich bot ihr ein Stück Toast an. Sie schüttelte verneinend den Kopf, dann nahm sie es mir aus der Hand und biß davon ab. »Willst du die Geschichte wirklich hören?« fragte ich.

Amrita nickte. Ich trank einen Schluck Kaffee, beschloß,

keine kurze Zusammenfassung der Höhepunkte zu geben, sondern fing an, in einem unbekümmerten, leicht sarkastischen Tonfall zu erzählen. Ich hielt gelegentlich inne, um meine Meinung über bestimmte Abschnitte kundzutun, indem ich den Kopf schüttelte oder einen kurzen Kommentar von mir gab, und so gelang es mir, Muktanandajis über dreistündigen Monolog in weniger als zehn Minuten wiederzugeben.

»Mein Gott«, sagte Amrita, als ich fertig war. Sie schien beunruhigt, fast etwas verstört.

»Wie auch immer, es war der krönende Abschluß meines ersten Tages in der wunderschönen Stadt Kalkutta«, sagte ich.

»Hast du keine Angst gehabt, Bobby?«

»Großer Gott, nein. Warum auch, Kindchen? Ich hatte nur Angst, ob ich mit der Geldbörse in der Tasche wohlbehalten wieder ins Hotel kommen würde.«

»Ja, aber...« Amrita verstummte, ging zu Victoria, drückte ihr einen heruntergefallenen Schnuller in die Hand und kam wieder zum Bett. »Immerhin hast du den Abend mit einem Irren verbracht. Robert, ich wünschte... ich wünschte, ich wäre dabei gewesen, um zu übersetzen.«

»Ich auch«, sagte ich wahrheitsgemäß. »Was mich betrifft, könnte Muktanandaji die ganze Zeit über die Rede von Gettysburg in Bengali rezitiert haben, während sich Krishna eine Gespenstergeschichte ausgedacht hat.«

»Dann glaubst du, daß der Junge die Wahrheit gesagt hat?«

»Die Wahrheit?« wiederholte ich und sah sie stirnrunzelnd an. »Was soll das heißen? Leichen, die zum Leben erweckt werden? Tote Dichter, die aus dem Flußschlamm wiederauferstehen? Liebes, M. Das ist *vor acht Jahren* verschwunden. Glaubst du nicht auch, daß er einen verdammt verwesten Zombie abgeben würde?«

»Nein, das habe ich nicht gemeint«, sagte Amrita. Sie lächelte, aber es war ein müdes Lächeln. Mir wurde klar, ich hätte sie gar nicht erst mitnehmen sollen. Ich hatte mir solche Sorgen gemacht, daß ich einen Dolmetscher brauchen würde, jemanden, der mir half, mit der Kultur zurechtzukommen. *Mist!* »Ich dachte nur, vielleicht hat der Junge *geglaubt*, daß er die Wahrheit sagt«, meinte sie. »Er hätte versuchen können, den Kapalikas beizutreten, oder wie sie heißen. Er könnte *etwas* gesehen haben, das er nicht verstanden hat.«

»Ja, das wäre möglich«, gab ich zu. »Ich weiß nicht. Der Junge war völlig im Eimer – rote Augen, kaputte Haut, ein Nervenbündel. Er könnte auf Drogen gewesen sein. Ich hatte den Eindruck, daß Krishna eine Menge hinzufügte oder veränderte. Wie bei einem dieser Übersetzungssketche, wo der Ausländer einmal grunzt und der Übersetzer zehn Minuten spricht. Weißt du, was ich meine? Wie auch immer, es könnte sein, daß er dieser Geheimsekte beitreten wollte und sie ein gruseliges Schauspiel inszeniert haben, um ihn zu beeindrucken. Aber ich vermute, es war Krishnas Vorstellung von einem Schabernack.«

Amrita nahm das Tablett und trug es zur Kommode. Sie stellte Tasse und Besteck zu verschiedenen Mustern um. Sie sah mich nicht an. »Und warum? Haben sie Geld verlangt?«

Ich warf das Laken zurück und ging ans Fenster. Mitten auf der Straße fuhr eine Bahn entlang, die nicht anhielt, während Passagiere zu- und ausstiegen. Der Himmel war immer noch mit tiefhängenden Wolken bemalt, aber das Sonnenlicht reichte aus, Schatten auf das rissige Pflaster zu werfen. »Nein«, sagte ich. »Nicht mit so vielen Worten. Aber Krishna beendete den Abend mit einem niedlichen kleinen Epilog – sehr *sotto voce* – und erklärte, warum sein Freund eine Möglichkeit finden müßte, aus der Stadt zu verschwinden, nach Delhi oder sonst wohin, am besten Südafrika. Er ließ keinen Zweifel daran, daß ein paar hundert Dollar äußerst hilfreich sein würden.«

»Hat er um Geld *gebeten*?« Amritas betonte britische Vokale waren ausgeprägter denn je.

»Nein. Nicht mit so vielen Worten…«

»Wieviel hast du ihnen gegeben?« Sie zeigte keine Anzeichen von Zorn, nur Neugier.

Ich watschelte zu meinem Koffer und holte frische Unterwäsche und Socken heraus. Mir wurde wieder einmal klar, das größte Argument gegen die Ehe, das absolut *unwiderlegbarste* Argument dagegen, mit einer Person jahrelang zusammenzuleben, war die Zerstörung der Illusion vom freien Willen durch die ständige Einsicht des Partners, wie völlig vorhersehbar man doch war. »Zwanzig Dollar«, sagte ich. »Das war der kleinste Travellerscheck, den ich hatte. Den größten Teil der indischen Währung habe ich dir gelassen.«

»Zwanzig Dollar«, überlegte Amrita. »Beim momentanen Wechselkurs wären das etwa hundertachtzig Rupien. Hast du ihn auf Muktanandaji ausgestellt?«

»Nein, ich habe ihn blanko gelassen.«

»Es dürfte ihm schwerfallen, mit hundertachtzig Rupien nach Südafrika zu kommen«, sagte sie unverhohlen.

»Verdammt, es ist mir einerlei, ob die beiden Süßigkeiten damit kaufen. Oder ob sie damit eine wohltätige Stiftung gründen – Rettet-Muktanandaji-vor-dem-Zorn-der-Kapalikas-Fonds, oder so. Steuerlich absetzbar. Spenden Sie sofort.«

Amrita sagte nichts.

»Sieh es einmal so«, sagte ich. »Für zwanzig Piepen bekommen wir nicht mal mehr einen Babysitter, können nach Exeter, uns einen schlechten Film ansehen, und hinterher ins McDonalds. Seine Geschichte war viel unterhaltender als manche Filme, für die wir eigens nach Boston gefahren sind. Wie hieß dieser alberne Kinderfilm, für den wir mit Dan und Barb gleich vor unserer Abreise noch je fünf Dollar verschwendet haben?«

»*Krieg der Sterne*«, sagte Amrita. »Glaubst du, du kannst etwas von der Geschichte für deinen Artikel für *Harper's* verwenden?«

Ich zurrte den Morgenmantel zu. »Die Begegnung und

das Kaffeehaus? Ja. Ich werde herauszuarbeiten versuchen, wie absurd und surrealistisch manche Gestalten meiner... wie hat Morrow sich ausgedrückt? ...meiner Suche nach M. Das waren. Aber Muktanandajis Geschwafel kann ich nicht gebrauchen. Jedenfalls nicht viel davon. Ich werde sie erwähnen, aber diese ganze Kapalika-Sache ist einfach zu grotesk. Dieser Killer-Göttinnen-Mist ist mit den letzten Filmserials aus der Mode gekommen. Um den Bandenaspekt werde ich mich kümmern – vielleicht sind diese Kapalikas eine Art Mafia von Kalkutta –, aber der Rest ist einfach zu grotesk, als daß man ihn in einem ernsthaften Artikel über einen so vorzüglichen Dichter verwenden könnte. Es ist nicht nur morbid, es ist regelrecht...«

»Pervers?«

»Nee, es würde ihnen nichts ausmachen, wenn ich über eine kleine gesunde Perversion schriebe. Das Wort, an das ich gedacht habe, ist *abgedroschen*.«

»Gott schütze uns vor Klischees, so etwas?«

»Stimmt genau, Kindchen.«

»Also gut, Bobby. Was machen wir als nächstes?«

»Hmmm, gute Frage«, sagte ich. Ich spielte ›Ich-seh-dich‹ mit Victoria. Wir benützten beide ein Stück Bettdecke als Versteck. Wir kicherten beide, wenn ich sie wie einen Vorhang zwischen uns hob. Dann hielt Victoria die Händchen vor die Augen, und ich sah mich verblüfft um und versuchte, sie zu finden. Das machte ihr einen Heidenspaß.

»Ich glaube, ich dusche«, sagte ich. »Dann buchen wir für dich und die Kleine hier den Nachmittagsflug nach London. Bisher hast du außer dem Murmeln des Portiers absolut nichts zu übersetzen gehabt. Ich habe es satt, die zusätzlichen Mäuler hier zu füttern. Es besteht kein Grund, daß du auch nur noch einen Tag hier wartest, auch wenn ich darauf warten muß, bis Chatterjee seine Siebensachen beisammen hat. Heute ist Samstag. Du könntest noch einmal in London bleiben, über Nacht deine Eltern besuchen, und wir könnten etwa zur selben Zeit in New York eintreffen... sagen wir Dienstag abend.«

»Tut mir leid, Bobby. Aus verschiedenen Gründen unmöglich.«

»Unsinn«, sagte ich. »Das Wort unmöglich gibt es nicht.« Victoria und ich entdeckten einander und kicherten. »Zähle mir deine Einwände auf, ich werde sie zunichte machen.«

»Erstens, wir haben um vier Uhr große Teegala bei den Chatterjees...«

»Ich drücke dein Bedauern aus. Weiter.«

»Zweitens, der Bote vom Sarigeschäft ist noch nicht eingetroffen.«

»Das Zeug bringe ich mit. Weiter.«

»Drittens, Victoria und ich würden dich vermissen. Oder etwa nicht, Herzblatt?« Victoria wandte sich gerade lange genug von dem Spiel ab, ihre Mutter höflich anzusehen. Dann änderte sie die Regeln, indem sie die Decke über den Kopf zog.

»Tut mir leid, drei Treffer«, sagte ich zu Amrita. »Du bist überstimmt. Ich werde euch auch vermissen, aber wenn du weg bist, kann ich meine Zeit vielleicht mit deiner hübschen Freundin Kamakhya verbringen. Ich glaube, heute geht um zwei eine Maschine nach London. Wenn nicht, bleibe ich bis zu einem späteren Flug bei euch am Flughafen.«

Amrita hob ein paar Spielsachen des Babys auf und steckte sie in eine Schublade. »Da wäre noch ein viertes Problem«, sagte sie.

»Welches?«

»BOAC und PanAm haben sämtliche Flüge von Kalkutta storniert, außer der verspäteten sechs Uhr fünfundvierzig Maschine von Thailand, BOAC. Probleme mit dem Gepäcktransfer, hat der Mann gesagt. Ich habe gestern abend angerufen, weil mir langweilig war.«

»Du machst Witze. *Verdammt.*« Victoria spürte den veränderten Tonfall und ließ das Laken fallen. Sie verzog das Gesicht zum Weinen. »Es muß einen Weg aus diesem stinkenden Scheißloch von einer... entschuldige, Kleines... Stadt geben.«

»O ja. Alle Inlandflüge von Indian Airlines starten planmäßig. Wir könnten mit Pan Am von Delhi oder mit allen anderen internationalen Fluggesellschaften dort oder in Bombay starten. Aber den heutigen Frühflug nach Neu Delhi haben wir verpaßt, und alle anderen haben schrecklich Verspätung. Ich würde lieber auf dich warten, Bobby. Ich möchte in diesem Land nicht ohne dich reisen. Das habe ich als Kind ausreichend getan.«

»Okay, Liebes«, sagte ich und legte einen Arm um sie. »Dann meinetwegen, versuchen wir es mit dem BOAC-Flug Montag morgen. Herrgott, halb sieben Uhr morgens. Nun, wenigstens wird es ein Frühstücksflug. Einverstanden, wenn ich wie geplant dusche?«

»Ja«, sagte Amrita, während sie das Baby aufhob. »Ich habe bei den Leuten von BOAC nachgefragt, es geht klar, daß du duschst.«

Am Nachmittag brachten wir die Stadtrundfahrt hinter uns. Ich steckte Victoria in den Rückentragebeutel, dann begaben wir uns hinaus in Hitze, Lärm und Chaos. Temperatur und Luftfeuchtigkeit lagen um die 100-Grad-Marke – also etwa achtunddreißig Grad Celsius. Wir hatten ein mehr als passables Mahl in einem Restaurant mit dem Namen Shah-en-Shah's und fuhren anschließend mit dem Taxi nach Chowringhee ins Indische Museum.

Auf einem kleinen Schild außerhalb stand zu lesen: KEINE YOGA-ÜBUNGEN IN DEN GÄRTEN GESTATTET! Im Innern war es sehr heiß, die Schaukästen waren staubig, das Gebäude selbst war überraschend verlassen – abgesehen von einer lauten und unangenehmen Gruppe Deutscher. Die anthropologischen Ausstellungsstücke im Erdgeschoß interessierten mich gelinde, aber schließlich erweckte die Ausstellung archäologischer Kunst doch noch meine Aufmerksamkeit.

»Was ist?« fragte Amrita, die sah, wie ich mich über eine Glasvitrine beugte.

Die kleine schwarze Figur mit der Legende *Darstellung der Göttin Durga in ihrem Kali-Aspekt; ca. 80 v. Chr.* versehen. Sie wirkte alles andere als furchteinflößend. Ich sah keine Spur von Schlinge, Schädel oder abgeschlagenem Kopf. In einer Hand hielt sie etwas, das wie ein Holzzweig aussah, in einer anderen einen umgedrehten Eierbecher, in der dritten etwas, das ein Dreifuß sein konnte, aber mehr wie ein aufgeklapptes Schweizer Offiziersmesser aussah, die letzte Hand war ausgestreckt, Handfläche nach oben, und bot einen winzigen gelben Krapfen dar. Wie alle anderen Statuen von Göttinnen, die ich in dem Museum gesehen hatte, hatte auch sie eine hohe Taille, feste Brüste und langgezogene Ohren. Ihr Gesicht war finster, die zahlreichen Zähne spitz, aber ich konnte keine Vampir-Fangzähne oder eine heraushängende Zunge erkennen. Sie trug einen Kopfschmuck aus Flammen. Für meinen Begriff ungleich wilder war eine Statue mit der Bezeichnung *Durga*, die in einer Vitrine in der Nähe stand. Diese angeblich mildere Inkarnation von Parwati hatte zehn Arme und hielt in jeder Hand eine grausamere Waffe als in der vorhergehenden.

»Deine Freundin Kali sieht gar nicht so schrecklich aus«, sagte Amrita. Selbst Victoria beugte sich in dem Rückenrucksack nach vorne, um den Schaukasten zu betrachten.

»Das Ding da ist zweitausend Jahre alt«, sagte ich. »Vielleicht ist sie seither blutrünstiger und grausamer geworden.«

»Manche Frauen können einfach nicht mit Anstand alt werden«, stimmte Amrita zu und ging zum nächsten Schaukasten. Victoria schien sich an einer großen Bronzestatue von Ganesha zu erfreuen, dem verspielten, elefantenköpfigen Gott der Fruchtbarkeit; die restliche Zeit unseres Aufenthalts im Museum machten wir ein Spiel daraus, so viele Darstellungen von Ganesha zu finden, wie wir konnten.

Amrita hätte gerne die Victoria Memorial Hall besucht, um Kunstgegenstände des Raj zu sehen, aber es wurde spät, daher begnügten wir uns damit, mit dem Taxi daran vorbeizufahren und Victoria das eindrucksvolle Bauwerk zu zeigen und ihr zu erzählen, daß es nach ihr benannt worden war.

Wir betraten in einem sintflutartigen Wolkenbruch das Hotel, zogen uns rasch um, kamen wieder herunter und stellten fest, daß Chatterjees Auto wartete und der Regen aufgehört hatte.

Ich trug zum ersten Mal seit Tagen eine Krawatte, und während das Auto sich in den Verkehr einfädelte, saß ich unbehaglich da, zupfte am Knoten und wünschte mir, der Kragen wäre lockerer oder mein Hals dünner. Mein kurzärmliges weißes Hemd war am Rücken schon schweißnaß, und plötzlich bemerkte ich, wie mitgenommen und fleckig meine getreuen Wallaby-Schuhe aussahen. Alles in allem fühlte ich mich zerknittert, zerzaust und schweißgebadet. Ich sah zur Seite zu Amrita. Sie sah – wie immer – kühl und beherrscht aus. Sie trug das weiße Baumwollkleid, das sie in London gekauft hatte, dazu ein Lapislazulikollier, das ich ihr vor unserer Hochzeit geschenkt hatte. Von rechts wegen hätte ihr Haar eigentlich strähnig herunterhängen müssen, aber es fiel ihr voll und lockig auf die Schultern.

Wir fuhren fast eine Stunde lang, was mich daran erinnerte, daß Kalkutta ausgedehnter in der Fläche als New York City war. Der Verkehr war so wahnsinnig und unberechenbar wie immer, aber Chatterjees schweigsamer Fahrer fand den schnellsten Weg durch das Chaos. Meine Bedenken hinsichtlich des Verkehrs wurden durch die großen weißen Schilder in Bengali, Hindi und Englisch, die ich im Zentrum mehrerer chaotischer Kreisverkehre sah, nicht eben ausgeräumt: FAHREN SIE VORSICHTI-

GER! DIESES JAHR HAT ES AUF DIESER STRECKE SCHON □□ TOTE GEGEBEN! In den Kästchen befanden sich die Art von an Nägeln aufgehängten Ziffernschildchen, wie man sie in alten Baseballstadien sehen konnte. Die höchste Zahl, die wir während der Fahrt sahen, war 28. Ich fragte mich müßig, ob damit der gesamte Straßenabschnitt gemeint war oder nur die wenigen Quadratmeter Belag.

Manchmal fuhren wir auf einem Highway, an den auf beiden Seiten gewaltige *chawls* angrenzten – diese unvorstellbaren Elendsviertel mit Wellblechdächern, Jutesackwänden und Schlammstraßen –, die sich meilenweit erstreckten und denen lediglich von den grauen Monolithen von Fabriken Einhalt geboten wurde, welche den Monsunwolken Flammen und ungefilterten Ruß entgegenrülpsten. Mir wurde klar, daß verbreitete philosophische Überlegungen wie Ökologie und Umweltschutz ein Luxus für unsere fortschrittlichen Industrienationen waren. Die Luft in Kalkutta, die bereits von faulendem Abfall, verbranntem Kuhmist, Millionen Tonnen Müll und den ewig brennenden zahllosen offenen Feuern versüßt wurde, wurde durch den zusätzlichen Ausstoß von Autoabgasen und ungefiltertem Industriequalm noch weiter unerträglich gemacht.

Die Fabriken selbst waren riesige Gebilde aus altersschwachen Backsteinen, rostigem Stahl, amoklaufendem Unkraut und zerschmetterten Scheiben – Bilder aus einer grimmigen Vergangenheit, wenn das Industriezeitalter den Weg der Dinosaurier gegangen war, aber seine verwesenden Kadaver überall in der Landschaft hinterlassen hatte. Und doch stieg noch Rauch von der verfallensten Ruine auf, und zerlumpte menschliche Gestalten kamen und gingen in den Schlünden der dunkelsten Gebäude. Ich konnte mir unmöglich vorstellen, in einer dieser Hütten ohne Boden zu hausen und in einer dieser trostlosen Fabriken zu arbeiten.

Amrita mußte ähnliche Gedanken gehabt haben, denn

wir fuhren schweigend dahin, und jeder betrachtete das Panorama menschlicher Hoffnungslosigkeit, das an den Autofenstern vorüberzog.

Dann fuhren wir binnen weniger Minuten über eine Brücke hoch über Eisenbahnschienen, kamen durch ein Übergangsviertel winziger Ladenfassaden und befanden uns plötzlich in einem alten, etablierten Viertel mit Alleen und großen Villen hinter Mauern und abgesperrten Toren. Das spärliche Sonnenlicht funkelte auf zahllosen Glasscherben auf den Mauern. An einem Anwesen war ein Streifen von einem Meter Breite auf der Mauer geräumt worden, doch die ockerfarbene Fassade dieses Hauses war mit dunklen Schmierereien verunziert. Am Ende langer Einfahrten standen auf Hochglanz polierte Autos. Die Tore mit Eisenstacheln trugen kleine Schilder mit der Aufschrift *Vorsicht bissiger Hund* in mindestens drei Sprachen.

Man brauchte keine große Einsicht, um zu erkennen, daß dies einmal ein britisches Viertel gewesen sein mußte, ein Stadtteil so fernab vom Pandämonium der Stadt und ihrer Eingeborenen, wie es die regierende englische Klasse bewerkstelligen konnte. Selbst hier war der Verfall ersichtlich – in gelegentlichen schmutzigen Mauern, abgedeckten Dächern und behelfsmäßig vernagelten Fenstern –, aber es war ein kontrollierter Verfall, eine Nachhutmaßnahme gegen die amoklaufende Entropie, die sonst allerorten in Kalkutta zu herrschen schien; und das Gefühl von Auflösung wurde etwas gemildert durch bunte Blumen und andere offensichtliche Bemühungen in Sachen Gartenkultur, die man hinter den hohen Toren erkennen konnte.

Vor einem dieser Tore hielten wir an. Der Fahrer wuselte hinaus und öffnete ein Vorhängeschloß mit einem Schlüssel an einer Kette an seinem Gürtel. Hohe, blühende Büsche und überhängende Zweige säumten die Zufahrt.

Wir wurden von Michael Leonard Chatterjee begrüßt.

»Ah, Mr. und Mrs. Luczak! Willkommen!« Seine Frau stand ebenfalls unter der Tür – neben einem Säugling im Krabbelalter, den ich zuerst für ihren Sohn hielt, doch dann wurde mir klar, daß es ihr Enkel sein mußte. Mrs. Chatterjee war Anfang sechzig, daher revidierte ich das Alter ihres Mannes nach oben. Chatterjee war einer dieser glatten, ewig kahl werdenden Herren, die fünfzig werden und dann bis Ende sechzig in diesem Alter zu bleiben scheinen.

Wir plauderten ein Weilchen auf der Vorderveranda. Victoria wurde pflichtschuldigst bewundert, worauf wir ihren Enkelsohn lobten. Dann wurde uns rasch das Haus gezeigt, worauf wir durch eine weitere Tür auf eine geräumige Veranda mit Blick auf eine Seitenstraße geführt wurden.

Mich interessierte ihr Haus. Ich hatte zum ersten Mal Gelegenheit zu sehen, wie eine indische Familie der Oberschicht lebte. Der erste Eindruck war der eines Nebeneinanders: große, strenge Zimmer mit hohen Decken und von rußigen Wänden abblätternder Farbe; ein wunderschönes Walnußsideboard mit zerkratzter Oberfläche, auf dem ein ausgestopfter Mungo mit staubigen Glasaugen und schütterem Fell stand; ein sündteurer, handgeknüpfter Kaschmirteppich auf rissigem Linoleum; eine große, ehemals moderne Küche, in der es jetzt buchstäblich vollgestellt schien mit staubigen Flaschen, alten Kisten und verkrusteten Metallpfannen, dazu ein kleiner Kohleofen, der klobig mitten im Raum stand. Rauch hatte die einst weiße Decke verrußt.

»Draußen ist es angenehmer«, sagte Chatterjee und hielt Amrita die Tür auf.

Die Fliesen waren noch naß vom letzten Regenschauer, aber die gepolsterten Stühle waren trocken, auf dem Tisch stand Teegeschirr. Chatterjees erwachsene Tochter, eine beleibte junge Frau mit hübschen Augen, gesellte sich auf ein paar Worte in Hindi mit Amrita zu uns, dann nahm sie ihren Sohn und ging. Chatterjee schien fasziniert von Amritas Sprachkenntnissen und fragte sie etwas auf Französisch. Amrita antwortete flüssig, worauf beide lachten. Er wechselte in eine andere Sprache über, Tamil, wie ich später erfuhr, und Amrita antwortete. Sie wechselten Artigkeiten in einfachem Russisch. Ich trank von meinem Tee und lächelte Mrs. Chatterjee zu. Sie lächelte zurück und bot mir ein Gurkensandwich an. Wir lächelten einander noch während ein paar Minuten dreisprachigem Geplänkels zu, dann wurde Victoria unruhig. Amrita nahm mir das Baby aus den Armen, worauf sich Chatterjee mir zuwandte.

»Möchten Sie noch Tee, Mr. Luczak?«

»Nein, danke, es reicht.«

»Vielleicht etwas Stärkeres?«

»Nun...«

Chatterjee schnippte mit den Fingern, worauf eilfertig ein Diener erschien. Augenblicke später kam er mit einem Tablett zurück, auf dem mehrere Karaffen und Gläser standen.

»Trinken Sie Scotch, Mr. Luczak?«

Ist der Papst katholisch? dachte ich. »Ja.« Amrita hatte mich gewarnt, daß der indische Scotch größtenteils abscheuliches Zeug war, aber ein Schluck sagte mir, daß sich in Chatterjees Karaffe nur erstklassiger Whiskey befand, mit ziemlicher Sicherheit zwölf Jahre alt, mit ziemlicher Sicherheit importiert. »Vorzüglich.«

»Das ist Glenlivet«, sagte er. »Unverschnitten. Ich finde ihn authentischer als die verschnittenen Premiums.«

Danach unterhielten wir uns ein paar Minuten über Dichtung und Dichter. Ich versuchte, das Gespräch auf M. Das zu bringen, aber Chatterjee schien nicht gewillt, sich über den verschwundenen Dichter auszulassen, davon abgesehen, daß Gupta die Einzelheiten der Übergabe des Manuskripts für morgen vereinbart hatte. Wir begnügten uns mit einer Diskussion darüber, wie schwer es für einen ernsten Schriftsteller in unseren beiden Ländern war, einen anständigen Lebensunterhalt zu verdienen.

Ich gewann den Eindruck, daß Chatterjees Geld von der Familie ererbt war und er andere Anlagen, Investments und Einkommen hatte.

Wir kamen unweigerlich auf die Politik zu sprechen. Chatterjee sprach ausführlich von der Erleichterung, die das ganze Land nach der Entmachtung von Mrs. Gandhi bei der letzten Wahl empfand. Das Demokratiestreben in Indien interessierte mich sehr, ich wollte es in meinen Artikel über Das einfließen lassen.

»Sie war eine Tyrannin, Mr. Luczak. Der sogenannte Notstand war lediglich ein Schachzug, um das häßliche Antlitz ihrer Tyrannei zu verbergen.«

»Sie glauben demnach nicht, daß sie je wieder eine Rolle in der nationalen Politik spielen wird?«

»Niemals! Niemals, Mr. Luczak.«

»Aber ich dachte, sie hat immer noch eine starke politische Position, und die Kongreßpartei wäre eine potentielle Mehrheit, sollte die derzeitige Koalition scheitern.«

»Nein, nein«, sagte Chatterjee und machte eine wegwerfende Handbewegung. »Sie verstehen nicht. Mrs. Gandhi und ihr Sohn sind *am Ende*. Binnen eines Jahres werden sie im Gefängnis sitzen. Denken Sie an meine Worte. Gegen ihren Sohn wird bereits wegen verschiedener Skandale und Grausamkeiten ermittelt, und wenn die Wahrheit ans Licht kommt, kann er von Glück sagen, wenn er einer Hinrichtung entgeht.«

Ich nickte. »Ich habe gelesen, daß er viele Leute mit seinen drastischen Programmen zur Geburtenkontrolle verstört hat.«

»Er ist ein Schwein«, sagte Chatterjee emotionslos. »Ein arrogantes, dummes, diktatorisches Schwein. Seine Programme waren wenig mehr als potentieller Völkermord. Er beutete die Armen und Ungebildeten aus, obwohl er selbst praktisch ein Analphabet war. Selbst seine Mutter hatte Angst vor dem Ungeheuer. Würde er sich heute unter Menschen sehen lassen, sie würden ihn mit bloßen Händen in Stücke reißen. Ich selbst würde mit Freuden daran teilnehmen. Noch Tee, Mrs. Luczak?«

Ein Auto fuhr durch die stille Nebenstraße jenseits des schmiedeeisernen Zauns. Ein paar Regentropfen platschten auf die breiten Blätter des Feigenbaums über uns.

»Was haben Sie für einen Eindruck von Kalkutta, Mr. Luczak?«

Chatterjees plötzliche Frage überraschte mich. Ich trank einen Schluck Scotch und ließ die Wärme sich ausbreiten, ehe ich antwortete. »Kalkutta ist faszinierend, Mr. Chatterjee. Es ist so eine komplexe Stadt, daß man nach zwei Tagen unmöglich einen Eindruck haben kann. Schade, daß wir nicht mehr Zeit haben, sie zu erforschen.«

»Sie sind sehr diplomatisch, Mr. Luczak. Sie wollten sagen, daß Sie Kalkutta abstoßend finden. Es hat Ihr Feingefühl bereits beleidigt, richtig?«

»Abstoßend ist nicht das richtige Wort«, sagte ich. »Aber es stimmt, daß mich die Armut betroffen macht.«

»Ah, ja, die *Armut*«, sagte Chatterjee und lächelte, als hätte das Wort einen zutiefst ironischen Beigeschmack. »Wahrhaftig, es gibt viel Armut hier. Viel Elend, nach westlichen Maßstäben. Das muß den amerikanisch Denkenden abstoßen, da Amerika wiederholt seinen starken Willen ausgedrückt hat, die Armut *auszurotten*. Wie hat Ihr Ex-Präsident Johnson sich ausgedrückt...? – der Armut den *Krieg* erklären? Man sollte meinen, sein Krieg in Vietnam hätte ihn zufriedengestellt.«

»Den Krieg gegen die Armut haben wir auch verloren«, sagte ich. »Amerika hat immer noch seinen Teil Arme.« Ich stellte das leere Glas ab, sofort erschien ein Kellner an meinem Ellbogen und schenkte mir frischen Scotch ein.

»Ja, ja, aber wir sprechen über Kalkutta. Einer unserer besseren Dichter hat Kalkutta einmal als ›halb zertretene Kakerlake von einer Stadt‹ bezeichnet. Ein anderer unserer Schriftsteller hat die Stadt einmal mit einer betagten, sterbenden Hure verglichen, die von Sauerstofftanks und verfaulenden Orangenblüten umgeben ist. Würden Sie dem zustimmen, Mr. Luczak?«

»Ich würde zustimmen, daß es sich da um sehr starke Metaphern handelt, Mr. Chatterjee.«

»Ist Ihr Mann immer so vorsichtig, Mrs. Luczak?« fragte Chatterjee und lächelte uns über sein Glas hinweg an. »Nein, nein, Sie sollten sich keine Gedanken machen, daß ich beleidigt sein könnte. Ich bin an Amerikaner und ihre Reaktionen auf unsere Stadt gewöhnt. Sie reagieren auf zweierlei mögliche Weisen: sie finden Kalkutta ›exotisch‹ und konzentrieren sich lediglich auf die Touristenstätten; oder sie sind augenblicklich entsetzt, erschrecken und wollen vergessen, was sie gesehen und nicht verstanden haben. Ja, ja, die amerikanische Psyche ist so vorhersehbar wie das sterile und empfindliche amerikanische Verdauungssystem, wenn es Indien entdeckt.«

Ich sah zu Mrs. Chatterjee, aber die wippte Victoria auf dem Schoß und schien die Worte ihres Mannes nicht zu hören. Im selben Augenblick sah Amrita mich an, was ich als Warnung nahm. Ich lächelte, um zu zeigen, daß ich mich nicht auf einen Streit einlassen wollte. »Da könnten Sie recht haben«, sagte ich. »Obwohl ich selbst mir nicht anmaßen würde, die ›amerikanische Psyche‹ oder die ›indische Psyche‹ zu verstehen – falls es so etwas überhaupt gibt. Erste Eindrücke sind für gewöhnlich oberflächlich. Das weiß ich. Ich bewundere die indische Kultur schon lange, noch bevor ich Amrita kennengelernt habe, und sie hat mir sicherlich viele der Schönheiten gezeigt. Ich muß jedoch gestehen, daß Kalkutta ein wenig einschüchternd ist. Es scheint etwas Einmaliges ... Einmaliges und Beunruhigendes an den städtischen Problemen von Kalkutta zu sein. Vielleicht liegt es aber auch nur an den Größenordnungen. Freunde haben mir gesagt, daß Mexiko City bei aller Schönheit dieselben Probleme hat.«

Chatterjee nickte, lächelte und stellte das Glas hin. Er formte mit den Fingern einen Dachfirst und sah mich an wie ein Lehrer einen Schüler, der vielleicht intensivere Behandlung verdient, vielleicht auch nicht. »Sie sind nicht weit gereist, Mr. Luczak?«

»Eigentlich nicht. Vor ein paar Jahren bin ich mit dem Rucksack durch Europa gefahren. Und ich habe ein wenig Zeit in Tanger verbracht.«

»Aber nicht in Asien?«

»Nein.« Chatterjee ließ die Hände sinken, als wäre sein Standpunkt hinreichend demonstriert worden. Doch der Unterricht war noch nicht vorbei. Er schnippte mit den Fingern, feuerte einen Befehl ab, und einen Augenblick später brachte ein Diener ein schmales blaues Buch. Ich konnte den Titel nicht erkennen.

»Bitte sagen Sie mir, ob Sie dies für eine gerechte und vernünftige Beschreibung von Kalkutta halten, Mr. Luczak«, sagte Chatterjee und fing an, laut vorzulesen:

> »... eine dichte Masse so alter Häuser, daß sie baufällig wirken, zwischen denen sich enge und verwinkelte Gäßchen schlängeln und winden. Hier gibt es keinerlei Privatsphäre, und wer sich in diese Gegend wagt, findet Straßen – aus reiner Höflichkeit so genannt – voll von Müßiggängern und erblickt, durch halb durchsichtige Fenster, zum Ersticken überfüllte Zimmer... verstopfte Rinnsteine... der Schmutz, der dunkle Durchgänge verstopft... die Mauern ausgebleichten Rußes und Türen, die aus den Angeln fallen... und allerorten wuseln Kinder herum und erleichtern sich, wo es ihnen gerade gefällt.«

Er verstummte, schlug das Buch zu und zog höflich fragend die Brauen hoch.

Ich hatte keine nennenswerten Einwände dagegen, auch weiterhin den anständigen Mann zu spielen, wenn es unserem Gastgeber gefiel. »Es hat seine zutreffenden Stellen«, sagte ich.

»Ja.« Chatterjee lächelte und hielt das Buch hoch. »Dies, Mr. Luczak, ist eine zeitgenössische Beschreibung von London aus dem Jahre 1850. Man muß die Tatsache in Rechnung stellen, daß Indien gerade eben erst in seine eigene industrielle Revolution aufbricht. Die Verlagerungen und das Durcheinander, die Sie so sehr schockieren – nein, leugnen Sie es nicht –, das sind zwangsläufige Nebenprodukte so einer Revolution. Sie können sich glücklich schätzen, Mr. Luczak, daß Ihre Zivilisation diesen Punkt schon hinter sich gelassen hat.«

Ich nickte und widerstand dem Impuls, ihm zu sagen, die Beschreibung, die er vorgelesen hatte, hätte auf die Southside von Chicago zutreffen können, wo ich aufgewachsen war. Ich war noch der Meinung, meine Empfindungen zu klären wäre eine Anstrengung mehr wert.

»Das ist nur zu wahr, Mr. Chatterjee. Ich sehe ein, was Sie sagen. Während der Fahrt hierher habe ich etwas Ähnliches gedacht, und Sie haben es treffend ausgedrückt. Aber ich muß sagen, während unseres kurzen Aufenthalts hier habe ich etwas gespürt... etwas, das an Kalkutta *anders* ist. Ich bin nicht sicher, was es ist. Ein seltsames Gefühl von... Gewalt, glaube ich. Ein Gefühl von Gewalt, die dicht unter der Oberfläche brodelt.«

»Oder womöglich Wahnsinn?« fragte Chatterjee tonlos.

Ich sagte nichts.

»Viele, die unsere Stadt beschreiben, Mr. Luczak, schildern dieses allumfassende Gefühl der Gewalt hier. Sehen Sie diese Straße? Ja, die dort.«

Ich sah in die Richtung, in die sein Finger deutete. Ein Ochsenkarren fuhr die ansonsten verlassene Straße entlang. Abgesehen von dem Wagen, der sich langsam dahinschleppte, und den Feigenbäumen mit ihren zahlreichen Stämmen, hätte sich die Szene auch in einem alten, verlebten Viertel einer amerikanischen Stadt befinden können. »Ja«, sagte ich. »Ich sehe sie.«

»Vor ein paar Jahren«, sagte er, »saß ich hier beim Frühstück und wurde Zeuge, wie eine ganze Familie ermordet wurde. Nein, ermordet ist nicht das richtige Wort. Sie wurden abgeschlachtet, Mr. Luczak, *abgeschlachtet*. Da. Genau da. Wo der Wagen jetzt vorbeifährt.«

»Was ist passiert?«

»Es war während der Unruhen zwischen Hindus und Moslems. Eine arme moslemische Familie lebte bei einem hiesigen Arzt. Wir waren an ihre Anwesenheit gewöhnt. Der Mann war Zimmermann, mein Vater hatte seine Dienste oft in Anspruch genommen. Ihre Kinder hatten mit meinem jüngeren Bruder gespielt. Dann, 1947, beschlossen sie auf dem Höhepunkt der Unruhen, nach Ostpakistan auszuwandern.

Ich sah sie die Straße heraufkommen, insgesamt fünf, einschließlich des jüngsten Kindes, ein Baby in den Armen seiner Mutter. Sie saßen auf einem Pferdekarren. Ich aß mein Frühstück, als ich den Lärm hörte. Eine Menschenmenge hatte sich ihnen in den Weg gestellt. Der Moslem schimpfte. Er machte den Fehler, seine geflochtene Peitsche gegen den Anführer des Mobs einzusetzen. Alle drängten nach vorne. Ich saß genau dort, wo Sie jetzt sitzen, Mr. Luczak. Ich konnte ausgezeichnet sehen. Die Leute haben Keulen, Pflastersteine und die bloßen Hände benützt. Möglicherweise auch die Zähne. Als es vorbei war, waren der moslemische Zimmermann und seine Familie blutige Bündel auf der Straße. Sogar ihr Pferd war tot.«

»Großer Gott«, sagte ich. Und dann, in das Schweigen hinein: »Wollen Sie damit sagen, Sie stimmen denjenigen zu, die von einem Hang zum Wahnsinn in dieser Stadt sprechen, Mr. Chatterjee?«

»Ganz im Gegenteil, Mr. Luczak. Ich erwähne diesen Zwischenfall, weil die Menschen in diesem Mob meine Nachbarn waren – und sind: der Lehrer Mr. Golwalkar; Mr. Sirsik, der Bäcker; der alte Mr. Muhkerjee, der im Postamt in der Nähe Ihres Hotels arbeitet. Es waren gewöhnliche Menschen, Mr. Luczak, die vor diesem bedauerlichen Vorfall normale Leben geführt haben und die auch seither wieder ein normales Leben führen. Ich erwähne es, um zu zeigen, wie töricht alle sind, die Kalkutta als Hochburg des Bengalen-Wahnsinns auswählen. Man kann von jeder Stadt sagen, daß solche Gewalt ›dicht unter der Oberfläche brodelt‹. Haben Sie heute die englischsprachige Zeitung gesehen?«

»Die Zeitung? Nein.«

Chatterjee schlug die Zeitung auf, die neben der Zukkerdose gelegen hatte. Er gab sie mir.

Die Schlagzeile handelte von New York. Vergangenen Abend war ein Stromausfall gewesen, der schlimmste seit dem völligen Ausfall von 1965. Wie auf Kommando war es überall in den Gettos und ärmeren Stadtvierteln zu Plünderungen gekommen. Tausende hatten an scheinbar hirnlosem Vandalismus und Diebstählen teilgenommen. Mobs hatten sich johlend zum Anfeuern zusammengerottet, während ganze Familien Schaufenster eingeworfen hatten und mit Fernsehgeräten, Kleidung und allem Tragbaren davongelaufen waren. Hunderte waren festgenommen worden, aber das Büro des Bürgermeisters und der Sprecher der Polizei gestanden, daß sie angesichts des Ausmaßes des Problems hilflos gewesen waren.

Amerikanische Editorials wurden nachgedruckt. Liberale sahen es als neuerliches Aufflackern sozialer Unruhen und geißelten Rassendiskriminierung, Armut und Hunger, die dafür verantwortlich waren. Konservative Journalisten wiesen ätzend darauf hin, daß hungrige Menschen nicht als erstes Stereoanlagen stahlen, und verlangten nach einer Verschärfung des Strafsystems. Sämtliche vernünftigen Leitartikel hörten sich angesichts der perversen Wahllosigkeit des Ereignisses hohl an. Es war, als würde lediglich die dünne Mauer der Elektrizität die Großstädte dieser Welt vor völliger Barbarei schützen.

Ich gab Amrita die Zeitung. »Eine schlimme Sache, Mr. Chatterjee. Und ein guter Punkt für Sie. Ich wollte ganz sicher nicht selbstgefällig sein, was die Probleme von Kalkutta anbelangt.«

Chatterjee lächelte und machte mit den Fingern wieder einen Dachfirst. In seiner Brille spiegelten sich graues Leuchten und der Schatten meines Kopfes. Er nickte unmerklich. »Sie müssen sich nur darüber im klaren sein, daß es sich um ein *großstädtisches* Problem handelt, Mr. Luczak. Ein Problem, das hier durch die große Armut und die Einwanderer übersteigert wird, die unsere Stadt überflutet haben. Kalkutta hat buchstäblich eine Invasion ungebildeter Fremder erlebt. Unsere Probleme sind wahrhaftig, aber keineswegs auf uns beschränkt.«

Ich nickte stumm.

»Dem stimme ich nicht zu«, sagte Amrita.

Chatterjee und ich drehten uns beide überrascht um. Amrita legte die Zeitung mit einer raschen Bewegung des Handgelenks weg. »Ich stimme überhaupt nicht zu, Mr. Chatterjee«, sagte sie. »Ich finde, es *ist* ein kulturelles Problem – eines, das in vieler Hinsicht einmalig in Indien ist, wenn nicht in Kalkutta.«

»Oh?« sagte Chatterjee. Er klopfte mit den Fingerspitzen aneinander. Obwohl er unbekümmert lächelte, war deutlich, daß es ihn überraschte und erboste, daß eine Frau ihm widersprach. »Wie meinen Sie das, Mrs. Luczak?«

»Nun, da es Zeit zu sein scheint, Hypothesen mit Hilfe von Anekdoten zu erläutern«, sagte sie, »lassen Sie mich Ihnen zwei Vorfälle schildern, die ich gestern erlebt habe.«

»Unbedingt.« Chatterjees Lächeln hatte den verkrampften Beigeschmack einer Grimasse.

»Gestern frühstückte ich im Garden Café des Oberoi«, begann sie. »Victoria und ich waren allein an unserem Tisch, aber es waren viele andere in dem Restaurant anwesend. Am Nebentisch saßen mehrere Piloten der Indian Airlines. Ein paar Schritte von uns entfernt schnitt eine Frau, eine Unberührbare, mit einer Schere Gras...«

»Bitte«, sagte Mr. Chatterjee, und nun war die Grimasse auf den glatten Gesichtszügen deutlich. »Wir ziehen die Bezeichnung Unterste Schicht vor.«

Amrita lächelte. »Ja, das ist mir bekannt«, sagte sie. »Unterste Kaste oder Harijan. ›Von Gott geliebt.‹ Ich bin mit den Konventionen aufgewachsen. Aber das sind lediglich Schönfärbereien, wie Sie, da bin ich sicher, ganz genau wissen, Mr. Chatterjee. Sie gehörte zur Untersten Schicht, weil sie ohne Kaste geboren wurde und auch so sterben wird. Ihre Kinder werden zweifellos ihr Leben lang dieselben unwürdigen Arbeiten verrichten wie sie auch. Sie ist eine Unberührbare.«

Chatterjees Lächeln war starr, aber er unterbrach sie nicht noch einmal.

»Wie auch immer, sie kauerte am Boden, schnitt das Gras halmweise und bewegte sich in einer zumindest mir sehr schmerzhaften Weise voran. Niemand schenkte ihr Beachtung. Weshalb auch? Sie war so unsichtbar wie die Grashalme, die sie abschnitt.

In der Nacht war ein Stromkabel vom Dach der Veranda gefallen. Es hing über den Rasen, aber niemand hatte daran gedacht, es zu reparieren oder den Strom abzuschalten. Kellner wichen ihm auf dem Weg zum Pool aus. Die unberührbare Frau kam beim Schneiden dorthin und wollte es aus dem Weg räumen. Es war nicht isoliert.

Als sie es berührte, wurde sie heftig nach hinten geschleudert; aber sie konnte das Kabel nicht loslassen. Die Schmerzen müssen sehr groß gewesen sein, aber sie stieß nur einen schrecklichen Schrei aus. Sie wand sich buchstäblich am Boden und wurde vor unseren Augen geröstet.

Ich sage ›unseren‹, Mr. Chatterjee. Die Kellner standen mit verschränkten Armen da und sahen zu. Arbeiter auf einem Gerüst bei der Frau sahen ausdruckslos herunter. Einer der Piloten neben mir machte einen kleinen Scherz und wandte sich wieder seinem Kaffee zu.

Ich gehöre nicht zu den Menschen, die schnell denken, Mr. Chatterjee. Ich habe mein Leben lang andere Menschen die einfachsten Tätigkeiten für mich ausführen lassen. Ich habe meine Schwester gebeten, Zugfahrkarten für mich zu kaufen. Und wenn Bobby und ich eine Pizza bestellen, bestehe ich noch heute darauf, daß er den Anruf erledigt. Aber als eine halbe Minute verstrichen war und deutlich wurde, daß die Männer im Garten – und es waren mindestens ein Dutzend – nicht verhindern würden, daß die arme Frau durch Stromschlag starb, handelte ich. Es gehörte nicht viel Nachdenken oder Mut dazu. Neben der Tür stand ein Besen. Ich entfernte mit dem Holzstiel das Kabel von ihrer Hand.«

Ich starrte meine Frau an. Das hatte Amrita mir gegenüber nicht erwähnt. Chatterjee nickte auf abwesende Weise, aber ich fand meine Stimme als erster wieder. »War sie schwer verletzt?«

»Offenbar nicht«, sagte Amrita. »Man sprach davon, sie ins Krankenhaus zu schicken, aber fünfzehn Minuten später schnitt sie schon wieder das Gras.«

»Ja, ja«, sagte Chatterjee. »Das ist sehr interessant, sollte aber nicht aus dem Zusammenhang gerissen ...«

»Der zweite Vorfall trug sich nur etwa eine Stunde danach zu«, fuhr Amrita ungerührt fort. »Eine Freundin und ich waren in der Nähe des Elite Kinos Saris einkaufen. Der Verkehr staute sich über Blocks. Eine uralte Kuh stand mitten auf der Straße. Die Leute schrien und hupten, aber niemand versuchte, sie fortzuschaffen. Plötzlich fing die Kuh an zu urinieren und ergoß einen kräftigen Strahl auf die Straße. In der Nähe von uns stand ein Mädchen auf dem Gehweg – ein sehr hübsches Mädchen, etwa fünfzehn Jahre alt, das eine gestärkte weiße Bluse mit rotem Halstuch trug. Dieses Mädchen rannte sofort auf die Straße, hielt die Hand in den Urinstrahl und spritzte sich etwas auf die Stirn.«

Blätter raschelten in der Stille. Chatterjee betrachtete seine Frau, dann sah er wieder Amrita an. Seine Fingerspitzen pochten lautlos gegeneinander. »Das ist der zweite Vorfall?« fragte er.

»Ja.«

»Mrs. Luczak, obwohl Sie seit Ihrer Kindheit nicht mehr in Ihrem Heimatland – Indien – gewesen sind, müssen Sie sich doch erinnern, welchen Respekt wir Kühen als Symbolen unserer Religion entgegenbringen?«

»Ja.«

»Und Sie müssen wissen, nicht alle Menschen in Indien teilen das... äh... Grauen, welches Leute aus dem Westen dem Kastensystem entgegenbringen.«

»Ja.«

»Und haben Sie gewußt, daß Urin – besonders menschlichem Urin – von vielen starke medizinische und seelische Kräfte zugeschrieben werden? Wußten Sie, daß unser derzeitiger Premierminister, Mr. Moraji Desai, jeden Morgen mehrere Milliliter seines eigenen Urins trinkt?«

»Ja, das weiß ich.«

»Dann weiß ich in aller Aufrichtigkeit nicht, Mrs. Luczak, was Ihre ›Vorfälle‹ enthüllen, abgesehen vielleicht von einem Kulturschock und Abscheu vor den Traditionen Ihrer einstigen Kultur.«

Amrita schüttelte den Kopf. »Nicht nur Kulturschock, Mr. Chatterjee. Als Mathematikerin neige ich dazu, andersartige Kulturen eher abstrakt zu betrachten, als aneinandergrenzende Sets mit gewissen gemeinsamen Elementen. Oder, wenn sie so wollen, als Reihe menschlicher Experimente, wie man miteinander lebt, denkt und sich benimmt. Aufgrund meiner Herkunft und weil ich in meiner Kindheit so weit gereist bin, empfinde ich ein gewisses Maß Objektivität gegenüber den verschiedenen Kulturen, die ich besucht und in denen ich gelebt habe.«

»Und?«

»Und, Mr. Chatterjee, ich finde einige Elemente im Set der kulturellen Denkweisen Indiens, die keine anderen Kulturen haben – oder die sie, falls sie sie einmal hatten, nicht beibehalten wollten. Hier in meinem Land ist ein eingefleischter Rassismus zu finden, der momentan auf der Welt wahrscheinlich nicht seinesgleichen hat. Ich muß feststellen, daß die Philosophie der Gewaltlosigkeit, mit der ich aufgewachsen bin – und mit der ich mich ausgesprochen wohl fühle –, ständig durch vorsätzliche und gemeine Gewalttaten ihrer Befürworter zunichte gemacht wird. Und die Tatsache, daß Ihr Premierminister mehrere Gläser seines eigenen Urins täglich trinkt, Mr. Chatterjee, empfiehlt diesen Brauch nicht für mich. Noch für viele andere auf der Welt. Mein Vater hat mich oft daran erinnert, daß der Mahatma, als er von Dorf zu Dorf zog, nicht als erstes Brüderschaft oder anti-britische Strategien gepredigt hat, sondern die Grundlagen – die absoluten Grundlagen – menschlicher Hygiene.

Nein, Mr. Chatterjee, als Inderin kann ich nicht zustimmen, daß sämtliche Probleme Kalkuttas einfach ein Mikrokosmos großstädtischer Probleme überall sind.«

Chatterjee betrachtete sie über seine Finger hinweg. Mrs. Chatterjee räkelte sich unbehaglich. Victoria sah zu ihrer Mutter auf, gab aber keinen Laut von sich. Ich weiß nicht, was als nächstes gesagt worden wäre, wären nicht in diesem Augenblick die ersten großen Regentropfen wie Kanonenkugeln um uns herum eingeschlagen.

»Ich glaube, drinnen ist es gemütlicher«, sagte Mrs. Chatterjee, während das Gewitter mit voller Wucht losbrach.

Die Anwesenheit von Chatterjees Fahrer hemmte uns während der Fahrt zum Hotel zurück, aber wir unterhielten uns durch ausgiebige kodierte Sprache, wie sie nur verheirateten Paaren bekannt ist.

»Du hättest für die Vereinten Nationen arbeiten sollen«, sagte ich.

»Ich habe für die UN gearbeitet«, sagte Amrita. »Du hast vergessen, daß ich einen Sommer lang als Dolmetscherin dort tätig war. Zwei Jahre bevor wir uns kennengelernt haben.«

»Hm. Hast du irgendwelche Kriege angezettelt?«

»Nein. Das habe ich den hauptberuflichen Diplomaten überlassen.«

»Du hast mir nicht gesagt, daß du beim Frühstück gesehen hast, wie eine Frau fast durch Stromschlag gestorben wäre.«

»Du hast mich nicht gefragt.«

Es gibt Zeiten, da weiß selbst ein Ehemann, wann er den Mund halten muß. Wir betrachteten die vorüberziehenden Elendsviertel durch verwehte Regenschauer. Manche Menschen dort unternahmen nicht einmal den Versuch, aus dem Wolkenbruch herauszukommen, sondern kauerten mürrisch im Schlamm und senkten die Köpfe unter dem Guß.

»Siehst du die Kinder?« fragte Amrita leise. Sie waren mir nicht aufgefallen, aber jetzt sah ich sie. Sieben- bis achtjährige Mädchen trugen noch kleinere Kinder an den Hüften. Jetzt wurde mir klar, daß dies eines der beharrlichsten Bilder der letzten Tage war – Kinder, die Kinder trugen. Sie standen im strömenden Regen unter Torbögen, Überführungen und tropfenden Segeltuchplanen. Ihre zerlumpten Kleider waren bunt gefärbt, aber nicht einmal leuchtendes Rot oder Königsblau konnten Schmutz und Abnutzung verbergen. Die Mädchen trugen Goldarmreife an den mageren Knöcheln und Handgelenken. Ihre künftige Mitgift.

»Es gibt eine Menge Kinder hier«, sagte ich.

»Und doch fast keine«, sagte Amrita leise, beinahe flüsternd. Ich sah nach wenigen Augenblicken ein, daß sie recht hatte. Die meisten Jugendlichen, die wir sahen, hatten ihre Kindheit schon hinter sich. Sie sahen einer Zukunft entgegen, in der sie ihre jüngeren Geschwister hüten, schwer arbeiten, früh heiraten und dann ihre eigenen Nachkommen großziehen mußten. Viele Kleinkinder, die wir nackt durch den Schlamm laufen sahen, würden die nächsten paar Jahre nicht überleben. Und diejenigen, die in unser Alter kamen, würden das neue Jahrtausend in einer Nation begrüßen, in der eine Milliarde Menschen

Hungersnöten und gesellschaftlichem Chaos entgegensahen.

»Bobby«, sagte Amrita, »ich weiß, an amerikanischen Grundschulen wird Mathematik nicht gerade ernsthaft unterrichtet, aber du hattest in der Sekundärschule euklidische Geometrie der Ebene, richtig?«

»Ja, das unterrichten sie selbst an amerikanischen High Schools, Kindchen.«

»Dann weißt du, daß es auch eine Nicht-Euklidische Geometrie gibt?«

»Ich habe diesbezügliche Gerüchte gehört.«

»Es ist mir ernst, Bobby. Ich versuche, etwas hier zu verstehen.«

»Schieß los!«

»Nun, ich habe angefangen nachzudenken, nachdem ich Chatterjee gegenüber alternative Sets und Experimente erwähnt hatte.«

»Hm-hmmm.«

»Wenn die indische Kultur ein *Experiment* war, dann sagen mir meine westlichen Vorurteile, daß es gescheitert ist. Jedenfalls hinsichtlich seiner Fähigkeit, seine Menschen anzupassen und sie zu schützen.«

»Kein Einspruch.«

»Aber wenn es sich nur um ein weiteres *Set* handelt, dann deutet mein Vergleich auf eine ungleich schlimmere Möglichkeit hin.«

»Und die wäre?«

»Wenn wir in den Begriffen der Set-Theorie denken, dann bin ich überzeugt, daß meine beiden kulturellen Sets auf ewig inkompatibel sind. Und *ich* bin das Produkt dieser beiden Kulturen. Das gemeinsame Element in zwei Sets ohne gemeinsame Elemente, wie es aussieht.«

»Ost ist Ost und West ist West, und niemals sollen die beiden zusammenkommen?«

»Du verstehst mein Problem, Bobby, oder nicht?«

»Vielleicht könnte ein guter Eheberater ...«

»Halt bitte den Mund. Bei dem Vergleich ist mir eine

furchterregendere Analogie eingefallen. Was wäre, wenn die Unterschiede, auf die wir in Kalkutta ansprechen, nicht die Folge davon wären, daß die Kultur ein anderes *Set* ist, sondern eine gänzlich andere *Geometrie*?«

»Was wäre der Unterschied?«

»Ich denke, du kennst Euklid.«

»Wir wurden einander vorgestellt, sind aber nie dazu gekommen, uns das ›du‹ anzubieten.«

Amrita seufzte und betrachtete den industriellen Alptraum, durch den wir fuhren. Ich mußte daran denken, dies war Fitzgeralds Impression vom industriellen Ödland aus *Gatsby* in die zehnte Potenz erhoben. Außerdem fiel mir auf, daß meine eigenen literarischen Anspielungen allmählich von Amritas mathematischen Metaphern besudelt wurden.

Ich sah zu, wie ein Mann sich an den Straßenrand kauerte und eine lange Wurst Kot absetzte. Er hatte das Hemd über den Kopf gezogen und tauchte die Finger der linken Hand in eine kleine Bronzeschüssel mit Wasser.

»Sets und Zahlentheorie überlappen einander«, sagte Amrita. Plötzlich merkte ich an ihrer nervösen Stimme, wie ausgesprochen ernst es ihr war. »Geometrien nicht. Unterschiedliche Geometrien basieren auf unterschiedlichen Theoremen, postulieren andere Axiome und lassen andersartige Wirklichkeiten entstehen.«

»Andersartige Wirklichkeiten?« wiederholte ich. »Wie kann man andersartige Wirklichkeiten haben?«

»Das kann man vielleicht nicht«, sagte Amrita. »Vielleicht gibt es nur ein ›wirklich‹. Vielleicht ist nur eine Geometrie wahr. Aber die Frage ist, was passiert mit mir – mit uns allen –, wenn wir uns für die falsche entschieden haben?«

Als wir ins Hotel zurückkehrten, wartete die Polizei auf uns.

»Ein Herr wartet darauf, Sie zu sprechen«, sagte der stellvertretende Geschäftsführer und gab mir unseren

Zimmerschlüssel. Ich drehte mich zur Halle um und erwartete Krishna, aber der Mann, der vom pflaumenfarbenen Sofa aufstand, war groß und trug Turban und Bart – eindeutig ein Sikh.

»Mr. Luck-zak?«

»Loo-*zack*. Ja.«

»Ich bin Inspektor Singh von der Metropolitan Police Kalkuttas.« Er zeigte mir seine Marke und ein verblichenes Foto hinter vergilbtem Plastik.

»Inspektor?« Ich bot ihm keine Hand an.

»Mr. Luczak, ich würde mich gerne mit Ihnen über einen Fall unterhalten, den meine Abteilung untersucht.«

Krishna hat mir Ärger eingebrockt. »Und das wäre, Inspektor?«

»Das Verschwinden von M. Das.«

»Aha«, sagte ich und gab Amrita den Zimmerschlüssel. Ich hatte nicht die Absicht, diesen Polizisten in unser Zimmer zu bitten. »Müssen Sie auch mit meiner Frau sprechen, Inspektor? Es wird Zeit, daß unsere Kleine etwas zu futtern bekommt.«

»Nein. Es dauert nur einen Augenblick, Mr. Luczak. Tut mir leid, daß ich Ihren Nachmittag störe.«

Amrita trug Victoria zum Fahrstuhl, und ich sah mich um. Der stellvertretende Geschäftsführer und mehrere Pförtner beobachteten uns neugierig. »Was würden Sie davon halten, wenn wir in den Lizensierten Raum gingen, Inspektor?« Das ist die indische Umschreibung für eine Bar.

»Ausgezeichnet.«

In der Bar war es dunkler, aber während ich einen Gin Tonic bestellte und der Inspektor nur Tonic, hatte ich Zeit, den hochgewachsenen Sikh eingehender zu betrachten.

Inspektor Singh gehabte sich mit der unwillkürlichen Autorität eines Mannes, der gewöhnt ist, daß man ihm gehorcht. In seiner Stimme schwangen Echos eines jahrelangen Englandaufenthalts mit, nicht das Brabbeln von Oxbridge, sondern die abgehackte Präzision von Sandhurst oder einer der anderen Akademien. Er trug einen maßgeschneiderten braunen Anzug, fast eine Uniform, aber nur fast. Der Turban war weinrot.

Seine Erscheinung bestätigte das wenige, was ich über Sikhs wußte. Sie bildeten eine religiöse Minderheit, waren aber möglicherweise der aggressivste und produktivste Bestandteil der indischen Gesellschaft. Als Volk verstanden sie viel von Maschinen, und obschon sie vorwiegend im Punjab lebten, konnte man sie überall im Land als Taxi- oder Lastwagenfahrer oder an großen Maschinen finden. Amritas Vater hatte gesagt, neunzig Prozent seiner Planierraupenfahrer seien Sikhs gewesen. Und die Sikhs stellten auch die höheren Dienstgrade von Militär und Polizei. Soweit Amrita mir erzählt hatte, hatten lediglich die Sikhs aus der Grünen Revolution und der modernen Landwirtschaftstechnik Kapital geschlagen und ihre ausgedehnten genossenschaftlichen Farmen im Norden Indiens hochgewirtschaftet.

Und die Sikhs waren für viele Massaker an moslemischen Zivilisten während der Unabhängigkeitsunruhen verantwortlich.

»Prost«, sagte Inspektor Singh und trank von seinem Tonic Water. Ein Armreif aus Stahl klirrte gegen seine schwere Armbanduhr. Der Armreif war ein ständiges Symbol seines Glaubens, ebenso wie der Bart und ein kleiner zeremonieller Dolch, den er bei sich haben mußte. Am Dienstag hatte ein Sicherheitsbeamter am Flughafen von Bombay einen Sikh vor uns in der Reihe gefragt: »Haben Sie außer Ihrem Dolch noch andere Waffen bei sich?« Wir anderen hatten Leibesvisitationen über uns ergehen lassen müssen, aber der Sikh durfte nach seinem verneinenden Grunzen passieren.

»Wie kann ich Ihnen helfen, Inspektor?«

»Sie können mir Ihre Informationen über den Aufenthaltsort des Dichters M. Das mitteilen.«

»M. Das gilt schon sehr lange als vermißt, Inspektor.

Es überrascht mich, daß Sie sich immer noch dafür interessieren.«

»Der Fall M. Das ist noch nicht abgeschlossen, Sir. Die Ermittlungen im Jahre 1969 ergaben, daß er höchstwahrscheinlich Opfer eines Verbrechens geworden ist. Gibt es in Ihrem Land eine Verjährungsfrist für Mord?«

»Nein, ich glaube nicht«, sagte ich. »Aber in den Staaten müssen wir eine Leiche vorweisen, wenn es als ein Mord gelten soll.«

»Exakt. Darum würden wir es sehr zu schätzen wissen, wenn sie Informationen für uns hätten. M. Das hat viele einflußreiche Freunde hinterlassen, Mr. Luczak. Viele dieser Menschen sind heute, acht Jahre nach dem Verschwinden des Dichters, in noch angeseheneren Positionen. Wir wären alle erleichtert, wenn wir die Ermittlungen abschließen könnten.«

»Nun gut«, sagte ich und erzählte ihm von meinem Auftrag von *Harper's* und der Vereinbarung mit dem Bengali-Schriftstellerverband. Ich überlegte mir, ob ich ihm von Krishna und Muktanandaji erzählen sollte, entschied aber, daß eine derart fantastische Geschichte lediglich zu Komplikationen bei der Polizei führen würde.

»Sie haben also keine andere Bestätigung, daß M. Das lebt, abgesehen von dem Gedicht, das Sie über den Schriftstellerverband bekommen, oder auch nicht?« fragte Singh.

»Das und den Brief, den Mr. Michael Leonard Chatterjee während der Versammlung des Vorstands verlesen hat«, sagte ich. Singh nickte, als wäre er rundum über den Briefwechsel informiert.

Er fragte: »Und Sie haben vor, das Manuskript morgen in Empfang zu nehmen?«

»Ja.«

»Wo wird das sein?«

»Ich weiß nicht. Man hat es mir noch nicht gesagt.«

»Um wieviel Uhr?«

»Auch das hat man mir noch nicht gesagt.«

»Werden Sie dabei auch M. Das sehen?«

»Nein. Jedenfalls glaube ich es nicht. Nein, ich bin ganz sicher, daß nicht.«

»Warum?«

»Nun, ich bin mit meinen sämtlichen Bitten, den großen Mann kennenzulernen, bis jetzt gegen eine Mauer gerannt.«

»Gegen eine Mauer?«

»Negativer Bescheid. Strikte Ablehnung.«

»Aha. Und Sie haben keine weiteren Pläne, ihn später einmal kennenzulernen?«

»Nein. Ich hatte es gehofft. Zu meinem Artikel hätte unbedingt ein Interview gehört. Aber um die Wahrheit zu sagen, Inspektor, ich bin froh, wenn ich das verdammte Manuskript abholen, mit meiner Frau und meinem Kind Kalkutta morgen früh verlassen und es den Fachleuten überlassen kann, ob M. Das das Gedicht geschrieben hat.«

Singh nickte, als wäre das ein hinreichend vernünftiges Verhalten. Dann kritzelte er ein paar Worte in ein kleines Spiralbuch und trank seinen Tonic leer. »Danke, Mr. Luczak. Sie waren mir sehr behilflich. Nochmals Entschuldigung, daß ich Sie am Samstagabend gestört habe.«

»Macht nichts.«

»Oh«, sagte er, »da wäre noch etwas.«

»Ja?«

»Wenn Sie morgen das angebliche Manuskript von Das abholen gehen, hätten Sie etwas dagegen, wenn Polizisten der Metropolitan Force Ihnen unauffällig folgen? Es könnte uns bei unseren Ermittlungen behilflich sein.«

»Ein Spitzel?« sagte ich. Ich trank den Rest von meinem Drink. Wenn ich Einwände erhob, brachte ich mich dadurch vielleicht in Schwierigkeiten, und die Polizisten würden uns mit ziemlicher Sicherheit trotzdem folgen. Und wenn ich die Polizei in der Nähe wußte, zerstreute das vielleicht einige der Bedenken, die ich hinsichtlich des Treffens hegte.

»Ihre Geschäftspartner müßten es nicht erfahren«, fügte Singh hinzu.

Ich nickte. Mir persönlich war es scheißegal, ob Chatterjee, Gupta und der gesamte Schriftstellerverband verwikkelt wurden. »Nun gut«, sagte ich. »Das wäre prima. Wenn es Ihren Ermittlungen dienlich ist. Ich selbst habe keine Ahnung, ob M. Das wirklich am Leben ist. Ich bin jedoch gerne behilflich.«

»Ah, ausgezeichnet.« Inspektor Singh stand auf, und jetzt schüttelten wir einander endlich die Hand. »Gute Reise, Mr. Luczak. Ich wünsche Ihnen viel Erfolg beim Schreiben.«

»Danke, Inspektor.«

Es regnete den Rest des Abends. Jeder Gedanke von Amrita und mir, Samstagabend in der Stadt zu verbringen, wurde durch den Anblick von Schlamm, Monsunregen und heulendem Elend zunichte gemacht, das wir erblickten, wenn wir die Vorhänge aufmachten. Die tropische Dämmerung war ein kurzer Übergang zwischen dem grauen, regnerischen Tag und der schwarzen, regnerischen Nacht. Auf der anderen Seite der überschwemmten Plaza leuchteten ein paar Laternen unter Segeltuch.

Victoria war müde und quengelig, daher brachten wir sie früh zu Bett. Dann riefen wir den Zimmerservice an und warteten eine Stunde auf unser Essen. Als es endlich kam, bestand es größtenteils aus einer Lektion für mich, niemals in einem hinduistischen Land kaltes Roastbeefsandwich zu bestellen. Ich erbettelte mir etwas von Amritas ausgezeichnetem chinesischen Gericht.

Um neun Uhr, als Amrita gerade vor dem Zubettgehen duschte, klopfte es an der Tür. Es war der Bote mit den Stoffen vom Sariladen. Der junge Mann war tropfnaß, aber der Stoff war wohlbehalten in Plastik eingewickelt. Ich gab ihm zehn Rupien Trinkgeld, aber er bestand darauf, daß ich ihm den Zehner in zwei Fünfrupienscheine wechselte. Der Zehnrupienschein war leicht eingerissen, und die indische Währung verlor offenbar ihren Wert, wenn sie beschädigt war. Dieses Hin und Her versetzte mich in recht unleidliche Stimmung, und als Amrita in ihrem Seidenmorgenmantel herauskam, warf sie einen Blick in die Plastikverpackung und verkündete, daß es der falsche Stoff war. Der Laden hatte ihre Lieferung mit der von Kamakhya verwechselt. Danach blätterten wir zwanzig Minuten lang das Telefonbuch durch und versuchten, den richtigen Bharati zu finden, aber der Name war so häufig wie Jones im Telefonbuch von New York, und Amrita glaubte, daß Kamakhyas Familie wahrscheinlich sowieso kein Telefon besaß.

»Zum Teufel damit!« sagte ich.

»Du hast gut reden. Du hast den Stoff nicht über eine Stunde lang ausgesucht.«

»Kamakhya wird dir deinen Stoff wahrscheinlich vorbeibringen.«

»Nun, das muß aber morgen sein, wenn wir Montag morgen in der Frühe abreisen wollen.«

Wir gingen früh ins Bett. Victoria wachte einmal auf und schluchzte leise in einem Babytraum, bei dem sie hilflos mit Armen und Beinchen ruderte, aber ich trug sie eine Weile durch das Zimmer, bis sie wieder einschlummerte und zufrieden auf meine Schulter sabberte. Im Verlauf der nächsten paar Stunden schien es in dem Zimmer abwechselnd zu heiß oder zu kalt zu sein. Verschiedene mechanische Geräusche ratterten in den Wänden. Es hörte sich an, als wäre das ganze Hotel mit Flaschenzügen vollgestopft, die mühsam an Ketten und Seilen gezogen wurden. Eine Gruppe Araber zwei Türen weiter brüllte und lachte auf dem Korridor, und keiner dachte daran, die Leute endlich ins Zimmer mitzunehmen und die Tür zuzumachen.

Gegen halb zwölf erhob ich mich von dem feuchten Laken und ging ans Fenster. Regen machte die dunkle

Straße immer noch glänzend. Es war kein Verkehr unterwegs.

Ich machte den Koffer auf. Ich hatte nur zwei Bücher mitgebracht; eine gebundene Ausgabe meiner jüngsten Publikation und ein Penguin-Taschenbuch der Gedichte von M. Das, das ich in einer Buchhandlung in London gekauft hatte. Ich setzte mich in den Sessel neben der Tür und schaltete die Leselampe ein.

Ich muß gestehen, daß ich mein eigenes Buch zuerst aufschlug. Es klappte beim Titelgedicht auf, *Winter Spirits*. Ich versuchte, es zu lesen, aber das einst gestochen scharfe Bild der alten Frau, die durch das Farmhaus in Vermont schritt und mit den freundlichen Gespenstern sprach, die es bevölkerten, während Schnee auf den Feldern lag, vertrug sich nicht mit der heißen Nacht von Kalkutta und dem Tosen des herzlosen Monsuns, der die Fensterscheiben zum Klirren brachte. Ich nahm das andere Buch.

Das' Gedichte fesselten mich auf der Stelle. Von den kurzen Werken zu Beginn des Buches gefiel mir ›Family Picnic‹ am besten, weil es humorvolle, aber nie alberne Einblicke in die Notwendigkeit bot, das exzentrische Verhalten der eigenen Verwandtschaft erdulden zu müssen. Lediglich knappe Anspielungen auf »... die blauen, haifischträchtigen Gewässer der Bucht von Bengalen/Unbeeinträchtigt von Segeln oder dem Dampf von Ozeanriesen« und eine kurze Beschreibung eines »... Mahabalipuramtempels/Von Meer und Gebeten abgetragener Sandstein/Ein Spielzeug mit glattgeschliffenen Kanten/Für kletternde Kinderknie und Onkel Nanis Schnappschüsse« deuteten darauf hin, daß der Schauplatz in Ostindien lag.

Sein ›Das Lied von Mutter Teresa‹ sah ich mit anderen Augen. Jetzt erblickte ich weniger die akademischen Echos von Tagores Einfluß in dem hoffnungsvollen Thema, dafür waren unverblümte Anspielungen deutlicher, etwa »... Tod auf den Straßen/Tod in der Gosse/Die Hoffnungslosigkeit, in der sie wandelt/Das Flehen eines warmen Kindes nach Labsal/An der milchlosen Brust der kalten Stadt.« Ich fragte mich, ob Das' epische Geschichte von der jungen Nonne, die ihren Ruf auf dem Weg zu einer anderen Mission vernahm und nach Kalkutta kam, um den leidenden Massen zu helfen, und sei es nur, indem sie ihnen einen Platz bot, wo sie in Frieden sterben konnten, jemals als der Klassiker des Erbarmens anerkannt werden würde, der sie meines Erachtens war.

Ich drehte das Buch um und betrachtete das Foto von M. Das. Es beruhigte mich. Die hohe Stirn und die traurigen, wäßrigen Augen erinnerten mich an Fotografien von Jawaharlal Nehru. Das' Gesicht besaß dieselbe patrizierhafte Eleganz und Würde. Lediglich der Mund und die in den Winkeln leicht nach oben gezogenen, etwas zu wulstigen Lippen deuteten auf die Sinnlichkeit und die egozentrische Ader hin, die bei einem Dichter so notwendig sind. Ich bildete mir ein zu erkennen, woher Kamakhya Bharati ihr hinreißend sinnliches Aussehen hatte.

Als ich das Licht ausschaltete und wieder neben Amrita schlüpfte, sah ich dem kommenden Tag entspannter entgegen. Draußen fiel unablässig der Regen und prasselte auf die kauernde Stadt hernieder.

Kapitel Zehn

Kalkutta, Herrin der Nerven,
Warum möchtest du mich völlig vernichten?
Ich besitze ein Pferd und ewiges
Aufenthaltsrecht
Und reise zu meiner eigenen Stadt.

– Pranabendu Das Gupta

Es war eine seltsame Schar Menschen, die am Sonntagvormittag aufbrach, um das Manuskript in Empfang zu nehmen. Gupta hatte um Viertel vor neun angerufen. Wir waren seit zwei Stunden wach. Beim Frühstück im Garden Café hatte Amrita verkündet, daß sie mich begleiten wollte, und ich konnte sie nicht davon abbringen. Im Grunde genommen erleichterte mich der Vorschlag.

Gupta begann das Telefongespräch im unnachahmlichen Stil aller indischen Unterhaltungen via Telefon.

»Hallo«, sagte ich.

»Hallo, hallo, hallo.« Die Verbindung hörte sich an, als würden wir zwei Blechdosen und mehrere Kilometer Schnur benützen. Statik rauschte und knisterte.

»Mr. Gupta?«

»Hallo, hallo.«

»Wie geht es Ihnen, Mr. Gupta?«

»Ausgezeichnet. Hallo, Mr. Luczak? Hallo?«

»Ja.«

»Hallo. Die Vereinbarungen wurden... hallo? Mr. Luczak? Hallo?«

»Ja. Ich bin da.«

»Hallo! Die Vereinbarungen wurden getroffen. Sie kommen mit, wenn wir Sie um zehn Uhr dreißig heute vormittag in Ihrem Hotel abholen.«

»Tut mir leid, Mr. Gupta. Meine Frau kommt mit. Wir haben beschlossen...«

»Was? Was? Hallo?«

»Ich sagte, meine Frau und das Kind kommen mit. Wohin fahren wir?«

»Nein, nein, nein. Es ist alles vereinbart. Sie müssen allein kommen.«

»Doch, doch, doch«, sagte ich. »Entweder meine Familie kommt heute mit, oder ich komme überhaupt nicht. Um Ihnen die Wahrheit zu sagen, Mr. Gupta, ich habe diese James-Bond-Scheiße langsam satt. Ich bin zwölftausend Meilen gereist, um ein literarisches Werk in Empfang zu nehmen, und nicht, um mich allein durch Kalkutta zu schleichen. Wo soll das Treffen stattfinden?«

»Nein, nein. Es wäre besser, wenn Sie allein kommen würden, Mr. Luczak.«

»Warum? Wenn es gefährlich ist, möchte ich wissen ...«

»Nein! Selbstverständlich ist es nicht gefährlich.«

»Wo soll das Treffen stattfinden, Mr. Gupta? Ich habe wirklich keine Zeit für diesen Unsinn. Wenn ich mit leeren Händen abreise, werde ich einen Artikel schreiben können, aber Sie werden höchstwahrscheinlich von den Anwälten meiner Zeitschrift hören.« Es war eine leere Drohung, aber sie bewirkte ein Schweigen, welches lediglich vom Zischen, Knistern und den hohlen Klacklauten unterbrochen wurde, die für die Verbindung normal sind.

»Hallo? Hallo, Mr. Luczak?«

»Ja.«

»Nun gut. Ihre Frau ist selbstverständlich herzlich willkommen. Wir treffen den Repräsentanten von M. Das in Tagores Haus ...«

»*Tagores* Haus?«

»Ja, ja. Das ist ein Museum, wissen Sie.«

»Großartig!« sagte ich. »Ich habe mir gewünscht, Tagores Haus zu sehen. Das ist ausgezeichnet.«

»Mr. Chatterjee und ich werden dann um zehn Uhr dreißig in Ihrem Hotel sein. Hallo, Mr. Luczak?«

»Ja?«

»Auf bald, Mr. Luczak.«

Gupta und Chatterjee tauchten erst nach elf auf, aber

Krishna war in der Halle, als wir unten ankamen. Er trug immer noch dasselbe schmutzige Hemd und die zerknautschten Hosen. Er tat so, als wäre er überglücklich, uns zu sehen, verbeugte sich vor Amrita, strich Victoria über das dünne Haar und schüttelte mir zweimal die Hand. Er war gekommen, informierte er mich, um mir zu sagen, daß unser ›gemeinsamer Freund Mr. Muktanandaji‹ mein großzügiges Geschenk benützt hatte, um in sein Heimatdorf Anguda zurückzukehren.

»Hat er nicht gesagt, er könne nicht wieder heimkehren?«

»Ahh«, sagte Krishna achselzuckend.

»Nun, dann müssen er und Thomas Wolfe sich wohl geirrt haben«, sagte ich. Krishna sah mich einen Moment lang an, dann explodierte er förmlich zu einem so lauten Lachen, daß Victoria zu weinen anfing.

»Haben Sie das Gedicht von Das schon erhalten?« fragte er, als sein Lachen und Victorias Weinen abgeklungen waren.

Amrita antwortete. »Nein, wir sind gerade auf dem Weg, es zu holen.«

»Ahh«, sagte Krishna lächelnd, und ich konnte das Funkeln in seinen Augen sehen.

Einer Eingebung folgend, fragte ich: »Möchten Sie uns begleiten? Vielleicht würden Sie gerne sehen, was für ein Manuskript eine Wasserleiche zustande bringt.«

»Bobby!« sagte Amrita. Krishna lächelte nur, aber sein Grinsen war haifischähnlicher denn je.

Gupta und Chatterjee waren alles andere als erbaut angesichts der Größe unserer Gruppe. Ich brachte es nicht übers Herz, ihnen zu sagen, daß uns darüber hinaus noch eine unbekannte Anzahl von Kalkuttas Besten folgen würden.

»Mr. Gupta«, sagte ich, »dies ist Amrita, meine Frau.« Sie wechselten Artigkeiten in Hindi. »Meine Herren, dies ist unser . . . Führer, Mr. M. T. Krishna. Er wird uns ebenfalls begleiten.«

Die beiden Herren nickten verkrampft, aber Krishna strahlte. »Wir sind uns schon einmal begegnet! Mr. Chatterjee, erinnern Sie sich nicht an mich?«

Michael Leonard Chatterjee runzelte die Stirn und rückte die Brille zurecht.

»Ah, scheinbar nicht. Sie auch nicht, Mr. Gupta? Ah, nun, es ist auch schon ein paar Jahre her, nach meiner Rückkehr aus Mr. Luczaks schönem Heimatland. Ich bewarb mich um die Mitgliedschaft im Schriftstellerverband.«

»O ja«, sagte Chatterjee, obwohl offensichtlich war, daß er sich an nichts erinnern konnte.

»Ja, ja.« Krishna lächelte. »Man sagte mir, meinem Stil würde es an ›Reife, Eleganz und Zurückhaltung‹ fehlen. Es erübrigt sich wohl zu sagen, daß mir die Aufnahme in den Schriftstellerverband verweigert wurde.«

Alle wanden sich vor Verlegenheit, außer Krishna. Und mir. Ich fand allmählich Gefallen daran. Ich freute mich schon, daß ich Krishna mit eingeladen hatte.

Der überfüllte kleine Premiere fuhr vom Hotel aus nach Osten. Gupta, Chatterjee und Chatterjees livrierter Chauffeur drängten sich auf dem Vordersitz. Soweit ich sagen konnte, hielt der Fahrer einen Arm zum Fenster hinaus, rückte mit der anderen Hand ab und zu die Mütze zurecht und fuhr mit den Knien. Das Endergebnis war nicht anders als sonst.

Auf dem Rücksitz war ich zwischen Krishna und Amrita eingezwängt, die Victoria auf dem Schoß hatte. Wir schwitzten alle hoffnungslos, aber dem Geruch nach schien Krishna früher damit angefangen zu haben als wir anderen.

Es war grotesk heiß. Als wir das klimatisierte Hotel verlassen hatten, waren Amritas Kameralinse und Chatterjees Brille beschlagen. Draußen herrschten mindestens zweiundvierzig Grad, mein Baumwollhemd klebte mir fast augenblicklich am Rücken. Auf der überfüllten Plaza gegenüber vom Hotel hockten mindestens vierzig oder fünfzig Menschen, deren knochige Knie ihnen bis zu den Ohren aufragten und die Kellen, Eimer und Mörtelbretter vor sich auf den Gehweg gelegt hatten. Es schien sich um eine Art Arbeitstrupp zu handeln. Ich fragte Krishna, warum sie hier waren, worauf er die Achseln zuckte und sagte: »Es ist Sonntagmorgen.« Alle anderen schienen sich mit dieser delphischen Antwort zufriedenzugeben, daher sagte ich nichts.

Wir fuhren die Chowringhee entlang und bogen vor dem Raj Bhavan – dem alten Regierungssitz – rechts ab, weiter auf der Dharamtala Street nach Süden. Die Luft, die zu den offenen Fenstern hereinströmte, erfrischte uns nicht, sondern strich wie heißes Schmirgelpapier über unsere Haut. Krishnas Lockentracht wippte umher wie ein Nest Schlangen. Bei jedem Stopschild oder Verkehrspolizisten machte der Chauffeur den Motor aus, und wir saßen schwitzend und schweigend da, bis sich das Auto wieder in Bewegung setzte.

Wir fuhren auf der Upper Circular Road nach Osten und bogen dann in die Raja Dinendra Street ein, eine kurvige Straße, die parallel zu einem Kanal verlief. Das stehende Wasser stank nach Abfall. Nackte Kinder planschten in den braunen Untiefen.

»Sehen Sie dort«, befahl Chatterjee und deutete nach rechts. Ein großer Tempel war in Technicolorpracht bemalt. »Der Jain Tempel. Sehr interessant.«

»Die Jainpriester nehmen kein Leben«, sagte Amrita. »Wenn sie den Tempel verlassen, müssen Diener den Gehweg fegen, damit sie nicht versehentlich auf ein Insekt treten.«

»Sie tragen Chirurgenmasken«, sagte Chatterjee, »damit sie nicht aus Versehen ein Lebewesen einatmen oder verschlucken.«

»Sie baden nicht«, fügte Krishna hinzu. »Aus Respekt vor den Bakterien, die auf ihren Körpern leben.«

Ich nickte und fragte mich insgeheim, ob nicht auch

Krishna diesem Jain-Brauch frönte. Zwischen dem üblichen Straßengestank von Kalkutta, dem Geruch von faulendem Abfall und Krishna wurde mir allmählich etwas schwindlig.

»Ihre Religion verbietet ihnen, etwas zu essen, das lebt oder gelebt *hat*«, sagte Krishna fröhlich.

»Moment mal«, sagte ich. »Das schließt praktisch *alles* aus. Wovon leben sie denn?«

»Ahh.« Krishna lächelte. »Gute Frage!«

Wir fuhren weiter.

Das Haus von Rabindranath Tagore lag in Chitpur. Wir parkten in einer schmalen Seitenstraße, betraten durch ein Tor einen noch schmaleren Hof und zogen in einem kleinen Vorbau die Schuhe aus, ehe wir das einstöckige Gebäude betraten.

»Aus Ehrerbietung gegenüber Tagore wird dieses Haus wie ein Tempel behandelt«, sagte Gupta feierlich.

Krishna kickte seine Sandalen weg. »Jedes öffentliche Monument in diesem Land wird früher oder später zum Tempel«, versicherte er lachend. »In Benares hat die Regierung ein Gebäude errichten lassen, in dem sich eine große Reliefkarte von Indien befindet, um den unwissenden Bauern unsere nationale Geographie beizubringen. Jetzt ist es ein heiliger Tempel. Ich habe Menschen dort beten sehen. Hat sogar seinen eigenen Feiertag. Eine *Reliefkarte!*«

»Ruhe«, sagte Chatterjee. Er führte uns eine dunkle Treppe hinauf. Tagores Zimmer waren nicht möbliert, aber an den Wänden befanden sich Fotografien und Schaukästen, in denen alles Mögliche ausgestellt war, von handschriftlichen Manuskripten, die ein Vermögen wert sein mußten, bis zu Dosen mit dem Lieblingsschnupftabak des Meisters.

»Wir scheinen allein zu sein«, sagte Amrita.

»O ja«, stimmte Gupta zu. Der Schriftsteller sah noch mehr wie ein Nagetier aus, wenn er lächelte. »Sonntags ist das Museum normalerweise geschlossen. Nur durch eine Sondervereinbarung wurde uns das Privileg zuteil, heute hier sein zu dürfen.«

»Großartig«, sagte ich allgemein. Plötzlich tönten aus Lautsprechern an den Wänden Aufnahmen von Tagores Stimme, hoch und krächzend, die Auszüge seiner Gedichte las und einige seiner Balladen sang. »Wunderbar.«

»M. Das' Repräsentant müßte jeden Moment hier sein«, sagte Chatterjee.

»Das eilt nicht«, sagte ich. Große Ölgemälde von Tagore waren ausgestellt. Sein Stil erinnerte mich an den von N. C. Wyeth – eines Illustrators Version von Impressionismus.

»Er hat den Nobelpreis bekommen«, sagte Chatterjee.

»Ja.«

»Er hat unsere Nationalhymne komponiert«, sagte Gupta.

»Stimmt. Das hatte ich vergessen«, sagte ich.

»Er hat viele große Theaterstücke geschrieben«, sagte Gupta.

»Er hat eine große Universität gegründet«, sagte Chatterjee.

»Er ist dort gestorben«, sagte Krishna.

Wir blieben alle stehen und sahen dorthin, wohin Krishnas Finger deutete. Die Ecke war leer, abgesehen von einem kleinen Staubflusen. »Es war 1941«, sagte Krishna. »Der alte Mann lag im Sterben, wie eine abgelaufene Uhr. Ein paar seiner Schüler haben sich hier versammelt. Dann mehr. Und mehr. Bald waren alle Zimmer voller Menschen. Manche hatten den Dichter nie kennengelernt. Tage vergingen. Der alte Mann hielt durch. Schließlich begann eine Party. Jemand ging zum militärischen Hauptquartier der Amerikaner ... es waren bereits Soldaten in der Stadt ... und kam mit einem Projektor und Filmrollen zurück. Sie sahen Laurel und Hardy und Micky-Maus-Trickfilme an. Der alte Mann lag im Koma, vergessen in der Ecke. Von Zeit zu Zeit schwamm er aus seinem

Todesschlaf empor wie ein Fisch zur Oberfläche. Stellen Sie sich seine Verwirrung vor! Er sah über die Rücken seiner Freunde und die Köpfe von Fremden auf die flimmernden Bilder an der Wand.«

»Hier ist der Federhalter, mit dem Tagore seine berühmten Theaterstücke geschrieben hat«, sagte Chatterjee laut und versuchte, uns von Krishna wegzulocken.

»Er hat ein Gedicht darüber geschrieben«, fuhr Krishna fort. »Über das Sterben, während Laurel und Hardy liefen. In den letzten Tagen hat er seine Gedichte datiert, weil er wußte, jedes konnte sein letztes sein. Dann, in den kurzen Wachperioden zwischen dem Koma, schrieb er auch die Stunde auf. Sein sentimentaler Optimismus war dahin. Dahin war auch die sanfte *Bonhomie*, die den Großteil seines populären Werkes geprägt hat. Denn sehen Sie, zwischen den Gedichten sah er nun ins dunkle Antlitz des Todes. Er war ein ängstlicher alter Mann. Aber die Gedichte – ahh, Mr. Luczak – diese letzten Gedichte sind wunderschön. Und voller Schmerz. Wie sein Sterben. Tagore betrachtete die Filmbilder an der Wand und fragte sich – ›Sind wir alle Illusionen? Flüchtige Schatten auf einer weißen Wand, zur Belustigung gelangweilter Götter? *Ist das alles?*‹ Und dann starb er. Genau dort. In dieser Ecke.«

»Hier entlang«, sagte Gupta knapp. »Es gibt noch mehr zu sehen.«

Das stimmte. Unter Fotografien von Tagores Freunden und Zeitgenossen befanden sich handsignierte Bilder von Einstein, G. B. Shaw und einem sehr jungen Will Durant.

»Der Meister übte einen starken Einfluß auf W. B. Yeats aus«, sagte Chatterjee. »Haben Sie gewußt, daß die ›grausame Bestie‹ in ›Die zweite Wiederkunft‹ – der Löwenkörper mit dem Kopf eines Mannes – auf der Beschreibung der fünften Inkarnation von Wischnu beruht, die der Meister Yeats gegeben hatte?«

»Nein«, sagte ich. »Ich glaube nicht, daß er das gewußt hat.«

»Doch«, sagte Krishna. Er strich mit der Hand über einen staubigen Schaukasten und lächelte Chatterjee zu. »Und wissen sie, was passierte, als Tagore Yeats eine gebundene Ausgabe seiner Bengali-Dichtung geschickt hat?« Krishna achtete nicht auf die finsteren Mienen von Gupta und Chatterjee. Er krümmte sich in eine kauernde Haltung zusammen und schwang mit beiden Händen eine unsichtbare Waffe. »Nun, Yeats raste durch sein Londoner Wohnzimmer, nahm ein großes Samuraischwert, ein Geschenk, und schlug Tagores Buch so entzwei... *Ayehh*!«

»Wirklich?« fragte Amrita.

»Ja, wirklich, Mrs. Luczak. Und dann schrie Yeats: ›Der Teufel soll Tagore holen! Er singt von Frieden und Liebe, wo doch Blut die Lösung ist!‹ «

Die Tonbandaufzeichnungen von Tagores Musik hörten unvermittelt auf. Wir drehten uns alle um, als ein armselig gekleideter, etwa achtjähriger Junge das Zimmer betrat. Der Junge hatte einen kleinen Jutebeutel bei sich, doch dieser war zu klein und unregelmäßig, ein Manuskript zu enthalten. Er sah von einem Gesicht zum nächsten, bis er zu mir kam.

»Sind Sie Mr. Luczak?« Die Worte schienen auswendig gelernt zu sein, als würde der Junge kein Englisch sprechen.

»Ja.«

»Folgen Sie mir! Ich bringe Sie zu M. Das.«

Eine Rikscha wartete im Hof. Neben dem Jungen war Platz für Amrita, Victoria und mich. Gupta und Chatterjee eilten zum Auto, um uns zu folgen. Krishna schien das Interesse zu verlieren und blieb unter der Tür stehen.

»Kommen Sie nicht mit?« rief ich.

»Jetzt nicht«, sagte Krishna. »Wir sehen uns später.«

»Wir reisen morgen früh ab«, rief Amrita.

Krishna zuckte die Achseln. Der Junge sagte etwas zum *wallah* der Rikscha, worauf wir auf die Straße hinausfuhren. Chatterjees Premiere scherte hinter uns aus. Einen halben Block zurück fuhr außerdem ein kleiner grauer Mittelklassewagen vom Bordstein an. Dahinter schleppte sich ein Ochsenkarren mit einem halben Dutzend zerlumpten Passagieren dahin. Ich amüsierte mich mit dem Gedanken, daß der Fahrer des Ochsenkarrens der Polizist war, der uns folgen sollte. Der Junge rief einen Satz auf Bengali, der Rikschakuli rief etwas zurück und schritt schneller aus.

»Was hat er gesagt?« fragte ich Amrita. »Wohin fahren wir?«

»Der Junge hat gesagt ›Schneller‹«, sagte Amrita lächelnd. »Der Rikschamann hat geantwortet, das ginge nicht, weil die Amerikaner fette Schweine seien.«

»Hmmm.«

Wir überquerten die Howrath Bridge in einem Knäuel lärmenden Verkehrs, gegen den sämtliche Staus, die ich bisher gesehen hatte, im Vergleich blaß wirkten. Die Fußgänger drängten sich ebenso dicht wie der Fahrzeugverkehr, und die Brücke war auf beiden Ebenen bis zur Grenze ihres Fassungsvermögens verstopft. Das ziselierte Muster aus Grauen Trägern und Stahlgitter erstreckte sich mehr als eine Viertelmeile über den lehmigen Fluß Hooghly. Es war die kindliche Märklin-Version einer Brücke, und ich nahm Amritas Minolta und machte eine Aufnahme davon.

»Warum hast du das gemacht?«

»Ich habe es deinem Vater versprochen.«

Der Junge fuchtelte mit beiden Händen vor mir herum und wiederholte etwas, das sich drängend und böse anhörte.

»Was sagt er?«

Amrita runzelte die Stirn. »Ich bin durch den Dialekt nicht sicher, aber es hat etwas damit zu tun, daß Fotos von der Brücke gegen das Gesetz verstoßen.«

»Sag ihm, es ist schon gut.«

Sie sprach in Hindi, der Junge runzelte die Stirn und antwortete in Bengali.

»Er sagt, es ist nicht gut«, erklärte Amrita. »Er sagt, wir Amerikaner sollten unsere Satelliten für uns spionieren lassen.«

»Himmel!«

Die Rikscha hielt vor einem endlosen Backsteingebäude, bei dem es sich um den Bahnhof Howrah handelte. Im Wirrwarr des Verkehrs von der Brücke war keine Spur von Chatterjees Premiere oder dem grauen Wagen zu sehen. »Was jetzt?« fragte ich.

Der Junge drehte sich zu mir um und gab mir den Jutebeutel. Das Gewicht überraschte mich. Ich zog die Schnur auf und sah hinein.

»Heiliger Himmel«, sagte Amrita. »Das sind Münzen.«

»Nicht nur Münzen«, sagte ich und hielt eine hoch. »Kennedy-Halbdollars. Das müssen fünfzig oder sechzig sein.«

Der Junge deutete auf den Eingang des Gebäudes und sprach hastig. »Er sagt, du sollst reingehen und sie hergeben«, sagte Amrita.

»Hergeben? Wem?«

»Er sagt, jemand wird danach fragen.«

Der Junge nickte, als wäre er zufrieden, griff in den Beutel, nahm sich vier Münzen, sprang aus der Rikscha und verschwand in der Menge.

Victoria griff nach den Münzen. Ich band die Schnur fest zu und sah Amrita an. »Nun«, sagte ich, »ich schätze, jetzt liegt es an uns.«

»Nach Ihnen, Sir.«

Als Kind war der Merchandise Mart in Chicago das größte Gebäude, das ich mir vorstellen konnte. Ende der sechziger Jahre hatte ich dann Gelegenheit, das Innere der Raketenhalle des Kennedy Raumfahrtzentrums zu sehen. Der Freund, der mich herumführte, sagte mir, daß sich an manchen Tagen Wolken in dem Gebäude bildeten.

Der Bahnhof Howrah war eindrucksvoller.

Es war ein nach den Maßstäben eines Riesen konstruiertes Bauwerk. Ein Dutzend Gleise waren auf den ersten Blick sichtbar; fünf Lokomotiven standen wartend, manche spien Dampf aus; mehrere Dutzend Händler verkauften namenlose Produkte aus Wägen, von denen heißer Dampf aufstieg, der die Augen verbrühte; Tausende schwitzende, drängende Menschen; weitere Tausend, die hockten, schliefen, kochten, dort *hausten*; und eine so ohrenbetäubende Kakophonie, daß man sich selbst nicht schreien hören konnte – geschweige denn denken. Das war der Bahnhof Howrah.

»Barmherzige Mutter«, sagte ich. Ein paar Schritte von mir entfernt ragte ein Flugzeugpropeller aus einem Tragbalken und wühlte die stickige Luft auf. Dutzende ähnlicher Ventilatoren trugen ihren Teil zu dem tosenden Lärm bei.

»Was?« brüllte Amrita. Victoria drängte sich an die Brust ihrer Mutter.

»Nichts!« Wir schritten ziellos dahin und drängten uns durch eine Menge, die nirgends hin ging. Amrita zupfte an meinem Ärmel, ich bückte mich, damit sie mir etwas ins Ohr sagen konnte. »Sollten wir nicht auf Mr. Chatterjee und Mr. Gupta warten?«

Ich schüttelte den Kopf. »Sollen sie sich doch ihre Scheiß-Kennedy-Halbdollars holen.«

»Was?«

»Vergiß es!«

Eine kleinwüchsige Frau kam auf uns zu. Auf dem Rükken trug sie ein Ding, das ihr Mann hätte sein können. Die Wirbelsäule des Mannes war grausam verkrümmt, nur eine Schulter wuchs mitten aus seinem buckligen Rücken, seine Beine waren Tentakel ohne Knochen, die in den Falten des Saris der Frau verschwanden. Ein schwarzer Arm, mehr Knochen als Fleisch, streckte sich in unsere Richtung aus, die Hand wurde geöffnet. »Baba, Baba.«

Ich zögerte einen Moment lang, dann griff ich in den

Beutel und gab ihm eine Münze. Seine Frau riß die Augen auf, dann schnellten uns ihre beiden Arme entgegen. »Baba!«

»Soll ich ihm das ganze Ding geben?« rief ich Amrita zu, aber ehe sie antworten konnte, wurden mir ein Dutzend Hände ins Gesicht gestreckt.

»Baba! Baba!«

Ich wollte zurückweichen, aber weitere fordernde Hände bohrten sich in meinen Rücken. Ich fing rasch an, Münzen zu verteilen. Hände packten das Silber, verschwanden im Getümmel und kamen zurück, um mehr zu holen. Ich sah flüchtig Amrita und Victoria zehn Schritte von mir entfernt und war froh, daß eine gewisse Distanz zwischen uns lag.

Die Menge wuchs wie durch ein Wunder. Eben schrien zehn oder fünfzehn Menschen und streckten mir die Hände entgegen, im nächsten Augenblick war der Mob auf dreißig angewachsen, dann fünfzig. Mir war, als wäre Halloween, und ich würde Süßigkeiten an eine Schar Kinder verteilen, aber diese harmlose Illusion verschwand, als eine von Lepra verfaulte Hand aus der Menge schnellte und schorfige Finger nach meinem Gesicht schlugen.

»He!« brüllte ich, aber es war ein zu schwacher Laut gegen den Lärm des Mobs. Hundert Leute müssen gegen das dichtgedrängte Zentrum eines Kreises angestürmt sein, dessen Mittelpunkt ich bildete. Der Druck war furchterregend. Eine suchende Hand riß mir versehentlich das Hemd auf und zog parallele Striemen über meine Brust. Ein Ellbogen stieß mir gegen die Schläfe, und ich wäre umgekippt, hätte mich der Druck der Menge nicht aufrecht gehalten.

»Baba! Baba! Baba!« Der gesamte Mob drängte zum Rand des Bahnsteigs. Die Gleise lagen anderthalb bis zwei Meter tiefer. Die Frau mit dem Krüppel auf dem Rücken schrie, als der Mann heruntergerissen wurde und in der wogenden Menge verschwand. Ein anderer

Mann in meiner Nähe fing an zu schreien und schlug einem anderen mehrmals mit dem Handrücken ins Gesicht.

»Scheiß drauf!« schrie ich und warf den Beutel mit den Münzen in die Luft. Der Leinenbeutel überschlug sich einmal träge und ergoß dann Münzen über den Mob und einen brüllenden Reisverkäufer. Das Kreischen wurde schriller, und die aufgepeitschte Menge wogte vom Rand des Bahnsteigs weg, aber vorher hörte ich etwas oder jemand Schweres auf die Gleise fallen. Eine Frau schrie Zentimeter vor meinem Gesicht entfernt, sprühte mir Speichel über Lippen und Wangen. Dann traf mich ein heftiger Schlag am Rücken, ich kippte vornüber, krallte nach einem Sari und sank auf die Knie.

Der Mob drängte gegen mich, und einen Augenblick geriet ich in Panik und schützte den Kopf mit den Armen. Fleckige Hosenbeine und spitze Knie in Lumpen stießen mir ins Gesicht. Jemand stolperte über mich, für einen Moment lag das volle Gewicht des Mobs auf meinem Rükken, drückte mein Gesicht auf den Boden, zerquetschte mich. Ich hörte wie aus weiter Ferne Amritas Schreie über das Toben der Meute hinweg. Ich machte den Mund auf, um zu schreien, aber in diesem Augenblick traf mich ein schmutziger bloßer Fuß ins Gesicht. Jemand trat mir auf die Wade, stechende Schmerzen rasten durch meinen Wadenmuskel.

Eben noch war ich in der Dunkelheit stolpernder Gestalten verloren, im nächsten Augenblick konnte ich Leuchten durch zerschellte Oberlichter erkennen und sah Amrita, die sich über mich beugte, Victoria im linken Arm hielt und mit dem rechten die letzten taumelnden Bettler wegstieß. Dann war der Mob vorbei, und Amrita half mir auf dem schmutzigen Bahnsteig in eine sitzende Haltung hoch. Es war, als wäre eine Flutwelle aus dem Nichts erschienen, hätte ihre Wucht ausgelassen und floß nun ins wahllose Meer von Menschen und die Tümpel zusammengekauerter Familien zurück. In der Nähe hockte ein alter Mann über einem großen Topf kochenden Wassers, der in dem Durcheinander wie durch ein Wunder nicht umgestoßen worden war.

»Tut mir leid, tut mir leid«, wiederholte ich Amrita immer wieder, als ich wieder zu Atem gekommen war. Jetzt, wo die Gefahr vorüber war, lachte und weinte Amrita und nahm mich in die Arme und half mir auf. Wir untersuchten Victoria nach Prellungen oder Schürfwunden, und das Baby suchte sich diesen Augenblick aus, um so laut zu schreien, daß wir sie beide mit Umarmungen und Küssen trösten mußten. »Tut mir leid«, sagte ich noch einmal. »Das war so dumm.«

»Schau«, sagte Amrita. Da, neben meinen Füßen, lag eine schmucklose braune Aktentasche. Ich hob sie auf, dann drängten wir uns zwischen Rikschakulis hindurch, die ihre Dienste anpriesen, ins Freie. Wir fanden eine vergleichsweise freie Stelle in Straßennähe und lehnten uns an eine Backsteinsäule, wo sich der Menschenstrom um uns teilte. Ich sah noch einmal nach Victoria. Es ging ihr gut; sie blinzelte im grelleren Licht und überlegte offenbar, ob sie wieder zu weinen anfangen sollte.

Amrita packte mich am Unterarm. »Laß uns nachsehen, was in der Aktentasche ist, und dann von hier verschwinden«, sagte sie.

»Ich mach sie später auf.«

»Nein, *jetzt*, Bobby«, sagte sie. »Wir würden uns ziemlich albern vorkommen, wenn wir das alles für das Vesperpaket eines Geschäftsmanns durchgemacht hätten.«

Ich nickte und ließ die Schnallen aufschnappen. Es war nicht das Vesper von jemandem. Das Manuskript war darin, ein Stapel mit mehreren hundert Seiten. Manche waren getippt, manche handschriftlich gekritzelt, und es war Papier von mindestens einem halben Dutzend verschiedener Farben und Formaten benützt worden. Ich überflog soviel Seiten, daß ich sehen konnte, es handelte sich um ein Gedicht und das Manuskript war in Englisch. »Okay«, sagte ich. »Verschwinden wir.«

Ich machte die Aktentasche zu, und wir hatten gerade

beschlossen, ein Taxi zu nehmen, als der Premiere quietschend zum Stillstand kam und Mr. Chatterjee und Mr. Gupta aufgeregt rufend heraussprangen.

»Herzlich willkommen«, rief ich erschöpft. »Was hat Sie aufgehalten?«

Kapitel Elf

»Ich denke mit Leib und Seele
An die Frauen von Kalkutta...«

– Ananda Bagchi

Die Erscheinung im Spiegel war ein Wrack. Das Haar war zerzaust, das Hemd zerrissen, seine weißen Baumwollhosen schmutzig, und er hatte Fingernagelspuren über der Brust. Ich verzog das Gesicht, als ich mich sah, und warf das zerrissene Hemd auf den Boden. Und ich verzog das Gesicht, als Amrita einen Wattebausch mit Peroxid auf meine Wunden drückte.

»Du hast Mr. Chatterjee und Mr. Gupta nicht besonders glücklich gemacht«, sagte sie.

»Es ist nicht meine Schuld, daß es keine Bengaliversion des Manuskripts gibt.«

»Sie hätten gerne mehr Zeit gehabt, die englische Version zu studieren, Bobby.«

»Na gut, sie können die Auszüge in *Harper's* lesen oder auf die Frühjahrsausgabe von *Other Voices* warten. Das heißt, wenn Morrows Experten zur Überzeugung kommen, daß es sich *wirklich* um ein Manuskript von Das handelt. Ich habe meine Zweifel.«

»Möchtest du es heute nicht lesen?«

»Nö. Ich sehe es morgen während des Rückflugs durch und studiere es eingehender, wenn wir zu Hause sind.«

Amrita nickte und hörte auf, die Kratzer auf meiner Brust abzutupfen. »Wenn wir daheim sind, soll sich Dr. Heinz das ansehen.«

»Meinetwegen.« Wir gingen ins andere Zimmer und setzten uns aufs Bett. Der Strom war ausgefallen, die Klimaanlage hatte versagt, das Zimmer war ein Dampfbad. Öffnete man die Fenster, ließ man nur Lärm und Gestank von der Straße herein. Victoria saß auf ihrer Decke am Boden. Sie hatte lediglich eine Windel und Gummihöschen an und rang mit einem großen Ball mit Glöckchen darin. Der Ball war auf ihr und schien als Sieger aus dem Kampf hervorzugehen.

Es hatte mich selbst überrascht, daß ich das Manuskript nicht auf der Stelle gelesen hatte. Ich war nicht dafür bekannt, daß ich meine Neugier unterdrückte oder etwas Interessantes vor mir her schob. Aber ich war müde und niedergeschlagen und hatte eine starke und unlogische Abneigung dagegen, das Manuskript auch nur anzusehen, bevor wir drei nicht wohlbehalten das Land verlassen hatten.

Wo war die Polizei gewesen? Ich hatte den grauen Wagen nicht mehr gesehen und hatte inzwischen meine Zweifel, ob er uns tatsächlich gefolgt war. Nun, in Kalkutta schien wirklich nichts zu funktionieren. Warum sollte die Polizei eine Ausnahme bilden?

»Und was machen wir heute?« fragte Amrita.

Ich warf mich auf das Bett zurück und nahm den Reiseführer zur Hand. »Nun, wir können uns das eindrucksvolle Fort William oder die imposante Moschee Nakhoda ansehen – die übrigens auf dem Grabmal von Akbar errichtet wurde, wer immer Akbar gewesen sein mag –, oder wir können zum Fluß zurück und den botanischen Garten bewundern.«

»Es ist *so heiß*«, sagte Amrita. Sie hatte kurze Hosen und ein T-Shirt angezogen, auf dem stand: EINE FRAU GEHÖRT INS HAUS – UND IN DEN SENAT. Ich fragte mich, was Chatterjee denken würde, wenn er sie in diesem Aufzug sah.

»Wir könnten zum Victoria Memorial gehen.«

»Ich wette, dort haben sie nicht einmal *Ventilatoren*«, sagte sie. »Wo könnte es kühl sein?«

»Eine Bar?«

»Es ist Sonntag.«

»Ach ja. Das wollte ich sowieso fragen. Wie kommt es, daß in einem hinduistischen Land alles geschlossen ist am...«

»Der Park!« sagte Amrita. »Wir könnten einen Spaziergang im Maidan machen, bei der Rennstrecke, die wir vom Taxi aus gesehen haben. Dort dürfte ein Lüftchen wehen.«

Ich seufzte. »Versuchen wir es. Kühler als hier wird es auf jeden Fall sein.«

Es war nicht kühler dort. Kleine Bettlergruppen, schmerzliche Erinnerungen an die Torheit des Vormittags, bedrängten uns überall. Nicht einmal die gelegentlichen heftigen Regengüsse konnten sie abschrecken. Ich hatte längst kein Kleingeld mehr in den Taschen, aber ihr beharrliches Lärmen wurde immer lauter. Wir bezahlten zwei Rupien, damit wir uns in den zoologischen Garten des Parks ducken durften. Dort befanden sich nur ein paar Tiere in Käfigen, die kläglich mit den Schwänzen schlugen, um Insektenschwärme zu vertreiben, und die Zungen aus dem Maul hängen ließen. Der Zoogeruch vermengte sich mit dem süßen Abfallgeruch des Flußnebenarms, der am Park vorbeifloß. Wir zeigten Victoria einen müden Tiger und ein paar verdrossene Affen, aber das Baby wollte sich nur an mein feuchtes Hemd kuscheln und schlafen. Als es wieder zu regnen anfing, fanden wir Schutz in einem kleinen Pavillon, den wir mit einem sechs oder sieben Jahre alten Jungen teilten, der auf ein Kleinkind aufpaßte, das auf den rissigen Steinen lag. Ab und zu hob der Junge eine Hand und verscheuchte die Fliegen, die dem Gesicht des Babys zusetzten. Amrita versuchte, mit dem Jungen zu reden, aber er hockte nur stumm da und sah sie mit großen braunen Augen an. Sie drückte ihm ein paar Rupien und einen Kugelschreiber in die Hand, dann gingen wir.

Im Hotel war der Strom wieder da, aber die keuchende Klimaanlage hatte das Zimmer noch nicht nennenswert abgekühlt. Amrita duschte zuerst, und ich hatte gerade das schweißnasse Hemd ausgezogen, als es laut an der Tür klopfte.

»Ah. Mr. Luczak! Namastey.«

»Namastey, Mr. Krishna.« Ich blieb unter der Tür stehen und versperrte sie.

»Konnten Sie Ihre Transaktion erfolgreich abschließen?«

»Ja, danke.«

Die buschigen Brauen schnellten hoch. »Aber Sie haben das Gedicht von Mr. Das noch nicht gelesen?«

»Nein, noch nicht.« Ich wappnete mich auf eine Bitte, ihm das Manuskript zu leihen.

»Ja, ja. Ich möchte Ihnen nicht zur Last fallen. Ich möchte Ihnen nur dies hier als Vorbereitung für Ihr Treffen mit Mr. M. Das geben.« Krishna gab mir eine zerknitterte Papiertüte.

»Ich habe nicht vor, mich mit...«

»Doch, doch.« Krishna zuckte die Achseln von der Hüfte an aufwärts. »Wer kann schon sagen, was geschieht? Leben Sie wohl, Mr. Luczak.« Ich schüttelte Krishnas ausgestreckte Hand. Bevor ich in die Tüte sehen konnte, hatte er sich entfernt und ging pfeifend den Flur entlang zu den Fahrstühlen.

»Wer war das?« rief Amrita aus dem Bad. Ich setzte mich aufs Bett.

»Krishna«, sagte ich und machte die Tüte auf. Etwas war in ein Bündel Lumpen eingewickelt.

»Was hat er gewollt?«

Ich starrte das Ding in meinen Händen an. Es war eine automatische Pistole: Metall, verchromt, winzig. So klein und leicht wie die Propfenpistolen, mit denen ich als Kind gespielt hatte. Aber die Mündung sah echt aus, und als ich herausgefunden hatte, wie man das winzige Magazin ausklappte, waren die Kugeln mehr als echt. Winzige Buchstaben über dem Handgriff verkündeten: GUISEPPE KALIBER .25. »Gottverdammte Scheiße«, sagte ich leise.

»Ich habe gefragt, was er gewollt hat!« rief Amrita.

»Nichts!« rief ich und sah mich um. Vier Schritte brachten mich zum Schrank. »Nur auf Wiedersehen sagen.«

»Was hast du gerade gesagt?«

»Nichts.« Ich stopfte Pistole und Magazin separat in die Tüte, wickelte sie in die Lumpen und warf die Tüte so weit ich konnte ins Fach über den Kleiderbügeln nach hinten.

»Du hast etwas gemurmelt«, sagte Amrita, als sie aus dem Bad kam.

»Ich wollte nur, daß du dich beeilst«, sagte ich, zog ein grünes Strickhemd und braune Hosen aus dem Schrank und machte die Tür zu.

Wir veranlaßten, daß uns ein Taxi um vier Uhr fünfundvierzig zum Flughafen bringen sollte und gingen früh ins Bett. Ich lag stundenlang wach und verfolgte, wie die Silhouetten der Möbelstücke langsam Form annahmen, als sich meine Augen an die Dunkelheit gewöhnten.

Es wäre untertrieben zu sagen, daß ich unzufrieden mit mir war. Ich lag in der schwülen Nacht von Kalkutta da und überlegte mir, daß mein Tun während der ganzen Zeit in der Stadt entweder sinnlos oder zaudernd oder beides gewesen war. Die halbe Zeit hatte ich mich wie ein hirnloser Tourist benommen, die andere Zeit hatte ich mich von den Eingeborenen wie einer behandeln lassen. Verdammt, worüber sollte ich schreiben? Wie ich mich von einer Stadt grundlos hatte ängstigen lassen? Angst... namenlose, dumme Angst... hatte mein Handeln mehr als jeder Versuch von Logik bestimmt.

Krishna. Dieser wahnsinnige Hurensohn. *Wozu die Pistole?* Ich versuchte mir einzureden, daß die Pistole eine weitere von Krishnas sinnlosen, melodramatischen Gesten war, aber was, wenn sie den Teil eines weitreichenden Schwindels darstellte? Wenn er die Polizei informierte, daß der Amerikaner eine illegale Handfeuerwaffe bei sich trug? Ich richtete mich mit klammer Haut im Bett auf. Nein. Verflucht, was würde Krishna das nützen? *Sind Handfeuerwaffen in Kalkutta illegal?* Nach meinem Dafürhalten war Kalkutta Hauptsitz der Schußwaffenvereinigung.

Kurz vor Mitternacht erhob ich mich und schaltete das

kleine Nachttischlämpchen ein. Amrita regte sich, wachte aber nicht auf. Victoria schlief und hatte dabei den Po unter der dünnen Decke hochgestreckt. Die Schnallen der Aktentasche klickten leise in der Stille.

Die Seiten waren vergilbt, eselsohrig und im Innern der Aktentasche verstreut, aber sie waren auch mit kühnen Kugelschreiberkrakeln numeriert, daher brauchte ich nur ein paar Minuten, sie zu sortieren. Es waren über fünfhundert Seiten, ein gewichtiger Stapel Dichtung. Ich lächelte gehässig, als ich mir den amerikanischen Magazinchefredakteur vorstellte, der mit einem fünfhundert Seiten umfassenden Gedicht konfrontiert wurde.

Es gab keine Titelseite, keinen Titel, keine Widmung und keinen Autorennamen auf dem Umschlag. Hätte ich nicht gewußt, daß das gewaltige Werk angeblich von M. Das verfaßt worden war, dem Manuskript hätte ich es nicht entnehmen können.

Die erste Seite sah wie ein Durchschlag mit billigem Kohlepapier aus. Ich beugte mich dichter ans Licht und fing an zu lesen.

> Und der Dämon Mahischasura
> Kam aus seiner Schlangengrube,
> Beschwor seine gewaltige Armee dorthin,
> Und Dewi, Bhawani, Katyayani;
> Parwati in ihren mannigfaltigen Gewändern,
> Sagten Schiwa Lebewohl und ritten hinfort,
> Zum letzten Gefecht mit ihren Widersachern.

Mehrere weitere Strophen dieser rohen Verse zeichneten ein grimmiges Bild des Dämons Mahischasura, einem mächtigen, bösen Ding, das selbst die Götter bedrohte. Auf Seite 3 änderten sich Versmaß und ›Stimme‹ dann drastisch. Ich entzifferte eine gekritzelte Randnotiz als *Kālidāsa: Kumarāmbhava 400 n. Chr. Neuübersetzung*.

Ein ängstlicher Schwarm böser Vögel,
bereit zur Freude, die Armee der Dämonen zu fressen,
flog über den Hort der Götter
und verdeckte die Sonne.

Plötzlich – monströse Schlangen, schwarz wie Ruß,
Gift aus erhobenen Häuptern verspritzend,
Gräßlich anzusehen,
versperrten Parwati den Weg.

Die Sonne legte ein garstig Gewand an
aus großen, sich windenden, gräßlichen Schlangen,
als wollte sie ihre Freude kundtun,
über den Tod von Gott oder Dämon.

Ich gähnte. »Ein ängstlicher Schwarm böser Vögel.« Gott steh mir bei, wenn ich das Chet Morrow gebe. Und nichts konnte mir helfen, wenn ich das als mein ›neues Epos von Das‹ zu Abe Bronstein brachte. Ich überblätterte mehrere Seiten ähnlich kitschiger Verse. Der einzige Grund, weshalb ich es nicht weglegte, war eine vage Neugier, wie Parwati den offenbar unbesiegbaren Dämon Mahischasura schlagen wollte. Strophe um Strophe beschrieb den Auftakt der Schlacht zwischen Göttern und Dämonen. Es war quintessentiell Homer via Rod McKuen.

Den Himmel von einem Ende zum andern erhellend
mit Flammenlodern ringsum,
mit Tosen, welches das Herz mit Grausen erfüllte,
fiel Donnerhall vom wolkenlosen Himmel.

Die Feindesschar wurde erschüttert.
Die großen Elefanten fielen, die Rosse strauchelten,
und alle Soldaten kauerten sich furchtsam zusammen,
als die Erde bebte und das Meer sich erhob,
die Berge zu schütteln.

Und vor dem Schwarm der Feinde der Götter,
hoben Hunde die Schnauzen, die Sonne zu schaun,
doch mit heulenden Schreien, welche die Ohren quälten,
versanken sie erbärmlich.

Damit konnte ich mich identifizieren. Und ich las weiter. Es sah nicht gut aus für die Göttin Parwati. Nicht einmal mit Unterstützung durch den großen Gott Schiwa konnte sie den mächtigen Mahischasura bezwingen. Parwati wurde als die Kriegerin Durga wiedergeboren, mit zehn Händen, die Kampfeswaffen schwangen. Jahrtausende verstrichen, während denen sich der Kampf ausdehnte, aber Mahischasura konnte nicht erobert werden.

Und vor der wahrhaftigen Sonnenscheibe
bellten Schakale schroff zusammen,
wie begierig, das Blut zu trinken,
der mächtigen, im Kampf gefallenen Götter.

Die Götter zogen sich vom Schlachtfeld zurück, um ihre Möglichkeiten zu beraten. Die Sterblichen flehten sie an, die Erde nicht der unbarmherzigen Willkür von Mahischasura zu überlassen. Eine grimmige Entscheidung wurde getroffen. Der Wille der Götter wurde einem finsteren Zweck zugeführt. Aus Durgas Stirn sprang eine Göttin herfür, die mehr dämonisch als göttlich war. Sie war die Inkarnation der Kraft, die personifizierte Gewalt und nicht einmal von den Fesseln der Zeit gebunden, welche die anderen Götter und bloßen Menschen im Zaum hielten. Sie durchstreifte den Himmel in eine Dunkelheit gehüllt, die schwärzer als Nacht war und erweckte Furcht selbst in den Herzen der Götter, die sie hervorgebracht hatten.

Sie wurde in den Kampf gerufen. Sie akzeptierte den Ruf. Doch ehe sie sich Mahischasura und der wütenden Legion der Dämonen entgegenstellte, forderte sie ihr Opfer. Und es war ein schreckliches Opfer. Aus jeder Stadt und jedem Dorf der jungen Erde wurden Männer und Frauen, Kinder und Älteste, Jungfrauen und Verworfene vor die gierige Göttin gebracht. Das' Randbemerkung, die gerade zu entziffern war, lautete: *Bhawabhûti Mâlatîmâdhawa*.

> Nun erwachen die Schrecken des Ortes, erfüllt
> Von der dichten Dämonenschar; die Flammen
> seltener Scheiterhaufen spenden trübes Licht,
> Von menschlicher Beute verstopft, zu vertreiben
> Die ängstliche Düsternis, die sie umhüllt.
> Fahle Gespenster und üble Trolle verbinden sich,
> Und der schrille Mißklang ihres Hohns
> Hallt als prangendes Kreischen einher.
> Alle feiern das Zeitalter der Kali.
> Das Zeitalter der Kali hat begonnen.
> Alle feiern das Zeitalter der Kali.
> Das Lied der Kali wird nun gesungen.

Das hätte für eine Nacht ausgereicht, aber der nächste Absatz hielt mich auf dem Stuhl fest. Ich blinzelte und las weiter.

> An: Zentrales Konstruktionsbüro
> Von: I. A. Topf und Söhne, Erfurt
> Betreff: Krematorien 2 und 3
> Wir bestätigen Eingang Ihrer Bestellung
> Von fünf Dreifachbrennöfen
> Einschließlich zweier elektrischer Hebebühnen

Um die Leichen hochzuheben
Und einem Notfahrstuhl.
Eine praktische Installation, um Kohle zu lagern,
Wurde ebenfalls bestellt
Und eine zum Transport der Asche.
Wir garantieren die Funktionstüchtigkeit
Der genannten Öfen und Einrichtungen,
Ebenso ihre Dauerhaftigkeit,
Die Verwendung hochwertigster Materialien

Erwarten weitere Nachricht,
Stehen stets gerne zu Diensten,
I. A. Topf und Söhne,
Erfurt

Dann verfiel der Stil ohne Übergang wieder ins *Sambhawa* des fünften Jahrhunderts.

Ascheregen in roter Glut fiel vom Himmel;
Mit Blut und Menschengebeinen vermischt,
Bis die flammenden Enden des Himmels voll Rauch waren
Und vom stumpfen Grau eines Eselshalses.

Heil, heil! Camunda-Kali, Mächtige Göttin, heil!
Wir preisen deine Weise, wenn im Tanz,
Der Schiwas Hof mit Freude erfüllt,
Dein stampfender Fuß das Erdenrund verschmäht.
Die Dunkelheit, die dich bekleidet, mit deinen Schritten
Schwingt einher: Wirbelnde Krallen zerfetzen
Den Halbmond auf deiner Stirn; aus der zerfetzten Wunde
Fließt labender Nektar, und jeder Schädel
Deines Diadems lacht von gräßlichem Leben erfüllt;
Das Zeitalter der Kali hat begonnen;
Dein Lied kann nun gesungen werden.

Das alles waren lediglich Vorspiele, während sich das Gedicht wie eine dunkle Blüte entfaltete. Das' kraftvolle dichterische Stimme war gelegentlich herauszuhören und verschwand dann wieder, um einer klassischen Weda oder einer Meldung aus dem Archiv im banalen Journalistenton zu weichen. Aber das Lied war dasselbe.

Äonen jenseits der Zeit verschworen sich die Götter, um diese schwarze Macht einzudämmen, die sie erschaffen hatten. Sie wurde eingeschränkt, beschwichtigt und im Pantheon verborgen, aber ihre essentielle Natur ließ sich nicht verleugnen. Sie allein erlangte mehr Macht, während andere Gottheiten aus den Erinnerungen der Sterblichen verblaßten, denn sie allein verkörperte die dunkle Kehrseite eines grundsätzlich gütigen Universums – eines Universums, dessen Wirklichkeit im Lauf von Jahrtausenden vom Bewußtsein von Göttern und Menschen gleichermaßen geschmiedet worden war.

Aber *sie* war nicht das Produkt von Bewußtsein. Sie war Brennpunkt und Schmelztiegel aller atavistischen Neigungen und Taten, die zehntausend Jahre bewußte Bemühungen hatten ausmerzen wollen.

Das Gedicht entfaltete sich durch zahllose kleinere Geschichten, Anekdoten und folkloristische Überlieferungen. Alle hatten den unbestreitbaren Beigeschmack der Wahrheit an sich. Jede Geschichte berichtete von einem Riß in der sinnesbetäubenden Beschaffenheit der Wirklichkeit, einem Riß, durch den man das Lied der Kali leise hören konnte. Menschen, Orte und Koordinaten in der Zeit wurden zu Leitern, zu Löchern, durch die sich gewaltige Energien ergossen.

In diesem Jahrhundert war das Lied der Kali zum Chor geworden. Der Rauch der Opfer stieg zur umwölkten Zuflucht der Kali empor, *und die Göttin erwachte und vernahm das Lied*.

Seite für Seite. Manchmal waren ganze Zeilen Gestammel, als hätte sie jemand getippt, der mit Fäusten auf die Tastatur eingeschlagen hatte. Manchmal waren ganze Seiten gekritzeltes Englisch unleserlich. Fragmente in Bengali und Sanskrit unterbrachen verständliche Passagen und wucherten an den Rändern empor. Aber wahllose Bilder blieben.

– Eine Hure auf der Sudder Street ermordete
ihren Freier und verschlang gierig
seinen Leib im Namen der Liebe.
Das Zeitalter der Kali hat begonnen.
– Schreie entringen sich den toten Kadavern der gemordeten Millionen unserer modernen Zeit;
ein Chor der Entrüstung aus den Massengräbern,
die unser Land fruchtbar machen.
Das Lied der Kali wird nun gesungen.
– Die Silhouetten spielender Kinder wurden
für alle Zeiten in eine zertrümmerte Mauer eingebrannt,
als die Explosion der Bombe
den Beton schwarz versengte.
Das Zeitalter der Kali hat begonnen.
– Der Vater wartete geduldig darauf, daß die letzte seiner vier Töchter von der Schule nach Hause kam. Sanft hielt er ihr den Revolver an die Schläfe, drückte zweimal ab und legte ihren noch warmen Leib behutsam neben ihre Mutter und ihre Schwestern. Als die Polizei ihn fand, summte er ein leises Schlummerlied für die reglosen Gestalten.
Das Lied der Kali wird nun gesungen.

Als ich aufhörte, hatte ich nur noch etwa hundert Seiten zu lesen. Meine Augen waren mir schon einigemal zugefallen, zweimal war ich mit auf die Brust gesunkenem Kinn aufgewacht. Ich stopfte das Manuskript ungeschickt in die Aktentasche und sah zum Wecker auf der Kommode.

Es war drei Uhr fünfundvierzig. In ein paar Minuten würde er klingeln, und wir mußten uns für die Fahrt zum

Flughafen bereit machen. Der Heimflug, einschließlich Zwischenaufenthalt in London, würde ein achtundzwanzigstündiger Marathon werden.

Ich stöhnte vor Erschöpfung und kroch neben Amrita ins Bett. Zum ersten Mal schien es angenehm kühl in dem Zimmer zu sein. Ich zog die Decke hoch und machte nur für ein paar Minuten die Augen zu. Ein paar Minuten Dösen, bevor der Wecker klingelte und wir aufstehen und uns anziehen mußten. Nur ein paar Minuten.

Ich erwache anderswo. Jemand hat mich dorthin getragen. Es ist dunkel, aber ich kann mühelos erkennen, wo ich mich befinde.

Es ist der Tempel der Kali.

Die Göttin steht vor mir. Sie hat den Fuß über leerem Raum erhoben. Alle vier Hände sind leer. Ich kann ihr Gesicht nicht sehen, weil ich auf einer Seite des Götzenbilds auf dem Boden liege.

Ich habe keine Angst.

Ich stelle fest, daß ich nackt bin. Einerlei. Unter mir ist eine Bastmatte, die kühl meine Haut berührt. Ein paar Kerzen beleuchten die Statue. Die Luft riecht nach Moschus und Weihrauch. Irgendwo singen leise hohe Männerstimmen. Vielleicht ist es auch nur das Geräusch des fließenden Wassers. Es ist nicht wichtig.

Das Götzenbild bewegt sich.

Kali dreht den Kopf und sieht mich an.

Ich empfinde nur Erstaunen. Ich bewundere ihre Schönheit. Ihr Gesicht ist oval, makellos, gerötet. Ihre Lippen sind voll und feucht. Sie lächelt mir zu.

Ich stehe auf. Meine bloßen Füße spüren das parallele Webmuster der Matte. Ein Windhauch jagt mir Gänsehaut über den bloßen Unterleib und den Bauch.

Kali selbst regt sich. Finger bewegen sich. Ihre Arme beugen und winden sich. Ihr Fuß senkt sich auf das Podest, sie steht federnd auf beiden Beinen. Ihre leuchtenden Augen wenden sich dabei nie von mir ab.

Ich schließe die Augen, doch die Vision bleibt beharrlich. Ich sehe das sanfte Licht auf ihrer Haut. Ihre Brüste sind hoch, prall, vielversprechend. Die großen Brustwarzen ragen aus den sanften Ringen der Höfe. Ihre Taille ist hoch und unglaublich schmal, sie verbreitert sich zu breiten Hüften, welche geschaffen sind, das stoßende Becken eines Mannes aufzunehmen. Ihr Unterleib ist ein sanfter, vorstehender Halbmond, der Schatten über die Dunkelheit der Scham darunter wirft. Die Schenkel der Tänzerin berühren einander nicht, sondern sind im Schritt sinnlich nach innen gewölbt. Die Füße sind zierlich, mit hohem Rist. Reifen umspielen die Knöchel. Sie klimpern, wenn sie sich bewegt. Sie spreizt die Beine, und ich kann die Falten in dem Dreieck der Schatten sehen; die weiche, einwärts gekrümmte Spalte.

Mein Penis regt sich, wird hart und ragt steif in die Nachtluft. Mein Hodensack zieht sich zusammen, als ich die *Energie* spüre, die durch mich fließt und sich dort konzentriert.

Kali steigt anmutig von ihrem Podest herab. Ihr Diadem klirrt leise, die Reife an ihren Knöcheln klimpern, ihre bloßen Sohlen erzeugen sanfte, fleischige Laute auf dem Steinboden.

Sie ist fünf Schritte von mir entfernt. Ihre Arme bewegen sich in der Silhouette, sinnliche Grashalme, die in einer unmerklichen Brise wehen. Ihr ganzer Körper bewegt sich im pulsierenden musikalischen Rhythmus des plätschernden Flusses, und sie hebt das linke Knie, hebt es, bis es den Ellbogen ihres angewinkelten Arms berührt. Ein weiblicher Geruch steigt von ihrer parfümierten Haut auf und umhüllt mich.

Ich will zu ihr gehen, kann mich aber nicht bewegen. Mein pochendes Herz erfüllt meine Brust mit dem Trommelschlag des Gesangs. Meine Hüften bewegen sich von ganz alleine und stoßen unwillkürlich. Mein ganzes Bewußtsein konzentriert sich im Schaft meines pulsierenden Glieds.

Kali schwingt das linke Bein herum und nach unten.

Sie schreitet auf mich zu. Ihre Reife klimpern.

Unnāla-nabhi-pamke-ruha, singt der Fluß, und ich verstehe ihn völlig.

Ihre vier Arme wiegen sich in einem stummen Tanz. Finger krümmen sich, berühren Fingerspitzen, gleiten anmutig durch die reine Luft auf mich zu. Ihre Brüste wogen drall gegeneinander.

Sieg dem Antlitz der Tochter der Berge.

Sie kommt noch einen Schritt nach vorne. Ihre Finger liebkosen mich, gleiten über meine Wange, streicheln sanft über meine Schulter. Sie hat den Kopf zurückgeworfen, die Augen vor Leidenschaft halb geschlossen. Ich erkenne die Perfektion ihrer Züge, die geröteten Wangen, die bebenden Lippen.

Kamakhya?

Iva yenāvabhāti Sambhur'api

Jayati purusāyitāyās'tadānanam 'Saila-kanyāyāh

Nach Kalis nächstem Schritt kann sie die Arme um mich legen. Ihr langes Haar fließt ihr über die Schultern wie Bäche einen sanften Hügel hinab. Ihre leuchtende Haut ist leicht parfümiert, Schweiß glitzert im empfindlichen Tal zwischen ihren Brüsten. Zwei Hände halten meine Oberarme, während eine dritte zärtlich meine Wange liebkost. Die andere Hand gleitet nach unten und schließt sich sanft um meine Hoden. Die konischen Finger wandern an meinem steifen Penis entlang und krümmen sich behutsam um die Eichel.

Ich bin Sambhu-Schiwa, der als Wischnu auftritt

Der Lotos und sein Stiel sprießen aus meinem Nabel

Ich kann ein Stöhnen nicht unterdrücken. Meine Erektion berührt die Wölbung ihres Bauches. Sie sieht hinab, dann blicken ihre wunderbaren Augen zwischen dichten Wimpern hervor lüstern auf mich. Die drahtige Sanftheit ihrer *mons veneris* reibt sich an mich, entschwindet, kehrt zurück.

Endlich kann ich mich bewegen. Ich schließe augenblicklich die Arme um sie, während sie mich umfängt. Weiche Brüste drängen sich gegen mich. Hände gleiten meinen Rücken hinauf und hinunter. Sie hebt das rechte Bein, winkelt es um meine Hüften an, ihre Finger führen mein Glied ein und sie besteigt mich. Ihre Knöchel umklammern meine stoßenden Gesäßbacken.

Kali, Kali, balo, bhai

Der Gesang erfüllt die Welt mit dem Rhythmus unserer Bewegungen. Ihre Hitze verbrüht mich. Sie öffnet den Mund feucht an meinem Hals und gleitet daran hoch, um meine Zunge zu finden. Ich packe sie, hebe sie hoch. Brüste streichen auf einem Kissen aus Schweiß über meine Brust. Ich krümme die Beine und belaste die Knöchel vor Anstrengung, noch tiefer in Kali einzudringen.

Das Universum konzentriert sich auf einen Kreis aus Flammen, der in mir wächst, in mir emporsteigt, durch mich explodiert.

Ich bin Schiwa
Kali, Kali, balo, bhai
Kali bai aré gaté nai
Ich bin ein Gott

»Heiliger Himmel!« Ich richtete mich im Bett auf. Die Laken waren von meinem Schweiß getränkt, meine Pyjamahose naß vom Flecken einer Ejakulation, der langsam größer wurde.

»Gütiger Heiland.« Ich nahm den schmerzenden Kopf in die Hände und wiegte mich. Amrita war nicht da. Sonnenschein fiel zwischen den Vorhängen herein. Der Reisewecker zeigte 10:48 Uhr.

»Hol's der Teufel!« Ich ging ins Bad, warf den Pyjama auf einen Berg schmutziger Wäsche und schrubbte mich unter der prasselnden Dusche ab. Als ich fünfzehn Minuten später herauskam, zitterten meine Arme und Beine immer noch. Ich hatte solche Kopfschmerzen, daß Lichtpünktchen am Rand meines Sehbereichs tanzten.

Ich zog mich rasch an und nahm vier Aspirin. Dunkle

Stoppeln waren auf meinen blassen Wangen zu sehen, aber ich beschloß, mich nicht zu rasieren. Ich kam aus dem Bad, als Amrita gerade mit Victoria zurückkam.

»Verdammt, wo bist du gewesen?« fauchte ich.

Sie blieb stehen, ihr Begrüßungslächeln verschwand langsam. Victoria sah mich wie einen Fremden an.

»Nun?«

Amrita machte den Rücken gerade. Ihre Stimme war gelassen. »Ich bin in den Sariladen gegangen, um mir Kamakhyas Adresse geben zu lassen. Ich wollte anrufen, aber die Leitung war tot. Da wir noch einen Tag bleiben, wollte ich den Stoff umtauschen. Hast du meinen Zettel nicht gesehen?«

»Wir sollten mittlerweile fast in London sein. Verflucht, was ist passiert?« Meine Stimme war schroff, aber der Zorn ließ bereits nach.

»Was meinst du damit, Bobby? Was genau meinst du?«

»Ich meine, was ist mit dem verdammten Wecker passiert, dem Taxi, das wir bestellt hatten, dem BOAC-Flug? *Das* meine ich.«

Amrita kam rasch herein und setzte das Baby ab. Sie ging zum Fenster, riß die Vorhänge auf und verschränkte die Arme. »Der ›verdammte Wecker‹ hat um vier geläutet. *Ich* bin aufgestanden. *Du* wolltest nicht einmal aufwachen, als ich dich geschüttelt habe. Als ich dich endlich soweit hatte, daß du dich aufgesetzt hast, hast *du* gesagt: ›Warten wir noch einen Tag.‹ Und das alles nur, weil *du* die ganze Nacht wach warst und gelesen hast.«

»Das habe ich gesagt?« Ich schüttelte den Kopf und setzte mich auf die Bettkante. Der schlimmste Kater der Welt hämmerte immer noch in mir, und mir war zum Kotzen zumute. *Kater wovon?* »Das habe ich gesagt?«

»*Du* hast das gesagt.« Amritas Stimme war kalt. In den Jahren unserer Ehe hatte ich sie nur sehr selten einmal angeflucht.

»Verdammt. Das tut mir leid. Ich war nicht wach. Dieses verfluchte Manuskript.«

»Du hast gesagt, du wolltest warten und es im Flugzeug lesen.«

»Ja.«

Amrita breitete die Arme aus und ging zum Spiegel, um eine Haarsträhne zu ordnen, die sich gelöst hatte. Ihre Lippen bekamen wieder Farbe. »Schon gut, Bobby. Es macht mir nichts aus, noch einen Tag zu bleiben.«

Drängen stieg in meinem Hals empor. Ich fand, daß sich meine Stimme fremd anhörte. »Verdammt, *mir* macht es etwas aus. Du und Victoria, ihr bleibt nicht noch einen Tag. Um wieviel Uhr geht der Indian Airlines-Flug nach Delhi?«

»Halb zehn und ein Uhr. Warum?«

»Du nimmst die Ein-Uhr-Maschine und bekommst den abendlichen PanAm-Flug von Delhi aus.«

»Bobby, das würde bedeuten... Was soll das heißen, ›du‹? Warum kommst du nicht mit? Du hast das Manuskript.«

»Ihr beiden fliegt. Heute. Ich muß etwas zu Ende bringen, das mit diesem elenden Artikel zu tun hat. Ein Tag ist ausreichend.«

»Oh, Bobby, es *stinkt* mir, allein mit Victoria zu reisen...«

»Ich weiß, Kindchen, aber da kann man nichts machen. Packen wir deine Sachen neu.«

»Die sind noch gepackt.«

»Gut. Mach Victoria fertig und nimm die Koffer! Ich gehe nach unten und kümmere mich um ein Taxi und einen Portier.« Ich küßte sie auf die Wange. Normalerweise hätte jeder Versuch meinerseits, diktatorisch zu sein, zu einem Streit geführt, aber Amrita schien etwas in meiner Stimme zu hören.

»Nun gut«, sagte sie. »Aber du solltest dich besser beeilen. In Indien kann man telefonisch keine Tickets vorbestellen, weißt du. Man muß beizeiten kommen und Schlange stehen.«

»Ja. Bin gleich wieder da.«

»Mr. Gupta?« Das Telefon in der Halle funktionierte.

»Hallo. Ja. Hallo?«

»Mr. Gupta, hier spricht Robert Luczak.«

»Ja, Mr. Luczak. Hallo?«

»Hören Sie, Mr. Gupta, ich möchte, daß Sie eine Zusammenkunft mit M. Das für mich vereinbaren. Ein privates Zusammentreffen. Nur er und ich.«

»Was? Was? Das ist nicht möglich. Hallo?«

»Es sollte besser möglich sein, Mr. Gupta. Lassen Sie Ihre sämtlichen Beziehungen spielen und sagen Sie Mister Das, daß ich mich *heute* mit ihm treffen will.«

»Nein, Mr. Luczak. Sie verstehen nicht. M. Das hat niemandem gestattet...«

»Ja, das habe ich alles schon gehört. Aber ich bin sicher, er wird sich mit mir treffen. Ich verlange von Ihnen, daß Sie es vereinbaren, Mr. Gupta.«

»Es tut mir sehr leid, aber...«

»Hören Sie, Sir, ich erkläre Ihnen die Situation. Meine Frau und das Baby verlassen Kalkutta in wenigen Minuten. Ich fliege morgen. Wenn ich abreise, ohne M. Das gesehen zu haben, muß ich dennoch einen Artikel für *Harper's* schreiben. Möchten Sie wissen, was in diesem Artikel stehen wird?«

»Mr. Luczak, Sie müssen einsehen, daß es uns unmöglich ist, ein Zusammentreffen mit M. Das zu arrangieren. Hallo?«

»In meinem Artikel wird stehen, daß die Mitglieder des Schriftstellerverbands von Bengalen aus einem nur ihnen selbst bekannten Grund beschlossen haben, die größte literarische Fälschung seit dem Clifford-Irving-Streich aufzuziehen. Aus nur ihnen selbst bekannten Gründen hat diese Gruppe Geld für ein Manuskript angenommen, das sie als Arbeit eines Mannes ausgeben, der seit acht Jahren tot ist. Und noch mehr...«

»Stimmt überhaupt nicht, Mr. Luczak! Unwahr und niederträchtig. Wir werden klagen. Sie haben keinen Beweis für diese Anschuldigungen.«

»Und noch mehr – diese Gruppe hat den Namen eines großen Dichters in den Schmutz gezogen, in dem sie eine pornographische Ode an eine hiesige Dämonengöttin vorgelegt hat. Gut informierte Kreise in Kalkutta behaupten, der Schriftstellerverband könnte das getan haben, weil er Kontakte zu einer Gruppe unterhält, die sich Kapalikas nennt – ein gesetzloser Kult, der angeblich in die Unterwelt der Stadt verstrickt ist und, behauptet man, seiner schwachsinnigen Göttin Menschenopfer darbringen soll. Wie gefällt Ihnen das bis jetzt, Mr. Gupta? Hallo, Mr. Gupta? Hallo?«

»Ja, Mr. Luczak.«

»Was meinen Sie, Mr. Gupta? Soll ich damit weitermachen, oder soll ich M. Das interviewen?«

»Es wird arrangiert werden. Bitte rufen Sie in drei Stunden noch einmal an.«

»Oh ... und Mr. Gupta?«

»Ja.«

»Ich habe bereits einen ersten Entwurf meines Artikels an meinen Chefredakteur in New York geschickt – mit Anweisungen, ihn nicht zu öffnen, wenn sich mein Heimflug nicht verzögert. Ich hoffe, es wird nicht nötig sein, diese Version zu drucken. Ich würde lieber die Story über Das schreiben.«

»Es wird nicht nötig sein, Mr. Luczak.«

Sämtliche Taxis vom und zum Dum-Dum Flughafen wurden von Veteranen des Indo-Pakistanischen Kriegs von 1971 gefahren. Unser Fahrer hatte Narbengewebe auf der rechten Wange und eine breite schwarze Klappe über einem Auge, bei der ich mich müßig über einäugiges Sehvermögen wunderte, während wir uns durch den dichten Verkehr auf dem VIP Highway schlängelten.

Es regnete wieder. Alles hatte die Farbe von Schlamm – die Wolken, die Straße, die Hütten aus Jute und Wellblech, die sich aufeinander türmten. Nur die rot-weißen Streifen um die gelegentlichen Feigenbäume an der Straße brachten Farbtupfer in die Szenerie. In der Nähe des Stadtrands wurden neue Mietskasernen hochgezogen. Ich sah an den Bambusgerüsten darum und den daneben parkenden Planierraupen, daß sie neu waren, aber die Bauwerke sahen so verfallen und baufällig aus wie die ältesten Häuser in der Innenstadt. Hinter den Planierraupen befanden sich Schuppen, welche von kauernden Gestalten bewohnt wurden. Waren das die Familien der Bauarbeiter oder die neuen Mieter, die darauf warteten, bis sie in das Gebäude einziehen konnten? Wahrscheinlich waren die Schuppen lediglich der Nukleus eines neuen *chawls;* der in Ausdehnung befindliche Rand von 250 Quadratmeilen trostlosen Slums.

Links von uns befand sich das weiße Schild, das ich nachts gesehen hatte. Auf diesem Schild stand:

KALKUTTA WÜNSCHT IHNEN
AUF WIEDERSEHEN
UND GESUNDHEIT.

Eine Frau mit Töpfen und einem großen Bronzekrug auf dem Kopf hockte unter dem Schild im Schlamm.

Der Flughafen war überfüllt, aber nicht so irrwitzig wie in der Nacht unserer Ankunft. Der Flug nach Delhi war bereits ausgebucht, aber gerade war eine Buchung storniert worden. Ja, der PanAm Flug würde um neunzehn Uhr von Neu Delhi starten. Es müßte möglich sein, Tikkets zu bekommen.

Wir gaben das Gepäck auf und schlenderten durch das Flughafengebäude. Es gab keine freien Stühle, und es dauerte eine Weile, bis wir eine ruhige Ecke gefunden hatten, wo wir Victorias Windel wechseln konnten. Dann gingen wir in ein kleines Café und tranken etwas Alkoholfreies.

Wir sprachen kaum miteinander. Amrita schien gedankenverloren, und ich hatte immer noch scheußliche Kopfschmerzen. Gelegentlich fielen mir Bruchstücke meines

Traums wieder ein, dann verkrampften sich meine Magenmuskeln vor Nervosität und Verlegenheit.

»Wenn es zum Schlimmsten kommt«, sagte ich, »und du den PanAm-Anschluß heute abend verpaßt, könntest du über Nacht bei deiner Tante in Neu Delhi bleiben.«

»Ja.«

»Oder in einem guten Hotel am Flughafen.«

»Ja, das könnte ich.«

Eine Gruppe belgischer Touristen drängte in das Café. Eine unglaublich häßliche Frau, die offene Netzhosen anhatte, trug eine große Gipsstatue des elefantenköpfigen Gottes Ganescha in den Armen. Sie lachten alle brüllend.

»Ruf Dan und Barb an, wenn du in Boston bist«, sagte ich.

»Gut.«

»Ich müßte einen Tag nach dir eintreffen. He, wirst du deine Eltern von Heathrow anrufen?«

»Bobby, es würde mir wirklich nichts ausmachen, noch einen Tag zu bleiben. Du könntest Hilfe brauchen ... beim Übersetzen. Es geht um dieses Manuskript, nicht?«

Ich schüttelte den Kopf. »Zu spät, Kindchen. Dein Gepäck ist schon verladen. Du könntest ohne Kleider zurechtkommen, denke ich, aber ohne die zusätzlichen Windeln wären wir verloren.«

Amrita lächelte nicht.

»Im Ernst«, sagte ich und nahm ihre Hand, »ich muß nur noch ein paar Kleinigkeiten mit Gupta und diesen Clowns erledigen. Verdammt, ich habe einfach noch nicht genug Material für den Artikel beisammen. Ein Tag müßte ausreichen.«

Amrita nickte und klopfte auf meinen Ring. »Na gut, aber sei vorsichtig. Trink kein offenes Wasser. Und wenn Kamakhya vorbeikommt und meinen Stoff austauscht, sieh zu, daß sie dir *nur* das Material gibt ...«

Ich grinste. »Klar.«

»Bobby, warum hast du das Zimmermädchen nicht reingelassen?«

»Was?«

»Um das Zimmer aufzuräumen. Bevor wir gegangen sind, hast du ihr gesagt, sie soll bis morgen warten.«

»Das Manuskript von Das«, sagte ich hastig. »Ich will nicht, daß jemand herumschnüffelt.«

Amrita nickte. Ich trank den letzten Rest des warmen Fantas, beobachtete einen kleinen Gecko, der über die Wand krabbelte und versuchte, nicht an die Automatik Kaliber .25 zu denken, die auf dem Fachboden im Schrank des Hotelzimmers lag.

Das Flugzeug war zum Einsteigen bereit, und ich hatte beiden einen Abschiedskuß gegeben, als Amrita noch etwas einfiel. »Oh, falls Kamakhya nicht ins Hotel kommt, würdest du bei ihr zu Hause vorbeischauen und den Stoff holen?« Sie kramte in ihrer Handtasche.

»Ist es so wichtig?«

»Nein, aber es wäre mir recht, wenn es klappt.«

»Warum hast du ihren Stoff nicht einfach im Laden umgetauscht?«

»Es ist alles zurechtgeschnitten. Außerdem war ich sicher, daß wir uns wiedersehen würden. Verdammt, ich hätte schwören können, daß ich den Zettel hier habe. Egal, ich weiß die Adresse auswendig.« Amrita nahm ein Streichholzbriefchen, das sie im Prince's Room mitgenommen hatte, und kritzelte die Adresse auf die Innenseite. »Nur wenn du Zeit hast«, sagte sie.

»Gut.« Ich würde keine Zeit haben. Wir küßten uns noch einmal. Victoria wand sich zwischen uns, die Menge und der Lärm verwirrten sie. Ich nahm den Kopf des Babys zwischen die Hände und spürte ihr unendlich weiches Haar. »Eine gute Reise euch beiden. Wir sehen uns in ein paar Tagen.«

Es gab keine geschlossenen Gangways im Dum-Dum-Flughafen. Die Passagiere mußten über den nassen Asphalt gehen und über eine Treppe in die wartende Maschine der Indian Airlines steigen. Amrita drehte sich um und winkte mit Victorias Händchen, ehe sie in dem Airbus verschwand. Normalerweise hätte ich gewartet, bis das Flugzeug gestartet war.

Ich sah auf die Uhr und schritt rasch durch das Gebäude zurück zu einer Reihe Telefonzellen. Gupta nahm beim fünften Läuten ab.

»Es ist vereinbart, Mr. Luczak. Hier ist die Adresse...« Ich wühlte nach einem Notizbuch, bekam aber das Streichholzbriefchen in die Finger, das Amrita mir gegeben hatte. Ich schrieb Straße und Hausnummer neben Kamakhyas Adresse.

»Oh.. und Mr. Luczak...«

»Ja?«

»Diesesmal *werden* Sie allein kommen.«

Als ich aus dem Taxi ausstieg, hatte es aufgehört zu regnen. Dampf stieg von den Straßen auf und wehte zwischen den alten Häusern dahin. Ich hatte keine Ahnung, wo ich war. Die Adresse, die Gupta mir genannt hatte, war eine Straßenecke in einem alten Stadtteil, aber ich hatte auf dem Weg dorthin kein vertrautes Merkmal gesehen.

Die Straßen und Gehwege belebten sich nach dem Regenschauer wieder mit Menschen. Fahrräder rasten klingelnd vorbei. Abgase von Motorrädern machten die dampfende Luft noch dicker. Ein alter Ochse, dessen Rükken eine Masse von Schorf und offenen Wunden war, ließ sich schwerfällig mitten auf der Straße nieder. Der Verkehr fuhr um ihn herum.

Ich stand da und wartete. Der Gehweg hier war in Wirklichkeit ein ein Meter zwanzig breiter Streifen Lehm zwischen Rinnstein und Hausfassaden. Zwischen den Häusern klafften einen Meter breite Lücken, und als ich einen ekelerregenden Geruch wahrgenommen hatte, ging ich ein Stück und sah in eine der schmalen Öffnungen.

Müll und organische Abfälle standen die ganze Länge der Gasse zwei- bis dreieinhalb Meter hoch. Es war offensichtlich, daß die Anwohner viele Jahre lang ihre Abfälle zu den oberen Fenstern hinausgeworfen hatten. Dunkle Gestalten huschten zwischen den stinkenden Bergen dahin. Ich entfernte mich rasch von der Öffnung und stellte mich neben das Rinnsal aus Regen- und Abwasser, welches die Grenze zwischen Straße und Gehweg bildete.

Ich betrachtete jedes Gesicht in der vorüberströmenden Menge. Die Fußgänger hatten die Gesichter, wie in jeder Großstadt, zu Masken gehetzter Reizbarkeit verzerrt. Viele trugen steife Kunstfaserhemden und weite Bundfaltenhosen. Ich staunte, daß in einer Nation, die die beste und billigste Baumwollkleidung der Welt herstellte, ein Symbol für Mittelklasseprestige ausgerechnet die teurere, erstickende Kunstfaser war. Ab und zu sah ein verschwitztes Gesicht unter öligem Haar auch zu mir her, aber niemand blieb stehen, abgesehen von ein paar Kindern, in schmutzigen Khakishorts, sonst nackt, die ein paar Minuten lang um mich herumtanzten und »Baba! Baba!« riefen und kicherten. Ich verteilte keine Münzen, daher liefen sie nach ein paar Minuten weiter und hüpften dabei platschend in den Rinnstein.

»Sind Sie Mr. Luczak?«

Ich zuckte zusammen. Die beiden Männer waren hinter mich getreten, während ich den vorbeiströmenden Verkehr beobachtet hatte. Einer trug die bekannte Kunstfaser, aber der andere das schmutzige Khaki der Dienstleistungskasten. Keiner sah besonders klug oder freundlich aus. Der große dünne im bedruckten Hemd hatte ein keilförmiges Gesicht mit eckigen Wangenknochen und einem schmalen Mund. Der Mann in Khaki war kleiner, schwerer und sah noch dümmer aus als sein Freund. Seine Augen hatten einen verschlafenen, gehässigen Ausdruck, der mich an sämtliche Schlägertypen erinnerte, die ich je kennengelernt hatte.

»Ich bin Luczak.«

»Kommen Sie!«

Sie schritten so rasch durch die Menge, daß ich mich

sputen mußte, um mit ihnen Schritt zu halten. Ich stellte ein paar Fragen, aber ihr Schweigen und der Straßenlärm überzeugten mich, daß es besser sei, den Mund zu halten und einfach mitzugehen.

Wir gingen über eine Stunde. Ich hatte schon zu Beginn keine Ahnung gehabt, wo ich war, aber bald hatte ich mich vollkommen verirrt. Und aufgrund der dichten Wolken konnte ich mich nicht einmal an der Sonne orientieren. Wir gingen durch überfüllte Nebenstraßen, die kaum breiter als Gassen waren, und durch richtige Gassen, verstopft von Abfall und Menschen. Mehrmals führten mich die beiden durch kurze Tunnel in die Innenhöfe von Wohnhäusern. Überall rannten, kreischten und hockten Kinder. Frauen zogen ihre Saris halb über die Gesichter und beobachteten uns mit dunklen, argwöhnischen Augen. Andere Tunnel führten in andere Innenhöfe. Alte Männer hingen über rostigen Eisengeländern und sahen mit glasigen Augen herab. Babys plärrten. Kochfeuer brannten auf Absätzen von Betontreppen, überall hing Rauch in der nebligen Luft.

Ein weiterer kurzer Tunnel brachte uns in eine Gasse, die mehrere Blocks lang war und überfüllter war als die meisten amerikanischen Hauptstraßen. Diese führte in ein Viertel, wo die Häuser abgerissen worden waren, aber Zelte und Notunterkünfte zwischen Geröllbergen standen. Eine große Grube, möglicherweise in früheren Zeiten ein Keller, war vom Monsunregen und schmutzigem Abwasser gefüllt. Dutzende Männer und Kinder planschten brüllend in dem Wasser, andere sprangen aus Fenstern im ersten Stock von Häusern um den braunen Pool herum. In der Nähe stocherten zwei nackte Jungs mit Stöcken im aufgeblähten Kadaver einer ertrunkenen Ratte.

Dann hatten wir die Wohnhäuser endgültig hinter uns gelassen und befanden uns in einem *chawl* lose aufgeschichteter Steinmauern, Juteschuppen und mehrgeschossigen Bauwerken aus alten Reklametafeln, Blechplatten und verwachsenem Treibholz. Auf einem offenen Platz hockten zwanzig bis dreißig Männer einträchtig nebeneinander beim Scheißen. Ein Stück weiter saßen junge Mädchen auf einer Steinterrasse hinter ihren jüngeren Geschwistern und zupften ihnen die Läuse aus den verfilzten Haaren. Gelegentlich wich ein abgemagerter Hund zurück, wenn wir vorübergingen, aber keiner schien hier irgendwelche territorialen Instinkte zu haben. Menschenaugen beobachteten uns aus den dunklen Schatten von Hüttentüren. Ab und zu kam ein Kind mit ausgestreckter Hand herausgelaufen, aber der Ruf eines unsichtbaren Erwachsenen holte es sofort zurück.

Plötzlich hing Weihrauch in der Luft und brannte in den Augen. Wir kamen an einem baufälligen grünen Gebäude vorbei, dem Glockenklang und atonaler Gesang aus einem Innenhof die Aura eines Tempels verliehen. Vor diesem grünen Tempel nahmen eine alte Frau und deren Enkelin Kuhfladen aus einem großen Korb, die sie zu hamburgergroßen Bricketts für das abendliche Feuer kneteten. Die Tempelmauer war auf zehn Metern Länge mit Reihen runder und trocknender, handgekneteter Kuhmistfladen bedeckt. Auf der anderen Seite des Schlammwegs arbeiteten mehrere Männer am Bambusgestell einer Hütte, die kaum größer als ein großes Rucksackzelt war. Die Männer stellten ihre heitere Unterhaltung ein und sahen uns stumm nach. Wenn ich noch Zweifel gehabt hätte, daß meine beiden Führer Kapalikas waren, so wären diese durch das Kielwasser des Schweigens ausgeräumt worden, das wir hinter uns her zogen.

»Ist es noch weit?« Es fing wieder an zu regnen, und ich hatte den Schirm im Hotel gelassen. Meine weißen Hosen waren bis zu den Knien schlammbespritzt. Meine braunen Wallabees würden nie wieder die alten sein. Ich blieb stehen. »Ich habe gefragt, ob es noch weit ist.«

Der schwere Mann in Khaki drehte sich um und schüttelte den Kopf. Er deutete mit dem Finger auf eine Wand grauer Fabrikgebäude, die hinter dem Meer der Hütten eben noch zu erkennen waren. Mindestens hundert Meter mußten wir einen schlammigen Hügel erklimmen, und ich stürzte zweimal auf die Knie. Die Hügelkuppe war von einem hohen Maschendrahtzaun mit überhängendem Stacheldraht obenauf gekrönt. Ich sah durch und erblickte rostige Ölfässer und leere Eisenbahnrangiergleise zwischen den Gebäuden.

»Was jetzt?« Ich drehte mich um und bewunderte die Aussicht auf das *chawl*. Die Blechdächer wurden von zahllosen Steinen gehalten, schwarz auf graubraun. Da und dort waren in dunklen Türen offene Feuer zu sehen. Weit entfernt in der Richtung, aus der wir gekommen waren, ragten Mietskasernen in den dichten Nieselregen empor, so weit das Auge reichte. Rauch stieg von hundert Stellen auf und verschmolz mit dem graubraunen Himmel.

»Kommen Sie!« Der dünne Mann mit dem konischen Gesicht hatte ein Stück des Zauns zurückgeklappt.

Ich zögerte. Mein Herz klopfte nicht nur vom Gewaltmarsch den Hügel herauf. Die schwindlige, verkrampfte Nervosität erfüllte mich, die man empfindet, wenn man sich dem Ende eines hohen Sprungbretts nähert.

Ich nickte und trat durch den Zaun.

Auf dem Fabrikgelände war es *still*. Mir wurde klar, wie sehr ich mich an den konstanten Lärm von Unterhaltungen und wimmelnden Bewegungen – von *Menschen* in dieser übervölkerten Stadt gewöhnt hatte. Während wir von einer stummen dunklen Gasse zur nächsten gingen, konnte ich mir nicht vorstellen, daß in diesem Fabrikkomplex noch gearbeitet wurde. Kleine Backsteingebäude waren fast ganz von Ranken und Unkraut überwuchert. Hoch an einer Mauer sah man ein Fenster, das einst hundert Rechtecke aus Glas enthalten hatte, von denen inzwischen nur noch zehn oder zwölf unversehrt waren. Die anderen waren unregelmäßige schwarze Löcher, durch die gelegentlich kleine Vögel flatterten. Überall standen die leeren Ölfässer – einst hellrot, gelb, blau, aber jetzt nur noch schorfig von Rost.

Wir bogen in eine noch schmalere Gasse ein, eine *Sackgasse.* Ich blieb unvermittelt stehen. Meine Hand glitt zur unteren rechten Tasche des Safarihemds und dem schweren, handtellergroßen Stein, den ich auf dem Hügel aufgehoben hatte. Jetzt, wo ich da war, empfand ich unvorstellbarerweise keine Angst, nur eine ausgeprägte Neugier, was die beiden Männer als nächstes tun würden. Ich sah über die Schulter und vergewisserte mich, daß ich den Rücken frei hatte, prägte mir im Geiste einen Fluchtweg durch den Irrgarten der Gassen ein und wandte mich wieder den beiden Kapalikas zu. *Paß auf den schweren auf,* warnte mich ein Teil von mir.

»Hier.« Der in Khaki deutete auf eine schmale Außentreppe aus Holz hinauf. Die Tür oben war ein klein wenig höher als eine normale Tür im ersten Stock gewesen wäre. Efeu überwucherte die Backsteinmauer. Fenster waren keine zu sehen.

Ich bewegte mich nicht. Meine Hand umklammerte den Stein. Die beiden Männer warteten eine Weile, sahen sich an, drehten sich um und gingen wieder in die Richtung, aus der wir gekommen waren. Ich trat mit dem Rücken zur Wand beiseite und ließ sie gehen. Ich sah, sie gingen nicht davon aus, daß ich ihnen folgen würde. Ihre Schritte auf dem Kies waren noch eine Weile zu hören, dann nur noch das Geräusch meines eigenen keuchenden Atmens.

Ich sah die steile Treppe hinauf. Die hohen Mauern und der schmale Streifen Himmel machten mich ein wenig schwindlig. Plötzlich explodierte ein Taubenschwarm aus einer dunklen Höhlung unter dem Dach und flatterte mit Schwingen, die wie Pistolenschüsse knallten, spiralförmig zum verhangenen Himmel hinauf. Für halb vier Uhr nachmittags schien es sehr dunkel zu sein.

Ich ging zur Kreuzung der Gäßchen zurück und sah in beide Richtungen. Auf mindestens hundert Schritte war nichts zu sehen. Der Stein in meiner Hand fühlte sich kühl und ordentlich schwer an, das Utensil eines Höhlenmenschen. Roter Lehm klebte noch an der glatten Oberfläche.

Ich hob den Stein an die Wange und sah wieder zu der Tür acht Meter oben an der überwucherten Mauer. In der Tür befand sich eine Glasscheibe, die schon vor langer Zeit übermalt worden war.

Ich machte für eine Sekunde die Augen zu, damit mein Atem langsamer ging. Dann steckte ich den Stein in die Hemdentasche und ging nach oben, um zu sehen, was mich dort erwartete.

Kapitel Zwölf

> *»... Hure Kalkutta*
> *Du pißt eitrige Lepra wie gelbsüchtigen Urin,*
> *Gleich einem großen künstlerischen Fresko ...«*
>
> – Tushar Roy

Das Zimmer war sehr klein und sehr dunkel. Eine winzige Öllampe, deren offene Flamme über einer Pfütze ranzigem *ghee* flackerte, stand mitten auf einem quadratischen Holztisch, aber ihr spärliches Licht wurde von den zerfetzten schwarzen Vorhängen verschluckt, die ringsum hingen. Die Kammer war weniger ein Zimmer als vielmehr eine schwarz verhangene Gruft. Zwei Stühle warteten beim Tisch. Auf der rissigen Tischplatte lag ein Buch, dessen Titel im schwachen Licht nicht zu erkennen war. Aber ich mußte ihn nicht lesen, um zu wissen, um welches Buch es sich handelte. Es war *Winter Spirits*, meine Gedichtsammlung.

Die Tür hatte in einen Flur geführt, der so schmal und schwarz war, daß ich fast gelächelt hätte, weil ich an die Geisterbahn im alten Riverview Park denken mußte. Meine Schultern streiften auf beiden Seiten am abbröckelnden Verputz. Der Geruch von Holzfäule und Schimmel hing schwer in der Luft und rief Erinnerungen an meine Kindheit wach, als ich unter das Gitter unserer Veranda gekrochen war, um dort im feuchten Boden und der Dunkelheit zu spielen. Wäre der schwache Schein der Öllampe nicht gewesen, hätte ich den engen Flur nie betreten.

Der schwarze Gazevorhang, der gleich hinter der Tür hing, strich mir übers Gesicht, als ich das Zimmer betrat. Er glitt beiseite und zerfiel unter meiner Hand wie ein altes Spinnennetz.

Falls mich die Ausgabe meines Buches fesseln sollte – das war gelungen. Falls es mich beruhigen sollte – das war nicht gelungen.

Ich blieb vier Schritte von dem Tisch entfernt stehen. Der Stein war wieder in meiner Hand, aber er schien mir plötzlich ein erbärmliches Ding zu sein, etwas Kindisches. Wieder mußte ich an die Geisterbahn im Riverview Park denken, und diesesmal mußte ich unwillkürlich grinsen. Wenn mich etwas aus der vorhangverhangenen Dunkelheit anspringen sollte, würde es eine Ladung Granit ins Gesicht bekommen.

»He!« Die schwarzen Vorhänge verschluckten meinen Schrei so wirkungsvoll wie das Licht. Die offene Flamme tanzte im Lufthauch. »He! Ollie Oxen ist frei! Das Spiel ist vorbei! Kommen Sie raus!« Ein Teil von mir wollte kichern, so absurd war die Situation. Ein Teil von mir wollte schreien.

»Na gut, bringen wir die Sache ins Laufen«, sagte ich, ging zum Tisch, zog einen Stuhl darunter hervor und setzte mich. Ich legte den Stein auf mein Buch wie einen klobigen Briefbeschwerer. Dann faltete ich die Hände und saß so still und aufrecht wie ein Schulkind am ersten Schultag. Mehrere Sekunden verstrichen. Kein Laut drang herein. Es war so heiß, daß mir Schweiß vom Kinn tropfte und kleine Kreise auf dem Staub auf dem Tisch bildete. Ich wartete.

Dann neigte sich die Flamme in einem Lufthauch, den ich nicht wahrnahm.

Jemand kam durch die schwarzen Vorhänge.

Eine hochgewachsene Gestalt strich den Stoff zurück, verharrte noch in den Schatten und schlurfte dann zögernd ins Licht.

Ich sah die Augen zuerst – feuchte, intelligente Augen, gezeichnet von Zeit und zu großem Wissen um menschliches Leid. Es bestand kein Zweifel. Das waren die Augen eines Dichters. Ich sah M. Das vor mir. Er kam näher, und ich umklammerte krampfhaft die Tischkante.

Vor mir stand ein Ding aus dem Grab.

Die Gestalt trug graue Fetzen, bei denen es sich um die Überreste eines Leichentuchs handeln konnte. Zähne blitzten in einem verzerrten Leichenstarregrinsen – die Lippen waren verwest, abgesehen von schorfigen Fleischwülsten. Die Nase war bis auf eine feuchte, pulsierende Membran rohen Gewebes zerfressen, die die beiden schlitzförmigen Öffnungen im Schädel nicht verdeckte. Der einst eindrucksvollen Stirn waren die Verwüstungen der unteren Gesichtshälfte erspart geblieben, aber ungleichmäßige Schuppenflechten überzogen die Kopfhaut, so daß weiße Haarbüschel in seltsamen Winkeln abstanden. Das linke Ohr war eine formlose Masse.

M. Das zog den anderen Stuhl heraus, um sich zu setzen, dabei fiel mir auf, daß ihm zwei Finger der rechten Hand am mittleren Gelenk fehlten. Ein Lappen war um die Überreste der Hand gewickelt, konnte aber die Flekken der Fäulnis am Handgelenk nicht verbergen, die Muskeln und Sehnen deutlich sichtbar freilegten.

Er ließ sich auf den Stuhl fallen. Der kantige Kopf nickte, als könnte der dünne Hals ihn nicht stützen, die Lumpen über der eingefallenen Brust hoben und senkten sich hastig. Unser keuchendes Atmen war im Zimmer zu hören.

»Lepra.« Ich flüsterte das Wort, aber es schien, als hätte ich es geschrien. Die winzige Flamme flackerte wild und drohte zu erlöschen. Feuchte braune Augen betrachteten mich über die Petroleumlampe hinweg, und jetzt konnte ich erkennen, daß Teile der Lider selbst weggefressen waren. »Mein Gott«, flüsterte ich. »Gütiger Gott. Das, was haben sie Ihnen angetan? Lepra.«

»Jaaaa.«

Ich kann die Eigenheiten dieser Stimme nicht angemessen erklären. Die verfaulten Lippen machten manche Laute unmöglich, andere wurden nur mit einem zischelnden Lispeln bewerkstelligt, wenn die Zunge gegen entblößte Zähne stieß. Ich weiß nicht, wie es ihm überhaupt möglich war zu sprechen. Der immer noch deutliche Oxford-Akzent und die elegante Syntax der gequälten, zischenden Sätze trugen das Ihre zum Wahnsinn des Augenblicks bei. Speichel machte die bloßen Zähne feucht und spritzte im Lampenschein, aber die Worte waren unverständlich. Ich konnte mich nicht bewegen und ich konnte nicht wegsehen.

»Jaaaa«, sagte der Dichter M. Das, »Lepra. Aber heutzutage nennt man sie Hansensche Krankheit, Mr. Luczak.« *Hansssensssschschsche Krankheit, Missster Lussak.*

»Gewiß. Tut mir leid.« Ich nickte, blinzelte, konnte aber immer noch nicht wegsehen. Ich merkte, daß ich mich immer noch an der Tischkante festklammerte. Das gesplitterte Holz verband mich irgendwie mit der Wirklichkeit. »Mein Gott«, wiederholte ich düster, »wie konnte das geschehen? Wie kann ich Ihnen helfen?«

»Ich habe Ihr Buch gelesen, Mr. Luczak«, zischte M. Das. »Sie sind ein sentimentaler Dichter.«

»Wie sind Sie zu einem Exemplar gekommen?« *Idiot. Reiß dich zusammen!* »Ich meine, wieso finden Sie die Gedichte sentimental?«

Das blinzelte langsam. Die zerfressenen Lider senkten sich wie zerfetzte Jalousien und bedeckten niemals völlig das Weiß der Augen. Wenn die intelligenten Augen verborgen waren, war die Erscheinung vor mir noch weit schrecklicher. Ich kämpfte gegen den Impuls an, wegzulaufen, und hielt den Atem an, bis er mich wieder ansah.

Das' Stimme gelang ein sehnsüchtiger Unterton. »Schneit es wirklich soviel in Vermont, Mr. Luczak?«

»Was? Oh, Sie meinen... ja. Ja. Nicht immer, aber in manchen Wintern. Besonders in den Bergen. Sie kennzeichnen die Straßenränder und Briefkästen mit roten Stöcken und kleinen orangefarbenen Wimpeln.« Ich stammelte Unsinn, aber entweder das, oder ich hätte mir die Knöchel in den Mund drücken müssen, um andere Laute zu unterdrücken.

»Ahhh«, seufzte Das, und der Laut war wie Luft, die aus einem sterbenden Meereslebewesen entweicht. »Das hätte ich gerne gesehen. Jaaa.«

»Ich habe Ihr Gedicht gelesen, Mr. Das.«

»Jaaa?«

»Ich meine das Kali-Gedicht. Das wissen Sie natürlich. Sie haben es mir geschickt.«

»Jaaa.«

»Warum?«

»Warum *was*, Mr. Luczak?«

»Warum schicken Sie es zur Veröffentlichung außer Landes? Warum haben Sie es mir gegeben?«

»Es *muß* veröffentlicht werden.« Zum ersten Mal vermittelte Das' seltsame Stimme eine Gefühlsregung. »Hat es Ihnen nicht gefallen?«

»Nein, es hat mir nicht gefallen«, sagte ich. »Es hat mir überhaupt nicht gefallen. Aber Teile davon waren sehr... eindringlich. Schrecklich und eindringlich.«

»Jaaa.«

»Warum haben Sie es geschrieben?«

M. Das machte wieder die Augen zu. Der gräßliche Kopf beugte sich nach vorne, und einen Augenblick lang dachte ich, er wäre eingeschlafen. Die Schuppen auf seiner Kopfhaut schimmerten im Licht der Lampe graugrün. »Es muß veröffentlicht werden«, flüsterte er heiser. »Werden Sie mir helfen?«

Ich zögerte. Ich war nicht sicher, ob er das letzte als Frage gemeint hatte. »Nun gut«, sagte ich schließlich. »Sagen Sie mir, warum sie es geschrieben haben. Was machen Sie hier?«

Das wandte mir wieder den Blick zu, und in dem elektrisierenden Blickkontakt vermittelte er mir irgendwie, daß wir nicht allein waren. Ich sah zur Seite, aber dort war nur Schwärze. Schweiß troff mir in der schrecklichen Hitze von den Wangen. »Wie sind Sie...« Ich zögerte. »Wie sind Sie so geworden?«

»Ein Aussätziger.«

»Ja.«

»Ich war seit vielen Jahren einer, Mr. Luczak. Ich habe nicht auf die Anzeichen geachtet. Die schuppigen Flecken auf der Haut. Die Schmerzen, gefolgt von Taubheit. Selbst während ich auf Tourneen Autogramme gab oder an Universitäten Seminare hielt, verlor ich manchmal das Gefühl in Händen und Wangen. Ich kannte die Wahrheit lange bevor die offenen Wunden kamen, lange bevor ich zum Begräbnis meines Vaters nach Osten reiste.«

»Aber es gibt heutzutage Medikamente!« rief ich. »Das müssen Sie doch gewußt haben ... Heilmittel! Heute kann man es heilen.«

»Nein, Mr. Luczak, man kann es nicht heilen. Selbst die, welche an diese Medizin glauben, sagen nur, daß man die Symptome kontrollieren, manchmal zum Stillstand bringen kann. Aber ich war Anhänger von Gandhis Gesundheitsphilosophie. Als die Ausschläge und Schmerzen kamen, habe ich gefastet, habe Diät gelebt, habe mir Einläufe gemacht und meinen Körper so gut es ging gereinigt, ebenso wie meinen Verstand. Das habe ich jahrelang getan. Es hat nichts geholfen. Das wußte ich.«

Ich holte tief Luft und wischte mir die Hände an den Hosenbeinen ab. »Nun, wenn Sie es gewußt haben ...«

»Bitte, hören Sie«, flüsterte der Dichter. »Wir haben nicht viel Zeit. Ich will Ihnen eine Geschichte erzählen. Es war im Sommer 1969 – heute ein anderes Jahrhundert für mich, eine andere Welt. Mein Vater war in meinem kleinen Geburtsort eingeäschert worden. Die blutenden Wunden waren seit vielen Wochen sichtbar. Ich sagte meinen Brüdern, es sei eine Allergie. Ich suchte die Einsamkeit. Ich wußte nicht, was ich machen sollte.

Die lange Rückfahrt nach Kalkutta gab mir Zeit zum Nachdenken. Haben Sie jemals ein Leprosorium in unserem Land gesehen, Mr. Luczak?«

»Nein.«

»Das möchten Sie sicher auch nicht. Jaaa, ich hätte ins Ausland gehen können. Ich hatte das Geld dazu, Ärzte in gesegneten Ländern wie dem Ihren bekommen selten fortgeschrittene Fälle von Hansenscher Krankheit zu sehen, Mr. Luczak. Wissen Sie, in den meisten modernen Nationen existiert Lepra nicht mehr. Es ist eine Krankheit von Schmutz und Dreck und unhygienischen Bedingungen, wie sie der Westen seit dem Mittelalter vergessen hat. Aber in Indien ist sie nicht vergessen. Nein, nicht in meinem geliebten Indien. Haben Sie gewußt, Mr. Luczak, daß es allein in Bengalen eine halbe Million Leprakranke gibt?«

»Nein«, sagte ich.

»Nein. Ich auch nicht. Aber man hat es mir gesagt. Sehen Sie, die meisten sterben aus anderen Gründen, ehe die Krankheit zum Ausbruch kommt. Aber wo war ich in meiner Geschichte stehengeblieben? Ah, ja. Ich kam abends auf dem Bahnhof Howrah an. Da war ich mir über mein weiteres Vorgehen im klaren. Ich hatte überlegt, ob ich im Ausland medizinische Hilfe suchen sollte. Ich hatte mir überlegt, ob ich jahrelang Schmerzen erdulden sollte, während die Krankheit ihren schleichenden Fortgang nahm. Ich hatte mir überlegt, ob ich mich den Demütigungen und der Isolation dieses Vorgehens aussetzen wollte. Das alles habe ich überlegt, Mr. Luczak, entschied mich aber dagegen. Und nachdem ich meine Entscheidung getroffen hatte, war ich sehr ruhig. Ich hatte meinen Frieden mit mir selbst und dem Universum und allem gemacht, während ich die Lichter des Bahnhofs Howrah durch das Fenster meines Erste-Klasse-Abteils erblickte.

Glauben Sie an Gott, Mr. Luczak? Ich glaubte nicht an ihn. Und auch jetzt nicht... das heißt, nicht an einen Gott des Lichts. Es gibt andere... aber wo war ich stehengeblieben? Ja. Ich stieg von tiefem Frieden erfüllt aus dem Abteil. Meine Entscheidung erlaubte mir, nicht nur dem Schmerz, Invalide zu sein, zu entgehen, sondern auch dem Schmerz des Abschiednehmens. Das glaubte ich jedenfalls.

Ich schenkte mein gesamtes Gepäck einem überraschten Bettler dort im Bahnhof. Ah, ja, Sie müssen mir die Methode verzeihen, wie ich Ihnen gestern das Manuskript zukommen ließ, Mr. Luczak. Ironie ist eine der wenigen Freuden, die mir noch bleiben. Ich wünschte mir nur, ich hätte es sehen können. Wo waren wir... Ja, ich verließ den Bahnhof und begab mich zu dem grandiosen Bauwerk, das wir Howrah Bridge nennen. Haben Sie sie gesehen? Ja, gewiß. Wie dumm von mir. Ich habe sie stets als eine hervorragende absurde Skulptur betrachtet, Mr. Luczak, die ganz und gar nicht als das Kunstwerk anerkannt wurde, das sie ist. Nachts war die Brücke vergleichsweise verlassen – nur ein paar hundert Menschen überquerten sie.

In der Mitte blieb ich stehen. Ich zögerte nicht lange, denn ich wollte keine Zeit zum Nachdenken haben. Ich muß gestehen, ich habe ein kleines Sonett gedichtet, einen Abschiedsvers, könnte man sagen. Auch ich war einmal ein sentimentaler Dichter.

Ich sprang. Vom Mittelbogen. Es waren über dreißig Meter bis zu den dunklen Wassern des Hooghly. Der Sturz schien ewig zu dauern. Hätte ich die unendlich lange Zeitspanne zwischen Ausführung und Höhepunkt eines solchen Selbstmords gekannt, hätte ich einen anderen Weg gewählt, das versichere ich Ihnen.

Wenn man aus einer solchen Höhe auf Wasser prallt, Mr. Luczak, hat es die Beschaffenheit von Beton. Der Aufprall war wie eine Blume, die in meinem Schädel erblühte. Etwas in meinem Rücken und im Hals brach. Laut. Wie ein dicker Zweig.

Dann ging mein Leichnam unter. Ich sage bewußt ›mein Leichnam‹, Mr. Luczak, denn da starb ich. Daran kann kein Zweifel bestehen. Aber es kam zu einem seltsamen Phänomen. Die Seele entweicht nicht unverzüglich nach dem Tod, sondern verfolgt den Verlauf der Ereignisse so wie ein unbeteiligter Zuschauer. Wie sonst könnte ich das Gefühl beschreiben, den eigenen geschundenen Körper in den Schlamm auf dem Grund des Hooghly sinken zu sehen? Oder zu sehen, wie sich Fische an den Augen und Weichteilen von einem gütlich tun? All das zu sehen und *keine Anteilnahme zu verspüren, kein Entsetzen, lediglich gelindes Interesse?* So ist das Erlebnis, Mr.

Luczak. So ist der gefürchtete Vorgang des Sterbens... so banal wie alle anderen notwendigen Vorgänge, die unsere erbärmliche Existenz ausmachen.

Ich weiß nicht, wie lange mein Leichnam dort lag und eins mit dem Flußschlamm wurde, ehe die Gezeiten oder möglicherweise das Kielwasser eines Schiffs meinen Kadaver ans Ufer spülten. Kinder fanden mich. Sie stocherten an mir herum und lachten, wenn ihre Stöcke in mein Fleisch eindrangen. Dann kamen die Kapalikas. Sie trugen mich – behutsam, obschon mir derlei Unterscheidungen damals nichts bedeuteten – zu einem ihrer zahlreichen Tempel.

Ich erwachte in der Umarmung von Kali. Sie ist die einzige Göttin, die dem Tod wie auch der Zeit trotzt. Sie hat mich wiedererweckt, Mr. Luczak, aber aus ihren ureigensten Gründen. Wie Sie sehen, fand die Dunkle Mutter es nicht nötig, die Geißel meines Leidens zu entfernen, als sie meinem Körper wieder Leben eingehaucht hat.«

»Was waren das für Gründe, Mr. Das?« fragte ich.

Die lippenlose Grimasse des Dichters war die grausame Nachahmung eines Lächelns. »Nun, es muß doch offensichtlich sein, zu welchem Zweck meine armseligen Gaben eingesetzt worden sind«, sagte Das. »Ich bin der Dichter der Göttin Kali. So unwürdig ich bin, ich diene ihr als Dichter, Priester und Avatar.«

Während der gesamten Unterhaltung erlebte ein Teil von mir diese unbeteiligte Beobachtungsgabe, von der Das gesprochen hatte. Es war, als würde ein Teil meines Bewußtseins unter der Decke schweben und das Gespräch so kühl und unbeteiligt mitverfolgen, daß es an Gleichgültigkeit grenzte. Ein anderer Teil von mir wollte hysterisch lachen, aufschreien, in wütendem Unglauben den Tisch umstoßen und aus dieser garstigen Dunkelheit fliehen.

»Das ist meine Geschichte«, sagte Das. »Was meinen Sie, Mr. Luczak?«

»Ich sage, daß Ihre Krankheit Sie wahnsinnig gemacht hat, Mr. Das.«

»Tatsssächlich?«

»Oder, daß Sie ganz normal sind, aber für jemanden eine Rolle spielen müssen.«

Das sagte nichts, aber die gräßlichen Augen sahen rasch zur Seite.

»Die Geschichte hat noch ein Problem«, sagte ich und war selbst erstaunt, wie fest meine Stimme klang.

»Und das wäre?«

»Wenn Ihre... wenn der Leichnam erst letztes Jahr gefunden wurde, möchte ich bezweifeln, ob es noch viel zu finden gab. Nicht nach fast sieben Jahren.«

Das' Kopf ruckte hoch wie ein alptraumhafter Springteufel. In der vorhangverhangenen Dunkelheit war ein kratzendes Geräusch zu hören.

»Oh? Wer hat gesagt, daß die Entdeckung erst letztes Jahr stattfand, Mr. Luczak?«

Meine Kehle schnürte sich zusammen. Ich fing an zu reden, ohne nachzudenken. »Laut Mr. Muktanandaji fand die mythische Wiederauferstehung da statt.«

Ein heißer Lufthauch brachte die Flamme zum Flackern, Schatten tanzten über Das' verwüstetes Gesicht. Sein schreckliches Grinsen blieb starr. Wieder regte sich etwas in den Schatten.

»Ahhh«, hauchte Das. Seine verbundene deformierte Hand strich über den Tisch, eine abwesende Geste. »Jaaaa, jaaa. Es gibt... von Zeit zu Zeit... gewisse Auffrischungen.«

Ich beugte mich nach vorne und ließ meine Hand neben den Stein fallen. Mein Blick suchte das menschliche Wesen in der leprösen Hülle auf der anderen Seite des Tisches. Meine Stimme war ernst, drängend. »Warum, Das? Um Gottes willen, warum? Warum die Kapalikas? Warum diese epische Obszönität über Kali, die zurückkehrt, um über die Welt zu herrschen, oder was für ein Mist es immer sein mag? Sie waren ein großer Dichter. Sie haben Lieder von Wahrheit und Unschuld gesungen.« Ich fand, daß sich meine Worte kitschig anhörten, aber ich wußte nicht, wie ich es sonst sagen sollte.

Das lehnte sich schwer zurück. Sein Atem rasselte durch den offenen Mund und die Nasenlöcher. *Wie lange kann jemand in diesem Zustand leben?* Wo das Fleisch nicht von der Krankheit verwüstet war, sah die Haut fast transparent aus, so brüchig wie Pergament. Wie lange war es her, seit dieser Mann zum letzten Mal das Sonnenlicht gesehen hatte?

»Es ist eine große Schönheit in der Göttin«, flüsterte er.

»Schönheit in Tod und Verderbnis? Schönheit in Gewalt? Das, seit wann singt ein Schüler von Tagore eine Hymne an die Gewalt?«

»Tagore war blind!« Das zischelnde Flüstern war von neuer Energie erfüllt. »Tagore konnte nicht sehen. Vielleicht, als er starb. Vielleicht. Wäre es ihm da möglich gewesen, hätte er sich *ihr* zugewandt, Mr. Luczak. Wir würden uns alle *ihr* zuwenden, wenn der Tod unsere nächtliche Kammer betritt und uns an der Hand nimmt.«

»In die Arme einer Religion zu flüchten, rechtfertigt keine Gewalt«, sagte ich. »Es würde nicht das Böse rechtfertigen, von dem Sie geschrieben haben . . .«

»*Das Böse.* Pahhh!« Das spie einen Klumpen gelben Schleims auf den Boden. »Sie wissen nichts. Das Böse. Es gibt kein Böses. Es gibt keine Gewalt. Es gibt nur *Macht*. Macht ist das einzige, große Ordnungsprinzip des Universums, Mr. Luczak. Macht ist die einzige *a priori*-Wirklichkeit. Jede Gewalt ist. Jede Gewalt ist ein Versuch, Macht auszuüben. Gewalt ist Macht. Was wir fürchten, das fürchten wir, weil eine Kraft *ihre Macht über uns ausübt*. Wir alle suchen Erlösung von dieser Angst. Alle Religionen sind Versuche, *Macht* über Kräfte zu erlangen, die uns beherrschen könnten. Aber *sie* ist unsere einzige Zuflucht, Mr. Luczak. Lediglich die Verschlingerin der Seelen kann uns das *abhaya mudras* gewähren und alle Ängste nehmen, denn nur sie besitzt die endgültige Macht. Sie ist die Verkörperung der Macht, eine Kraft außerhalb von Zeit und Begreifen.«

»Das ist obszön«, sagte ich. »Es ist eine billige Ausrede für Grausamkeit.«

»Grausamkeit?« Das lachte. Es war das Klappern von Steinen in einer leeren Urne. »Grausamkeit? Gewiß muß doch selbst ein sentimentaler Dichter, der von ewigen Wahrheiten schwafelt, genau wissen, daß die sogenannte Grausamkeit die einzige Realität ist, die das Universum erkennt. Das Leben gedeiht von Gewalt.«

»Das akzeptiere ich nicht.«

»Ach ja?« Das blinzelte zweimal. Langsam. »Sie haben nie den Wein der Macht gekostet? Sie haben nie versucht, Gewalt auszuüben?«

Ich zögerte. Ich konnte ihm nicht sagen, daß fast mein ganzes Leben ein Versuch gewesen war, mein Temperament zu beherrschen. Mein Gott, wovon redeten wir? Was machte ich hier? – »Nein«, sagte ich.

»Unsinn!«

»Es stimmt, Das. Oh, ich habe auch meine Kämpfe gehabt, aber ich habe stets versucht, Gewalt zu vermeiden.« *Ich war neun, zehn Jahre alt. Sarah war sieben oder acht. Im Wald, am Rand des Naturschutzgebiets. ›Zieh die Hosen runter. Sofort!‹*

»Das stimmt nicht. Jeder hat den Blutwein der Kali gekostet.«

»Nein. Sie irren sich.« *Ich schlug ihr ins Gesicht. Einmal. Zweimal. Tränen und zögerndes Gehorchen. Meine Finger hinterlassen rote Striemen auf ihrem dünnen Arm.* »Nur unbedeutende kleine Vorfälle. Kinderkram.«

»Es gibt keine unbedeutenden Grausamkeiten«, sagte Das.

»Das ist absurd.« *Die schreckliche, totale Aufregung von allem. Nicht nur der Anblick ihrer blassen Nacktheit und die seltsame sexuelle Intensität. Nein, nicht nur das. Es war ihre völlige* Hilflosigkeit. *Ihre Unterwerfung. Ich konnte mit ihr machen, was ich wollte...*

»Wir werden sehen.«

Was ich wollte...

Das stand mühsam auf. Auch ich schob meinen Stuhl zurück.

»Werden Sie das Gedicht veröffentlichen?« Seine Stimme raschelte und zischte wie Kohlen in einem abkühlenden Feuer.

»Vielleicht nicht«, sagte ich. »Warum kommen Sie nicht mit mir, Das? Sie müssen nicht hier bleiben. Kommen Sie mit! Veröffentlichen Sie es selbst!«

Als ich siebzehn war, hat mich ein Idiot von einem Cousin einmal herausgefordert, russisches Roulette mit dem Revolver seines Vaters zu spielen. Der Cousin legte eine einzige Patrone ein. Er ließ den Zylinder für mich kreisen. Ich kann mich erinnern, in einem Augenblick hirnloser Tapferkeit hob ich den Revolver, legte den Lauf an die Schläfe und drückte ab. Damals war der Hahn auf eine leere Kammer geprallt, aber seither hatte ich mich stets geweigert, auch nur in die Nähe einer Waffe zu gehen. Jetzt, in der Dunkelheit in Kalkutta, war mir wieder zumute, als hätte ich grundlos den Lauf einer Waffe an den Kopf gehalten. Die Stille dauerte an.

»Nein. Sie müssen es veröffentlichen. Es ist wichtig.«

»Warum? Können Sie hier nicht weg? Was können sie Ihnen antun, das sie nicht schon getan haben? Kommen Sie mit mir, Das.«

Das machte die Augen etwas zu, und das Ding vor mir sah nicht mehr menschlich aus. Grabgeruch stieg mir von der zerlumpten Kleidung entgegen. Hinter mir in der Dunkelheit waren zweifelsfrei Geräusche zu hören.

»Ich habe beschlossen, hier zu bleiben. Aber es ist wichtig, daß Sie das Lied der Kali in Ihr Land bringen.«

»Warum?« fragte ich wieder.

Das' Zunge war wie ein kleines rosa Tier, das die feuchten Zähne berührte und sich dann zurückzog. »Es ist mehr als mein letztes Werk. Betrachten Sie es als Ankündigung. Als Geburtsankündigung. *Werden Sie das Gedicht veröffentlichen?«*

Ich ließ mich von zehn Herzschlägen des Schweigens an den Rand einer dunklen Grube bringen, die ich nicht verstand. Dann neigte ich leicht den Kopf. »Ja«, sagte ich. »Es wird veröffentlicht werden. Möglicherweise nicht alles, aber gedruckt wird es.«

»Gut«, sagte der Dichter und drehte sich um. Dann zögerte er und sah mich fast schüchtern wieder an. Zum ersten Mal hörte ich einen Tonfall menschlicher Sehnsucht in seiner Stimme. »Da wäre ... noch etwas, Mr. Luczak.«

»Ja?«

»Es würde bedeuten, daß Sie noch einmal hierher kommen müssen.«

Beim Gedanken, in diese Gruft zurückzukehren, nachdem ich sie einmal verlassen hatte, gaben meine Knie fast nach. »Und das wäre?«

Er deutete vage auf *Winter Spirits*, das immer noch auf dem Tisch lag. »Ich habe wenig zu lesen. Sie – diejenigen, die für mich sorgen – können ab und zu Bücher bringen, wenn ich ihnen die Titel sage. Aber häufig bringen sie die falschen Bücher. Und ich kenne so wenige der neuen Dichter. Würden Sie ... könnten Sie mir ... möglicherweise ein paar Bücher Ihrer Wahl bringen?«

Der alte Mann kam drei Schritte näher geschlurft, und einen gräßlichen Augenblick lang dachte ich, er würde meine Hand zwischen seine beiden verfaulten nehmen. Er hielt in der Bewegung inne, aber die erhobenen Hände sahen in ihrer Hilflosigkeit noch rührender aus.

»Ja, ich besorge Ihnen ein paar Bücher.« *Aber ich werde nicht hierher zurückkehren*, dachte ich. *Ich gebe deinen Kapalikafreunden die Bücher, aber* zurückkommen, *das kannst du vergessen*. Doch ehe ich den Gedanken laut aussprechen konnte, redete Das weiter.

»Besonders gern würde ich das Werk des neuen amerikanischen Dichters Edwin Arlington Robinson lesen.« Er fuhr hastig fort. »Ich habe nur ein Gedicht von ihm gelesen, ›Richard Cory‹, aber der Schluß ist so wunderbar, so perfekt auf meine eigene Situation und meine eigenen Ambitionen anwendbar, daß ich unablässig davon träume. Könnten Sie mir so ein Buch bringen?«

Ich konnte ihn nur anstarren. *Neuer amerikanischer Dichter?* Schließlich nickte ich, weil ich nicht wußte, was ich sagen sollte, und Angst hatte, das Falsche zu sagen. »Ja«, brachte ich heraus. »Ich versuche es.«

Die traurige, gekrümmte Gestalt drehte sich um und ging aus dem Zimmer. Ich einen Moment später ebenfalls. Die schwarzen Vorhänge klammerten sich eine Sekunde lang an mich und wollten mich nicht gehen lassen, aber dann war ich frei. Frei!

Ich fand, daß Kalkutta herrlich aussah. Schwaches Sonnenlicht drang zwischen den Wolken hindurch, Menschenmengen, das Chaos des Nachmittagsverkehrs – das alles sah ich von jenem freudigen Gefühl der Erleichterung erfüllt, welches der Szenerie etwas Strahlendes verlieh. Dann fielen mir Das' letzte Worte ein, und Zweifel überkamen mich. Nein, darüber würde ich später nachdenken. Vorläufig war ich *frei*.

Die beiden Kapalikas hatten am unteren Ende der Treppe gewartet. Ihre Dienste als Führer waren nur wenige Minuten erforderlich, bis sie mich durch das *chawl* zur Hauptstraße gebracht hatten, wo es mir gelang, einem Taxi zu winken. Bevor sie mich verließen, drückte mir einer eine schmutzige Karte in die Hand, auf die gekritzelt war: *Vor dem Kalighat – 9 Uhr*. »Soll ich die Bücher dorthin bringen?« fragte ich den dünnen Mann. Sein Nicken war Zustimmung und Lebewohl zugleich.

Dann schlängelte sich das schwarzgelbe Taxi durch fast stehenden Verkehr, und ich genoß zehn Minuten lang lediglich meine Erleichterung. *Was für ein verdammtes Erlebnis!* Das würde mir Morrow nie glauben. Mir fiel es schon schwer, es zu glauben. Ich saß da, wahrscheinlich von wahnsinnigen Straßenräubern Kalkuttas umgeben, und unterhielt mich mit dem, was von einem der größten Dichter der Welt übrig geblieben war. *Was für ein verdammtes Erlebnis!*

Diese Geschichte hatte für *Harper's* überhaupt keinen Wert. Vielleicht für den *National Enquirer*, aber nicht für *Harper's*. Ich lachte laut, worauf sich der kleine Taxifahrer umdrehte und den verrückten Amerikaner betrachtete. Ich grinste und verbrachte mehrere Minuten damit, potentielle Aufmacher zu schreiben und die Geschichte in eine Form zu bringen, daß sie die angemessen trockene und zynische Art für Morrow hatte. Mir fiel zu spät ein, daß ich den Standort hätte notieren sollen, aber da waren wir schon Meilen von der Stelle entfernt, wo ich das Taxi gerufen hatte.

Schließlich sah ich die großen Gebäude, die mir sagten, daß wir uns der Innenstadt näherten. Etwa zwei Blocks vom Hotel entfernt ließ ich mich von dem Fahrer vor einer verfallenen Ladenfassade mit der Aufschrift MANNY'S BOOKSELLER absetzen. Das Innere war ein Irrgarten aus Metallregalen und hohen Bücherstapeln, alte, neue, manche völlig eingestaubt, die meisten von englischen Verlagen.

Ich brauchte etwa eine halbe Stunde, bis ich acht Bücher guter neuer Dichtung gefunden hatte. Eine Sammlung von Robinson fand ich nicht, aber ein *Pocket Book of Modern Verse* enthielt ›Richard Cory‹ und ›The Dark Hills‹ und ›Walt Whitman‹. Ich drehte das gelbe Taschenbuch in den Händen und sah es stirnrunzelnd an. Konnte ich Das' Botschaft falsch verstanden haben? Ich glaubte nicht.

Ohne mich fest zu entscheiden, verbrachte ich doch noch ein paar Minuten damit, die beiden letzten Bücher allein der Größe wegen auszusuchen. Als mir der Buchhändler das Wechselgeld in Form merkwürdig geformter Münzen gab, fragte ich ihn, wo ich einen Drugstore finden könnte. Er runzelte die Stirn und schüttelte den Kopf. Er kannte dieses Wort offenbar nicht, aber nach mehreren Versuchen konnte ich ihm erklären, daß ich eine Drogerie suchte. »Ah, ja, ja«, sagte er. »Chemist's, chemist's.« Er zeigte mir den Weg zu einem Geschäft zwischen der Buchhandlung und dem Hotel.

Es war fast achtzehn Uhr, als ich wieder ins Oberoi Grand zurückkehrte. Die Streikposten der Kommunisten hockten entlang des Bordsteins und kochten Tee über kleinen Feuerstellen. Ich winkte ihnen fast fröhlich zu und betrat die klimatisierte Sicherheit einer anderen Welt.

Ich lag halb dösend da, während sich Kalkutta dem Abend zubewegte. Hektische Aufregung und Erleichterung waren von mir abgefallen und von einer Last an Erschöpfung und Unentschlossenheit verdrängt worden. Ich ging im Geiste immer wieder die Begegnung des Nachmittags durch und versuchte vergeblich, das unglaubliche Grauen von Das' entstelltem Äußeren abzuschwächen. Doch je mehr ich versuchte, die Bilder zu verdrängen, die hinter meinen geschlossenen Lidern flackerten, um so gräßlicher wurde ihre Realität.

»...so wunderbar, so perfekt auf meine eigene Situation und meine eigenen Ambitionen anwendbar, daß ich unablässig davon träume.«

Ich mußte das eben erstandene Taschenbuch nicht aufschlagen, ich kannte das Gedicht, von dem Das gesprochen hatte, auch so.

> »And Richard Cory, one calm summer night,
> Went home and put a bullet through his head.«*

In ihrem Song aus dem vergangenen Jahrzehnt hatten Simon und Garfunkel eben dieses Bild für jeden zugänglich gemacht.

»That I dream about it constantly.«**

* Etwa: »Und Richard Cory ging an einem stillen Sommerabend heim und jagte sich eine Kugel durch den Kopf.«

** Daß ich unablässig davon träume.

Es war fast sieben Uhr. Ich duschte mich, zog mich um und ging nach unten, wo ich eine leichte Mahlzeit bestehend aus Curryreis und gebackenem Teig zu mir nahm, das Amrita immer *poori* genannt hatte, das in der Speisekarte aber als *loochi* bezeichnet wurde. Ich trank zwei Flaschen kaltes Bier aus Bombay, und als ich eine Stunde später wieder auf mein Zimmer ging, war ich nicht mehr so deprimiert. Als ich den Flur entlang ging, glaubte ich, daß das Zimmertelefon läutete, aber bis ich den Schlüssel herausgesucht und aufgeschlossen hatte, hatte es aufgehört.

Der braune Sack lag noch auf dem Schrankregal, wo ich ihn hingeworfen hatte. Die Automatik Kaliber .25 war kleiner, als ich sie in Erinnerung hatte. Vielleicht half mir der *Spielzeugcharakter* der kleinen Waffe bei der Entscheidung, was ich als nächstes tun würde.

Ich nahm das Päckchen Rasierklingen und die Leimtube aus der Tüte des Drogisten. Dann überprüfte ich drei der gewichtigeren Bände auf ihre Größe hin, aber lediglich die gebundene Ausgabe der Gedichte von Lawrende Durrell schien zu passen. Ich zauderte, bevor ich anfing. Ich hatte mein ganzes Leben lang schon immer eine Abneigung dagegen, ein Buch kaputtzumachen.

Ich mußte vierzig Minuten lang herumschnippeln und hatte dabei immer Angst, ich könnte mir einen Finger absäbeln, ehe ich fertig war. Der Abfalleimer war halbvoll mit zerfetztem Papier. Das Innere des Buches sah aus, als hätten jahrelang Ratten daran genagt, aber die kleine Automatik paßte perfekt in das Loch, das ich ausgehöhlt hatte.

Wenn ich es nur ansah, schlug mein Puls schneller. Ich sagte mir, daß ich meine Meinung immer noch ändern und das Ding irgendwo auf die Straße werfen konnte. Das Buch war sogar eine raffinierte Möglichkeit, die Waffe aus dem Hotel zu schaffen und loszuwerden. Redete ich mir jedenfalls ein.

Aber ich nahm die kleine Pistole aus ihrem Nest und drückte das geladene Magazin hinein, bis es einrastete.

Ich suchte, fand aber keine Sicherung. Dann legte ich die Pistole in das Loch im Buch und klebte vorsichtig die Seiten an mehreren Punkten zusammen.

Daß ich unablässig davon träume.

Ich schüttelte den Kopf und packte die Bücher in die braune Tüte mit der Aufschrift MANNY'S BOOKSELLER. Den Durrell plazierte ich als dritten von unten.

Es war zwanzig Uhr dreißig. Ich klappte das Buch zu und schritt rasch den Flur entlang. In diesem Augenblick ging die Fahrstuhltür auf und Amrita, die Victoria auf den Armen trug, kam heraus.

Kapitel Dreizehn

»Um Mitternacht Schreie wie von Tieren...
Wer ist der Feind von wem, wer...
In der Tücke dieser falschen Stadt?«

– Siddheswar Sen

»Bobby, es war *grauenhaft*. Der Ein-Uhr-Flug hatte Verspätung bis drei. Wir saßen da, saßen da, die Klimaanlage funktionierte nicht. Die Stewardeß sagte, es wäre ein technisches Problem, aber ein Geschäftsmann aus Bombay neben mir behauptete, der Pilot und der Navigator hätten Streit miteinander. Er sagte, das wäre in der vergangenen Woche schon häufig vorgekommen. Dann fuhren sie das Flugzeug zur Flughafenhalle zurück und wir mußten alle wieder aussteigen. Victoria hatte sich auf mich übergeben und ich hatte keine Zeit, die andere Bluse anzuziehen, die ich in die Reisetasche gepackt hatte. Oh, es war *grauenhaft*, Bobby.«

»Hm-hmm«, sagte ich und sah auf die Uhr. Es war genau neun. Amrita saß auf dem Bett, aber ich stand immer noch unter der offenen Tür. Ich konnte nicht glauben, daß sie und das Baby wirklich da waren. *Verdammt, verdammt, verdammt!* Ich verspürte den Wunsch, Amrita zu packen und nach Leibeskräften zu schütteln. Mir war schwindlig vor Müdigkeit und Verwirrung.

»Dann haben sie uns aufgefordert, an Bord eines anderen Flugs nach Delhi zu gehen, mit Zwischenlandungen in Benares und Khajuraho. Wenn der rechtzeitig gestartet wäre, hätte ich die Anschlußmaschine von Pan Am gerade noch erreichen können.«

»Aber das ist er nicht«, sagte ich tonlos.

»*Natürlich* nicht. Und unser Gepäck wurde nicht umgeladen. Trotzdem hatte ich vor, den Sieben-Uhr-dreißig-Flug nach Bombay zu nehmen und mit BA nach London zu fliegen, aber der Flug von Bombay mußte nach Madras umgeleitet werden, weil es Probleme mit den Landelichtern des Flughafens von Kalkutta gab. Sie haben den Flug auf elf Uhr verlegt, aber, Bobby, ich war so *müde*, und Victoria hatte stundenlang geweint...«

»Ich verstehe«, sagte ich.

»O Bobby, ich habe ständig angerufen, aber du warst nicht da. Der Geschäftsführer hat mir versprochen, er würde dir meine Nachricht geben.«

»Das hat er nicht«, sagte ich. »Ich habe ihn gesehen, als ich gekommen bin, aber er hat nichts gesagt.«

»Dieser *matjerjebjets*«, murmelte Amrita. »Er hat es *versprochen*.« Amrita fluchte nie, wenn sie es nicht in der Anonymität einer Fremdsprache tun konnte. Sie wußte, ich sprach kein Russisch. Sie wußte freilich nicht, daß dieses spezielle russische Schimpfwort das russische Lieblingswort meines polnischen Großvaters gewesen war, um alle Russen zu beschreiben.

»Nicht schlimm«, sagte ich. *Das ändert alles*.

»Es tut mir leid, aber ich konnte nur daran denken, eine kalte Dusche zu nehmen, Victoria zu füttern und morgen mit dir zusammen abzureisen.«

»Klar«, sagte ich. Ich ging zu ihr und küßte sie auf die Stirn. Ich konnte mich nicht erinnern, daß ich Amrita jemals so durcheinander gesehen hatte. »Schon gut. Wir brechen morgen früh auf.« Ich sah wieder auf die Uhr. Es war acht nach neun. »Bin gleich wieder da.«

»Du mußt weg?«

»Ja, für ein paar Minuten. Ich muß jemand diese Bücher bringen. Es dauert nicht lange, Kindchen.« Ich stand unter der Tür. »Hör zu, gib acht, daß die Tür verschlossen ist und leg die Kette vor, okay? Mach die Tür nur für mich auf. Wenn das Telefon klingelt, laß es klingeln. Geh nicht ran. Klar?«

»Aber warum? Was...«

»Mach einfach, was ich sage, verdammt! Ich bin in einer halben Stunde oder so wieder da. Bitte, Amrita, mach einfach, was ich sage. Ich werde es dir später erklären.«

Ich wollte schon gehen, aber dann sah ich, wie Victoria auf dem Bett, wo Amrita ihr die Windeln gewechselt hatte, mit Ärmchen und Beinchen ruderte. Ich ging durch das Zimmer, wirbelte sie durch die Luft und blies ihr auf den nackten Bauch. Sie war nackt und weich und krümmte sich vor Vergnügen. Sie grinste mich breit an und griff mit beiden pummeligen Händchen nach meiner Nase. Sie roch nach Babyshampoo Marke Johnson & Johnson, und ihre Haut war unvorstellbar weich. Ich legte sie wieder hin und machte mit den Händen Fahrradstrampeln mit ihren Beinen. »Paß auf deine Mama auf, bis ich wieder da bin, Kleines, okay?«

Victoria hörte auf, sich zu winden, und sah mich ernst an.

Ich küßte sie noch einmal auf den Bauch, strich Amrita über die Wange und eilte hinaus.

Ich kam nie zum Kalighat. Ich war gerade zur Eingangstür des Hotels hinausgegangen und überlegte mir, wie ich das Buch von Durrell loswerden konnte, als ein schwarzer Premiere vor mir hielt. Der dicke Mann in Khaki fuhr. Ein Fremder machte die hintere Tür auf.

»Bitte steigen Sie ein, Mr. Luczak.«

Ich wich zurück und drückte die Tüte mit den Büchern an die Brust. »Ich sollte... ich sollte jemandem im Kalighat treffen«, sagte ich albern.

»Bitte steigen Sie ein.«

Ich stand mehrere Sekunden starr da. Dann sah ich die Straße hinauf und hinab. Der Hoteleingang war nur zwanzig Schritte entfernt. Ein indisches Paar mit wohlhabendem Äußeren lachte unter dem Baldachin, während Träger ihr Gepäck aus einem grauen Mercedes hoben.

»Hier«, sagte ich. »Das habe ich ihm versprochen.« Ich wickelte die Tüte um den Bücherstapel und hielt sie dem Mann auf dem Rücksitz hin.

Dieser machte keine Anstalten, das Bündel zu nehmen. »Bitte steigen sie ein, Mr. Luczak.«

»Weshalb?«

Der Mann seufzte und rieb sich die Nase. »Der Dichter möchte Sie sehen. Es wird nicht lange dauern. Er sagt, Sie wären damit einverstanden gewesen.«

Der vierschrötige Fahrer drehte sich auf dem Sitz zur Seite, als wollte er etwas sagen. Der Mann auf dem Rücksitz legte ihm beschwichtigend eine Hand auf den Arm und sagte: »Der Dichter möchte Ihnen etwas geben. Bitte steigen Sie ein, Mr. Luczak.«

Zu meinem eigenen Erstaunen bückte ich mich, um in das Auto einzusteigen. Die Tür fiel zu, und wir fuhren in den Verkehrsstrom. In die Nacht von Kalkutta.

Regen und Flammen. Autobahnen, Nebenstraßen, Gassen und schlammige Wege an überwucherten Ruinen vorbei. Das Leuchten von Laternen und Spiegelungen von Großstadtlichtern. Und während der ganzen Zeit wartete ich darauf, daß sich der Kapalika zu mir umdrehen und verlangen würde, die Bücher zu sehen. Und ich wartete auf die anschließenden Schreie und Fausthiebe.

Wir fuhren schweigend. Ich hielt die Büchertüte auf dem Schoß und wandte das Gesicht dem Fenster zu, obwohl ich mich nicht erinnern kann, daß ich viel gesehen habe, abgesehen von meinem eigenen blassen Spiegelbild, das zurückstarrte. Schließlich hielten wir vor einem hohen schmiedeeisernen Tor. Irgendwo in der Nähe spien zwei hohe Fabrikschlote Flammen in die Nacht. Auf diesem Weg war ich zuvor nicht hierhergekommen. Ein Mann in Schwarz tauchte aus dem Nieselregen auf, öffnete das Tor und ließ uns passieren.

Die Scheinwerfer offenbarten verlassene Backsteingebäude, Eisenbahnschienen und einen kleinen Hügel Erdaushub, auf dem ein Lkw-Wrack halb im Boden versunken stand. Schließlich hielten wir vor einer breiten, von einer gelben Glühbirne erhellten Tür. Insekten warfen sich gegen das Licht.

»Bitte steigen Sie aus.«

Es folgten Türen und Korridore. Zwei Männer in Schwarz mit Taschenlampen gesellten sich zu uns. Irgendwo war das gedämpfte Sirren und Dröhnen von Sitars und Trommeln zu hören. Oben auf einer schmalen Treppe blieben wir stehen und der Mann in Schwarz sagte schneidend etwas zu dem Fahrer. Dann folgte die Durchsuchung.

Einer der Männer nahm die Büchertüte. Ich stand gelassen da, während grobe Hände meine Seiten abtasteten, an den Innenseiten der Schenkel entlangstrichen und rasch meine Beine hoch und runter rutschten. Der Fahrer machte die Tüte auf und holte die ersten drei Taschenbücher heraus. Er blätterte die Seiten fast wütend durch, warf sie wieder hinein und holte eine größere gebundene Ausgabe hervor. Es war nicht die Sammlung von Durrell. Der Mann in Khaki warf es zurück, faltete die Tüte um und gab mir das Bündel wortlos wieder zurück.

Ich stand da und fing wieder an zu atmen.

Der Kapalika in Schwarz gestikulierte mit der Taschenlampe, worauf ich ihm eine zweite kurze Treppenflucht hinauf folgte, und dann nach rechts, einen schmalen Flur entlang. Er hielt eine Tür auf, ich trat ein.

Das Zimmer war nicht größer als das erste, in dem wir uns getroffen hatten, aber hier gab es keine Vorhänge. Eine Petroleumlampe stand neben einer Porzellantasse auf einem Holzregal, daneben ein paar Holzschüsseln, einige Bücher und eine winzige Bronzestatue des Buddha. Seltsam, daß das Avatar von Kali einen Buddha in seiner Nähe hatte.

Das saß gebückt und mit überkreuzten Beinen bei einem niederen Tisch auf dem Boden. Er las in einem schmalen Buch, sah aber auf, als ich eintrat. Das hellere Licht machte seine Krankheit noch deutlicher.

»Ah, Mr. Luczak.«

»Mr. Das.«

»Sehr freundlich, daß Sie wiedergekommen sind.«

Ich sah mich in dem winzigen Zimmer um. Eine offene

Tür hinten führte in Dunkelheit. Von irgendwo wehte Weihrauchgeruch herüber. Ich konne leise die schrillen Akkorde einer Sitar hören.

»Sind das die Bücher?« fragte Das und deutete linkisch mit seinen dick verbundenen Händen.

»Ja.« Ich kniete mich auf den Holzboden und stellte das Bündel auf den niederen Tisch. Eine Opfergabe. Die Lampe zischte. Das grüngelbe Licht offenbarte Kreise schuppiger Fäulnis auf der rechten Wange des Dichters. Tiefe Risse in der Kopfhaut hoben sich weiß vom helleren Skalp ab. Schleim verklebte die Nasenlöcher von Das, sein Atem pfiff vernehmlich über das Zischen der Laterne hinweg.

»Ahh«, seufzte Das. Er hielt die Hände fast ehrerbietig auf das zerknüllte Papier. »Manny's Bookseller. Ja, den habe ich gut gekannt, Mr. Luczak. Einmal, während des Krieges, habe ich Manny meine Sammlung romantischer Dichter verkauft, als das Geld für die Miete knapp war. Er legte sie beiseite, bis ich sie ein paar Jahre später wieder zurückkaufen konnte.« Das' große, feuchte Augen sahen zu mir auf. Wieder überwältigte mich das Wissen um Schmerz, das ich darin lesen konnte. »Haben Sie Edwin Arlington Robinson mitgebracht?«

»Ja«, sagte ich. Meine Stimme zitterte, daher räusperte ich mich rauh. »Ich fürchte aber, ich halte nicht soviel von ihm wie Sie. Vielleicht überlegen Sie es sich noch einmal. Sein ›Richard Cory‹ ist eines Dichters wahrlich nicht würdig. Es drückt keinerlei Hoffnung aus.«

»Manchmal gibt es keine Hoffnung«, flüsterte Das.

»Es gibt immer etwas Hoffnung, Mr. Das.«

»Nein, Mr. Luczak, das stimmt nicht. Manchmal gibt es nur Schmerz. Und Unterwerfung unter den Schmerz. Und vielleicht Trotz gegenüber einer Welt, die solchen Schmerz verlangt.«

»Trotz ist auch eine Form von Hoffnung, Sir, oder nicht?«

Das sah mich lange an. Dann sah er rasch zu dem abgedunkelten Zimmer und hob das Buch, in dem er gelesen hatte. »Das ist für Sie, Mr. Luczak.« Er legte es auf den Tisch, damit ich es nicht aus seinen Händen nehmen mußte.

Es war ein altes Buch, dünn, wunderschön gebunden, mit dicken Seiten wie Pergament. Ich strich mit der Hand über den geprägten Leinenband und schlug ihn auf. Die schweren Seiten waren nicht vergilbt oder vom Alter brüchig geworden. Der Rücken war nicht starr. Alles an dem kleinen Bändchen sprach von Kunst und Sorgfalt.

Manche Gedichte waren in Bengali, manche in Englisch. Die in Englisch erkannte ich auf der Stelle. Auf dem fliegenden Vorsatz befand sich eine lange Widmung in Bengali, aber mit derselben Handschrift eine abschließende Bemerkung in Englisch darunter: *Für den jungen Das, den vielversprechendsten meiner ›acht Auserwählten‹. Mit aller Liebe ...* Die Unterschrift wäre unleserlch gewesen, hätte ich sie nicht erst vor kurzem gesehen, hinter Glas, hastig unter eine Rede anläßlich der Verleihung des Nobelpreises gekritzelt. *Rabindranath Tagore, März 1939.*

»Das kann ich nicht annehmen, Sir.«

Das sah mich nur an. Die Augen waren unsagbar alt, traurig und von einer Entschlossenheit erfüllt, die ich vorher nicht gesehen hatte. Er sah mich an, und ich widersprach nicht noch einmal.

Ein Zittern lief durch den Körper des Dichters, und mir wurde klar, welche Anstrengung es ihn kosten mußte, zu sprechen und sich zu konzentrieren. Ich stand auf, um zu gehen.

»Nein«, flüsterte Das. »Näher.«

Ich sank auf ein Knie. Ein ekelerregender Geruch stieg von der verwesenden Haut des alten Mannes auf. Ich spürte, wie meine Haut kribbelte, als ich mich zu ihm beugte, damit ich besser hören konnte.

»Heute«, krächzte er, »habe ich von Macht gesprochen. Jede Gewalt ist Macht. *Sie* ist so eine Macht. Sie kennt keine Grenzen. Zeit hat keine Bedeutung für sie. Für sie hat Schmerz den süßen Beigeschmack eines Opfers. Dies ist ihre Zeit. Das Lied kennt kein Ende. Wissen Sie, ihre Zeit ist wieder gekommen.« Er wechselte in Bengali über, dann in einen französischen Wortschwall, dann eine Salve Hindi. Er tobte. Seine Augen waren anderswohin gerichtet, die schmerzvolle, kehlige Abfolge von Worten ging ins Leere.

»Ja«, sagte ich traurig.

»Gewalt ist Macht. Schmerz ist Macht. Es ist ihre Zeit. Begreifen Sie? Begreifen Sie?« Seine Stimme wurde zum Brüllen. Ich wollte ihm Einhalt gebieten, ehe die Kapalikas hereingestürmt kamen, konnte aber nur auf einem Knie verweilen und zuhören. Die Lampe flackerte im Rhythmus seines angestrengten Zischens. »Das Zentrum kann nicht halten. Anarchie geht um in der Welt! Ihr Lied hat gerade erst angefangen...«

Der alte Mann beugte sich nach vorne, trockener Atem pfiff aus seinen kranken Lungen. Da schien er wieder zu sich zu kommen. Der wilde, abwesende Ausdruck verschwand aus seinen Augen und wich einer schrecklichen Müdigkeit. Die lepröse Hand streichelte den Bücherstapel auf dem Tisch, als wäre er eine Katze. Als er wieder sprach, war seine Stimme ruhig, fast plaudernd. »Eines sollten Sie wissen, Mr. Luczak. Dies ist das Zeitalter des Unaussprechlichen. Aber es gibt Taten jenseits des Unaussprechlichen.«

Ich starrte ihn an, aber Das betrachtete mich nicht. Er betrachtete überhaupt nichts in dem Zimmer.

»*Wir* sind stets imstande gewesen, das Unaussprechliche zu tun«, flüsterte er. »*Sie* kann das Unaussprechliche tun. Jetzt steht es uns frei, ihr zu folgen.«

Das verstummte. Speichel hatte sein Kinn feucht gemacht. Jetzt wußte ich, daß sein Verstand Schaden genommen hatte. Das Schweigen dehnte sich mehrere Minuten lang. Schließlich riß er sich mit großer Anstrengung zusammen und richtete den Blick auf mich. Er hob den in schmutzige, stinkende Lumpen gehüllten, verfaulten Stumpf einer Hand zu einer sanften, segnenden Geste.

»Gehen Sie. Auf der Stelle. Gehen Sie!«

Ich schlotterte heftig, als ich auf den Flur stolperte. Taschenlampen hüpften aus der Dunkelheit auf mich zu. Eine grobe Hand nahm den Band von Tagore, drehte ihn um, gab ihn mir zurück. Ich umklammerte ihn mit beiden Händen und folgte dem Lichtkreis durch ein Labyrinth von Fluren und Treppen.

Wir waren an der offenen Tür, ich konnte das Auto sehen und den Regen riechen, als plötzlich Schüsse ertönten. Zwei peitschende Laute, fast gleichzeitig, die sich in der Dunkelheit tonlos und endgültig anhörten.

Die vier Männer blieben stehen, brüllten in Bengali hin und her und rannten wieder die Treppe hinauf. Mehrere Sekunden stand ich allein unter der offenen Tür. Ich sah verständnislos in Dunkelheit und Regen hinaus. Ich war benommen, fassungslos, handlungsunfähig und konnte kaum denken. Dann kam der dicke Mann in Khaki wieder die Treppe heruntergerannt, packte mich am Hemd und zerrte mich mit den anderen laufenden Männern die Treppe hinauf.

Die Lampe verströmte immer noch ihr kaltes weißes Licht. Strahlen von Taschenlampen hüpften und überschnitten sich. Ich wurde nach vorne geschubst, schrammte an Schultern und taumelte durch einen Kreis des Lärms in ein Zentrum des Schweigens.

Das schien mit dem Kopf auf dem Tisch zu ruhen. Die kleine verchromte Pistole – die er fest in der linken Hand hielt – war obszön in den offenen Mund gesteckt. Ein Auge war fast geschlossen, vom anderen war nur das Weiß zu sehen, das sich aufzublähen schien, als würde sich im Schädel noch ein großer Druck aufbauen. Es hatte sich bereits eine Lache aus dem Blut gebildet, das unablässig aus Mund, Ohren und Nasenlöchern floß. Die Luft roch nach Weihrauch und Schießpulver.

Es wurde gebrüllt. Mindestens acht oder neun Männer

waren in dem Zimmer, mehr im dunklen Flur. Ein Mann schrie. Ein anderer stieß mir versehentlich gegen die Brust, als er mit den Armen fuchtelte. Der Mann in Khaki riß Das die Pistole aus dem zusammengebissenen Kiefer, wobei er ihm einen Schneidezahn abbrach. Er winkte mit der blutigen Pistole und stieß einen hohen, schrillen Schrei aus, der ein Gebet oder ein Fluch gewesen sein können. Mehr Männer drängten sich in das Zimmer.

Das ist alles nicht wahr. Ich empfand fast nichts. Ein lautes Summen dröhnte mir in den Ohren. Das Tohuwabohu um mich herum war etwas Fernes, Zusammenhangloses.

Ein weiterer Mann trat ein. Dieser war älter, kahl und trug das schlichte *dhoti* eines Bauern. Sein schlichtes Erscheinungsbild wurde jedoch von der Unterwürfigkeit Lügen gestraft, mit der ihm die Menge Platz machte. Er sah einen Moment auf Das' Leichnam hinunter, dann berührte er sanft, fast ehrerbietig die lepröse Hand, so wie der Dichter mein Büchergeschenk berührt hatte. Dann wandte der Mann seine schwarzen Augen in meine Richtung und sagte leise etwas zu der Menge.

Hände umklammerten mein Hemd und meine Arme, und dann führten sie mich in die Dunkelheit davon.

Ich saß eine unbekannte Zeitspanne in einem leeren Zimmer. Vor der Tür waren Geräusche zu hören. Eine kleine Petroleumlampe spendete mir Licht. Ich saß auf dem Boden und versuchte, an Amrita und das Baby zu denken, konnte es aber nicht. Ich konnte mich auf nichts konzentrieren. Ich hatte Kopfschmerzen. Nach einer Weile nahm ich das Buch, das sie mir gelassen hatten, und las ein paar von Tagores englischen Gedichten.

Einige Zeit später traten drei Männer ein. Einer hielt mir eine kleine Tasse nebst Untertasse hin. Ich sah Dampf von dem dunklen Tee aufsteigen.

»Nein, danke«, sagte ich und las weiter.

Der dicke Mann sagte: »Trinken Sie!«

»Nein.«

Der Mann in Khaki nahm meine linke Hand und brach mir den kleinen Finger mit einem Aufwärtsruck des Handgelenks. Ich schrie. Das Buch fiel auf den Boden. Ich packte die verletzte Hand und wiegte mich unter Schmerzen hin und her. Der Tee wurde mir wieder angeboten.

»Trinken Sie!«

Ich nahm die Tasse und trank. Der bittere Tee verbrühte mir die Zunge. Ich hustete und spuckte etwas aus, aber die drei beobachteten mich, bis ich den Rest getrunken hatte. Mein kleiner Finger stand beinahe komisch ab, ein brennender Nerv verlief über Handgelenk und Arm bis zu einem Punkt am Halsansatz.

Jemand nahm die leere Tasse, dann entfernten sich zwei. Der dicke Mann grinste hämisch und tätschelte mir den Rücken wie einem Kind. Dann ließen sie mich allein mit dem bitteren Nachgeschmack von Tee und Feigheit im Mund.

Ich versuchte, den Finger wieder zurechtzurücken, aber allein unter der Berührung schrie ich auf und wurde fast ohnmächtig. Der Schweiß brach mir aus, meine Haut wurde kalt und klamm. Ich hob das Buch mit der rechten Hand auf, schlug die Seite auf, die ich gelesen hatte und versuchte, mich auf ein Gedicht über eine zufällige Begegnung im Zug zu konzentrieren. Ich wippte immer noch leicht hin und her und wimmerte leise Schmerzenslaute.

Mein Hals brannte von dem, was in dem Tee gewesen war. Ein paar Minuten später neigten sich die Buchstaben auf der Seite irre nach links und verschwammen.

Ich versuchte, sie wieder aufzurichten, aber die Petroleumlampe suchte sich diesen Augenblick aus, um zu gleißender Helligkeit aufzulodern und dann zu erlöschen.

Schwärze. Schmerzen und Schwärze.

Die Schmerzen riefen mich aus meiner behaglichen Dunkelheit in ein nicht so gütiges, aber deshalb nicht weniger absolutes Fehlen von Licht zurück. Ich lag, so schien es, auf einem kalten Steinboden. Nicht das winzigste

Lichtfünkchen war zu sehen. Ich setzte mich auf und schrie laut, als die Schmerzen meinen linken Arm emporliefen. Der Schmerz pochte mit jedem Herzschlag schlimmer.

Ich tastete mit der rechten Hand um mich. Nichts. Kalter Stein und heiße, feuchte Luft. Meine Augen gewöhnten sich nicht an das Dunkel. Ich hatte nur einmal so eine völlige Dunkelheit erlebt, als ich mit Freunden in Missouri eine Höhle erforscht und wir sämtliche Karbidlampen ausgeschaltet hatten. Es war eine klaustrophobische Dunkelheit, die nach innen drückte. Ich stöhnte, als mir ein Gedanke kam. *Was ist, wenn sie mich geblendet haben?*

Aber meine Lider fühlen sich unter hastiger Berührung normal an. Ich verspürte keinerlei Schmerzen im Gesicht, nur ein übelkeiterregendes Schwindelgefühl, das der Tee bewirkt hatte. *Nein, danke,* hatte ich gesagt. Ich kicherte, unterdrückte die abgehackten Laute aber noch, so lange ich konnte.

Ich fing an zu kriechen, wobei ich die pochende linke Hand an die Brust drückte. Meine Finger ertasteten eine Wand – glatter Verputz oder Stein. War ich unter der Erde?

Als ich aufstand, wurde das Schwindelgefühl schlimmer. Ich lehnte mich an die Wand und drückte die Wange an die kalte Oberfläche. Eine rasche Berührung verriet mir, daß sie mir meine eigene Kleidung gelassen hatten. Ich dachte daran, meine Taschen zu durchsuchen. In den Hemdentaschen befand sich eine Quittung der Fluggesellschaft, das kleinere meiner beiden Notizbücher, ein Filzschreiber und Lehmklümpchen von dem Stein, den ich zuvor darin gehabt hatte. In den Hosentaschen befanden sich der Zimmerschlüssel, die Brieftasche, Kleingeld, ein Stück Papier und das Streichholzbriefchen, das Amrita mir gegeben hatte.

Streichhölzer!

Ich zwang mich, das Streichholzbriefchen in der pochenden linken Hand zu halten, während ich ein Streichholz anriß, abschirmte, hob.

Der Raum war eigentlich ein Alkoven, drei feste Wände und ein Vorhang. *Déjà vu* erfüllte mich. Ich konnte gerade noch den Vorhang heben und eine größere Dunkelheit dahinter erahnen, bevor mir das Streichholz die Fingerspitzen verbrannte.

Ich wartete, lauschte. Luftströme wehten mir ins Gesicht. Ich wagte nicht, ein weiteres Streichholz anzuzünden, weil ich Angst hatte, jemand könnte in dem größeren Raum warten. Über das abgehackte Geräusch meines eigenen Atems hinweg konnte ich einen leisen, rauschenden Unterton hören. Das Atmen eines Riesen. Oder ein Fluß.

Ich tastete mit dem Fuß, zwängte mich an dem schweren Vorhang vorbei und betrat einen gewaltigen, offenen Raum. Ich konnte nichts sehen, *spürte* aber, daß er gewaltig war. Die Luft schien etwas kühler und bewegte sich. Sie trug mir den Duft von Weihrauch und etwas anderem, Schwererem zu, wie den Geruch von Wochen altem Abfall.

Ich machte kurze Schritte, bewegte die rechte Hand vorsichtig vor mir und versuchte, mich nicht an die – von Singsangenglisch gefilterten – Bilder zu erinnern, die mir dennoch ins Gedächtnis kamen. Fünfundzwanzig Schritte brachten mich mit nichts in Kontakt. Die Kapalikas konnten jeden Moment zurückkommen. Sie konnten *jetzt schon* hier sein. Ich fing an zu laufen. Ich rannte kopflos in die Dunkelheit, hatte den Mund offen und drückte die linke Hand an mich.

Etwas traf mich am Kopf. Ich sah kreisende Farben und stürzte, fiel auf Stein, stürzte noch einmal. Ich landete auf der linken Hand und schrie vor Schmerz und Schrecken auf. Das Streichholzbriefchen glitt mir aus den Fingern. Ich kniete mich hin und tastete panisch danach, achtete nicht auf die Schmerzen und rechnete jeden Augenblick mit einem zweiten Schlag.

Meine rechte Hand fand das Pappkartonrechteck. Ich zitterte so sehr, daß ich dreimal ansetzen mußte, bis ich das erste Streichholz angezündet hatte. Mein Blick folgte dem Licht nach oben.

Ich kniete vor dem Podest des Kali-Standbilds. Mein Kopf war gegen ihre untere ausgestreckte Hand gestoßen. Ich blinzelte, weil mir Blut von der Stirn ins rechte Auge floß.

Ich stand trotz des Schwindelgefühls auf. Ich wollte nicht vor diesem Ding knien.

»Hast du das gehört, Miststück?« sagte ich laut zu dem dunklen Steingesicht anderthalb Meter über mir. »Ich kniee nicht vor dir. Hast du das gehört?« Die leeren Augen sahen nicht einmal in meine Richtung. Zähne und Zunge waren Comicheftschrecken eines Kindes.

»Miststück«, sagte ich, und das Streichhölzchen brannte ab. Ich stolperte von dem flachen Sockel herunter, weg von dem Götzenbild in die schwarze Leere. Zehn Schritte, dann blieb ich stehen. Es gab keinen Grund, in der Dunkelheit herumzutasten. Ich hatte wenig Zeit. Ich zündete ein Streichholz an und hielt es hoch, bis ich die Quittung der Fluggesellschaft herausgekramt hatte. Die winzige Fackel warf einen vier Meter durchmessenden Lichtkreis, als ich sie in die Höhe hielt und mich nach einer Tür oder einem Fenster umsah. Ich stand starr, bis das brennende Papier meine Hand versengte.

Das Götzenbild war weg.

Der Sockel und das Podest, auf dem es noch vor einem Augenblick gestanden hatte, waren leer.

Etwas kratzte und knirschte außerhalb des verlassenen Lichtkreises. Links von mir war eine Bewegung, dann mußte ich das brennende Papier fallen lassen, und die Dunkelheit kehrte zurück.

Ich zündete noch ein Streichholz an. Dessen winziges Leuchten reichte aber kaum aus, mich selbst zu erhellen. Ich zog das Spiralbuch aus der Tasche meines Safarihemds, riß mit den Zähnen Seiten heraus und nahm es in die andere Hand. Das Streichholz erlosch. Etwas erzeugte keine zehn Schritte von mir entfernt ein Geräusch in der Dunkelheit.

Noch ein Streichholz. Ich spie die ausgerissenen Seiten aus, kniete nieder und zündete sie an, ehe das blaue Leuchten erlosch. Licht flackerte von dem winzigen Scheiterhaufen empor.

Das Ding erstarrte mitten in der Bewegung. Es kauerte auf sechs Gliedmaßen wie eine riesige unbehaarte Spinne, aber an den Enden mancher Glieder zuckten und krümmten sich Finger. Der Hals war gebogen, das hagere Gesicht mir zugewandt. Brüste hingen wie Eier vom Bauch eines Insekts herab.

Du bist nicht wirklich.

Kali machte den Mund auf und zischte mich an. Sie sperrte das Maul weit auf. Die scharlachrote Zunge glitt heraus, zehn Zentimeter, zwanzig Zentimeter; sie rollte sich auf wie rotes, schmelzendes Wachs, bis sie den Boden berührte, wo sie die Spitze wie eine suchende Schlange bewegte und rasch über den kalten Stein auf mich zu glitt.

Da schrie ich. Ich schrie noch einmal und hielt mein restliches Notizbuch in die Flammen. Dann hob ich das brennende Papier und ging dem zischenden Alptraum *entgegen*

Die Zunge peitschte zur Seite, verfehlte knapp meinen Fuß, und die Erscheinung krabbelte auf sechs Gliedmaßen rückwärts, bis sie in der Dunkelheit außerhalb meines flackernden Lichts verschwand. Das Notizbuch verbrannte mir bereits die Finger. Ich schleuderte das brennende Bündel in Richtung der kratzenden Geräusche, drehte mich um und lief in die andere Richtung.

Ich lief so schnell ich konnte, sah nichts, spürte nichts, hatte die Arme angezogen, und hätte ich nicht im Laufen ein weiteres Streichholz angezündet, wäre ich Kopf voraus gegen die wartende Wand gelaufen. Ich prallte trotzdem dagegen und schrie auf, als die Flamme erlosch. Ich wirbelte herum und zündete ein neues Streichholz an.

Augen glänzten kalt rechts von mir. Ich hörte ein Geräusch, wie es eine Katze beim Erbrechen von sich gibt.

Ich drückte mich gegen die Holzwand. Wäre ein Vorhang da gewesen, etwas Brennbares, hätte ich ihn angezündet. Es wäre mir lieber gewesen, in der lodernden Helligkeit eines brennenden Gebäudes zu sterben, als allein mit dem *Ding* in der Dunkelheit zu sein.

Ich glitt links an der Wand entlang und zündete ein Streichholz nach dem anderen an, bis ich nur noch wenige übrig hatte. Die Augen waren nicht mehr zu sehen. Ich spürte Bretter, Splitter und Nägel an meiner verletzten Hand, aber keine Tür. Kein Fenster. Die kratzenden Laute waren überall, Knorpel, der über Stein und Holz schabte. Das Schwindelgefühl war jetzt viel stärker, ich war kurz vor dem Umkippen.

Es muß einen Ausgang geben.

Ich blieb stehen, hob das gekrümmte Streichholz, holte tief Luft und zündete den Rest des Streichholzbriefchens an. Im kurzen, grellen Auflodern war der Umriß eines Fensters einen Meter über meinem Kopf zu sehen. Die Scheiben waren unversehrt und schwarz bemalt. Das Licht erlosch, als die sterbenden Flammen nach meinen Fingern leckten.

Ich ließ das Streichholzbriefchen fallen, duckte mich und sprang. Der Fenstersims war vertieft, meine Finger fanden Halt. Ich stieß mit den Beinen gegen die Wand und versuchte, einen Halt zu finden. Irgendwie gelang es mir, einen Ellbogen auf den schmalen Sims zu ziehen, bis ich mit der Wange gegen die schwarz übermalte Scheibe drückte. So balancierte ich, zitterte unbeherrscht und machte mich bereit, das Glas mit dem Ellbogen einzuschlagen.

Etwas griff nach meinen Beinen.

Mein Unterarm prallte mit voller Wucht auf den gebrochenen Finger, und in dem Augenblick, als ich mich instinktiv zusammenkrümmte, kippte ich nach hinten, verlor das Gleichgewicht und rutschte an der Wand hinunter, bis ich ausgestreckt auf dem harten Boden lag.

Die Dunkelheit war undurchdringlich.

Ich hatte mich auf die Knie aufgerappelt, als ich die Präsenz in meiner Nähe spürte.

Vier Hände schlossen sich um mich.

Vier Arme hoben mich grob und trugen mich.

Die Seele entweicht nicht unverzüglich nach dem Tod, sondern verfolgt den Verlauf der Ereignisse so wie ein unbeteiligter Zuschauer.

Ich hörte ferne Stimmen. Licht schien durch meine Lider und verschwand. Kühler Regen fiel auf mein Gesicht und die Arme.

Regen?

Mehr Stimmen, diesesmal zornig streitend. Irgendwo sprang blechern ein Automotor an, dessen Auspuff schepperte. Kies knirschte unter Reifen. Meine Stirn tat weh, meine linke Hand pochte unerträglich, meine Nase juckte.

So kann es nicht sein, wenn man tot ist.

Der Lärm eines Vierzylindermotors war sehr laut. Ich versuchte mich umzudrehen und stellte fest, daß ich das rechte Auge nicht aufmachen konnte. Es war von getrocknetem Blut aus der Stirnverletzung zugeklebt.

Die Hand des Götzenbilds.

Durch den Schlitz des linken Auges sah ich, daß ich von dem dicken Mann in Khaki und einem anderen Kapalika gestützt – halb getragen – wurde. Mehrere andere Männer, einschließlich des kahlen in Weiß, unterhielten sich angeregt im Regen.

Du kannst wieder einschlafen. Nein!

Der Regen, meine schmerzende Hand und ein unerträgliches Jucken bewahrten mich davor, wieder den dunklen Korridor in die Bewußtlosigkeit hinabzurutschen. Einer der Männer, die mich stützten, drehten den Kopf in meine Richtung, worauf ich hastig das Auge zumachte – doch zuvor erhaschte ich noch einen Blick auf einen grünen Lieferwagen, dessen Fahrertür eine Delle aufwies und der hinten keine Fenster hatte. Ein ekelhaftes Gefühl durchströmte mich, das ich augenblicklich wiedererkannte.

Die Männer zankten weiter mit schrill erhobenen Stimmen. Ich hörte zu – und es war, als würde ich plötzlich fließend Bengali verstehen. Ich wußte ohne jeden Zweifel, daß sie sich darüber unterhielten, was mit meinem Leichnam zu geschehen habe, nachdem sie die Befehle des kahlen Mannes ausgeführt hatten.

Schließlich grunzte der Mann in Khaki, worauf er und ein anderer Kapalika mich zum Auto trugen. Meine Fußspitzen schleiften über Kies. Sie ließen mich vorwärts in das stickige Innere fallen. Mein Kopf schlug gegen die Seitenwand des Lieferwagens, und dann auf den Metallboden. Ich riskierte es, die Augen so lange aufzumachen, daß ich sehen konnte, wie der dicke Mann und der andere Kapalika zu mir nach hinten kletterten, während ein anderer vorne auf den Beifahrersitz sprang. Der Fahrer drehte sich um und fragte etwas. Der schwere Mann trat mir heftig in die Seite. Die Luft wurde mir aus den Lungen gepreßt, aber ich regte mich nicht. Der Kapalika lachte und sagte etwas, das mit ›Nay‹ anfing.

Damit schulde ich dir schon zwei, du fettes Schwein!

Die Wut half. Ihr heißes Feuer klärte meinen Verstand und vertrieb den Nebel des Entsetzens, der mich erfüllte. Doch als sich der Lieferwagen in Bewegung setzte und das Geräusch von knirschendem Kies durch das Metall zu mir drang, auf dem ich lag, fiel mir absolut nichts ein, was ich hätte tun können. Diese Stelle hatte ich in tausend Filmen gesehen; jetzt müßte der Held seine Widersacher nach einem heftigen Kampf überwältigen.

Ich konnte sie nicht überwältigen.

Ich bezweifelte, ob ich mich überhaupt ohne fremde Hilfe aufrichten konnte. Und meine Schwäche lag nicht nur an der Droge, die sie in meinen Tee getan hatten. Ich war schon verletzt. Ich wollte nicht, daß sie mir noch mehr weh taten. Meine einzige mögliche Waffe war, weiterhin den Bewußtlosen zu spielen und zu beten, daß mir das noch ein paar Minuten verschaffte, bis sie mir wieder Schmerzen zufügten.

Er hat mir den Finger gebrochen. Ich hatte bisher noch nie einen gebrochenen Knochen gehabt. Nicht einmal als Kind. Darauf war ich stets vage stolz gewesen, wie auf ein makelloses Anwesenheitsverzeichnis in der Schule. Und jetzt hatte mir dieses schwitzende, stinkende Schwein den Finger so mühelos gebrochen, wie ich einen Fernseher einschalten würde. Diese beiläufige Grausamkeit überzeugte mich davon, daß mich diese Männer nicht irgendwo aussetzen würden, damit ich allein den Rückweg ins Hotel fand.

Jede Gewalt ist ein Versuch, Macht auszuüben, Mr. Luczak.

Ich hätte sie angefleht, mich gehen zu lassen, hätte mich nicht eine größere Furcht im Zaum gehalten. Ich war gelähmt von der Unsicherheit, was sie als nächstes tun würden; aber irgendwo, dicht unter der panisch wuselnden Oberfläche meiner Gedanken, war die Erkenntnis, daß Amrita und Victoria in Ruhe gelassen werden würden, so lange sie ihre Wut auf *mich* konzentrierten. Daher sagte ich nichts, tat nichts. Lag nur in der heißen Dunkelheit und roch den Gestank von Scheiße und altem Erbrochenem im Innern des Lieferwagens, lauschte dem Plaudern und Naseschneuzen der vier Kapalikas und war dankbar um jede weitere Sekunde, die verstrich, ohne daß mir neuerliche Schmerzen zugefügt wurden.

Der Lieferwagen wurde hochgeschaltet, dann fuhr er mit hoher Geschwindigkeit auf einem gepflasterten Straßenabschnitt. Mehrmals hallte das hohe Knattern des Auspuffs zu uns zurück, als würden wir zwischen Gebäuden dahinfahren. Gelegentlich konnte ich das Hupen schwerer Lastwagen hören, einmal wagte ich einen Blick und sah die rechteckigen Spiegelungen von Scheinwerfern, die über die Innenwände des Lieferwagens glitten. Einen Augenblick später sagte der Kapalika in Khaki etwas Leises, Höhnisches in Bengali zu mir. Mein Herz schlug schneller.

Dann hielten wir an. Die Bremsen quietschten, der andere Kapalika hinten bei uns brüllte erbost, weil er nach vorne geschleudert wurde. Unser Fahrer schrie einen Fluch und schlug mehrmals heftig mit der flachen Hand auf die Hupe. Ich konnte eine laute Antwort von draußen hören. Dem Knallen einer Peitsche folgte das wütende Brüllen eines Ochsen. Unser Fahrer kreischte Obszönitäten und drückte auf die Hupe.

Eine Minute später hörte ich, wie die Vordertüren des Lieferwagens aufgemacht wurden, als der Fahrer und der andere Kapalika ausstiegen und weiter auf das Hindernis einbrüllten, das uns den Weg versperrte. Das Fluchen ging weiter. Der dritte Kapalika zwängte sich nach vorne, sprang hinaus und mischte sich in den unsichtbaren Streit ein. Damit blieb nur der Mann in Khaki bei mir in der Kabine.

Das ist meine Chance!

Das Wissen, daß ich handeln mußte, reichte nicht aus, mich zum Handeln zu bewegen. Ich wußte, ich sollte zur offenen Tür stürmen, den hockenden Mann neben mir schlagen. *Etwas machen.* Aber obwohl ich irgendwie überzeugt war, dies würde meine letzte Chance auf einen Überraschungsangriff sein, konnte ich meine Gedanken nicht in Taten umsetzen. Einzig das stille Daliegen schien die Garantie für ein paar zusätzliche Minuten ohne eine Konfrontation zu gewährleisten. Ohne neue Schmerzen. Ohne getötet zu werden.

Plötzlich wurden die Hecktüren explosionsartig aufgerissen. Der dicke Mann, der brutal von der Seite geschubst wurde, fiel ungeschickt auf den Boden. Eine Hand packte meinen Arm und zerrte mich grob in eine sitzende Haltung. Meine Beine rutschten hinaus, ich blinzelte vor Schmerzen und riß das rechte Auge trotz der Blutkruste auf.

»Los doch! Stehen Sie auf! Rasch!« Es war Krishnas Stimme. Es war Krishnas Gesicht, das mit wehendem Haar und zu einem irren Grinsen entblößten Zähnen über mir aufragte. Es war Krishnas dünner rechter Arm, der mich hochzog und festhielt, als ich beinahe vorwärts aufs Gesicht fiel.

»Nahin!« brüllte der Kapalika und schnellte aus dem Heck des Lieferwagens. Er war doppelt so breit wie Krishna, sein Gesicht vor Wut verzerrt. *»Muté!«*

Krishnas linke Hand schnellte hoch, Arm kerzengerade, ein Verkehrspolizist, der den Verkehr aufhielt. Seine Handkante schoß hart wie ein Dachziegel ins Gesicht des heranstürmenden Mannes. Die Nase des Kapalikas wurde platt wie eine zermatschte Frucht. Da schrie er, zuckte zurück, stieß sich den Kopf an der Hecktür des Lieferwagens an, sank auf die Knie, kippte nach vorn. Krishna, der mich immer noch mit der rechten Hand aufrecht hielt, riß das linke Bein rasch in einem Halbkreis hoch und drosch das Schienbein heftig gegen den Hals des dicken Mannes, dicht unterhalb des Kiefers.

Ein Geräusch war zu hören, als würde dünnes Plastik brechen, und der Schrei des Kapalikas brach unvermittelt ab.

»Los! Beeilung!« Krishna zog mich weiter und zerrte mich in die Höhe, als ich zur Seite sackte. Ich schlurfte so schnell ich konnte mit Beinen, die sich anfühlten, als wären sie voll Novokain. Ich betrachtete den gestürzten Mann über die Schulter, den Lieferwagen, dessen Türen offenstanden wie gebrochene Schwingen und den Ochsenkarren dahinter, der die Kreuzung und die schmale Straße versperrte. Die drei Kapalikas standen starr neben dem Karren. Sie starrten uns mehrere Augenblicke lang mit fassungslosen Gesichtern an, dann rannten sie auf uns zu, brüllten, ruderten mit den Armen. Ein Mann hatte bereits etwas in der Hand, das wie ein langes Messer aussah. Der Ochsenkarren verschwand quietschend in der Dunkelheit.

»Laufen Sie!« brüllte Krishna. Mein Hemd zerriß, als er mich vorwärts zog. Da wäre ich fast gestürzt und ruderte mit den Armen, als ich nach vorne kippte, aber er packte mich hinten an meinem zerrissenen Hemd und zog mich wieder hoch.

Wir liefen nach links in eine pechschwarze Gasse, wieder nach links in einen von Laternen erleuchteten Innenhof. Eine alte Frau sah überrascht auf, als wir durch eine offene Tür stürmten. Krishna fegte einen Perlenvorhang beiseite, wir sprangen über schlafende Gestalten auf dem Boden hinweg, damit wir zur Hintertür hinaus konnten.

Hinter uns wurden Rufe und Schreie laut, als wir in einem anderen Innenhof herauskamen. Die drei Kapalikas explodierten aus der Tür, als wir uns gerade in eine andere, schmalere Lücke zwischen zwei Häusern zwängten. Hier lag knöcheltief Abfall, durch den wir hüpften und schlitterten. Und selbst hier waren verhüllte, stumme Gestalten, die kauerten und sich vor dem Wasser duckten, das noch von Zinnen tropfte und Pfützen an den tieferen Stellen bildete. Krishna sprang über die aufragenden Knie einer kauernden Gestalt, die mehr Leichnam als Mensch zu sein schien.

Ich konnte nicht mit Krishna Schritt halten, und als wir zwei Holztreppenfluchten hinaufstürmen mußten, brach ich schließlich zusammen, fiel auf einem dunklen Treppenabsatz auf die Knie und rang nach Atem. Unten im Hof riefen die Kapalikas einander etwas zu.

Krishna stieß mich durch eine offene Tür. Ein Dutzend Leute waren in dem Zimmer, die vor einem offenen Feuer kauerten oder an rissigen Wanddielen lehnten. Ein Teil der Decke war in die Zimmermitte heruntergebrochen, Verputz- und Mauersteinbrocken hatten einen Berg gebildet, auf dem sie ihr Feuer gemacht hatten. Rauch färbte die Wände und die herunterhängende Decke.

Krishna zischte einen raschen Satz, in dem ich das Wort *Kali* zu hören glaubte. Niemand sah zu uns auf. Stumpfe Augen betrachteten weiter die niederen Flammen.

Schritte erklangen auf der Treppe. Ein Mann schrie. Krishna packte mich am Ellbogen und führte mich in eine kleine Kammer, die leer war, abgesehen von ein paar Bronzetöpfen und einer Statue von Ganescha. Aus einem offenen Fenster konnte man in eine schmale Gasse zwischen zwei Häusern sehen.

Krishna trat ans Fenster und sprang. Ich stieg auf den niederen Sims und zögerte. Die Gasse konnte nicht mehr als anderthalb Meter breit sein. Es war ein Sprung von mindestens sechs Metern in undurchdringliche Schwärze. Ich konnte den platschenden Laut hören, wo Krishna hingesprungen war, aber sonst nichts. Ich wußte, ich konnte nicht in diese unbeleuchtete Grube springen.

Plötzlich hörte ich die Kapalikas am Eingang des äußeren Zimmers brüllen. Eine Frau schrie. Ich schützte meine linke Hand und sprang.

Der Abfall mußte anderthalb bis zwei Meter tief gewesen sein, wo ich landete. Ich versank bis zu den Oberschenkeln und kippte seitwärts in etwas Weiches und Ekelhaftes. Ratten fiepten und wuselten an den Wänden entlang davon. Ich konnte nichts sehen. Meine Beine erzeugten eine Art keuchenden Laut, als ich versuchte, in dem engen Raum vorwärts zu waten. Ich schlug panisch um mich, als ich bis zur Taille in die nachgiebige, faulende Masse einsank.

»Pssst.« Krishna packte meinen Arm, dann wateten wir gemeinsam die stinkende Gasse entlang. Ich stieß mich von einer Mauer ab und versuchte, durch die weiche Masse zu schwimmen. Wir ruderten beide mit den Armen, um Schwung zu bekommen, aber es war, als würden wir durch hüfthohen Schlamm waten.

Plötzlich hielt hinter uns jemand ein brennendes Scheit aus dem Fenster, durch das wir gesprungen waren. Der Mann warf es absichtlich in den Abfall der Gasse. Es prallte einmal ab und versetzte ein paar fettige Lumpen in Schwelbrand, wo es liegenblieb. Krishna und ich erstarrten. Wir konnten nicht mehr als Schatten zwischen den

Müllbergen um uns herum gewesen sein, aber einer der Kapalikas deutete dennoch in unsere Richtung und schrie etwas zu den beiden anderen.

Ich weiß nicht, ob der Mann mit dem Messer sprang oder gestoßen wurde, jedenfalls schrie er und fiel zu uns in die Gasse. Die Fackel erlosch in Feuchtigkeit und menschlichen Fäkalien, aber die schwelenden Lumpen spendeten genügend Licht, uns Hunderte wuselnder Gestalten zu zeigen – manche so groß wie Katzen –, die vor dem Rauch flohen und über die Müllhalden geduckt auf uns zukamen.

Meine Haut kribbelte buchstäblich vor Ekel. Ich hatte nicht gewußt, daß so eine Reaktion körperlich überhaupt möglich war. Krishna schnellte in die Richtung zurück, aus der wir gekommen waren. Der Kapalika sprang hoch wie ein Taucher, der aus einem Pool kommt. Seine Arme fuchtelten, Stahl blitzte in seiner rechten Hand. Das Feuer war inzwischen fast erloschen, Krishna war kaum mehr als ein Schatten, als er sich dem andern Mann näherte. Ihr Grunzen war über das zunehmende Quietschen der fliehenden Ratten kaum zu hören. Fette, nasse Leiber berührten meine bloßen Arme, und da übergab ich mich und würgte hilflos in die Berge übelriechender Dunkelheit.

Die beiden Kapalikas über uns beugten sich heraus und versuchten zu sehen, aber die Gasse war wieder in fast völlige Finsternis getaucht. Ich *glaubte* sehen zu können, wie sich Krishna und der andere Mann linkisch und ruckhaft bewegten, zwei ungeschickte Tänzer in Zeitlupe. Funken stoben, als die Messerhand des Kapalikas wiederholt gegen die Steinmauer geschlagen wurde. Dann *glaubte* ich, Krishna hinter dem anderen zu sehen, wie er diesen am langen Haar zog und mit dem Gesicht nach unten in die nachgiebige Grube zwang. Ich blinzelte in der Dunkelheit und *glaubte,* Krishnas Knie im gekrümmten Rücken des Kapalikas zu sehen, den er tiefer und tiefer in den Unrat drückte... aber dann war

Krishna neben mir, zog mich mit sich und watete mit mir von dem Fenster weg.

Die beiden Kapalikas verschwanden aus dem düsteren Rechteck über uns. Unsere Bewegungen waren alptraumhaft langsam. Wenn einer von uns feststeckte, benützte er den Körper des anderen als Hebel, um wieder freizukommen.

Ich war fast durch die gesamte Länge der Gasse gewatet, als mir etwas einfiel und ich wieder würgen mußte. Vor uns war kein Licht. *Und wenn wir in die falsche Richtung gehen, zu einer Backsteinmauer, einer Sackgasse?*

Aber es war nicht so. Nach weiteren fünf watenden Schritten machte die Gasse eine scharfe Rechtskurve und der Pegelstand des Abfalls sank. Fünfzehn Schritte weiter waren wir draußen.

Wir stolperten auf eine nasse und verlassene Straße. Ratten strichen an unseren Knöcheln entlang, hüpften in ihrer Panik und verschwanden in vom Regen überschwemmten Rinnsteinen. Ich sah nach rechts und links, konnte aber keine Spur der verbliebenen beiden Kapalikas erkennen.

»Rasch, Mr. Luczak«, zischte Krishna; dann liefen wir über die Straße, huschten über schräge Gehwege und verschmolzen mit den Schatten unter durchhängenden Vordächern aus Blech. Wir liefen von Geschäft zu Geschäft. Gelegentlich fanden wir eine schlafende Gestalt unter einem Torbogen, aber niemand rief uns nach; niemand versuchte uns aufzuhalten.

Wir bogen in eine andere Straße und liefen durch eine kurze Gasse in eine noch breitere Straße, in der gerade ein Lieferwagen verschwand. Hier gab es Straßenlaternen sowie elektrisches Licht hinter zahlreichen Fenstern. Über uns flatterte eine echte Flagge im Wind. Ich konnte den Verkehr auf nahegelegenen Straßen hören.

Unter der dunklen Tür eines verschlossenen und verriegelten Ladens blieben wir für einen Moment stehen. Wir keuchten beide und standen vor Anstrengung gebückt, aber Krishnas schmales Gesicht zeigte die entzückte Blutsportmaske des Vergnügens, die ich in der ersten Nacht im Bus schon gesehen hatte. Er wollte etwas sagen, holte noch einmal Luft und richtete sich auf.

»Ich lasse Sie jetzt allein, Mr. Luczak«, sagte er.

Ich starrte ihn an. Er formte mit den Fingern ein Dachgebälk, verbeugte sich leicht und wandte sich zum Gehen. Seine Sandalen erzeugten leise platschende Geräusche in den Pfützen.

»Warten Sie!« rief ich. Er blieb nicht stehen. »Moment noch. He!« Er war fast in den Schatten verschwunden.

Ich tat einen Schritt nach vorne in den fahlen Lichtkreis einer Straßenlaterne. »Stehenbleiben! *Sanjay*, stehenbleiben!«

Er blieb stehen. Dann drehte er sich um und kam langsam zwei Schritte in meine Richtung. Seine langen Finger schienen zu zucken. »Was haben Sie gesagt, Mr. Luczak?«

»Sanjay«, wiederholte ich, aber diesesmal war es mehr ein Flüstern. »Ich habe recht, oder nicht?«

Er stand da, ein Basilisk mit einer dunklen Korona zerzausten Haars, die seinen wilden Blick einrahmte. Dann erschien das Lächeln wieder und wurde zu etwas ungleich Schlimmerem als einem Haifischgrinsen. Es war das Grinsen eines hungrigen Ghuls.

»Ich habe recht, oder etwa nicht, *Sanjay*?« Ich machte eine Pause, um Atem zu holen. Ich hatte keine Ahnung, was ich als nächstes sagen sollte. Aber etwas – irgend etwas – mußte ich sagen, um ihn bei der Stange zu halten. »Was treiben Sie für ein Spiel, Sanjay? Verdammt, was geht hier vor?«

Er bewegte sich ein paar Sekunden lang nicht; ich rechnete fast mit einem lautlosen Angriff, mit langen Fingern, die nach meinem Hals griffen. Statt dessen warf er den Kopf zurück und lachte. »Ja, ja, ja«, sagte er. »Es gibt viele Spiele, Mr. Luczak. *Dieses* Spiel ist noch nicht vorbei. Leben Sie wohl, Mr. Luczak!«

Er drehte sich um und stapfte davon in die Dunkelheit.

Kapitel Vierzehn

»Kalkutta ist ein schrecklicher Stein in meinem Herzen.«

– Sunil Gangopadhyay

Wenn ich früher ein Taxi gefunden hätte ...
Wenn ich gleich ins Hotel gegangen wäre ...

Ich brauchte über eine Stunde, bis ich wieder im Hotel war. Anfangs torkelte ich von einer Straße zur nächsten, hielt mich im Schatten und erstarrte, wenn ich jemanden in meine Richtung kommen sah. Einmal lief ich durch einen verlassenen Innenhof, um zu einer breiteren Straße zu gelangen, von der ich Verkehrslärm hörte.

Ein Mann sprang mich aus dem Schatten eines Torwegs an. Ich schrie, sprang zurück und riß instinktiv die Fäuste hoch. Ich schrie wieder, als mein kleiner Finger versuchte, sich mit dem Rest der linken Hand zu krümmen. Der Mann – ein alter Mann in Lumpen mit einem roten Tuch um die Stirn – taumelte zurück, als er gerade ›Baba‹ sagen wollte und stieß ebenfalls einen Angstschrei aus. Wir beide verließen den Innenhof in verschiedene Richtungen.

Ich kam auf der Straße heraus, sah vorüberfahrende Lastwagen, Privatautos, die Radfahrer überholten und, am heißersehntesten – einen öffentlichen Bus, der langsam die Straße entlang fuhr. In meinem Eifer, mitgenommen zu werden, schlug ich gegen die Seite des fahrenden Fahrzeugs. Der Fahrer starrte mich an, als ich ihm eine Handvoll Münzen entgegenwarf. Neben dem erforderlichen *paisas* mußte ich ihm mehrere Tageslöhne in amerikanischem Geld gegeben haben.

Der Bus war überfüllt, und ich drängte mich durch die Menge zu einer Stelle, die von der Straße aus nicht so leicht einzusehen war. Es gab keine Haltegurte. Ich packte eine Metallstange und klammerte mich daran fest, während der schwankende Bus die Gänge rauf und runter schaltete und von einer Haltestelle zur nächsten rukkelte.

Eine Zeitlang verfiel ich in einen halb träumenden Zustand. Die Überlastung der vergangenen Stunden hatte mir jegliches Streben genommen, abgesehen von dem, hier zu stehen und *sicher* zu sein. Wir waren viele Blocks weit gekommen, bis mir auffiel, daß sich ein breiter Kreis um mich geöffnet hatte und die anderen Passagiere mich anstarrten.

Habt ihr noch nie einen Amerikaner gesehen? dachte ich. Dann sah ich an mir hinab. Meine Kleidung war vollgesogen und stank nach dem unaussprechlichen Abfall, durch den ich gewatet war. Mein Hemd war an mindestens zwei Stellen zerrissen, und niemand hätte ahnen können, daß es einmal weiß gewesen war. Meine bloßen Arme waren dreckverkrustet, am rechten Untearm klebte immer noch Erbrochenes. Der kleine Finger meiner linken Hand stand in einem unmöglichen Winkel ab. Wie sich meine Stirn und die Braue anfühlten, bildete sich dort ein spektakulärer Bluterguß, getrocknetes Blut klebte immer noch an Braue, Lid und Wange. Mein Haar und mein Gesichtsausdruck sahen zweifellos schlimmer aus als Krishna in seinen wildesten Augenblicken.

»Hi«, sagte ich und winkte der Gruppe erschöpft zu. Frauen hoben die Saris vor die Gesichter, die Meute drängte zurück, bis der Fahrer brüllte, sie sollten ihn nicht zerquetschen.

Da kam mir ein Gedanke. Wo war ich eigentlich, zum Teufel? Dies hätte der Nachtbus nach Neu Delhi sein können. Zumindest standen die Chancen groß, daß ich in die falsche Richtung fuhr.

»Spricht hier jemand Englisch?« fragte ich. Die glotzenden Passagiere wichen noch weiter vor mir zurück. Ich bückte mich und sah zu den mit Drahtgeflecht vergitterten Fenstern hinaus. Ein paar Blocks blieben hinter uns zurück, bis ich die neonbeleuchtete Fassade eines Hotels oder Cafés sah. Davor parkten mehrere gelb-schwarze Taxis.

»Halt!« schrie ich. »Ich steige hier aus.« Ich drängte durch die Menge, die mir hastig Platz machte. Der Fahrer kam mitten auf der Straße quietschend zum Stillstand. Es gab keine Tür zu öffnen. Die Menge wich beiseite und ließ mich durch.

Ich zankte mich ein paar Minuten lang mit den Fahrern, bis mir einfiel, daß ich meine Brieftasche noch bei mir hatte. Die drei Fahrer hatten einen Blick auf mich geworfen und entschieden, daß ich reine Zeitverschwendung sei. Dann dachte ich daran, die Brieftasche herauszuholen und einen Zwanzigdollarschein hochzuhalten. Plötzlich lächelten die drei, verbeugten sich vor mir und hielten mir die Autotüren auf. Ich setzte mich in das erste Taxi, sagte ›Oberoi Grand‹ und machte die Augen zu. Wir brausten durch regennasse Straßen.

Mehrere Minuten später ging mir auch auf, daß ich meine Uhr noch anhatte. Ich starrte das Zifferblatt an, aber es war zu dunkel im Auto. Erst als wir an einer beleuchteten Kreuzung vorbeikamen, sah ich es deutlich. Es zeigte 11:28 Uhr ... das war unmöglich! War es erst zwei Stunden her, seit das Auto mich zu Das gebracht hatte? Eine Lebensspanne war seither vergangen. Ich pochte gegen das Glas, aber der Sekundenzeiger bewegte sich regelmäßig.

»Rasch!« sagte ich zu dem Fahrer.

»*Atcha!*« rief er fröhlich zurück. Keiner hatte den anderen verstanden.

Der stellvertretende Geschäftsführer sah mich die Halle betreten und betrachtete mich mit einem Ausdruck des Entsetzens. Er hob eine Hand. »Mr. Luczak!«

Ich winkte ihm zu und betrat den Fahrstuhl. Ich wollte nicht mit ihm reden. Das Adrenalin und meine hirnlose

Euphorie klangen ab und wichen Übelkeit, Niedergeschlagenheit und Schmerzen. Ich lehnte mich an die Wand des Fahrstuhls und hielt die linke Hand. Was sollte ich Amrita sagen? Meine Gedanken kreisten träge, und ich entschied mich für eine einfache Geschichte, daß ich überfallen worden war. Den Rest der Geschichte würde ich ihr eines Tages erzählen. Vielleicht.

Es war Mitternacht, aber es waren Leute auf dem Flur. Unsere Zimmertür stand offen, es sah aus, als würde eine Party dort stattfinden. Dann sah ich die Sam-Browne-Gürtel von zwei Polizisten und den altbekannten Bart und Turban von Inspektor Singh. *Amrita hat die Polizei gerufen. Ich habe gesagt, ich wäre in einer halben Stunde wieder zurück.*

Mehrere Leute drehten sich zu mir um, Inspektor Singh kam auf mich zu. Ich fing an, mir Einzelheiten des Überfalls auszudenken – nichts so Ernstes, daß wir noch einen Tag in Kalkutta bleiben müßten! – und winkte der Polizei fast fröhlich zu. »Inspektor! Wer sagt denn, daß nie ein Polizist da ist, wenn man einen braucht?«

Singh sagte nichts. Dann nahm mein übermüdeter Verstand die ganze Szene auf. Andere Hotelgäste drängten sich herum und starrten in die offene Tür unseres Zimmers. *Die offene Tür.*

Ich drängte mich an dem Inspektor vorbei und rannte in das Zimmer. Ich weiß nicht, was ich erwartet hatte, aber mein rasender Herzschlag beruhigte sich etwas, als ich Amrita auf dem Bett sitzen sah, wo sie mit einem Beamten sprach, der sich Notizen machte.

Ich sackte vor Erleichterung gegen die Tür. Alles war in Ordnung. Dann sah mich Amrita an, und in der blassen, beherrschten Ruhe ihres vollkommen ausdruckslosen Gesichts sah ich, daß *nichts* in Ordnung war. Vielleicht würde es nie wieder in Ordnung kommen.

»Sie haben Victoria mitgenommen«, sagte sie. »Sie haben unser Baby entführt.«

»Warum hast du sie reingelassen? Ich habe dir *gesagt*, du sollst niemand reinlassen. Warum hast du sie reingelassen?« Dasselbe hatte ich sie schon dreimal vorher gefragt. Amrita hatte dreimal geantwortet. Ich saß zusammengesunken mit dem Rücken zur Wand auf dem Boden. Meine Unterarme lagen auf den aufgestellten Knien, der gebrochene Finger stand weiß ab. Amrita saß ganz starr auf der Bettkante und hatte eine Hand steif auf der anderen liegen. Inspektor Singh saß in der Nähe in einem hohen Sessel und musterte uns beide eingehend. Die Tür zum Flur war geschlossen.

»Sie sagte, sie hätte den Stoff zurückgebracht«, sagte Amrita. »Sie wollte ihn austauschen. Du und ich wollten morgen früh aufbrechen.«

»Aber... ach, Herrgott, Kindchen...« Ich verstummte und senkte den Kopf.

»Du hast nicht gesagt, ich soll nicht mit *ihr* sprechen, Bobby. Ich habe Kamakhya gekannt.«

Inspektor Singh seufzte. »Und doch war es sehr spät, Mrs. Luczak. Hat Sie das nicht befremdet?«

»Doch«, sagte Amrita und wandte sich Singh zu. »Ich ließ die Kette vor und fragte sie, warum sie so spät komme. Sie erklärte es mir... es schien ihr peinlich zu sein, Inspektor... sie sagte, sie hätte das Haus erst verlassen können, als ihr Vater schlief. Sie sagte, sie hätte schon zweimal angerufen.«

»Stimmt das, Mrs. Luczak?«

»Das Telefon hat zweimal geläutet, Inspektor. Bobby hatte mir gesagt, ich sollte nicht abnehmen. Ich habe gehorcht.«

Sie sahen mich beide an. Ich sah Singh in die Augen. Bei Amrita konnte ich es nicht.

»Sind Sie sicher, daß Sie keine medizinische Versorgung brauchen, Mr. Luczak? In diesem Etablissement steht ein Arzt abrufbereit.«

»Nein. Ich bin sicher.« Nach den ersten paar Minuten, als Singh gefragt hatte, was mit mir passiert sei, hatte ich die ganze Geschichte erzählt. Sie konnte nicht sehr zusammenhängend gewesen sein, aber ich verschwieg lediglich die Tatsache, daß ich derjenige war, der Das die Pistole gegeben hatte. Inspektor Singh hatte genickt und sich Notizen gemacht, als würde er derlei Geschichten jeden Tag hören.

Spielte keine Rolle.

Er wandte sich wieder an Amrita. »Es tut mir leid, daß wir das noch einmal durchgehen müssen, Mrs. Luczak, aber können Sie ungefähr sagen, wie lange Sie das Zimmer verlassen hatten?«

Amrita zitterte ein wenig unter ihrer eisernen Beherrschung, und ich konnte die Grube von Hysterie und Kummer sehen, die unter der Oberfläche lag. Ich wollte zu ihr gehen und sie in die Arme nehmen. Ich machte nichts.

»Eine Minute, Inspektor. Vieleicht nicht einmal so lang. Ich sprach mit Kamakhya, als mir plötzlich sehr schwindlig wurde. Ich entschuldigte mich, ging ins Bad, spritzte mir kaltes Wasser ins Gesicht und kam wieder heraus. Vielleicht fünfundvierzig Sekunden.«

»Und das Kind?«

»Victoria... Victoria schlief hier. Auf dem Bett beim Fenster. Wir benützen... wir benützen die Kopfkeile und Kissen als eine Art... sie kuschelt gern, Inspektor. Sie mag es, wenn ihr Kopf an etwas liegt. Und mit den Kissen kann sie nicht herunterrollen.«

»Ja.«

Ich richtete mich auf und ging zum Fußende von Amritas Bett. Alles war mir recht, so lange ich nicht das andere Bett mit seinem leeren Kreis aus Kissen und Victorias blauer Decke ansehen mußte, die immer noch zerknittert und feucht war, wo sie sie im Schlaf angesabbert hatte.

»Das haben Sie doch schon alles gehört, Inspektor«, sagte ich. »Wann werden Sie aufhören, Fragen zu stellen und nach der... der Person suchen, die unser Baby hat?«

Singh sah mich mit seinen dunklen Augen an. Ich erinnerte mich an den Schmerz in Das' Blick und verstand jetzt ein wenig besser, daß es vielleicht doch kein Ende des Leids gab.

»Wir suchen, Mr. Luczak. Die gesamte Polizeitruppe ist informiert worden. Niemand im Hotel hat die Frau gehen sehen. Die Leute am Eingang können sich nicht an eine Frau erinnern, die ein Kind oder ein Bündel trug. Ich habe ein Auto zu der Adresse geschickt, an die sich Mrs. Luczak aus dem Sariladen erinnert. Und sehen Sie, wir haben zusätzliche Telefonleitungen aus den Nebenzimmern gelegt, damit wir Nachrichten empfangen können und Ihre Leitung frei bleibt.«

»Frei bleibt? Weshalb?«

Singh sah nach unten, strich mit dem Daumen über die scharfgeschnittene Bügelfalte seiner Hose, sah wieder hoch. »Für Lösegeldforderungen, Mr. Luczak. Wir müssen damit rechnen, daß es bei dieser Entführung um Lösegeld geht.«

»Ah«, sagte ich und ließ mich auf das Bett fallen. Die Worte schnitten durch mich wie scharfe Metallklingen, die ich schlucken mußte. »Ich verstehe. Gut.« Ich nahm Amritas Hand in meine. Sie war kalt und schlaff. »Aber was ist mit den Kapalikas?« fragte ich. »Wenn sie etwas damit zu tun haben?«

Singh nickte. »Das überprüfen wir, Mr. Luczak. Sie dürfen nicht vergessen, daß es sehr spät ist.«

»Aber ich habe Ihnen das Fabrikgelände beschrieben, wo ich Das getroffen habe.«

»Ja, und das könnte sehr hilfreich sein. Aber Sie müssen verstehen, daß es Dutzende solcher Plätze beim Hooghly in der Altstadt von Kalkutta gibt. Hunderte, wenn man die Lagerhallen und Docks im Norden mitzählt. Und alle sind Privatbesitz. Viele gehören ausländischen Firmen. Sind Sie sicher, Mr. Luczak, daß das Gelände am Fluß lag?«

»Nicht hundertprozentig.«

»Und Sie können sich an keine Merkmale erinnern? Keine Straßennamen? Keine leicht identifizierbaren Gegebenheiten?«

»Nein. Nur an die beiden Schlote. Da war ein Slum...«

»Gab es Anzeichen, daß es sich um einen dauerhaften Wohnsitz dieser Männer handelte? Spuren permanenter Nutzung?«

Ich runzelte die Stirn. Abgesehen von Das' kargem Regal mit Habseligkeiten hatte ich nichts dergleichen gesehen. »Da war das Götzenbild«, sagte ich schließlich. »Sie haben das Haus als Tempel genutzt. Dieses Götzenbild kann nicht so leicht abzutransportieren sein.«

»Die Statue, die lebendig wurde?« fragte Singh. Hätte ich den leisesten Hauch Sarkasmus in seiner Stimme gehört, hätte ich mich auf ihn gestürzt, ob mit oder ohne gebrochenem Finger.

»Ja.«

»Aber wir *wissen* nicht, ob sie etwas damit zu tun haben, Mr. Luczak, richtig?«

Ich hielt meine Hand und sah ihn böse an. »Sie ist die Nichte von M. Das, Inspektor. Sie muß irgend etwas damit zu tun haben.«

»Nein.«

»Was meinen Sie damit, ›nein‹?«

Singh holte ein goldenes Zigarettenetui heraus. Es war das erste Mal, daß ich jemand im wirklichen Leben eine Zigarette gegen ein Zigarettenetui klopfen sah, bevor er sie anzündete. »Ich meine: nein, sie ist nicht die Nichte von M. Das«, sagte er.

Amrita keuchte, als hätte sie jemand geschlagen. Ich starrte ihn an.

»Mrs. Luczak, Sie haben gesagt, daß Miß Kamakhya Bharati die Nichte des Dichters M. Das sei. Die Tochter von Das' jüngerer Schwester, wie sie selbst sagte. Ist das richtig?«

»Ja.«

»M. Das hatte keine Schwestern, Mrs. Luczak. Jedenfalls keine, die die Kindheit überlebten. Er hatte vier lebende Brüder, alle Bauern, alle Einwohner desselben Dorfs in Bangla Desch. Sehen Sie, ich bin seit acht Jahren ermittelnder Beamter im Fall Das. Ich bin mit seinen Lebensumständen durchaus vertraut. Hätten Sie bei unserer ersten Begegnung erwähnt, daß sich diese Frau mit Ihnen in Verbindung gesetzt hat, Mr. Luczak, hätte ich Sie davon in Kenntnis setzen können.« Singh blies Rauch aus und entfernte einen Tabakskrümel von der Zunge.

Das Telefon läutete.

Wir zuckten alle zusammen. Es war eines der zusätzlichen Telefone. Singh nahm ab. »Ha?« Längeres Schweigen. »Shukriya«, sagte er schließlich und fügte hinzu: »Ausgezeichnet, Sergeant.«

»Was ist?« wollte ich wissen.

Inspektor Singh drückte die Zigarette aus und stand auf. »Ich fürchte, heute nacht können wir nicht mehr viel tun. Ich komme morgen früh wieder. Meine Leute werden die ganze Nacht in den angrenzenden Zimmern sein. Sämtliche Anrufe in Ihr Zimmer werden von einem Beamten unten in der Zentrale mitgehört. Das war mein Sergeant am Telefon. Die Adresse, die Kamakhya Bharati dem Geschäft genannt hat, war selbstverständlich falsch. Sie war in den Laden zurückgekehrt und hat die Ware persönlich abgeholt. Meine Männer haben einige Zeit gebraucht, die Adresse zu finden, die sie dem Geschäft genannt hatte, weil sie sich in einer Gegend mit wenigen Häusern befindet.« Er zögerte und sah mich an. »Die Adresse, die sie genannt hat, ist eine öffentliche Wäscherei«, sagte er. »Eine Wäscherei und ein Krematoriumsgelände.«

Amrita war in den folgenden Tagen bei weitem die tapferere und klügere von uns beiden. Ich hätte noch stundenlang auf dem Bett gesessen, nachdem Singh gegangen war, hätte Amrita sich nicht um mich gekümmert, mir die stinkenden Kleider ausgezogen und den kleinen Finger mit einem Zahnbürstengriff so gut es ging geschient. Als sie den Finger zurechtrückte, mußte ich mich wieder übergeben, aber ich konnte nichts mehr erbrechen, und das trockene Würgen wäre bald zu einem Schluchzen der Wut und Hilflosigkeit geworden, hätte mich Amrita nicht unter die Dusche gesteckt. Das Wasser war ein lauwarmes Rinnsal, aber herrlich. Ich stand eine halbe Stunde darunter, schlief sogar tatsächlich einmal ein und ließ Erinnerungen und Schrecken von dem Wasser fortspülen. Lediglich ein sengender Kern Traurigkeit und Verwirrung brannte durch meine Müdigkeit, als ich mir saubere Sachen anzog und mich zu einer stummen Nachtwache zu Amrita gesellte.

Dienstagmorgen saßen wir gemeinsam da und sahen zu, wie der Sonnenaufgang von Kalkutta ein trübes, graues Licht durch die offenen Vorhänge warf. Tempelglocken, Wagenglocken, Rufe von Händlern und wahllose andere Straßenlaute drangen mit dem ersten Licht zu uns. »Es geht ihr bestimmt gut«, sagte ich in regelmäßigen Abständen. »Ich weiß es, Kind. Es geht ihr gut.«

Amrita sagte nichts.

Genau um 5:35 Uhr läutete das Telefon. Es war das Telefon in unserem Zimmer. Ich schnellte durch den Raum und nahm ab.

»Hallo?« Ich glaubte, eine zusätzliche Tiefe in der Leitung zu hören. Es war, als würden wir in eine Höhle in der Erde sprechen.

»Hallo? Hallo? Mr. Luczak, hallo?«

»Ja. Wer spricht?«

»Hallo? Hier spricht Michael Leonard Chatterjee, Mr. Luczak.«

»Ja?« *Bist du der Mittelsmann? Hast du etwas damit zu tun, du Dreckskerl?*

»Mr. Luczak, die Polizei war heute nacht bei mir zu Hause. Sie haben mir von der Entführung Ihres Kindes erzählt.«

»Ja?« Wenn das lediglich ein Beileidsanruf sein sollte, würde ich auflegen. Aber es war kein Beileidsanruf.

»Die Polizei hat mich geweckt, Mr. Luczak. Sie hat meine Familie geweckt. Sie ist in mein *Haus* eingedrungen. Sie scheinen zu glauben, daß ich irgend etwas mit diesem Vorfall zu tun habe. Sie haben mich mitten in der *Nacht* verhört, Mr. Luczak.«

»Ja. Na und?«

»Ich rufe an, um aufs Schärfste gegen diese Verdächtigungen meiner Person und die Verletzung meiner Privatsphäre zu protestieren«, sagte Chatterjee. Seine Stimme wurde höher und schriller, er fing an zu schreien. »Sie hätten ihnen meinen Namen nicht geben dürfen, Mr. Luczak. Ich bin eine Person mit Ansehen in dieser Stadt. Ich dulde nicht, daß mein Charakter in ein derart schiefes Licht gerückt wird. Dazu haben Sie kein Recht, Sir.«

»Was?« Es kostete mich alle Anstrengung, auch nur diese eine Silbe herauszubringen.

»Sie haben kein *Recht*, Sir. Ich warne Sie, sollten Sie Vorwürfe erheben, meinen Namen erwähnen oder auch nur andeuten, der Schriftstellerverband könnte etwas mit Ihren persönlichen Problemen zu tun haben, Mr. Luczak, werde ich durch meinen Anwalt rechtliche Schritte einleiten lassen. Ich warne Sie, Sir.«

Ein hohles Poltern war zu hören, als Chatterjee auflegte. Die Leitung zischte und knisterte noch ein paar Sekunden lang, dann folgte ein zweites Poltern, als der Polizist in der Zentrale auflegte. Amrita stand neben mir, aber einen Augenblick lang konnte ich nicht sprechen. Ich blieb stehen, drückte den Hörer, als wäre er Chatterjees Hals, und meine Wut erreichte den Punkt, wo Sehnen reißen oder Adern platzen.

»Was?« wollte Amrita wissen und schüttelte mich am Arm. Ich sagte es ihr.

Sie nickte. Irgendwie brachte sie der Anruf zum Handeln. Als erstes rief sie von einer der zusätzlichen Leitungen ihre Tante in Neu Delhi an. Ihre Tante kannte niemanden in Bengalen, hatte aber Freunde, die wiederum Freunde im *Lok Sabha* hatten, einem der Parlamentshäuser. Amrita erzählte einfach von der Entführung und bat um Hilfe. Mir war unergründlich, welche Form diese Hilfe haben konnte, aber allein die Tatsache, daß Amrita *handelte*, verbesserte meine Stimmung.

Als nächstes rief sie den Bruder ihres Vaters in Bombay an. Ihrem Onkel gehörte eine Baufirma, er war ein Mann mit nicht unerheblichem Einfluß an der Westküste des Subkontinents. Obwohl er von einer Nichte, von der er seit zehn Jahren nichts gehört hatte, aus seinem Tiefschlaf gerissen worden war, versprach er, ins nächste Flugzeug nach Kalkutta zu steigen. Amrita bat ihn, das nicht zu tun – noch nicht –, sich aber mit sämtlichen Behörden in Bengalen in Verbindung zu setzen, die uns vielleicht weiterhelfen könnten. Er versprach, daß er das erledigen und in Verbindung bleiben würde.

Ich saß da, hörte mir die eleganten Hindisätze an und sah meine Frau an wie eine Fremde. Als sie mir später den Gegenstand ihrer Gespräche erklärte, verspürte ich die Zuversicht, die ein Kind empfindet, wenn es hört, wie sich Erwachsene mit anderen Erwachsenen über bedeutende Angelegenheiten unterhalten.

Bevor Inspektor Singh an diesem Morgen um acht Uhr dreißig kam, hatte Amrita die drei größten Krankenhäuser in Kalkutta angerufen. Nein, in der Nacht waren keine amerikanischen Kinder oder Kinder mit heller Haut, auf die die Beschreibung zutraf, eingeliefert worden.

Dann rief sie die Leichenhalle an.

Diesen Anruf hätte ich nie machen können. Ich hätte nicht dastehen können, so wie sie, mit geradem Rücken und fester Stimme, und einen verschlafenen Fremden fragen, ob der Leichnam meines Kindes im Verlauf der dunklen Nacht von Kalkutta eingeliefert worden war.

Die Antwort war nein.

Erst als sie ihm gedankt und aufgelegt hatte, sah ich das Zittern, das in ihren Beinen anfing und sich am Körper hinauf bewegte, bis ihre Hände bebten und sie das Gesicht damit bedecken mußte. Da ging ich zu ihr und nahm sie in die Arme. Sie gab ihre eiserne Selbstbeherrschung nicht auf, noch nicht, aber sie legte den Kopf an meinen

Halsansatz und wir wiegten uns beide hin und her, sagten nichts und fügten uns gemeinsam in unseren Schmerz und das Leid.

Inspektor Singh brachte keine Neuigkeiten.

Er saß bei uns an dem kleinen Tisch im Zimmer und trank Kaffee. Männer mit Helmen kamen und gingen, brachten Papiere, erhielten Instruktionen.

Singh sagte uns, daß die Sicherheitsbeamten an Bahnhöfen und dem Flugplatz informiert worden seien. Ob wir ein Foto des Kindes besaßen? Ich hatte eins. Es war zwei Monate alt. Damals hatte Victoria viel weniger Haare gehabt. Ihr Gesicht war nicht so ausgeprägt gewesen. Unter ihren gekrümmten Beinchen konnte ich eine orangefarbene Decke sehen, ein vergessenes Artefakt jenes fernen, sorglosen Picknicks am Memorial Day. Ich trennte mich nur sehr widerstrebend von dem Foto.

Singh stellte weitere Fragen, sprach Trost aus und verließ uns. Ein magerer Polizeisergeant steckte den Kopf zur Tür herein und teilte uns in gebrochenem Englisch mit, daß er nebenan sein würde. Wir nickten.

Der Tag verging. Amrita hatte Essen bestellt. Keiner von uns aß etwas. Ich duschte zweimal lange, ließ aber die Tür auf, damit ich Amrita oder das Telefon hören konnte. Mein Körper roch immer noch nach Fäulnis von der vergangenen Nacht. Ich war so müde, daß ich mich losgelöst von meinem Körper fühlte. Meine Gedanken gingen immer wieder im Kreis herum, wie eine Tonbandschleife.

Wen ich nicht gegangen wäre.

Wenn ich nicht in das Auto eingestiegen wäre.

Wenn ich früher zurückgekommen wäre.

Ich drehte das Wasser ab und schlug mit der Faust gegen die Kacheln.

Um fünfzehn Uhr kam Singh mit zwei Polizeibeamten zurück. Einer sprach kein Englisch. Der andere hatte sich irgendwie einen Cockney-Akzent angeeignet. Ihr Bericht brachte uns nicht weiter.

Niemand namens M. T. Krishna unterrichtete an der Universität. Während des vergangenen Jahrzehnts hatten fünf Tutoren mit Namen Krishna dort gelehrt. Zwei waren im Ruhestand. Zwei waren jetzt Mitte oder Ende Fünfzig. Einer war eine Frau.

Es gab keine Unterlagen über einen Krishna, der etwas mit der Education Foundation der Vereinigten Staaten in Indien zu tun hatte. Es gab nicht einmal ein Büro der USEFI in Kalkutta. Die nächste Zweigstelle war in Madras. Telefonate waren erledigt worden, aber niemand wußte etwas von einem Krishna oder Sanjay. Niemand war geschickt worden, um uns am Flughafen von Kalkutta abzuholen. Die USEFI hatte keine Ahnung, daß ich mich im Land aufhielt.

An der Universität von Kalkutta gab es viele Studenten mit Namen Sanjay. Bisher entsprach keiner der Verhörten der Beschreibung, die ich der Polizei gegeben hatte. Beamte arbeiteten daran, aber es konnten mehrere Wochen vergehen, bis sämtliche momentan eingeschriebenen Sanjays überprüft waren. Schließlich waren Semesterferien.

Es *war* dagegen bestätigt worden, daß ein Jayaprakesh Muktanandaji Student dort gewesen war, aber er hatte sich im letzten Semester nicht mehr eingeschrieben. Ein Kellner im Coffee House bei der Universität hatte Muktanandaji jedoch erst vor zwei Tagen dort gesehen.

»Das war, nachdem ich ihn dort getroffen hatte«, sagte ich.

So schien es. Muktanandaji hatte dem befreundeten Kellner eine Eisenbahnfahrkarte gezeigt, die er gekauft hatte. Er hatte gesagt, er wollte in sein Heimatdorf Anguda zurückkehren. Der Kellner hatte den jungen Mann seither nicht mehr gesehen. Singh hatte mit dem Commissioner in Jamshedpur telefoniert, der dem Provinzconstable in Durgalapur telegrafieren wollte. Der Constable wollte nach Anguda gehen, Muktanandaji finden und zum Verhör nach Durgalapur mitnehmen. Man rechnete damit, Mittwochnachmittag von ihm zu hören.

»Morgen!«

»Ja, Mr. Luczak. Es ist ein abgelegenes Dorf.«

Im Telefonbuch von Kalkutta waren viele Bharatis verzeichnet. Keiner der Verhörten hatte eine Tochter Mitte Zwanzig mit Namen Kamakhya. Dieser Name war recht ungewöhnlich.

»Wie das?« fragte ich.

»Das erkläre ich Ihnen später«, sagte Singh.

Kontakte mit Informanten im Untergrund der *goondas* waren aufgenommen worden. Es waren keine nützlichen Informationen zutage gekommen, aber die Ermittlungen gingen weiter. Außerdem wollte die Polizei Mitglieder der Bettlervereinigung verhören.

Als ich das hörte, drehte sich mir der Magen um. »Was ist mit den Kapalikas?« fragte ich.

»Wass'n das?« fragte der andere Inspektor.

Singh sagte etwas auf Bengali und wandte sich dann wieder zu mir. »Sie müssen wissen, Mr. Luczak, daß der Geheimbund der Kapalikas – technisch gesehen – ein Mythos ist.«

»Dummes Zeug«, sagte ich. »Es ist kein Mythos, daß gestern nacht jemand versucht hat, mich umzubringen. Es ist kein Mythos, daß unsere kleine Tochter verschwunden ist.«

»Nein«, sagte Singh. »Aber wir haben noch keine überzeugenden Beweise, daß die *thugees, goondas* oder sogenannte Kapalikas etwas damit zu tun haben. Zusätzlich komplizierend ist die Tatsache, daß verschiedene kriminelle Elemente sich häufig auf eine korrupte, tantrische Form des Mystizismus berufen und gelegentlich lokale Gottheiten beschwören – in diesem Fall Kali –, um ihre Bewerber zu beeindrucken oder den gewöhnlichen Leuten Angst einzujagen.«

»Hm-hmm«, sagte ich.

Amrita verschränkte die Arme und sah die drei Männer an. »Also haben Sie keine echten Neuigkeiten für uns?« sagte sie.

Singh sah die beiden anderen an. »Keine Fortschritte, nein.«

Amrita nickte und griff zum Telefon. »Ja, hallo, hier ist Zimmer sechs-zwölf. Würden Sie mich bitte mit der amerikanischen Botschaft in Neu Delhi verbinden? Ja, es ist sehr wichtig. Vielen Dank.«

Die drei Männer blinzelten. Ich brachte sie zur Tür, während Amrita neben dem Telefon wartete. Auf dem Flur entfernten sich die beiden anderen Polizisten, während ich Singh noch einen Moment aufhielt. »Warum ist Kamakhya Bharatis Name so ungewöhnlich?«

Singh strich sich über den Bart. »Kamakhya ist... kein verbreiteter Name in Bengalen.«

»Warum das?«

»Es ist ein religiöser Name. Ein Aspekt von... von Parwati.«

»Sie meinen von Kali.«

»Ja.«

»Und warum ist er nicht verbreitet? Es laufen doch genug Ramas oder Krishnas herum.«

»Ja«, sagte Singh und schnippte Fusselchen von seinem Ärmel. Das Licht spiegelte sich in dem Stahlarmreif an seinem Handgelenk. »Ja, aber der Name Kamakhya und seine Variante Kamaksi werden mit einem besonders unattraktiven Aspekt von Kali in Verbindung gebracht, der einst im großen Tempel in Assam angebetet worden ist. Manche ihrer Zeremonien waren sehr unappetitlich. Der Kult wurde vor ein paar Jahren verboten. Der Tempel ist verlassen.«

Ich nickte. Ich reagierte nicht auf die Neuigkeiten. Ich ging ins Zimmer zurück und wartete, bis Amrita ihren Anruf erledigt hatte. Und die ganze Zeit baute sich irres Gelächter in mir auf, und Wutschreie rasselten an ihren Gittern und wollten heraus.

Gegen fünf Uhr an diesem endlosen Tag ging ich ins Foyer. Ein Gefühl der Klaustrophobie war über mich gekommen, bis ich kaum noch atmen konnte. Aber in der Halle war es nicht besser. Ich kaufte eine Zigarre im Andenkenladen; aber der Verkäufer starrte mich an, und die mitfühlenden Blicke des stellvertretenden Geschäftsführers grenzten an Verachtung. Ich bildete mir ein, daß ein moslemisches Paar in der Halle über mich tuschelte, und es war keine Einbildung, daß mehrere Kellner aus dem Garden Café kamen, auf mich deuteten und sich den Hals verrenkten.

Ich zog mich hastig in den sechsten Stock zurück und lief die Treppe hinauf, um Energie abzubauen. Der englische Brauch, den zweiten Stock als ersten zu bezeichnen, gab mir eine zusätzliche Etage zur Übung. Ich keuchte und schwitzte, als ich auf unserem Stockwerk war. Amrita eilte auf mich zu.

»Ist etwas?« fragte ich.

»Mir ist gerade etwas Wichtiges eingefallen«, sagte sie atemlos.

»Und das wäre?«

»Abe Bronstein! Krishna hat Abe Bronstein erwähnt, als wir in der ersten Nacht den Flughafen verlassen haben. Krishna *muß* etwas mit der USEFI oder sonstwem zu tun haben.«

Amrita ging, um mit dem Polizeisergeanten in 614 zu reden, während ich ein Gespräch in die Staaten anmeldete. Obwohl der Polizist in der Zentrale die Sache beschleunigte, dauerte es dreißig Minuten, bis sie eine Leitung nach Übersee bekamen. Als ich das vertraute Knurren aus New York hörte, zerriß beinahe etwas in mir. »Guten Morgen, Bobby! Verdammt, von wo rufst du denn an? Es hört sich an, als würdest du dich mit einem billigen CB vom Mond melden.«

»Abe, bitte hör zu!« Ich erzählte ihm so rasch ich konnte von Victorias Verschwinden.

»Oh, Scheiße!« stöhnte Abe. »Scheiße, Scheiße,

Scheiße!« Trotz zehntausend Meilen schlechter Verbindung konnte ich den aufrichtigen Schmerz in seiner Stimme hören.

»Hör zu, Abe, kannst du mich hören? Ein Verdächtiger in dieser Sache ist ein Bursche namens Krishna ... M. T. Krishna ... aber wir glauben, sein richtiger Name ist Sanjay Soundso. Er hat uns letzten Donnerstag am Flughafen abgeholt. Kannst du mich hören? Gut. Dieser Krishna hat gesagt, er arbeitet für die USEFI ... das ist die Amerikanische Education Foundation in Indien ... ja ... und er hat uns abgeholt, um seinem Boß einen Gefallen zu tun. Weder Amrita noch ich können uns an den Namen von diesem Boß erinnern. Aber er hat auch *deinen* Namen erwähnt, Abe. Er hat besonders deinen Namen hervorgehoben. Hallo?«

»Shah«, sagte Abe durch die hohlen Echos.

»Was?«

»Shah. A. B. Shah. Ich habe ihm telegrafiert, als ihr von London abgereist seid, und ihn gebeten, euch zu unterstützen, falls es erforderlich werden sollte.«

»Shah«, wiederholte ich und schrieb rasch. »Großartig. Wo können wir ihn finden, Abe. Steht er im Telefonbuch von Kalkutta?«

»Nein, Bobby, er ist nicht in Kalkutta. Shah ist Redakteur der *Times of India*, aber er arbeitet auch als kultureller Berater der USEFI in Neu Delhi. Ich habe ihn vor ein paar Jahren kennengelernt, als er an der Columbia unterrichtet hat. Von diesem Hurensohn Krishna habe ich noch nie etwas gehört.«

»Danke, Abe, du hast uns sehr geholfen.«

»Verdammt, Bobby, *es tut mir leid*. Wie nimmt es Amrita auf?«

»Großartig. Sie ist wie ein Fels, Abe.«

»Ahhh. Alles wird gut, Bobby. Daran mußt du glauben. Sie werden Victoria wiederfinden. Ihr wird nichts geschehen.«

»Klar.«

»Laß mich wissen, wie sich die Sache entwickelt. Ich bin bei meiner Mutter. Du hast die Nummer, nicht? Laß mich wissen, ob ich helfen kann. *Oh, verdammt*. Alles wird gut, Bobby.«

»Auf bald, Abe. Danke.«

Amrita hatte nicht nur Singh informiert, sondern telefonierte schon mit der dritten der drei großen Zeitungen Indiens. Sie fauchte Anweisungen in gebieterischem Hindi.

»Das hätten wir schon früher machen sollen«, sagte sie, als sie den Hörer aufgelegt hatte. »Jetzt werden sie erst in der morgigen Ausgabe erscheinen.« Amrita hatte in jeder der Zeitungen eine halbseitige Anzeige aufgegeben. Boten würden Kopien des Fotos abholen, das wir der Polizei gegeben hatten. Wir versprachen 10000 Dollar Belohnung für sachdienliche Informationen zu dem Fall; 50000 für die wohlbehaltene Wiederkehr von Victoria oder Hinweise, die zu ihrer Wiederkehr führten, ohne weitere Fragen.

»Um Himmels willen«, sagte ich benommen. »Wo sollen wir denn fünfzigtausend Dollar hernehmen?«

Amrita sah zum Fenster hinaus auf das abendliche Chaos auf der Straße. »Ich hätte doppelt soviel geboten«, sagte sie. »Aber das wären fast eine Million Rupien gewesen. Diese Summe ist irgendwie glaubwürdiger und aufregender für die Habgierigen.«

Ich schüttelte den Kopf. Ich hatte wirklich an gar nichts denken können. Ich rief rasch Singh an und gab ihm die Informationen über Shah. Er versprach, ihnen sofort nachzugehen.

Ich döste eine Stunde lang oder so. Eigentlich hatte ich es gar nicht gewollt. Eben saß ich noch im Sessel beim Fenster und beobachtete, wie der letzte Rest des grauen Abendlichts verschwand, und im nächsten Augenblick riß ich ruckartig den Kopf hoch, es war Nacht, und heftiger Regen prasselte gegen die Scheiben. Eines der Polizeitelefone läutete. Amrita kam vom Flur herein, aber ich war schneller als sie.

»Mr. Luczak?« Es war Inspektor Singh. »Ich konnte Mr. A. B. Shah in seinem Haus in Neu Delhi erreichen.«

»Und?«

»Er war tatsächlich derjenige, der ein Telegramm von Ihrem Mr. Bronstein erhalten hat. Mr. Shah empfindet größten Respekt für Ihren Freund und hat sofort einen Angestellten der Foundation abkommandiert, einen jungen Mann namens R. L. Dhavan, der hierher reisen und Ihnen seine Dienste als Führer und Dolmetscher anbieten sollte.«

»Abkommandiert? Sie meinen von Delhi nach Kalkutta?«

»Genau.«

»Und wo ist er?«

»Das hat sich Mr. Shah auch gefragt. Und das haben wir uns gefragt. Wir haben uns eine genaue Beschreibung des Äußeren von diesem Herrn und seiner Kleidung geben lasen, als er zum letzten Mal gesehen wurde.«

»Und?«

»Und, Mr. Luczak, es scheint, als wäre Mr. R. L. Dhavan die ganze Zeit unter uns gewesen. Sein Leichnam wurde letzten Donnerstagnachmittag auf dem Bahnhof Howrah gefunden – in einer Kiste.«

Kurz nach zehn Uhr kam es wieder mal zu einem Stromausfall. Das Monsungewitter hatte ein Ausmaß angenommen, wie ich es noch nicht erlebt hatte. Blitze zerrissen den Himmel alle paar Sekunden und erhellten das Zimmer wirkungsvoller als die beiden Kerzen, die ein Portier herausgebracht hatte. Innerhalb weniger Minuten nach Einsetzen der Sintflut waren die Straßen überschwemmt, und der furchterregende Platzregen wurde mit jeder Stunde schlimmer. In der Chowringhee waren keine Lichter zu sehen. Ich fragte mich, wie die kauernden Millionen in ihren Sackleinwandhütten und die obdachlosen Straßenbewohner solche Nächte überlebten.

Victoria ist irgendwo da draußen.

Ich stöhnte laut auf und schritt durch das Zimmer. Ich nahm einen Hörer ab und dann den anderen, um Singh anzurufen. Beide Leitungen waren tot.

Der stellvertretende Geschäftsführer kam herauf, gab dem verschlafenen Polizisten nebenan eine Erklärung und entschuldigte sich bei uns. Tausende Telefone in der Umgegend funktionierten nicht. Er hatte einen Boten zur Telefongesellschaft geschickt, aber die Büros hatten geschlossen. Niemand wußte, wann sie wieder funktionieren würden. Das dauerte manchmal Tage.

Als der Geschäftsführer gegangen war, nahm ich unsere Kleidungsstücke aus dem Schrank und hängte sie an die Stange des Duschvorhangs im Bad.

»Was machst du da?« fragte Amrita. Ihre Stimme klang leicht nuschelnd. Sie hatte seit über vierzig Stunden nicht mehr geschlafen. Ihre Augen waren dunkel und müde.

Ich sagte nichts, sondern zog den schweren Holzstab heraus, der als Kleiderstange gedient hatte. Dieser war über einen Meter lang und fühlte sich hinreichend solide in meiner Hand an. Ich lehnte ihn an einen Stuhl neben der Tür. Draußen schlug ganz in der Nähe ein Blitz ein und tauchte die überschwemmte Kulisse eine Sekunde lang in stroboskophafte Klarheit.

Zehn nach elf klopfte es laut an die Tür. Amrita schrak in ihrem Sessel hoch, während ich aufstand und die Stange zur Hand nahm. »Wer ist da?«

»Inspektor Singh.«

Der Sikh trug einen Tropenhelm und einen tropfenden schwarzen Regenmantel. Zwei durchnäßte Polizisten standen auf dem Flur. »Mister Luczak, wir möchten, daß Sie uns in einer dringenden Sache begleiten.«

»Wohin, Inspektor?«

Singh schüttelte Wasser von seinem Helm. »In die Sassoon Leichenhalle.« Als Amrita unwillkürlich stöhnte, fuhr er hastig fort: »Jemand wurde ermordet. Ein Mann.«

»Ein Mann? Was hat das mit diesem Wieheißterdochgleich zu tun? Dhavan?«

Singh zuckte die Achseln. Wasser tropfte auf den Teppich. »Das wissen wir nicht. Der... Stil des Mords hat Ähnlichkeit mit dem der *goondas.* Den Kapalikas, wenn Sie so wollen. Wir möchten gerne, daß Sie uns helfen, den Leichnam zu identifizieren.«

»Was meinen Sie, wer es ist?«

Wieder das Achselzucken. »Kommen Sie mit, Mr. Luczak? Mein Auto wartet.«

»Nein«, sagte ich. »Unwiderruflich nein. Ich lasse Amrita nicht allein. Vergessen Sie es.«

»Aber für die Identifizierung...«

»Machen Sie ein Foto, Inspektor. Ihre Abteilung besitzt doch eine Kamera, oder nicht? Wenn nicht, warte ich auf Großaufnahmen in der Morgenzeitung. Die Einwohner Kalkuttas scheinen dasselbe Vergnügen an Fotos von Leichen zu haben wie wir in den Staaten an Comic Strips.«

»Bobby!« sagte Amrita. Ihre Stimme klang rauh. Wir waren beide übermüdet. »Der Inspektor versucht nur, uns zu helfen.«

»Ja«, sagte ich. »Zu dumm. Ich lasse dich nicht noch einmal allein.«

Amrita nahm Handtasche und Regenschirm. »Dann komme ich auch mit.«

Singh und ich sahen sie an.

»Die Telefone sind tot«, sagte sie. »Niemand kann uns anrufen. Es sind vierundzwanzig Stunden vergangen, und es wurde keine Lösegeldforderung gestellt. Überhaupt kein Kontakt. Wenn dies helfen kann, machen wir es *gleich.*«

Blitze erhellten die vernagelten Fenster und die beiden tropfnassen Steinlöwen, die aus einer früheren, unschuldigeren Ära übriggeblieben waren. Den Eingang der Leichenhalle erreichte man über eine lange Zufahrt hinten, die zwischen dunklen, tropfenden Gebäuden und Abfallbergen hindurch verlief, welche in dem Wolkenbruch zu schmelzen schienen. Ein verfallendes Vordach schützte die breiten Türen der Leichenhalle Sassoon.

Ein Mann in zerknittertem Anzug empfing uns in einem Vorzimmer. Selbst hier roch die Luft durchdringend nach dem aus dem Biologieunterricht der High School bekannten Formaldehyd. Petroleumlampen warfen Schatten hinter Aktenschränke und hohe Stapel Ordner auf jedem Schreibtisch. Der Mann machte mit den Fingern einen Dachfirst vor mir, verbeugte sich pro forma und schleuderte dem tropfnassen Inspektor eine Tirade in Bengali entgegen.

»Er sagt, Mrs. Luczak kann hier bleiben«, übersetzte Singh. »Wir sind im Nebenzimmer.«

Amrita nickte und sagte: »Und er hat auch gesagt, die Leichenhalle braucht einen Notstromgenerator, Inspektor. Er hat die Politiker im Rathaus aufgefordert, sich von ihren Ärschen zu erheben und hier mal den Rosenduft zu schnuppern. Stimmt das? Es war in einem Dialekt.«

»Es stimmt«, sagte Singh und lächelte grimmig und ergeben. Er sagte etwas zu dem Angestellten der Leichenhalle, worauf der kleine Mann errötete und Singh und mich durch eine Tür und einen kurzen, gekachelten Gang entlangführte.

Eine hängende Laterne zeigte einen Raum, der Jack the Rippers Vorstellung von einem Operationssaal entsprechen mochte. Er war schmutzig. Papiere, Tassen und verschiedener Kram lag überall. Messer, Skalpelle und Knochensägen waren auf fleckigen Tabletts und Tischplatten verteilt. Eine riesige Neonlampe – die jetzt nicht funktionierte – und der glänzende Stahltisch mit Ablaufrinnen bestätigten den Zweck dieses Raums. Sie und der Leichnam, der unverdeckt auf dem Tisch lag.

»Ah«, sagte der Inspektor und ging näher hin. Er winkte ungeduldig, daß ich mich zu ihm gesellen sollte. Der Angestellte der Leichenhalle hob die Laterne von ihrem Haken an der Wand und hängte sie an die Stange des Operationssaallichts. Die schwingende Lampe warf wirbelnde Muster auf den glatten Stahl.

Als ich ein Kind war, hatten sich meine Eltern eine Ausgabe von *Compton's Pictured Encyclopedias* gekauft. Mein Lieblingskapitel war das über den menschlichen Körper. Dort waren Seiten durchsichtiger Bilder zum Übereinanderlegen enthalten. Man fing mit dem ganzen Körper an, Haut und alles, und je mehr Seiten man umblätterte, um so tiefer drang man in die Geheimnisse des dichtgedrängten Innern des menschlichen Leibes vor. Alles war ordentlich in einem Farbcode gehalten und der Übersicht halber numeriert.

Der Leichnam, der jetzt vor mir lag, entsprach Seite zwei – MUSKELN & SEHNEN. Die Haut war vom Hals an abwärts aufgeschnitten und vom Oberkörper abgezogen worden. Sie lag unter dem Leichnam zusammengerafft wie ein feuchtes und runzliges Cape. Aber hier waren keine fein säuberlich numerierten Muskeln zu sehen, nur ein menschliches Wesen, das wie rohes Fleisch aussah, dessen Körpersäfte das Licht spiegelten; dicke weiße Fasern verschwanden in rohen rosa Knorpeln; gelbliche Sehnen waren gespannt wie blutige Saiten.

Singh und der andere Mann sahen mich an. Wenn sie erwarteten, daß ich aufschreien oder mich übergeben würde, mußte ich sie enttäuschen. Ich räusperte mich. »Haben Sie schon mit der Autopsie angefangen?«

Singh übersetzte den kurzen Satz des anderen Mannes. »Nein, Mr. Luczak. So ist er vor zwei Stunden hier eingeliefert worden.«

Da reagierte ich. »Himmel! Wie kann jemand einen Menschen töten und ihn abhäuten?«

Singh schüttelte den Kopf. »Er war nicht tot. Als er erstmals gesehen wurde, lief er die Sudder Street entlang. Und schrie. Lief, wie Zeugen behaupten. Er stürzte. Wenig später hörten die Schreie auf. Schließlich rief jemand die Polizei.«

Ich wich unwillkürlich zwei Schritte zurück. Ich konnte

die Stimme meiner Mutter vom dritten Stock in der Pulaski Street herunterbrüllen hören. *Robert Luczak, du kommst augenblicklich herauf, sonst ziehe ich dir bei lebendigem Leib die Haut ab.* Das war möglich.

»Kennen Sie ihn?« fragte Singh ungeduldig. Er gestikulierte nach mehr Licht. Der Leichnam hatte den Kopf zurückgeworfen, wo er in endgültiger Qual im Griff einer vorzeitigen Leichenstarre versteinert war.

»Nein«, sagte ich zwischen zusammengebissenen Zähnen. »Moment mal!« Ich zwang mich, in den engen Lichtkreis zu treten. Das Gesicht war unberührt, abgesehen von den verzerrten Zügen. Die Erkenntnis traf mich wie eine Faust.

»Sie kennen ihn doch«, sagte Singh.

»Ja.« *Ich hatte seinen Namen genannt. Heiliger Gott, ich hatte seinen Namen genannt, als ich mit Das geredet hatte.*

»Ist es Mr. Krishna?«

»Nein«, sagte ich und wandte mich von dem hell erleuchteten Tisch ab. *Ich hatte seinen Namen genannt.* »Die Brille fehlt. Er trägt sonst eine Brille. Sein Name ist Jayaprakesh Muktanandaji.«

Amrita und ich schliefen bis neun Uhr. Wir träumten nicht. Das Prasseln des Regens vor dem Fenster unterdrückte alle Träume. Irgendwann um die Dämmerung müssen Strom und Klimaanlage wieder angegangen sein, aber wir merkten es nicht.

Um elf Uhr schickte Singh einen Wagen, der uns zum Polizeirevier brachte. Anrufe ins Hotel würden dorthin zu uns durchgestellt werden. Das Polizeihauptquartier war ein weiterer dunkler und höhlenartiger Raum in einem weiteren dunklen, labyrinthartigen Gebäude. Gewaltige Stapel Aktenordner und vergilbte Dokumente verdeckten die Schreibtische und verdeckten fast die anonymen Männer, die über Schreibmaschinen kauerten, die man schon zu Zeiten von Queen Victoria benützt zu haben schien. Amrita und ich blätterten mehrere Stunden lang riesige

Bücher mit Fotos durch. Nach Hunderten von Frauengesichtern fragte ich mich allmählich, ob ich Kamakhya Bharati noch erkennen würde, wenn sie leibhaftig vor mir stand. *Ja, das würde ich.*

Ich machte nur eine Entdeckung. Nachdem ich eine unterbelichtete und verblaßte Fotografie eines dicken Mannes in Gefängnisgrau betrachtet hatte, identifizierte ich ihn zögernd als den Kapalika in Khaki, der mir den kleinen Finger gebrochen hatte.

»Aber Sie sind nicht sicher?« fragte Singh.

»Nein. Er war älter, schwerer, längeres Haar.«

Singh grunzte und gab das Foto nebst Anweisungen an jemand weiter. Er sagte mir nicht, wie der Mann hieß oder warum er inhaftiert gewesen war. *Das Geräusch von sprödem, brechendem Plastik.*

Am frühen Nachmittag waren wir wieder im Hotel und stellten zu unserem Erstaunen fest, daß über hundert Anrufe auf dem Polizeiapparat eingegangen waren, dessen Nummer wir in den Zeitungsanzeigen abgedruckt hatten. Kein Anruf hatte zweckdienliche Informationen gebracht. Den wenigen Hinweisen, wonach ein Kind gesehen worden war, wurde nachgegangen, aber der Polizeisergeant war pessimistisch. Die meisten Anrufe stammten von Männern und Frauen, die bereit waren, uns für die versprochene Summe ein Kind zu verkaufen.

Ich schlug die Tür zu, dann legten wir uns nebeneinander aufs Bett und warteten.

Die Abendstunden dieses Mittwochs sind so gut wie aus meinem Gedächtnis ausgelöscht. Ich kann mich deutlich an bestimmte Bilder erinnern, aber sie scheinen keinen Zusammenhang miteinander zu haben. Manche kann ich nicht von Träumen trennen, die mich seit jenen Tagen quälen.

Gegen acht stand ich auf, küßte die dösende Amrita zum Abschied und verließ das Hotel. Plötzlich war mir die Lösung von allem klar geworden. Ich würde durch Kalkutta ziehen, die Kapalikas suchen, ihnen sagen, daß es mir leid täte, daß ich machen würde, was sie wollten, und dann würden sie uns unser Baby zurückgeben. So einfach war das.

Wenn das nichts nützte, würde ich die Göttin Kali suchen und das Miststück umbringen.

Ich kann mich erinnern, daß ich viele Blocks weit gelaufen bin, aber irgendwann fuhr ich auch einmal mit dem Taxi, beobachtete Gesichter auf dem Gehweg und war überzeugt, das nächste würde Kamakhya sein. Oder Krishna. Oder Das.

Dann parkte das Taxi unter einem Feigenbaum und wartete, während ich ein schmiedeeisernes Tor mit scharfen Kanten emporkletterte und halb geduckt eine blumengesäumte Einfahrt entlangschlich. Das Haus war dunkel. Ich zerrte an Rolläden. Ich klopfte an Türen. »Chatterjee!« kreischte ich. Das Haus war dunkel.

Ein andermal ging ich am Flußufer entlang. Die Howrah Bridge ragte im letzten Zwielicht vor der endgültigen Dunkelheit vor mir auf. Gepflasterte Straßen wichen schlammigen Wegen und dunklen Slums. Kinder tanzten um mich herum. Ich warf ihnen mein gesamtes Kleingeld zu. Ich kann mich erinnern, einmal sah ich mich um, erblickte aber nicht mehr die Bande der Kinder, sondern mehrere Männer, die mir folgten. Sie bewegten die Lippen, aber ich hörte nichts. Sie bildeten einen Halbkreis und kamen vorsichtig, mit erhobenen Händen auf mich zu.

»Kapalikas?« fragte ich hoffnungsvoll. Ich glaube, daß ich es gesagt habe. »Seid ihr Kapalikas? Kali? Kapalikas?«

Sie zögerten und sahen einander an, um sich Mut zu machen. Ich betrachtete ihre Lumpen und die ausgemergelten Körper – Muskeln in Erwartung gespannt – und wußte, sie waren keine Kapalikas. Oder *thugees*. Oder *goondas*. Nur arme, hungrige, verzweifelte Männer, die bereit waren, wegen seines Geldes einen Ausländer zu töten.

»Na gut!« schrie ich da. Ich grinste. Ich konnte nicht aufhören zu grinsen, obwohl ich spürte, wie etwas Scharfes ein Loch in mich schnitt, während ich grinste. Die vergangenen paar Tage, die Nacht, Victoria – alles zog sich zu einem engen Knoten reinsten Vergnügens angesichts dieser Sache zusammen.

»Na gut!« schrie ich. »Kommt. Kommt! Bitte.« Ich breitete weit die Arme aus. Ich hätte sie umarmt. Ich hätte sie in eine enge, verschwitzte Umkleidekabinenumarmung genommen und ihnen gleichzeitig mit Vergnügen mit den Zähnen die Hälse zerfleischt.

Ich glaube, ich hätte es getan. Ich weiß es nicht. Die Männer sahen einander an, wichen zurück und verschwanden in der schattigen Gasse. Ich weinte fast, als sie weg waren.

Ich weiß nicht mehr, ob ich vor oder nach meiner Begegnung mit diesen Männern in einem kleinen Tempel war. Dort befand sich die derbe Statue einer knienden schwarzen Kuh mit rotem und weißem Halsband. Alte Männer knieten dort und spuckten in die verrauchte Dunkelheit und sahen mich voller Entsetzen an. Eine uralte Vogelscheuche deutete mehrmals auf meine Füße und keifte mich an. Ich glaube, sie bedeutete mir, ich sollte die Schuhe ausziehen.

»Scheiß drauf«, sagte ich in sachlichem Ton. »Das ist nicht wichtig. Sagen Sie ihnen nur, daß sie gewonnen haben, okay? Sagen Sie ihnen, ich tue alles, was sie von mir verlangen. Klar? Ich verspreche es. Ich verspreche es wirklich. Ich schwöre es bei Gott. Pfadfinderehrenwort.« Ich glaube, da fing ich an zu weinen. Schließlich sah ich durch die Prismen meiner Tränen, wie ein alter Mann, dem fast sämtliche Schneidezähne fehlten, mich leer angrinste und mir auf die Schulter klopfte, während er auf den knochigen Füßen hin und her wippte.

Ich kam in eine große Wüstenlandschaft mit alten Schuppen und Autoreifen, die im Regen lagen, und ich watete meilenweit durch den Schlamm auf hohe Schlote und Flammen zu, die einen rötlichen Widerschein über alles warfen und ständig vor mir zurückwichen, so sehr ich mich auch beeilte, sie zu erreichen. Ich glaube, es war ein wahrhaftiger Ort. Ich weiß es nicht. Es ist schon zu lange die Landschaft meiner Alpträume.

Im ersten falschen Licht der Dämmerung fand ich das kleine Mädchen. Sie lag auf der Straße – auf dem Schlammweg, der hier als Straße galt. Sie war nicht älter als fünf. Ihr langes schwarzes Haar war strähnig, sie hatte sich unter eine braune Wolldecke gekuschelt, die noch feucht von den Regenfällen der vergangenen Nacht war. Etwas an ihrer unwillkürlichen Hingabe in den Schlaf zog mich zu ihr. Ich sank auf dem lehmigen Weg auf ein Knie. Es waren bereits Fußgänger und Fahrräder unterwegs, die auf dem schmalen Pfad um uns herum gingen.

Das Mädchen hatte die Augen fest geschlossen, wie in Konzentration, und den Mund ein wenig offen. Ihre kleine Faust hielt sie an die Wange gedrückt. Bald würde sie aufwachen, das Feuer entfachen, den Männern dienen, ihre jüngeren Geschwister versorgen und dem Ende einer Kindheit entgegensehen müssen, die kaum eine gewesen war. Bald würde sie nicht mehr Eigentum ihres Vaters sein, sondern eines anderen Mannes, und an diesem Tag würde sie den traditionellen Hindu-Segen empfangen: »Mögest du acht Söhne gebären.« Aber vorerst schlief sie nur, hatte die Faust geballt, die braune Wange am Boden, die Augen fest vor dem Morgenlicht zugekniffen.

Da schüttelte ich den Kopf und sah mich um. Es dämmerte fast. Der Regen hatte die Luft beinahe sauber gemacht, und sie trug den schmerzhaft perfekten Geruch von frischen Blüten und feuchter Erde.

An die Rikschafahrt ins Hotel zurück kann ich mich noch deutlich erinnern. Geräusche und Farben waren so ausgeprägt, daß sie meinen Sinnen weh taten. Mein Verstand war ebenfalls klar. Wenn während meiner Abwesenheit etwas passiert war... wenn Amrita mich gebraucht hätte...

Es dämmerte erst, aber Amrita erwartete mich bereits in der Halle. Sie rang die Hände vor Freude und hatte zum ersten Mal, seit alles angefangen hatte, Tränen in den Augen.

»Bobby, o Bobby«, sagte sie. »Inspektor Singh hat gerade angerufen. Er kommt uns abholen. Er muß jeden Moment hier sein. Sie bringen uns zum Flughafen. Sie haben sie gefunden, Bobby. Sie haben sie gefunden.«

Wir rasten den verlassenen VIP Highway entlang. Grelle Streifen horizontalen Lichts machten alles zu einem scharfgeschnittenen Relief; der Schatten des Autos hielt auf den nassen Feldern mit uns Schritt.

»Sicher, daß alles in Ordnung ist?« fragte ich.

»Ja, ja«, sagte Singh auf dem Vordersitz, ohne sich umzudrehen. »Wir haben den Anruf erst vor fünfundzwanzig Minuten erhalten.«

»Sind Sie sicher, daß es Victoria ist?« fragte Amrita. Wir beugten uns beide nach vorn und legten die Arme auf die Lehnen der Vordersitze. Amritas Hand knautschte und entfaltete unbewußt das Kleenex, das sie hielt.

»Der Sicherheitsbeamte ist davon überzeugt«, sagte Singh. »Darum hat er das Paar mit dem Baby aufgehalten. Sie wissen nicht, daß sie aufgehalten werden. Der Sicherheitsaufseher hat ihnen gesagt, daß eine kleine Unstimmigkeit in ihrem Visum ist. Sie glauben, sie warten auf einen Beamten, der ihnen einen Stempel auf das Visum macht.«

»Warum haben Sie sie nicht einfach festnehmen lassen?« fragte ich.

»Für welches Verbrechen?« fragte Singh. »Bis das Kind eindeutig identifiziert ist, haben sie sich außer des Versuchs, nach London zu fliegen, nichts zuschulden kommen lassen.«

»Wer hat Victoria erkannt?« fragte Amrita.

»Der erwähnte Sicherheitsbeamte«, sagte Singh und gähnte. »Er hat Ihre Anzeige in der Zeitung gesehen.« Singhs tiefe Stimme enthielt einen leisen Anflug von Mißfallen.

Ich nahm Amritas Hand, und wir betrachteten die inzwischen vertraute vorbeisausende Landschaft. Wir versuchten beide im Geist, das kleine Auto schneller fahren zu lassen. Als ein Schäfer die nasse Straße eine kurze Weile mit seinen Schafen versperrte, schrien wir den Fahrer an, er sollte hupen oder einfach durchfahren. Dann schaltete er wieder hoch, überholte einen hoch mit Kisten beladenen Lieferwagen, und wir waren wieder allein auf der linken Spur. Rechts fuhren bunte Lastwagen Richtung Stadt; Männer in weißen Hemden winkten uns mit braunen Armen zu.

Ich zwang mich dazu, mich zurückzulehnen und mehrmals tief Luft zu holen. Unter anderen Umständen wäre der strahlende Sonnenaufgang eine Sehenswürdigkeit gewesen. Selbst die verlassenen, verfallenen Hochhäuser und die Schuppen auf den lehmigen Feldern schienen vom Segen der Sonne geläutert zu sein. Frauen mit großen Bronzetöpfen warfen drei Meter lange Schatten in die grünen Straßengräben.

»Sicher, daß alles in Ordnung ist?« fragte ich noch einmal.

»Wir sind fast da«, sagte Singh.

Wir fuhren auf der kurvigen Zufahrt an gelb-schwarzen Taxis vorbei, auf deren Dächern sich die Regentropfen in Diamanten verwandelt hatten und deren Fahrer schlafend in den Sitzen hingen. Unser Auto hatte noch nicht richtig gehalten, als wir schon die Türen aufrissen.

»Wohin?«

Singh kam um das Auto herum und deutete. Wir betraten rasch die Flughafenhalle. Singh, der von unserer ungeduldigen Hast mitgerissen wurde, hüpfte über verhüllte Gestalten, die auf dem schmutzigen Fliesenboden schliefen. »Hier«, sagte er und machte eine Tür auf, die mit der Aufschrift ZUTRITT NUR FÜR PERSONAL in Englisch und Bengali versehen war. Eine Frau der Unberührbaren hockte auf dem Boden und fegte Staub und Papierschnipsel auf eine Kehrschaufel. Fünfzehn Schritte brachten uns in einen großen Raum mit Trennwänden und Schaltern. Ich hörte Fernschreiber und Schreibmaschinen rattern.

Ich sah sie auf der Stelle, das indische Paar, das in der gegenüberliegenden Ecke saß; die junge Frau hielt das Baby an die Brust. Sie waren Fremde, selbst kaum mehr als Kinder. Der Mann war klein und schieläugig. Alle paar Sekunden hob er die rechte Hand und strich über seinen vergeblichen Versuch, einen Schnurrbart wachsen zu lassen. Das Mädchen war noch jünger als der Mann und schlicht bis zum Punkt, wo sie hausbacken wirkte. Ihr Schal verbarg nicht das strähnige Haar, ebensowenig den verschmierten scharlachroten Punkt auf der Stirnmitte.

Doch als wir zwanzig Schritte von ihnen entfernt stehenblieben, hatten Amrita und ich nur Augen für das dicht eingemummte Bündel, das die Frau zu schnell auf und ab wiegte. Das Gesicht des Kindes war nicht zu sehen. Wir konnten nur die helle Andeutung einer Wange ausmachen.

Wir gingen näher hin. Ein großer Schmerz setzte in meinem Zwerchfell ein und stieg zur Brust empor. Ich achtete nicht darauf. Inspektor Singh winkte dem uniformierten Sicherheitsbeamten zu, der ins Achtung geschnellt war. Der Mann sagte brüsk etwas zu dem jungen Mann, der sofort von der Bank aufstand und nervös zum Schalter kam. Als er aufstand, drehte sich das Mädchen ein wenig, damit er vorbei konnte, und da konnten wir das Gesicht des Babys in den dicken Falten des Schals sehen.

Es war Victoria. Sie schlief, war so blaß, daß ihre Haut fast durchscheinend wirkte, aber es war ohne jeden Zweifel Victoria.

Da stieß Amrita einen Schrei aus, und alle bewegten sich gleichzeitig. Der junge Mann schien einen Fluchtversuch unternommen zu haben, denn der Sicherheitsbeamte und ein anderer Mann von hinter dem Schalter rissen ihm hastig die Arme zurück. Das Mädchen rutschte auf der Bank in die Ecke und drückte das Baby an die Brust, während sie sich rasch hin und her wiegte und etwas brabbelte, das ein Kinderlied zu sein schien. Amrita, der Inspektor und ich schritten rasch auf sie zu, als wollten wir dem Mädchen jeden erdenklichen Fluchtweg abschneiden, aber es drehte lediglich den Kopf zu der grünen Wand und fing noch lauter an zu wimmern.

Da versuchte Singh, Amrita zurückzuhalten, aber sie ging drei hastige Schritte nach vorne, zog der Frau den Kopf brutal am Haar zurück und nahm ihr Victoria mit dem linken Arm aus den Händen.

Alle schrien durcheinander. Aus unerfindlichen Gründen wich ich mehrere Schritte zurück, als Amrita unsere Tochter emporhob und aus dem schmutzigen purpurroten Schal wickelte.

Amritas erster Schrei übertönte allen Lärm in dem Raum und brachte Schweigen. Ich wich weiter zurück, bis ich an einen Schalter stieß. Als Amrita zu schreien anfing, drehte ich mich wie in Zeitlupe um und senkte das Gesicht mit geballten Fäusten auf die kalte Platte des Schalters.

»Ahhh«, sagte ich. Es war ein leiser Ton, der aus meiner frühesten Kindheit heraufkam. »Ahhh«, sagte ich. »Ahh... nein, bitte nicht.« Ich drückte das Gesicht auf den Tresen und hielt die Fäuste auf die Ohren, aber ich konnte trotzdem deutlich hören, wie Amritas Schreie in Schluchzen übergingen.

Ich habe den Polizeibericht immer noch irgendwo – die Kopie, die Singh nach Delhi geschickt hat. Das Papier ist billig und minderwertig, wie alles in Indien. Die Schrift ist so blaß, daß sie fast durchsichtig ist, eines dummen Kindes Vorstellung von einer Geheimschrift. Unwichtig. Ich muß den Bericht nicht sehen, um mich an den Wortlaut zu erinnern.

22. 7. 77 C. M. P. D./D. D. A. S. S. 2671067 SICHERHEITSBEAMTER JAGMOAN (YASHPAL, D. D. A SEC. SERV. 1113) FERTIGTE DAS PAAR AB, DAS SICH ALS CHOWDURY, SUGATA UND DEVI AUSWIES, MIT BABY UNTERWEGS NACH LONDON AUF VERGNÜGUNGSREISE, AM 21. 7. 77, 04:28. SICHERHEITSBEAMTER JAGMOAN HIELT DAS PAAR AM ZOLLSCHALTER B-11 AUF, DA BESAGTES KLEINKIND MÖGLICHERWEISE ALS VERMISSTES AMERIKANISCHES BABY LUCZAK IDENTIFIZIERT WORDEN WAR, ALS ENTFÜHRT GEMELDET AM 18. 7. 1977 (RE: C. M. P. D. FALL NR. 117, dt, 18. 7. 77 [S. R. 50/] SINGH.) INSPEKTOR YASHWAN SINGH (C. M. P. D. 26774) UND DIE LUCZAKS (ROBERT C. UND AMRITA D.) TRAFEN AM 21. 7. 77 UM 05:41 EIN UND BESTÄTIGTEN IDENTITÄT DES KINDES POSITIV ALS VICTORIA CAROLYN LUCZAK, geb. 22. 1. 77. NACH EINGEHENDER UNTERSUCHUNG DURCH DIE MUTTER DES KINDES KONNTE FESTGESTELLT WERDEN; DASS DAS KIND VICTORIA C. LUCZAK SEIT MEHREREN STUNDEN TOT WAR. DAS ALS SUGATA UND DEVI CHOWDURY IDENTIFIZIERTE PAAR WURDE ANSCHLIESSEND FESTGENOMMEN UND INS HQ DER POLIZEI CHOWRINGHEE ÜBERFÜHRT: VERDACHT DER ENTFÜHRUNG, DES MORDES UND DES VERSUCHS, GESTOHLENE WAREN ÜBER INTERNATIONALE GRENZEN ZU SCHMUGGELN. DER AUTOPSIEBERICHT (RE: LUCZAK – C. M. P. D./M. E. 12671067/21. 7. 77) BESTÄTIGTE, DASS DAS KIND DER LUCZAKS NICHT MEHR ALS FÜNF (5) UND NICHT WENIGER ALS (2) STUNDEN TOT SEIN KONNTE UND DER LEICHNAM BESAGTEN KINDES ALS BEHÄLTNIS ZUM TRANSPORT GESTOHLENER HANDELSWARE BENÜTZT WOR-

DEN WAR: NACHFOLGEND AUFLISTUNG UND SCHÄTZWERT:

RUBINE (6)	R. S. 1115000
SAPHIRE (4)	R. S. 762000
OPALE (4)	R. S. 136000
AMETHYSTE (2)	R. S. 742000
TURMALINE (5)	R. S. 380000

FÜR WEITERE EINZELHEITEN RÜCKFRAGE BEI SINGH (YASHWAN C. M. P. D. 26774). ENDE DES BERICHTS.

Kapitel Fünfzehn

»Kalkutta hat mich ermordet«

– Kabita Sinha

Kalkutta ließ uns nicht gehen. Noch zwei Tage hielt uns die Stadt in ihrem stinkenden Griff.

Amrita und ich ließen Victoria nicht allein bei ihnen. Selbst während der Autopsie und den Vorbereitungen des Bestattungsunternehmers warteten wir in einem Nebenzimmer.

Singh sagte uns, wir müßten mehrere Wochen in Kalkutta bleiben, mindestens bis die Verhöre abgeschlossen waren. Ich sagte ihm, daß wir das nicht machen würden. Wir gaben beide einem gelangweilten Stenographen unsere Aussagen zu Protokoll.

Der Mann von der amerikanischen Botschaft in Neu Delhi kam. Er war ein kriecherisches Frettchen von einem Mann und hieß Don Warden. Seine Art, mit den nicht eben hilfsbereiten indischen Bürokraten umzugehen, bestand darin, sich bei ihnen zu entschuldigen und uns zu erklären, wie kompliziert wir alles gemacht hätten, weil wir darauf bestünden, die Leiche unseres Kindes so schnell wie möglich mit nach Hause zu nehmen.

Am Samstag fuhren wir zum letzten Mal zum Flughafen. Warden, Amrita und ich drängten uns auf dem Rücksitz eines gemieteten alten Chevrolet. Es regnete stark, das Innere des geschlossenen Fahrzeugs war heiß und schwül. Ich bemerkte es nicht. Ich hatte nur Augen für den kleinen weißen Krankenwagen, dem wir folgten. Er benützte die Blaulichter in dem dichten Verkehr nicht. Es bestand kein Grund zur Eile.

Am Flughafen kam es zu einer letzten Verspätung. Ein Angestellter des Flughafens kam mit Warden heraus. Beide schüttelten den Kopf.

»Was ist los?« fragte ich.

Der indische Angestellte strich über sein schmutziges weißes Hemd und fauchte in gereiztem Tonfall mehrere Sätze Hindustani.

»Was?« sagte ich.

Amrita übersetzte. Sie war so erschöpft, daß sie nicht den Kopf hob, und ihre Stimme war fast nicht zu hören. »Er sagt, der Sarg, den wir bezahlt haben, kann nicht in das Flugzeug verladen werden«, sagte sie niedergeschlagen. »Der Metallsarg der Fluggesellschaft ist da, aber die erforderlichen Papiere für die Überführung des... des Leichnams... sind nicht von den zuständigen Behörden unterschrieben worden. Er sagt, wir können am Montag ins Rathaus gehen und die verlangten Papiere abholen.«

Ich stand auf. »Warden?« sagte ich.

Der Mann von der Botschaft zuckte die Achseln. »Wir müssen ihre Gesetze und ihre kulturellen Werte respektieren«, sagte er. »Ich war stets der Meinung, es wäre einfacher, wenn sie den Leichnam hier in Indien einäschern lassen würden.«

Kali ist die Göttin aller Krematorien.

»Kommen Sie«, sagte ich. Ich führte die beiden Männer durch die Tür in das Zimmer neben dem, wo Victorias Leichnam lag. Der indische Angestellte sah gelangweilt und ungeduldig aus. Ich nahm Warden am Arm und führte ihn in eine Ecke des Raums.

»Mr. Warden«, sagte ich leise. »Ich gehe jetzt ins Nebenzimmer und lege den Leichnam meiner Tochter in den vorgeschriebenen Sarg. Wenn Sie diesen Raum betreten oder mich sonst zu hindern versuchen, bringe ich Sie um. Haben Sie das kapiert?«

Warden blinzelte mehrmals und nickte. Ich ging zu dem Angestellten und machte ihm die Situation klar. Ich machte es leise und berührte dabei sanft mit den Fingern seine Brust, aber er sah mir in die Augen, und etwas darin bewirkte, daß er stumm und reglos stehenblieb, als ich fertig war und durch die Schwingtür in das düstere Nebenzimmer ging, wo Victoria wartete.

Das Zimmer war lang und fast leer, abgesehen von einigen Stapeln Kisten und nicht abgeholten Gepäckstücken. An einem Ende befand sich der bereits geöffnete Transportsarg neben einem Förderband mit Metallrollen. Am anderen Ende, auf einer Bank neben der Verladeplattform, stand der graue Sarg, den wir in Kalkutta gekauft hatten. Ich ging hin und machte den Sarg ohne zu zögern auf.

In der Nacht, als Victoria geboren wurde, gab es einen Teil des erforderlichen Rituals, dem ich seit Wochen nervös entgegensah. Ich hatte gewußt, das Exeter Hospital ermutigte die frischgebackenen Väter, die Neugeborenen vom Kreißsaal nach nebenan zu tragen, wo die Babys gewogen und gemessen wurden, ehe man sie der Mutter ans Wochenbett brachte. Darüber hatte ich mir eine Zeitlang Gedanken gemacht. Ich hatte Angst, ich könnte sie fallenlassen. Es war eine alberne Reaktion, aber selbst nach der Aufregung und dem Hochgefühl der Geburt klopfte mein Herz nervös, als der Arzt Victoria von Amritas Bauch hob und mich fragte, ob ich meine kleine Tochter den Flur entlang tragen wollte. Ich erinnere mich, wie ich nickte, lächelte und mich schrecklich fühlte. Ich erinnere mich, wie ich ihren winzigen Kopf hielt, die von der Geburt noch feuchte Gestalt an Brust und Schulter drückte und mit wachsendem Selbstvertrauen und Freude die zweiunddreißig Schritte vom Kreißsaal zur Säuglingsstation ging. Es war, als hätte Victoria mir geholfen. Ich entsinne mich, daß ich angesichts der plötzlichen und fundamentalen Erkenntnis, daß ich *meine eigene Tochter trug*, albern gegrinst habe. Das ist eine der glücklichsten Erinnerungen meines Lebens.

Diesesmal war ich nicht nervös. Ich hob meine Tochter sanft hoch, nahm ihren Kopf in die hohle Hand, hielt sie an Brust und Schulter, wie ich es schon so oft getan hatte, und ging die dreißig Schritte zum stählernen Transportsarg mit seinem kleinen Bett aus weißer Seide.

Das Flugzeug wurde mehrmals vor dem Start aufgehalten. Amrita und ich saßen während der neunzigminütigen Wartezeit händchenhaltend da, und als die große 747 schließlich anrollte, sahen wir nicht zum Fenster hinaus. Unsere Gedanken waren bei dem kleinen Transportsarg, dessen Verladung wir zuvor beigewohnt hatten. Wir sprachen nicht, während sich die Maschine ihrer Flughöhe näherte. Wir sahen nicht hinaus, als Kalkutta endgültig unter den Wolken verschwand. Wir nahmen unser Baby und kehrten heim.

Kapitel Sechzehn

»Gewiß steht eine Offenbarung uns bevor.«

– William Butler Yeats

Victorias Beerdigung fand am Dienstag, dem 26. Juli 1977 statt. Sie wurde auf dem kleinen katholischen Friedhof auf dem Hügel über Exeter begraben.

Der winzige weiße Sarg sah im hellen Sonnenlicht strahlend aus. Ich sah ihn nicht an. Während der kurzen Predigt am Grab betrachtete ich ein Stück blauen Himmels dicht über Pater Darcys Kopf. Zwischen einer Lücke in den Bäumen konnte ich einen Backsteinturm an einem der alten Bauwerke der Akademie erkennen. Einmal zog ein Taubenschwarm kreisend über den Schild des Sommerhimmels. Kurz vor Ende der Zeremonie wurde ein Chor schreiender und lachender Kinder laut, die plötzlich verstummten, als sie unsere Gruppe sahen, und Amrita und ich drehten uns um und sahen eine Gruppe Kinder, die wie von Sinnen in die Pedale stiegen, als sie sich der abschüssigen, problemlosen Strecke zur Stadt hinunter näherten.

Amrita wollte im Herbst wieder an der Universität unterrichten. Ich machte nichts. Drei Tage nach unserer Rückkehr räumte sie Victorias Zimmer aus und machte ein Nähzimmer daraus. Aber Amrita arbeitete nicht darin, und ich betrat es nie.

Als ich schließlich einen Teil der Kleidungsstücke wegwarf, die ich von Kalkutta mitgebracht hatte, dachte ich daran, die Taschen des zerrissenen und fleckigen Safarihemds zu durchsuchen, das ich in der Nacht getragen hatte, als ich Das die Bücher brachte. Das Streichholzbriefchen war in keiner Tasche. Da nickte ich zufrieden, aber einen Moment später fand ich mein kleines Notizbuch in einer anderen Tasche. Vielleicht hatte ich in jener Nacht beide Notizbücher dabeigehabt.

Abe Bronstein kam Ende Oktober für einen Tag zu Besuch. Er war bei der Beerdigung gewesen, aber außer den notwendigen Ritualen der Kondolenz hatten wir nicht miteinander gesprochen. Ich selbst hatte ein andermal mit ihm geredet – ein später, unverständlicher Anruf, als ich betrunken war. Abe hatte sich alles über eine Stunde lang angehört und dann leise gesagt: »Geh ins Bett, Bobby. Geh schlafen!«

An diesem Sonntag im Oktober saßen wir bei Weißwein im Wohnzimmer und unterhielten uns über die Probleme, *Other Voices* über Wasser zu halten und die Chancen, daß Carters neues Energieversorgungsprogramm die Benzinknappheit lösen würde. Amrita nickte höflich, lächelte ab und zu und war die ganze Zeit tausend Meilen entfernt.

Abe schlug einen Spaziergang im Wald hinter dem Haus vor. Ich blinzelte. Abe haßte Bewegung jeglicher Art. An diesem hübschen Herbsttag trug er denselben grauen, zerknitterten Anzug, die schmale Krawatte und die schwarzen Schuhe, die er immer trug.

»Klar«, sagte ich ohne Begeisterung, worauf er und ich uns auf den Weg zum See machten.

Der Wald stand in voller Pracht. Der Weg war mit chromgelben Ulmenblättern gepolstert, hinter jeder Biegung sahen wir das leuchtende Rot von Ahorn und Sumach. Eine Reihe Weißdorn bot uns Dornen und winzige Herbstäpfel zugleich. Eine Birke ragte weiß in den blauen Himmel. Abe holte einen halb gerauchten Stumpen aus der Manteltasche, trottete mit gesenktem Kopf dahin und kaute geistesabwesend darauf herum.

Wir gingen zwei Drittel des anderthalb Meilen langen Rundgangs und näherten uns der Kuppe des kleinen Hügels oberhalb der Straße, als Abe sich auf eine umgestürzte Birke setzte und systematisch Steinchen aus seinen Schuhen schüttelte. Ich saß in der Nähe und sah zum See, den wir in der Nähe des Zuflusses umkreist hatten.

»Hast du das Manuskript von Das noch?« fragte er plötzlich.

»Ja.« Hätte er darum gebeten, es für *Other Voices* abdrucken zu dürfen, wäre das – Abmachung hin oder her – das Ende unserer Freundschaft gewesen.

»Hmmm.« Abe räusperte sich und spie aus. »Hat man dir bei *Harper's* Ärger gemacht, weil du den Artikel nicht geschrieben hast?«

»Nein.« Ich hörte einen Specht, der irgendwo jenseits der Straße klopfte. »Ich habe den Vorschuß zurückgezahlt. Sie haben darauf bestanden, die Reisespesen trotzdem zu übernehmen. Du weißt ja, Morrow ist nicht mehr bei ihnen.«

»Ja.« Abe zündete die Zigarre an. Der Geruch paßte perfekt zur herbstlichen Kälte. »Hast du schon entschieden, was du mit dem verdammten Gedicht anfangen wirst?«

»Nein.«

»Du solltest es nicht veröffentlichen, Bobby. Nirgends. Niemals.« Er warf das noch rauchende Streichholz in einen Stapel Blätter. Ich hob es auf und zerdrückte es zwischen den Fingern.

»Nein«, sagte ich. Wir schwiegen eine Weile. Ein kühler Wind kam auf und wehte trockene Blätter raschelnd gegeneinander. Weit entfernt im Norden keckerte ein Eichhörnchen lautstark mit einem Eindringling in seinem Revier.

»Hast du gewußt, daß ich fast meine ganze Familie im Holocaust verloren habe, Bobby?« fragte Abe plötzlich, ohne mich anzusehen.

»Nein. Das habe ich nicht gewußt.«

»Doch. Mama ist davongekommen, weil sie und Jan in London waren, um mich zu besuchen. Jan kehrte zurück und versuchte, Moische, Mutti und den Rest rauszuholen. Wir haben ihn nie wiedergesehen.«

Ich sagte nichts. Abe blies Zigarrenqualm in den blauen

Himmel. »Ich sage das, Bobby, weil hinterher alles so *unausweichlich* aussieht, weißt du, was ich meine? Man denkt, man hätte es verhindern können, hat es aber nicht – man hat etwas vergessen, und danach ist alles wie ein Uhrwerk abgelaufen. Weißt du, was ich meine?«

»Ja.«

»Nun, es ist *nicht* unausweichlich, Bobby. Es ist eben nur verdammtes Pech, das ist alles. Niemand hat Schuld. Niemand außer den gemeinen Dreckskerlen, die mit *so etwas* ihren Reibach machen.«

Ich saß lange Zeit wortlos da. Rings um uns herum fielen Blätter kreisend zu Boden und fügten dem bereits vorhandenen Teppich ihre traurige Schönheit zu. »Ich weiß nicht, Abe«, sagte ich schließlich. Mein Hals tat so weh, daß ich fast nicht weitersprechen konnte. »Ich habe *alles* falsch gemacht. Daß ich sie überhaupt mitgenommen habe. Daß ich nicht abgereist bin, als ich gesehen habe, wie wahnsinnig dort alles ist. Daß ich mich nicht vergewissert habe, ob das Flugzeug ordnungsgemäß gestartet ist. Und ich begreife überhaupt nichts. Wer war dafür verantwortlich? Wer *waren* sie? Krishna? Was hatte diese Frau Kamakhya zu gewinnen... Wie paßt sie zu allem? Und vor allem, wie konnte ich den dummen Fehler machen und Das die Pistole bringen, wo...«

»Zwei Schüsse«, sagte Abe.

»Was?«

»Du hast mir, als du angerufen hast, gesagt, du hättest zwei Schüsse gehört.«

»Ja, es war eine Automatik.«

»Na und? Meinst du, wenn man sich das Gehirn rauspustet, schießt man noch mal, um ganz sicher zu sein? – Hm?«

»Worauf willst du hinaus, Abe?«

»*Du* hast Das nicht ermordet, Bobby. *Das* hat Das nicht ermordet. Vielleicht hatte ein Freund der Kapalikas Gründe, alles so einzufädeln, hm? Dein Kumpel

Krishna... Sanjay... wie er auch immer heißen mag – vielleicht wollte er eine Weile Poetus Laureatus sein.«

»Warum...« Ich verstummte und beobachtete eine Möwe, die sich viele Meter über uns von der Brise hochtragen ließ. »Und was hatte *Victoria* damit zu tun? Herrgott, Abe... wie konnte es jemand nützen, ihr etwas zuleide zu tun? Ich verstehe das überhaupt nicht.«

Abe stand auf und spuckte wieder aus. Birkenrinde hing an seinem Anzug. »Gehen wir, Bobby, hm? Ich muß den Bus nach Boston erwischen, damit ich den verdammten Zug nicht verpasse.«

Ich wollte den Weg bergab vorausgehen, aber Abe hielt mich am Arm fest. Er sah mich durchdringend an. »Bobby, du mußt eines einsehen. Du mußt es nicht begreifen. Du *kannst* es nicht begreifen. Du wirst es auch nicht vergessen. Ich glaube nicht, daß du es wirst... nein. Aber du mußt weiterleben. Hast du mich verstanden? Vielleicht nur von einem Tag zum anderen, aber du *mußt* weiterleben. Sonst haben die Dreckskerle gewonnen. Das dürfen wir nicht zulassen, Bobby. Hast du mich verstanden?«

Ich nickte, drehte mich rasch um und ging den schmalen Weg entlang.

Am 2. November erhielt ich einen kurzen Brief von Inspektor Singh. Ich wurde informiert, daß Sugata Chowdury, der männliche Angeklagte, nicht vor Gericht kommen würde. Während der Untersuchungshaft im Gefängnis Hooghly war Chowdury ›Opfer eines Mordanschlags geworden‹. Genauer, jemand hatte ihm im Schlaf ein Handtuch in den Hals gesteckt. Man ging davon aus, daß die Frau, die als Devi Chowdury identifiziert worden war, noch diesen Monat vor Gericht gestellt werden würde. Singh versprach mir, mich auf dem laufenden zu halten. Ich hörte nie wieder etwas von ihm.

Mitte November, kurz vor dem ersten Schneefall dieses bitteren Winters, las ich das Manuskript von Das noch einmal, einschließlich der letzten hundert Seiten, die ich in Kalkutta nicht gelesen hatte. Das hatte mit seiner lakonischen Zusammenfassung recht gehabt: es war eine Geburtsankündigung. Um eine Ahnung davon zu bekommen, würde ich Yeats' ›Die zweite Wiederkunft‹ empfehlen. Yeats war ein besserer Dichter.

Mir wurde klar, das Problem, das ich mit dem Manuskript von Das hatte, glich dem, das die Parsen haben, wie sie ihre Toten bestatten sollen. Die Parsen, eine verschwindende religiöse Minderheit in Indien, Anhänger Zarathustras, betrachten Erde, Luft, Feuer und Wasser als heilig und möchten sie nicht mit den Leichen ihrer Toten beschmutzen. Ihre Lösung ist genial. Vor Jahren schon hatte mir Amrita den Turm des Schweigens im Park von Bombay beschrieben, über dem die Geier geduldig ihre Kreise ziehen.

Ich weigerte mich, das Manuskript zu verbrennen, weil ich nicht wollte, daß der Rauch wie eine Opfergabe zu dem dunklen Ding emporsteigt, das ich wartend gerade außerhalb der zerbrechlichen Mauern meiner geistigen Gesundheit spüre.

Letztendlich war meine Lösung prosaischer als der Turm des Schweigens. Ich zerriß die mehreren hundert Seiten mit der Hand – und nahm den Gestank von Kalkutta wahr, der von dem Papier aufstieg –, dann stopfte ich die zerfetzten Überreste in eine Plastiktüte und fügte ein paar verfaulende Gemüse hinzu, um Schnorrer abzuschrecken. Ich fuhr ein paar Meilen zu einer großen Müllhalde und sah zu, wie die schwarze Tüte einen steilen Hang hinunterpurzelte und außer Sichtweite in einer Lache übelriechenden Faulschlamms versank.

Als ich zurückfuhr, wurde mir klar, daß ich mir das Manuskript zwar vom Hals geschafft hatte, das Lied der Kali aber deshalb immer noch in meinem Kopf hallte.

Amrita und ich wohnten weiter im selben Haus. Wir ließen Ratschläge und anhaltendes Mitleid unserer Freunde über uns ergehen, aber im Lauf des schlimmen Winters sahen wir immer weniger Menschen. Und wir sahen einander immer weniger.

Amrita hatte beschlossen, ihren Doktor zu machen, sie stellte einen Zeitplan auf: früh aufstehen, unterrichten, Arbeit in der Bibliothek, abends Arbeiten benoten, weiteres Recherchieren, früh zu Bett. Ich stand spät auf und war häufig zum Abendessen und abends nicht zu Hause. Wenn Amrita das Arbeitszimmer um zehn verließ, nahm ich es in Besitz und las häufig bis in die frühen Morgenstunden. In diesen sonnenlosen Monaten las ich einfach alles – Spengler, Ross McDonald, Malcolm Lowry, Hegel, Stanley Elkin, Bruce Catton, Ian Fleming und Sinclair Lewis. Ich las Klassiker, die seit Jahrzehnten ungelesen in meinem Regal standen, und ich brachte Bestseller von Safeway mit nach Hause. Ich las alles.

Im Februar bot mir mein Freund eine vorübergehende Stelle als Lehrer an einem kleinen College im Norden von Boston an, die ich annahm. Anfangs pendelte ich jeden Tag, aber wenig später nahm ich mir ein kleines möbliertes Zimmer in der Nähe des Campus und fuhr nur an den Wochenenden nach Exeter zurück, und manchmal nicht einmal da.

Amrita und ich sprachen nie über Kalkutta. Wir erwähnten Victorias Namen nicht mehr. Amrita zog sich in eine Welt der Zahlentheorie und Boolschen Algebra zurück. Für sie schien das eine tröstliche Welt zu sein: eine Welt, in der Regeln eisern befolgt wurden und Wahrheitstabellen logisch abgeleitet werden konnten. Ich blieb außerhalb und hatte nur das sperrige Werkzeug meiner Sprache und die unbeugsame, widersinnige Maschinerie der Wirklichkeit.

Ich war vier Monate am College und wäre vielleicht gar nicht mehr nach Exeter zurückgekehrt, hätte mich nicht ein Freund angerufen und mir gesagt, daß Amrita im Krankenhaus läge. Die Ärzte stellten akute Lungenentzündung fest, die infolge von Überarbeitung zusätzlich kompliziert wurde. Sie war acht Tage im Krankenhaus und anschließend eine Woche zu schwach, daheim das Bett zu verlassen. Während dieser Zeit blieb ich zu Hause, und in den kleinen Handgriffen der Fürsorge spürte ich Echos unserer früheren Zärtlichkeit; aber dann verkündete sie, daß es ihr besser ginge, Mitte Juni machte sie sich wieder an ihre Arbeit am Computer, und ich ging wieder in mein Zimmer. Ich fühlte mich unentschlossen und verloren, als würde sich ein riesiges dunkles Loch immer weiter in mir auftun und mich hinabsaugen.

In diesem Juni kaufte ich die Luger.

Roy Bennet, ein schweigsamer kleiner Biologieprofessor, den ich am College kennengelernt hatte, hatte mich im April in seinen Club eingeladen. Ich hatte jahrelang Gesetze gegen Schußwaffenbesitz unterstützt und verabscheute schon die Vorstellung von Handfeuerwaffen, aber am Ende dieses Schuljahrs verbrachte ich die meisten Samstage mit Bennet auf dem Schießstand. Selbst die Kinder dort schienen mit der breitbeinigen Schießhaltung mit ausgestreckten Armen vertraut zu sein, die ich nur aus Filmen kannte. Wenn jemand eine Zielscheibe einholen mußte, klappten alle höflich die Waffen auf und traten mit einem Lächeln von der Feuerlinie zurück. Viele Zielscheiben hatten die Form menschlicher Körper.

Als ich andeutete, daß ich mir eine eigene Waffe kaufen wollte, lächelte Roy mit der stillen Freude eines erfolgreichen Missionars und schlug vor, eine Zielpistole Kaliber .22 wäre ein guter Anfang. Ich nickte zustimmend, und am nächsten Tag gab ich ein kleines Vermögen für eine echte 7.65 mm Luger aus. Die Frau, die sie mir verkaufte, erzählte mir, die Waffe wäre der ganze Stolz ihres verstorbenen Mannes gewesen. Ein hübscher Koffer war im Preis inbegriffen.

Den bevorzugten beidhändigen Griff beherrschte ich nie richtig, aber es gelang mir hinreichend gut, auf eine Entfernung von zwanzig Metern Löcher in die Zielscheiben zu schießen. Ich hatte keine Ahnung, was die anderen dachten oder fühlten, wenn sie an den Abenden mit ihren langen Schatten herumballerten, aber jedesmal, wenn ich das geölte und ausbalancierte Instrument hochhielt, spürte ich die Kraft seiner potentiellen Energie durch mich strömen wie einen Schluck starken Whiskey. Das langsame, sorgfältige Abdrücken und der Schlag des Rückstoßes in meinem Arm erzeugten etwas in mir, das Ekstase gleichkam.

An einem Wochenende nach Amritas Genesung brachte ich die Luger mit nach Exeter. Amrita kam eines Nachts herunter und sah, wie ich die frisch geölte und geladene Waffe immer wieder in den Händen drehte. Sie sagte nichts, sah mich aber lange an, ehe sie wieder nach oben ging. Am Morgen sprach keiner von uns darüber.

»In Indien ist ein neues Buch erschienen. Der letzte Schrei. Ein episches Gedicht, glaube ich. Alles über Kali, eine ihrer Schutzgöttinnen«, sagte der Buchhändler.

Ich war zu einer Party bei Doubleday nach New York gekommen, wobei mich die Aussicht auf kostenlose Drinks mehr als alles andere lockte. Ich war auf dem Balkon und überlegte gerade, ob ich mir meinen vierten Scotch holen sollte, als ich den Händler mit den beiden Grossisten sprechen hörte. Ich ging hin, nahm ihn am Arm und führte ihn in eine entlegene Ecke des Balkons. Der Mann war gerade von einer Buchmesse in Neu Delhi zurückgekommen. Er wußte nicht, wer ich war. Ich erklärte ihm, daß ich ein Dichter sei, der sich für zeitgenössische indische Lyrik interessierte.

»Ja, nun, ich fürchte, ich kann Ihnen nicht viel über dieses Buch sagen«, sagte er. »Ich habe es nur erwähnt, weil es so unwahrscheinlich ist, daß so etwas da drüben sich zu einem Bestseller entwickelt. Eigentlich nur ein langes Gedicht. Ich glaube, es hat die Herzen der indischen Intellektuellen im Sturm erobert. Wir sind selbstverständlich nicht interessiert. Dichtung verkauft sich hier nie gut, schon gar nicht, wenn es...«

»Wie lautet der Titel?« fragte ich.

»Komisch, aber daran kann ich mich erinnern«, sagte er. »*Kalisambwha* oder *Kalisawba* oder so ähnlich. Ich konnte ihn mir merken, weil ich mit einem Mädchen namens Kelly Summers gearbeitet habe, und mir ist aufgefallen, daß die...«

»Wer ist der Verfasser?«

»Verfasser? Tut mir leid, daran kann ich mich nicht erinnern. Ich habe das Buch nur deshalb im Gedächtnis, weil der Verlag ein riesengroßes Display aufgestellt hatte, aber keine Werbung, verstehen Sie? Nur diesen riesigen Bücherstapel. Ich habe den blauen Umschlag in den Buchläden sämtlicher Hotels in Delhi gesehen. Waren Sie schon einmal in Indien?«

»Das?«

»Was?«

»Hieß der Verfasser Das?« sagte ich.

»Nein, Das war es nicht«, sagte er. »Jedenfalls glaube ich es nicht. Ich glaube, etwas Indisches und schwer zu Buchstabierendes.«

»Lautete der Vorname Sanjay?« fragte ich.

»Tut mir leid, ich habe keine Ahnung«, sagte der Händler. Er wurde gereizt. »Hören Sie, ist das so wichtig?«

»Nein«, sagte ich. »Es ist nicht wichtig.« Ich ließ ihn stehen und ging wieder zum Balkongeländer. Als der Mond zwei Stunden später über den unregelmäßigen Zähnen der Stadt aufging, stand ich immer noch dort.

Ich bekam das Foto Mitte Juli.

Noch ehe ich die Briefmarke sah, wußte ich, daß der Brief aus Indien kam. Der Geruch des Landes stieg von dem billigen Umschlag auf. Der Poststempel stammte aus Kalkutta. Ich stand am Ende unserer Einfahrt unter den Blättern der großen Birke und riß den Umschlag auf.

Ich sah die Nachricht auf der Rückseite des Fotos zuerst.

Das lebt, stand dort, mehr nicht. Das Foto war schwarzweiß und körnig; die Leute im Vordergrund waren von dem schlecht eingestellten Blitzlicht fast ausgewaschen, während die im Hintergrund lediglich Silhouetten waren. Das jedoch war deutlich zu erkennen. Sein Gesicht war schorfig, die Nase mitgenommen, aber seine Lepra war längst nicht so deutlich wie damals, als ich ihn getroffen hatte. Er trug ein weißes Hemd und hatte die Hände ausgestreckt, als wollte er seinen Schülern etwas verdeutlichen.

Die acht Männer auf dem Foto saßen alle auf Sitzkissen um einen niederen Tisch herum. Das Blitzlicht offenbarte abblätternde Farbe an der Wand hinter Das und ein paar schmutzige Tassen auf dem Tisch. Die Gesichter von zwei anderen Männern wurden deutlich beleuchtet, aber ich kannte sie nicht. Mein Blick glitt wieder zur Silhouette des Mannes rechts von Das. Es war zu dunkel, die Gesichtszüge zu erkennen, aber das Profil reichte aus, die Raubvogelnase und das Haar zu sehen, das wie ein schwarzer Nimbus abstand.

Außer diesem Foto war nichts in dem Umschlag.

Das lebt. Was sollte ich damit anfangen? Daß M. Das noch einmal von seiner Hurengöttin wiedererweckt worden war? Ich betrachtete das Foto noch einmal und klopfte damit gegen meine Finger. Man konnte unmöglich sagen, wann das Foto aufgenommen worden war. War die Gestalt im Schatten Krishna? Die vorgebeugte Aggressivität von Kopf und Körper hatten etwas an sich, das den Eindruck in mir erweckte.

Das lebt.

Ich wandte mich von der Einfahrt ab und ging in den Wald. Unterholz grapschte nach meinen Knöcheln. In mir war eine schwindlige, kreisende Leere, die mich in einen schwarzen Abgrund zu stürzen drohte. Ich wußte, wenn sich diese Dunkelheit auftun würde, hatte ich keine Hoffnung mehr, ihr zu entkommen.

Eine Viertelmeile vom Haus entfernt, wo sich der Bach

zu einem Sumpfgebiet verbreiterte, kniete ich mich hin und riß das Foto in winzige Stücke. Dann rollte ich einen großen Felsbrocken um und warf die Schnipsel auf den feuchten, verblaßten Boden, ehe ich den Stein wieder zurück rollte.

Auf dem Heimweg sah ich das Bild feuchter weißer Kreaturen vor mir, die sich panisch eingruben, um dem Licht zu entgehen.

Als ich an diesem Abend packte, kam Amrita ins Zimmer. »Wir müssen miteinander reden«, sagte sie.

»Wenn ich zurückkomme«, sagte ich.

»Wohin gehst du, Bobby?«

»New York«, sagte ich. »Nur für ein paar Tage.« Ich legte ein Hemd über die Stelle, wo ich die Luger und vierundsechzig Patronen eingepackt hatte.

»Wir müssen unbedingt miteinander reden«, sagte Amrita. Ihre Hand berührte meinen Arm.

Ich wandte mich ab und machte den Reißverschluß des schwarzen Koffers zu. »Wenn ich zurückkomme«, sagte ich.

Ich ließ das Auto zu Hause, fuhr mit dem Zug nach Boston, nahm ein Taxi zum Logan International und ging um zweiundzwanzig Uhr an Bord des TWA-Flugs nach Frankfurt mit Anschluß nach Kalkutta.

Kapitel Siebzehn

»Und welch grausame Bestie, deren Stunde endlich gekommen ist,
schleicht nach Bethlehem, um geboren zu werden?«

– William Butler Yeats

Die Sonne ging auf, als wir uns der englischen Küste näherten, aber selbst als mir das Sonnenlicht auf die Beine fiel, fühlte ich mich in einer Nacht gefangen, die kein Ende nehmen wollte. Ich zitterte heftig und war mir deutlich bewußt, daß ich angeschnallt in einer unter Druck stehenden zerbrechlichen Röhre Tausende von Metern über dem Meer saß. Schlimmer war ein zunehmender Druck nach Innen, den ich anfänglich für eine klaustrophobische Reaktion hielt, bis mir klar wurde, daß es sich um etwas ganz anderes handelte. In mir war ein schwindelerregendes Kreisen, wie die ersten nachdrücklichen Regungen eines mächtigen Homunkulus.

Ich umklammerte die Armlehnen und betrachtete die stummen Mundbewegungen von Schauspielern auf einem Bildschirm, während Europa unter uns zurückblieb. Ich dachte an Tagores letzte Minuten. Mahlzeiten wurden serviert und pflichtschuldigst gegessen. Später versuchte ich zu schlafen. Und derweil wurden das Gefühl der Leere und des Schwindels stärker, und ich hatte den konstanten Lärm von Insektenflügeln in den Ohren. Ich war wiederholt kurz vor dem Einschlafen, schnellte aber ruckartig wieder hoch, als ich fernes, spöttisches Gelächter hörte. Schließlich gab ich den Versuch zu schlafen auf.

Ich zwang mich dazu, während der Zwischenlandung in Teheran mit den anderen Passagieren zu gehen. Der Pilot hatte die Temperatur draußen mit dreiunddreißig Grad angegeben, und erst als ich die schreckliche Hitze und Schwüle bemerkte, wurde mir klar, daß er dreiunddreißig Grad Celsius gemeint hatte.

Es war spät, kurz vor Mitternacht, aber die heiße Luft stank nach latenter Gewalt. Bilder des Schah hingen überall an den Wänden des hallenden, hell erleuchteten Flughafengebäudes, das eher wie eine Scheune aussah. Sicherheitsbeamte und Soldaten, die Schnellfeuergewehre mit aufgepflanztem Bajonett, liefen ohne ersichtlichen Grund überall herum. Moslimische Frauen in wallenden schwarzen *chadors* schwebten wie Phantome durch die grünliche Leere der Neonlichter. Alte Männer schliefen auf dem Boden oder knieten zwischen Zigarettenkippen und Zellophanverpackungen auf ihren Gebetsteppichen auf dem Boden, während in der Nähe ein etwa sechsjähriger amerikanischer Junge hinter einem Stuhl kauerte und den Zollschalter mit automatischem Feuer seiner Spielzeug-M-16 belegte.

Aus den Lautsprechern drang, daß wir uns in fünfzehn Minuten wieder an Bord unserer Maschine begeben könnten. Ich stolperte an einem alten Mann in rotem Schal vorbei und gelangte in eine öffentliche Toilette. Drin war es sehr dunkel, das einzige Licht kam von einer Glühbirne vor dem Eingang. Dunkle Gestalten schritten durch die Düsternis. Für einen Moment fragte ich mich, ob ich versehentlich die Frauenseite betreten hatte und *chadors* in der Dunkelheit sähe, aber dann hörte ich tiefe Stimmen kehlige Silben aussprechen. Außerdem konnte man Wasser tropfen hören. In diesem Augenblick überkam mich ein schlimmeres Schwindelgefühl als je zuvor, und ich beugte mich über eine der asiatischen Toiletten und übergab mich, wobei ich noch lange würgte, nachdem der letzte Rest der Bordverpflegung draußen war.

Ich brach seitlich zusammen und lag der Länge nach auf dem kalten Kachelboden. Die Leere in mir war jetzt fast vollständig. Ich zitterte, während mir der Schweiß aus allen Poren drang und sich mit dem Salz meiner Tränen vermischte. Das unablässige Insektensummen war zu einem Crescendo angeschwollen, so daß ich einzelne Stimmen heraushören konnte. Das Lied der Kali war sehr laut. Mir wurde klar, daß ich die Grenze in ihr neues Reich bereits überschritten hatte.

Nach wenigen Minuten stand ich in der Dunkelheit auf, säuberte mich, so gut es ging, am einzigen Waschbecken und ging rasch im grünen Licht zu den anderen zurück, die für den Flug nach Kalkutta Schlange standen.

Wir kamen aus den Wolken, kreisten einmal und landeten um 3:10 Uhr auf dem Dum-Dum-Flughafen von Kalkutta. Ich reihte mich in die Schlange ein, die die Treppe zum feuchten Asphalt hinunterführte. Die Stadt schien in Flammen zu stehen. Orangefarbenes Licht wurde von den tiefhängenden Monsunwolken zurückgeworfen, rote Signallichter spiegelten sich in zahllosen Pfützen, grelle Suchscheinwerfer jenseits der Flughafenhalle trugen das ihre zu der Illusion bei. Ich konnte keinen Laut außer dem singenden Chor schriller Stimmen hören, während ich zusammen mit den anderen zum Schuppen der Zollabfertigung schlurfte.

Ein Jahr zuvor hatten Amrita, Victoria und ich fast ein Jahr mit den Zollformalitäten in Bombay verbracht. Diesmal war ich in weniger als fünf Minuten durch. Ich hatte nicht die geringste Angst, daß sie mein Gepäck aufmachen würden. Der kleine Mann in Khaki machte mit Kreide ein Kreuz auf meinen Koffer – direkt über dem Fach, wo ich die Luger nebst Munition versteckt hatte –, und dann war ich im Hauptgebäude und ging auf die Ausgangstüren zu.

Jemand wird hier sein und mich empfangen. Wahrscheinlich Krishna-Sanjay. Er wird mir sagen, wo ich das Flittchen Kamakhya finden kann, bevor er stirbt.

Es war fast halb vier Uhr morgens, aber die Menge war so dicht wie immer, wenn ich in dem Flughafen gewesen war. Menschen schrien und drängten sich im ekelhaften Licht flackernder Neonlampen, aber ich konnte kaum den Lärm hören, während ich über Kiplings ›in Leichentücher gehüllte Tote‹ stieg, mir aber kaum Mühe gab, nicht auf die schlafenden Gestalten zu treten. Ich ließ mich von der Menge mitreißen. Meine Arme und Beine fühlten sich gelähmt an und bewegten sich ruckartig, als wäre ich eine schlecht geführte Marionette. Ich machte die Augen zu, lauschte dem Lied und spürte die Energie der Waffe, die nur Zentimeter von meiner rechten Hand entfernt war.

Chatterjee und Gupta müssen ebenfalls sterben. So klein ihre Mittäterschaft auch war, sie müssen sterben!

Ich stolperte mit der Menge wie ein Mann in einem schrecklichen Sturm. Lärm und Geruch und Druck des wogenden Mobs paßten genau zu der wachsenden Leere in mir und bildeten eine dunkle Blume, die in meinem Verstand erblühte. Das Gelächter war jetzt sehr laut. Hinter meinen geschlossenen Lidern sah ich *ihr* Antlitz, das über den grauen Türmen der sterbenden Stadt aufstieg, hörte *ihre* Stimme den anschwellenden Gesang anführen, sah, wie sich *ihre* Arme im Rhythmus eines gräßlichen Tanzes bewegten.

Wenn du die Augen aufschlägst, wirst du jemanden sehen, den du kennst. Du mußt nicht warten. Laß es gleich hier beginnen!

Ich zwang mich, die Augen nicht aufzumachen, packte den Koffer aber mit beiden Händen und hob ihn an die Brust. Ich spürte, wie die Menge mich mit sich zu den offenen Türen trug. Rufe von Trägern und der süßliche Rinnsteingeruch von Kalkutta waren jetzt überdeutlich. Ich spürte, wie meine rechte Hand das Außenfach des Koffers aufmachte, wo ich die geladene Waffe versteckt hatte.

Laß es gleich hier beginnen!

Immer noch mit geschlossenen Augen sah ich, wie sich die kommenden Minuten vor mir auftaten wie wartende Türen, wie das Maul der großen Bestie, die die Stadt war, und ich spürte, wie die dunkle Blume in mir voll erblühte, wie ich die geölte Makellosigkeit der Luger hob – und dann wird das Opfer beginnen und Energie wird durch meinen Arm in mich einströmen und in Flammen und Krachen in der Nacht wieder aus mir hinaus, die laufenden Gestalten werden stürzen und ich werde mit dem befriedigenden *Klick* das neue Magazin nachladen und Schmerz und Macht werden von mir strömen und die laufenden Gestalten werden stürzen Fleisch wird durch den Aufprall von Fleisch gerissen werden und die Flammen von Schloten werden den Himmel erhellen und in ihrem roten Widerschein werde ich meinen Weg durch die Straßen und Alleen und Gassen finden und ich werde Victoria finden – diesmal werde ich Victoria rechtzeitig finden – ich werde Victoria rechtzeitig finden – und ich werde die töten die sie mir genommen haben und die töten die sich mir in den Weg stellen und alle töten, die...

Laß es gleich hier beginnen!

»Nein!« schrie ich und riß die Augen auf. Mein Schrei übertönte das Lied nur für eine oder zwei Sekunden, aber in dieser Zeit zog ich die Hand aus dem offenen Fach des Koffers und drängte mich brutal nach links. Die Türen waren nur zehn Schritte vor mir, und die Menge strömte unaufhaltsam darauf zu, der Strom ihres Vorankommens war jetzt schneller, konzentrierter. Durch die Tür erblickte ich flüchtig einen Mann im weißen Hemd, der neben einem kleinen blauweißen Bus stand. Das Haar des Mannes stand wie Büschel dunkler Elektrizität ab.

»Nein!« Ich benützte den Koffer als Rammbock, um mich zur Wand durchzukämpfen. Ein großer Mann in der Menge stieß mich, ich schlug ihm gegen die Brust, bis er mich vorbeiließ. Ich war jetzt nur noch drei Schritte von der offenen Tür entfernt, und die Bewegung der Menge zog mich so unerbittlich vorwärts wie eine Explosion von Luft in ein Vakuum.

Laß es jetzt beginnen!

»Nein!« Ich weiß nicht, ob ich laut geschrien habe. Ich warf mich nach vorne, drängte mich gegen die Menge wie ein Mann, der brusttief in Wasser watet, und packte mit der linken Hand die Klinke einer nicht näher gekennzeichneten Seitentür, die in einen verbotenen Teil der Flughafenhalle führte. Irgendwie gelang es mir, den Koffer festzuhalten, während menschliche Gestalten gegen mich drängten und Finger und Arme mir in dem Tohuwabohu unabsichtlich ins Gesicht fuhren.

Ich drängte mich durch die Tür und lief, wobei mir der Koffer gegen das rechte Bein schlug und überraschte Flughafenarbeiter beiseite traten, als ich vorbeikam. Das Lied dröhnte lauter denn je zuvor und brachte so viel Schmerz mit sich, daß ich die Lider zusammenpressen mußte.

Laß es gleich hier beginnen! Laß es jetzt beginnen!

Ich hielt mitten im Schlag inne, hieb gegen die Wand und taumelte unter der Wucht des Hiebes rückwärts. Meine Arme und Beine zuckten, als hätte ich einen epileptischen Anfall. Ich machte zwei Schritte Richtung Flughafenhalle zurück.

»Hol dich der Teufel!« schrie ich – ich glaube es zumindest – und konnte seitwärts gegen eine Wand stolpern, die eine Tür war, und dann lag ich auf Händen und Knien in einem langen, dunklen Zimmer.

Die Tür ging zu, und es herrschte Stille. Richtige Stille. Ich war allein. Der Raum war lang und spärlich beleuchtet, abgesehen von ein paar nicht abgeholten Gepäckstücken, ein paar Kisten und Truhen. Ich setzte mich auf den Betonboden und sah mich von einem zunehmenden Schock der Erkenntnis erfüllt. Ich schaute nach rechts und erblickte den zerschrammten Tresen, wo der Sarg der Fluggesellschaft gewartet hatte.

Das Lied hatte aufgehört.

Ich saß mehrere Minuten lang auf dem Boden und keuchte. Die Leere in mir war jetzt fast etwas Angenehmes – das Fehlen von etwas Schwarzem und Giftigem.

Ich machte die Augen zu. Mir fiel ein, wie ich Victoria in der Nacht ihrer Geburt gehalten hatte, alle anderen Gelegenheiten, ihr Milch- und Babygeruch und die dreißig Schritte vom Kreißsaal zur Säuglingsstation.

Ohne die Augen aufzumachen nahm ich den Griff meines Koffers, hob ihn und warf ihn, so weit ich konnte, durch den langen Raum. Er prallte von einem staubigen Regal ab und landete krachend in einem Stapel Kartons.

Ich ging aus dem Zimmer und zwanzig Schritte einen verlassenen Flur entlang, kam keine drei Meter vom einzigen besetzten Ticketschalter heraus, wo ich mir ein Ticket für den nächsten Flug zurück kaufte.

Es gab keine Verspätungen. In dem Lufthansa-Flug nach München saßen nur zehn weitere Passagiere. Als sie zwanzig Minuten später von der Startbahn abhob, dachte ich nicht einmal daran, hinauszusehen und einen letzten Blick auf Kalkutta zu werfen. Ich war eingeschlafen, bevor das Fahrgestell eingeklappt war.

Ich landete am nächsten Nachmittag in New York und erwischte eine 727 der Delta zum Logen International in Boston. Dort fiel der letzte Rest meiner nervösen Energie von mir ab, und ich konnte nicht verhindern, daß meine Stimme brach, als ich Amrita anrief und sie bat, mich abzuholen.

Als sie mit dem roten Pinto eintraf, schlotterte ich am ganzen Körper und war mir meiner Umgebung nicht völlig bewußt. Sie wollte mich ins Krankenhaus bringen, aber ich verkroch mich tief in den schwarzen Vinylsitz und sagte: »Fahr. Bitte fahr.«

Wir fuhren auf der I-95 nach Norden, und die Abendsonne warf lange Schatten über den Mittelstreifen. Die Felder waren nach einem Regenschauer naß. Meine Zähne klapperten, aber ich bestand darauf, zu reden. Amrita fuhr schweigend und sah mich ab und zu mit diesen tiefen, traurigen Augen an. Sie unterbrach mich nicht einmal, als ich zu stammeln anfing.

»Mir wurde klar, das war genau das, was sie von mir wollten. Was *sie* von mir wollte«, sagte ich, als wir uns der Staatsgrenze näherten. »Warum, das weiß ich nicht. Vielleicht wollte sie, daß ich seine Stelle einnehme, so wie er die von Das. Oder vielleicht hat Krishna mich gerettet, weil er wußte, eines Tages würden sie mich für einen anderen Wahnsinn zurückholen. Ich weiß es nicht. Es ist mir auch einerlei. Verstehst du, was wirklich wichtig ist?«

Amrita sah mich an und sagte nichts. Das Abendlicht färbte ihre braune Haut golden.

»Ich habe mir jeden Tag Vorwürfe gemacht und wußte, daß ich mir bis an mein Lebensende Vorwürfe machen würde. Ich dachte, es war meine Schuld. Es *war* meine Schuld. Und jetzt weiß ich, daß du dir auch die Schuld gegeben hast.«

»Wenn ich sie nicht reingelassen hätte...«, begann Amrita.

»Ja!« sagte ich. Es war fast ein Schrei. »Ich weiß. Aber wir müssen damit aufhören. Wenn wir nicht darüber hinwegkommen, machen wir uns nicht nur selbst kaputt, wir machen auch kaputt, was wir drei *bedeutet* haben. Wir werden zu einem Teil der Dunkelheit.«

Kurz vor der Ausfahrt Salisbury Plains fuhr Amrita auf einen Rastplatz. Sie nahm die Hände vom Lenkrad. Wir saßen ein paar Minuten lang schweigend da.

»Ich vermisse Victoria«, sagte ich. Es war das erste Mal seit Kalkutta, daß ich den Namen unseres Kindes aussprach. »Ich vermisse unser Baby. Victoria fehlt mir.«

Sie legte den Kopf an meine Brust. Ich konnte sie durch mein Hemd und ihre Tränen kaum verstehen. Dann war es deutlich.

»Ich auch, Bobby«, sagte sie. »Ich vermisse Victoria auch.«

Wir hielten einander in den Armen, während Lastwagen mit Wind und Lärm vorüberdonnerten und der letzte Rest des Feierabendverkehrs die Fahrspuren mit sonnengebackenen Farben und dem Geräusch von Reifen auf Asphalt erfüllte.

Kapitel Achtzehn

»Bedenkt man dies, vorbei ist aller Haß,
Füllt Unschuld die Seele im Übermaß,
Und sie lernt, daß sie sich selbst entzückt,
Selbst läutert, selbst entrückt,
Und daß ihr Wille dem des Himmels gleicht.
Sie hat, wenn jedes Antlitz finster schaut,
Wenn Sturm sich auch zusammenbraut,
Und Winde tosen, doch das Glück erreicht.

– William Butler Yeats
EIN GEBET FÜR MEINE TOCHTER

Wir leben jetzt in Colorado. Im Frühling 1982 wurde ich gebeten, einen bescheidenen Workshop hier an einem College in den Bergen zu leiten, und ich kehrte nur lange genug in den Osten zurück, um Amrita zu holen. Unser anschließender Besuch ist zu einem wahrscheinlich dauerhaften Aufenthalt geworden. Wir haben das Haus in Exeter samt den Möbeln vermietet, aber die acht Gemälde hängen hier an den rohen Holzwänden der Blockhütte, und die kleine Ölskizze von Jamie Wyeth, die wir 1973 gekauft haben, fängt das wunderbare Licht, das wir vor den Fenstern sehen, am besten ein. Die Schönheit des Lichts hier hat uns in den ersten Monaten fast mit einer Besessenheit erfüllt, und sowohl Amrita wie auch ich haben uns – obwohl wir uns anfänglich albern vorkamen – an Ölgemälden versucht.

Verglichen mit den Maßstäben von Boston sind die Collegeeinrichtungen hier primitiv, und unsere Gehälter sind klein; aber das Haus, in dem wir wohnen, war einst die Blockhütte eines Rangers, und wir können verschneite Gipfel mehr als hundert Meilen nördlich vor dem großen Fenster sehen. Das Licht ist so klar und rein, daß es ans Schmerzhafte grenzt.

Wir tragen fast ständig Jeans, und Amrita hat gelernt, den Bronco mit Vierradantrieb auch in Schlamm und

Schnee zu fahren. Das Meer fehlt uns. Noch mehr fehlen uns manche unserer Freunde und die Vorzüge der Küstenzivilisation. Die nächste Stadt liegt jetzt acht Meilen vom Campus entfernt den Berg hinab und hat nur siebentausend Einwohner, wenn der Sommertourismus seinen Höhepunkt erreicht. Das beste Restaurant heißt *la Cocina,* unsere anderen Möglichkeiten, essen zu gehen, sind Pizza Hut, Nora's Breakfast Nook, Gary's Grill und der rund um die Uhr geöffnete Truck Stop an der Interstate. Im Sommer geben Amrita und ich eine Menge unseres Geldes im Tastee Freez aus, der Eisdiele. Die Stadtbücherei befindet sich in einem Wohnwagen, bis das neue Gemeindezentrum fertiggestellt ist. Denver ist fast drei Stunden entfernt, und im Winter sind die beiden Bergpässe manchmal tagelang gesperrt.

Aber hier ist die Luft besonders rein, und irgendwie fühlen wir uns morgens unbeschwerter, als würde die Höhe eine gewisse Freiheit von der Schwerkraft mit sich bringen, die dem Rest der Welt ihren Willen aufzwingt. Und das Tageslicht hier ist mehr als ein angenehmes Phänomen, für uns ist es eine Form der Reinheit. Einer heilenden Reinheit.

Abe Bronstein ist letzten Herbst gestorben. Er hatte gerade die Arbeit an der Winterausgabe beendet, in der eine Kurzgeschichte von Ann Beattie enthalten war, als er auf dem Weg zur U-Bahn einen Herzanfall erlitt.

Amrita und ich flogen zur Beerdigung. Hinterher, beim Kaffee mit den Trauernden im kleinen Haus in der Stadt, wo er mit seiner Mutter gewohnt hatte, bat die alte Frau Amrita und mich zu sich in Abes Zimmer.

Das kleine Zimmer wirkte durch Bücherregale, die drei Wände vom Boden bis zur Decke einnahmen, noch kleiner. Mrs. Bronstein war sechsundachtzig und schien, wie sie so auf der Bettkante saß, zu gebrechlich, sich selbst aufrecht zu halten. In dem Zimmer roch es nach Abes Zigarrenmarke und ledernen Bucheinbänden.

»Hier, bitte«, sagte die alte Frau. Sie gab mir mit überraschend fester Hand einen kleinen Umschlag. »Abraham hat Anweisungen hinterlassen, die Sie bekommen sollten, Robert.« Ihre kehlige Stimme mußte einmal wunderbar und aufregend gewesen sein. Jetzt war sie, wie sie die Worte in der präzisen Diktion einer angeeigneten Sprache formulierte, lediglich schön. »Abraham hat gesagt, daß ich Ihnen das persönlich übergeben soll, selbst wenn ich, wie er sich ausgedrückt hat, zu Fuß nach Colorado gehen müßte, um Sie zu finden.«

Bei jedem anderen Anlaß hätte mich die Vorstellung, wie diese gebrechliche Frau per Anhalter die Prärie durchquerte, zum Lachen gebracht. Jetzt nickte ich nur und machte den Brief auf.

Bobby – *9. April 1983*

wenn Du diesen Brief liest, sind wir beide nicht wahnsinnig glücklich über die jüngsten Ereignisse. Ich komme gerade von meinem Arzt. Er hat mir zwar nicht gerade geraten, keine Langspielplatten mehr zu kaufen, aber er hat auch nicht versucht, mir langfristige Wertpapiere anzudrehen.

Ich hoffe, Du (und Amrita?) mußtet nichts Wichtiges im Stich lassen. Das heißt, wenn es in dieser gottverlassenen Einöde, die Du, während ich dies schreibe, Dein Zuhause nennst, überhaupt etwas Wichtiges gibt.

Kürzlich habe ich mein Testament geändert. Momentan sitze ich im Park in der Nähe meines alten Freundes, des Verrückten Hutmachers, genieße eine Panatela und beobachte ein paar Mädchen mit luftigen Blusen und kurzen Hosen, die sich gegenseitig einreden wollen, daß es wirklich schon Frühling ist. Es ist ein warmer Tag, aber nicht so warm, daß man ihre Gänsehaut nicht sehen würde.

Falls Mutter es dir nicht schon gesagt hat, in meinem neuen Testament vermache ich alles ihr, außer meinen Erstausgaben von Proust; der Korrespondenz mit Auto-

ren, die ich in meinem Tresor aufbewahre, und die Rechte, Titel, das bescheidene Bankkonto und die Chefredaktion von Other Voices. *Das bekommst alles Du, Bobby.*

Und jetzt warte einen Augenblick. Ich will mir nicht vorwerfen lassen, ich hätte Dir einen Albatros um Deinen sorglosen polnischen Hals gebunden. Du kannst das Magazin nach eigenem Gutdünken abstoßen. Wenn Du meinst, daß es ein anderer Verantwortlicher fortführen soll – prima. Ich habe Dir sogar alle Rechtsbefugnisse für so einen Schritt eingeräumt.

Bobby, vergiß nur nicht, was das Magazin für uns sein sollte. Gib es nicht einer Scheißfirma, die ein Abschreibungsobjekt sucht und ein Arschloch einstellt, das gute Literatur nicht von abgestandener Pisse unterscheiden kann. Wenn du das Magazin einstellen mußt, statt das Niveau zu senken, soll mir das auch recht sein.

Solltest Du Dich dagegen entscheiden, es zu behalten – gut. Es wird Dich überraschen, wie tragbar ein Magazin wie Voices *sein kann. Nimm es dorthin mit, wo du lebst. (Miller wollte uns sowieso die Miete erhöhen.) Wenn Du es versuchen willst, mach Dir nicht zuviel Gedanken darüber, ›Abes alte Editionspolitik‹ fortzusetzen. Abe hatte keine Editionspolitik! Du solltest einfach nur gutes Material drucken, Roberto. Folge Deinen Instinkten.*

Aber eines will ich dir sagen. Nicht jede gute Literatur muß ein Aufguß von Naked Lunch *sein. Viel Material, das angeboten wird, wird dich zu Tode deprimieren. Wenn es gut ist, verdient es gedruckt zu werden, aber es ist auch noch Platz für Texte, die etwas Hoffnung für die Menschheit ausdrücken. Jedenfalls glaube ich das. Doch das weißt Du besser als ich, Bobby. Du warst dichter an der Flamme und bist zurückgekehrt.*

Ich muß jetzt gehen. Ein Polizist hat mich hier im Auge, und ich schätze, er betrachtet mich zu Recht als Dirty Old Man.

Du kannst Mama diesen Brief vorlesen – sie wird keine

Ruhe geben, bis du es getan hast –, aber laß die ›abgestandene Pisse‹ und das ›Scheiß‹ vor ›Firma‹ weg, okay? Deine erste Aufgabe als Cheflektor. Sag Amrita alles Liebe.

– Abe

Abe hatte recht. Das Magazin war durchaus tragbar. Das College war aus dem Häuschen, daß *Other Voices* von ihrem Briefkasten aus verschickt werden sollte, und sie reduzierten meinen Unterrichtsplan entsprechend ohne Gehaltsminderung. Ich nehme an, sie würden mich dafür bezahlen, *nicht* zu unterrichten, wenn Amrita dadurch in ihrer mathematischen Fakultät bleiben würde.

Amrita für ihren Teil ist zufrieden, daß sie problemlosen Zugang zum Computerterminal des College hat, das mit einem monströsen Cray Computer in Denver verbunden ist. Kürzlich hat sie die Bemerkung gemacht: »Diese Schule ist ziemlich modern.« Auf dem Weg zum Mathematikgebäude sind ihr offenbar die Baracken der Schlafsäle, die Holzhütten und die winzige Bibliothek nicht aufgefallen.

Mir fällt es ziemlich leicht, eine Literaturzeitschrift aus dem Osten vom Gipfel eines Berges in Colorado herauszugeben, obwohl ich fünf- bis sechsmal jährlich weg muß, um mit Druckern zu reden und einige Autoren und Sponsoren zu besuchen. Amrita hilft mir bei der Auswahl und hat ein erstaunliches Gespür als Leserin.

Sie sagt, ihre Ausbildung in Sprache und Mathematik hat ihr ein Gefühl für symbolistische Balance gegeben – was immer das auch heißen mag. Aber auf Drängen von Amrita habe ich mehr Western-Schriftsteller aufgenommen, darunter Joanne Greenberg und den Cowboy-Dichter aus Creed.

Die Resultate waren ermutigend. In letzter Zeit ist die Zahl der Abonnenten gestiegen, wir haben einen Vertrieb über mehrere Buchhandlungen, und unsere alte Leserschaft bleibt loyal. Wir werden sehen.

Ich habe keine Gedichte geschrieben. Nicht seit Kalkutta. Das Lied der Kali verstummt niemals völlig. Für mich ist es eine Hintergrundmusik geworden wie die verzerrte Musik aus einem schlecht eingestellten Radio.

Ich träume immer noch davon, wie ich schlammige Wüsten mit grau verhüllten Leichen unter meinen Füßen durchquere, während Flammen aus fernen Kaminen an den tiefhängenden Wolken lecken.

In manchen Nächten kommt Wind auf, dann erhebe ich mich und gehe zum Vorderfenster der Blockhütte und sehe in die Schwärze und höre das Kratzen von sechs Gliedmaßen auf dem Fels draußen. Dann warte ich, aber das hagere Gesicht mit dem gierigen Mund und den dürstenden Augen bleibt in der Dunkelheit und wird auf Distanz gehalten – aber wovon? Ich weiß es nicht.

Aber das Lied der Kali wird immer noch gesungen.

Kürzlich haben eine ältere Frau und ihre erwachsene Tochter nicht weit von hier, die sich beide als ›gute Christen‹ bezeichnen, ihren Enkelsohn im Backofen gegrillt, um die Dämonen auszutreiben, die ihn nachts zum Weinen verführt haben.

Einer meiner Schüler hier ist entfernt mit einem High-School-Studenten aus Kalifornien verwandt, der kürzlich seine Freundin vergewaltigt und ermordet und dann über einen Zeitraum von drei Tagen hinweg vierzehn seiner Freunde eingeladen hat, damit sie sich die Leiche ansehen. Einer der Jungen warf einen Backstein auf die Tote, um sich zu vergewissern, ob sie wirklich tot war. Kein Schüler hat auch nur daran gedacht, die Polizei zu verständigen.

Einer der neuen Drucker, die ich letzten Monat bei Adamson in New York kennengelernt habe, war Siem Ry, ein zweiundvierzigjähriger Flüchtling aus Phnom Penh. Er hatte dort eine eigene Druckerei und konnte vor einigen Jahren durch Schmiergelder über Thailand in die Vereinigten Staaten kommen. Nachdem er als Korrektor angefangen hatte, konnte er sich bei Adamson hocharbeiten. Bei ein paar Drinks erzählte mir Ry von der gewaltsamen Evakuierung der Stadt und dem achttägigen Gewaltmarsch, bei dem seine Eltern ums Leben kamen. Er erzählte mir leise vom Arbeitslager, in dem seine Frau gestorben ist, und von dem Morgen, als er aufwachte und feststellen mußte, daß man seine drei Kinder in ein ›Erziehungslager‹ in einem abgelegenen Landesteil gebracht hatte. Ry beschrieb ein Feld, in das er während seiner Flucht geraten ist. Er sagte, an manchen Stellen seien Menschenschädel bis zu einem Meter hoch aufgeschichtet gewesen.

Das Zeitalter der Kali hat begonnen.

Letzte Woche war ich in der mobilen Bibliothek und las vom sogenannten Schwarzen Loch von Kalkutta. Bis dahin war das nur ein Ausdruck für mich gewesen. Die historischen Einzelheiten sind unwichtig. Im Wesentlichen war das Schwarze Loch nur ein Zimmer ohne Luftzufuhr, in das während eines der sporadischen Aufstände des vorigen Jahrhunderts einmal zu viele Menschen eingeschlossen wurden.

Aber der Ausdruck quält mich immer noch. Ich habe eine Theorie über Kalkutta entwickelt, obwohl Theorie eine zu hochtrabende Bezeichnung für eine intuitive Meinung ist.

Ich glaube, es gibt Schwarze Löcher in der Wirklichkeit. Schwarze Löcher in der menschlichen Seele. Und tatsächlich Orte, wo aufgrund der Dichte von Elend oder schierer menschlicher Perversion die Beschaffenheit der Welt einfach auseinanderfällt und der schwarze Kern in uns alles andere verschlingt.

Ich lese die Zeitungen, sehe mich um und habe das niederschmetternde Gefühl, daß diese Schwarzen Löcher größer werden, weiter verbreitet sind und sich von ihrem eigenen bösen Appetit nähren. Sie sind nicht auf seltsame Städte in fremden Ländern beschränkt.

Ohne Amrita etwas davon zu erzählen, habe ich sie

kürzlich nach astronomischen Schwarzen Löchern gefragt. Sie hat mir eine lange Erklärung gegeben, die weitgehend auf den Forschungen eines Mannes namens Stephen Hawkin beruht und technisch und für mich größtenteils unverständlich war. Aber ein paar Sachen, die sie gesagt hat, interessierten mich. Zuerst sagte sie, daß es *doch* so aussehe, als könnten Licht und andere eingefangene Energieformen astronomischen Schwarzen Löchern entkommen. Ich habe die Einzelheiten ihrer Erklärung vergessen, aber ich habe den Eindruck gewonnen, als wäre es zwar unmöglich, aus einem Schwarzen Loch herauszuklettern, aber Energie könnte in anderen Räumen und Zeiten wie aus einem ›Tunnel‹ herauskommen. Zweitens, sie sagte, selbst wenn alle Materie und Energie im Universum von einem Schwarzen Loch verschluckt werden würden, würde das lediglich sicherstellen, daß diese Masse sich zu einem erneuten Urknall zusammenfindet, der ein, wie sie sich ausdrückte, frisches neues Universum begründen würde – mit neuen Gesetzen, neuen Formen und funkelnden neuen Galaxien aus Licht.

Vielleicht. Ich sitze auf einem Berggipfel und knüpfe kraftlose Metaphern, während ich mich ständig an die Andeutung einer blassen Wange in einem schmutzigen Schal erinnere. Manchmal berühre ich meine Handfläche, weil ich das Gefühl zurückholen möchte, als ich Victorias Kopf zum letzten Mal gehalten habe. *Paß auf deine Mama auf, bis ich wieder da bin, Kleines, okay?*

Und draußen schwillt der Wind an, und die Sterne erzittern in der Kälte der Nacht.

Amrita ist schwanger. Sie hat es mir noch nicht gesagt, aber ich weiß, daß es ihr der Arzt vor zwei Tagen bestätigt hat. Ich glaube, sie macht sich Sorgen, wie ich reagieren werde. Das muß sie nicht.

Vor einem Monat, kurz bevor die Schule im September wieder angefangen hat, sind Amrita und ich mit dem Bronco zum Ende der alten Minenstraße gefahren und dann mit Rucksäcken etwa drei Meilen den Hang hinaufgeklettert. Abgesehen vom Wind in den Pinien unter uns war kein Laut zu hören. Die Täler sind entweder nie besiedelt oder verlassen worden, als sich die Minen nicht mehr rentiert haben.

Wir untersuchten ein paar der alten Stollen und überquerten dann noch eine Kuppe, wo wir schneebedeckte Gipfel sehen konnten, die sich in alle Richtungen erstreckten, bis zum gekrümmten Horizont des Planeten. Wir blieben stehen und sahen einem Falken zu, der eine halbe Meile über uns mit den Aufwinden flog.

In dieser Nacht schlugen wir unser Zelt bei einem Bergsee auf, einem kleinen, perfekten Kreis schmerzhaft kalter Schneeschmelze. Um Mitternacht ging der Halbmond auf und warf strahlend helles Licht auf die umliegenden Gipfel. Schneebedeckte Stellen reflektierten das Licht vom Felshang in unserer Nähe.

In dieser Nacht haben Amrita und ich uns geliebt. Es war nicht das erste Mal seit Kalkutta, aber es war das erste Mal, daß wir alles außer uns selbst vergessen konnten. Hinterher schlief Amrita mit dem Kopf auf meiner Brust ein, während ich dalag und zusah, wie die Auguststernschnuppen sich ihren Weg über den herbstlichen Himmel bahnten. Ich zählte achtundzwanzig, ehe ich einschlief.

Amrita ist achtunddreißig, fast neununddreißig. Ich bin sicher, daß ihr der Arzt zur Amniocentese raten wird. Amniocentese ist besonders dann hilfreich, wenn beide Elternteile bereit sind, den Fötus abzutreiben, falls genetische Probleme auftreten. Ich glaube nicht, daß wir das sind. Ich spüre auch – ziemlich stark –, daß es keine Komplikationen geben wird.

Es wäre am besten, wenn wir diesmal einen Jungen bekommen würden, aber es wird so oder so recht sein. Mit einem Baby im Haus werden schmerzvolle Erinnerungen kommen, aber nicht so schmerzhaft wie das Leid, das wir schon so lange teilen.

Ich glaube immer noch, daß manche Orte so böse sind, daß man sie nicht dulden sollte. Gelegentlich träume ich von Atompilzen, die über einer Stadt aufsteigen, und von menschlichen Gestalten, die vor dem dunklen Scheiterhaufen tanzen, der einmal Kalkutta war.

Irgendwo ist der dunkle Chor bereit, das Zeitalter der Kali zu verkünden. Da bin ich ganz sicher. So sicher wie ich es bin, daß es immer Diener geben wird, die ihr zu Willen sind.

Jede Gewalt ist Macht, Mr. Luczak.

Unser Kind wird im Frühjahr zur Welt kommen. Es soll alle Freuden der Berge unter klarem Himmel kennenlernen, heiße Schkolade an einem kalten Wintermorgen kosten und im Sommer im Gras in der Sonne lachen. Ich möchte, daß unser Kind die freundlichen Stimmen guter Bücher vernimmt und das noch freundlichere Schweigen in Gesellschaft guter Menschen.

Ich habe seit Jahren keine Gedichte mehr geschrieben, aber kürzlich habe ich mir ein großes, schön eingebundenes Buch mit leeren Seiten gekauft und jeden Tag etwas hineingeschrieben. Keine Gedichte. Und es ist nicht zur Veröffentlichung bestimmt. Es ist eine Geschichte – eigentlich mehrere Geschichten – über die Abenteuer einer Gruppe unwahrscheinlicher Freunde. Da ist eine sprechende Katze, eine furchtlose und großspurige Maus, ein galanter, aber einsamer Zentauer und ein eitler Adler, der Angst vor dem Fliegen hat. Es ist eine Geschichte über Mut und Freundschaft und kleine Abenteuer an interessanten Orten. Es ist ein Buch mit Gutenachtgeschichten.

Das Lied der Kali ist unter uns. Es ist schon seit langer Zeit unter uns. Sein Chor wächst und wächst und wächst.

Aber es gibt andere Stimmen zu hören. Es gibt andere Lieder zu singen.